ARNO STROBEL

OFFLINE

PSYCHOTHRILLER

> DU WOLLTEST NICHT ERREICHBAR SEIN.
> JETZT SITZT DU IN DER FALLE.

FISCHER

8. Auflage: November 2019

Originalausgabe

Erschienen bei FISCHER Taschenbuch
Frankfurt am Main, Oktober 2019

© 2019 S. Fischer Verlag GmbH, Hedderichstr. 114,
D-60596 Frankfurt am Main
Dieses Werk wurde vermittelt durch
die Literarische Agentur Thomas Schlück GmbH,
30161 Hannover.
Redaktion: Ilse Wagner

Satz: Dörlemann Satz, Lemförde
Druck und Bindung: CPI books GmbH, Leck
Printed in Germany
ISBN 978-3-596-70394-4

Der Tod macht stille Leute
Deutsches Sprichwort

PROLOG

Sie dreht das heiße Wasser ab und bleibt noch einen Moment mit geschlossenen Augen stehen, spürt, wie die Nässe über ihre Haut läuft, bis nur noch eine schnell kalt werdende, dünne Schicht übrig ist.

Das Badetuch hängt sauber gefaltet über einer Stange am Eingang der durch eine Glaswand abgetrennten Regendusche. Nachdem sie den Frotteestoff um ihren Körper geschlungen und festgesteckt hat, verlässt sie den Nassbereich.

Der breite Spiegel über dem Waschbecken ist beschlagen, er lässt ihr Gesicht nur als konturlose, dunkle Fläche erahnen. Sie hebt die Hand und malt mit dem Zeigefinger die ungefähren Umrisse ihres Kopfes in den matten Dunst, fügt Punktaugen und einen lachenden Strichmund hinzu und verziert das Gemälde am unteren Rand mit zwei ineinander verschlungenen Herzen. Sie grinst, als ihr bewusst wird, dass sie sich gerade benimmt wie ein verliebter Teenager.

»Du Kindskopf«, sagt sie zu dem Dunstgesicht, doch ein angenehm wohliges Gefühl erfüllt sie, als ihr Blick wieder auf die langsam verblassenden Herzchen fällt.

Florian. Sie kennt ihn erst seit wenigen Wochen, und doch ist es, als habe er ihr bisher in eher ruhigen Bahnen verlaufendes Leben von einem Tag auf den anderen in eine quirlig-bunte Parade verwandelt.

Noch immer lächelnd, nimmt sie eines der Handtücher aus dem Regal neben dem Waschbecken, beugt sich vornüber, wickelt die langen blonden Haare darin ein und dreht es dann auf dem Kopf zu einem Turban.

Ein Blick auf ihre Armbanduhr auf der Ablage zeigt ihr, dass es schon kurz nach einundzwanzig Uhr ist.

Das Ende eines anstrengenden Tages.

Fotoshooting. Firmenpräsentation eines Juwelierladens, ein Routinejob. Dachte sie zumindest, als sie am späten Vormittag aufgebrochen war. Wie hätte sie auch ahnen können, dass der Kunde sich als eine schwer zu ertragende Mischung aus Pedant und Choleriker herausstellen würde.

Bis nach neunzehn Uhr musste sie die immer gleichen Schmuckstücke wieder und wieder fotografieren, während der Inhaber, Werner Diedler – oder heißt er Wolfgang? –, an jeder Kamera- und Beleuchtungseinstellung etwas zu meckern gehabt hatte. Dabei hat sie sich wie schon öfter die Frage gestellt, warum sie sich das antut, statt sich zurückzulehnen und von dem beträchtlichen Vermögen zu leben, das ihr Vater ihr hinterlassen hat. Und wie jedes Mal hat sie sich diese Frage selbst beantwortet. Weil es das Gefühl ist, etwas Sinnvolles zu tun, das sie immer wieder antreibt.

Sie wendet sich ab und verlässt das Badezimmer. Zeit für ein Glas Rotwein. »Ella, spiel die Playlist Chillen«, sagt sie, als sie an der Kommode im Wohnzimmer vorbeikommt, auf der ihr Smart Speaker steht.

In der Küche nimmt sie den Korkenzieher aus der Schublade und öffnet die Flasche, die sie beim Nachhausekommen auf dem kleinen Tisch bereitgestellt hat. Dabei denkt sie darüber nach, ob sie Florian anrufen soll. Er ist für ein paar Tage beruflich in

Rom und sitzt um diese Zeit wahrscheinlich mit Geschäftspartnern in einem schicken Restaurant beim Abendessen. Dass das ausgerechnet an ihrem Geburtstag sein muss, ist sehr schade. Mit niemandem auf der Welt würde sie diesen Abend lieber verbringen als mit ihm.

Sie betrachtet das Telefon, das neben ihr auf der Arbeitsplatte in der Ladestation steht, zögert aber. Wird er sich nicht bedrängt oder gar belästigt fühlen, wenn sie ihn anruft? Andererseits … ist es nicht ein romantischer Liebesbeweis, dass sie es nicht erwarten kann, seine Stimme zu hören?

Sie greift nach dem Weinglas, hält es gegen das Licht der Stehlampe und erfreut sich am herrlichen Purpur des Inhalts. Mit geschlossenen Augen und geblähten Nasenflügeln genießt sie das wundervolle Bouquet, eine Komposition aus Kirschen, Brombeeren und Tabakblättern, bevor sie sich einen ersten Schluck gönnt und das Glas wieder abstellt. »Herzlichen Glückwunsch, Katrin.«

Ihr Blick fällt erneut auf das Telefon. Sie hat so gehofft, dass Florian sich im Laufe des Tages melden und ihr gratulieren würde. Andererseits kann sie sich gut vorstellen, dass sein Tag sehr stressig war und er den Kopf nicht frei hatte.

»Ach, was soll's«, ermuntert sie sich selbst und nimmt den Hörer von der Ladestation. Während ihre Finger über das Zahlenfeld huschen, fragt sie sich, warum sie Florians Nummer noch immer nicht im Adressbuch abgespeichert hat, und hält sich dann in gespannter Erwartung das Telefon ans Ohr.

Statt des erwarteten Klingeltons hört sie jedoch eine weibliche Stimme, die ihr erst auf Deutsch und dann auf Englisch erklärt, dass die Nummer, die sie gewählt hat, nicht vergeben ist. Verblüfft lässt sie den Hörer sinken und starrt auf das kleine

Farbdisplay, auf dem die Telefonnummer zu sehen ist. Nein, sie hat sich nicht vertan.

»Seltsam«, murmelt sie und versucht es erneut, um kurz darauf wieder den gleichen Hinweis zu hören. Sie legt das Telefon auf die Ablage, geht ins Schlafzimmer und zieht ihr Smartphone vom Ladekabel ab. Noch auf dem Weg zur Küche versucht sie es mit diesem Gerät. Das Ergebnis ist das Gleiche. Die Nummer existiert nicht.

»Verdammt«, stößt sie aus und wirft das Handy unsanft neben das Telefon auf die Arbeitsplatte. Ein wirklich toller Geburtstag.

Sie greift nach ihrem Glas und lehnt sich gegen den Kühlschrank. Wie kann es sein, dass Florians Anschluss, den sie in den letzten Wochen zigmal angerufen hat, plötzlich nicht mehr existiert? Wenn er eine neue Nummer hätte, wüsste sie doch wohl davon. Oder?

Er ist Programmierer bei einem Telekommunikationsunternehmen. Was genau er dort macht, weiß sie nicht, aber es wäre sicher ein Leichtes für ihn, jederzeit eine neue Nummer zu bekommen.

Sie nimmt einen großen Schluck und stößt sich von der Kühlschranktür ab.

»Quatsch!«, sagt sie laut und geht ins Wohnzimmer. Das wird sich alles aufklären. Wahrscheinlich liegt es daran, dass Florian in Rom ist und die Verbindung aus irgendwelchen Gründen nicht hergestellt werden kann. Oder er hat sein Handy verloren und die Karte sperren lassen. Vielleicht ist es auch gestohlen worden. Man hört doch immer wieder davon, dass es in Rom von Taschendieben nur so wimmelt.

Als sie es sich auf der Couch bequem gemacht hat, fällt ihr auf, dass keine Musik läuft. Funktioniert an diesem Tag denn gar nichts?

»Ella?« Gespannt wartet sie auf die weibliche Stimme des Smart Speakers, die sie nach ihren Wünschen fragt, doch das Gerät bleibt stumm.

»Ella!«, wiederholt sie energischer, wartet aber erneut vergeblich auf eine Reaktion.

»Ella, wie spät ist es?« Nachdem auch diese Standardfrage das Gerät nicht zum Antworten bewegen kann, stellt sie das Glas auf dem niedrigen Couchtisch ab, steht auf und geht zu der Kommode.

Der Lautsprecher ist eingeschaltet, wie der streichholzkopfgroße, blau leuchtende LED-Punkt an der rechten Seite beweist. Also gut, einen letzten Versuch noch.

»Ella! Wie spät ist es?«

Erneut bleibt das Gerät ihr eine Antwort schuldig. Sie zuckt mit den Schultern und geht zur Couch zurück. Schöne neue Technikwelt. Wenn der Lautsprecher morgen noch immer nicht funktioniert, wird sie ihn zurückbringen. Schließlich hat sie ihn erst vor ein paar Wochen gekauft.

Sie schaltet den Fernseher ein, zappt durch die Programme und findet schließlich einen romantischen Film, der zwar schon eine Weile läuft, ihr aber trotzdem geeignet scheint, sich davon noch ein bisschen ablenken zu lassen, bevor sie sich schlafen legt.

Um kurz nach zweiundzwanzig Uhr dreißig schaltet sie den Fernseher aus und geht ins Bad, zehn Minuten später legt sie ihr Smartphone auf dem Nachttisch ab, kuschelt sich in die Bettdecke und löscht das Licht. Mit den Gedanken bei Florian schläft sie kurz danach ein.

Sie weiß nicht, wovon sie aufgewacht ist, registriert aber, dass es noch mitten in der Nacht sein muss. Im Zimmer ist es beinahe vollkommen dunkel. Lediglich im oberen Bereich des Fensters gegenüber drückt sich ein Hauch von Mondlicht durch die beiden letzten Reihen des nicht ganz geschlossenen Rollladens, ein Punkt, an dem sich ihr Blick orientieren kann.

Sie will sich gerade umdrehen, um weiterzuschlafen, als sie den Atem anhält. Ihr Name ... Hat da jemand ihren Namen gesagt? Nein, nicht gesagt. Geflüstert. Irgendwo außerhalb des Schlafzimmers.

Sie richtet sich ein wenig im Bett auf und lauscht angestrengt in die Dunkelheit, während ihr Herz schneller schlägt.

»Katrin ...« Da ist es wieder. Es klingt fremd, lockend. »Kaaaatrin ...«

Ein eiskalter Schauer kriecht ihr über den Rücken, auf ihrer Stirn bilden sich winzige Schweißperlen.

Nein, das ist kein Traum. Jemand ist in ihrer Wohnung, und diese Gewissheit jagt ihr mehr Angst ein, als sie je zuvor gehabt hat.

Dann plötzlich taucht dieser Gedanke auf, der die einzig logische Erklärung liefert und sie gleichzeitig beruhigt.

Florian. Er weiß, wo der Ersatzschlüssel versteckt ist. Sie hat es ihm gesagt, falls er mal unangemeldet vorbeikommen möchte. Und genau das ist jetzt der Fall. Er ist gar nicht in Rom, das war nur ein Vorwand, um sie auf diese außergewöhnliche Art zum Geburtstag zu überraschen. Das passt zu ihm. Und das ist das einzig Wahrscheinliche.

Anders als der Gedanke, jemand würde nachts lautlos in ihre Wohnung einbrechen, um dann im Wohnzimmer zu stehen und leise ihren Namen zu rufen. Das ist eher ein Setting für einen billigen Horrorfilm als die Realität, hier in ihrer Wohnung.

Deshalb hat Florian sich also nicht gemeldet und war auch nicht zu erreichen. Wahrscheinlich steht er – mit einem riesigen Blumenstrauß in den Händen – feixend im Wohnzimmer.

»Florian?« Sie bemerkt, dass sie nur geflüstert hat, und wiederholt seinen Namen lauter. Lauscht wieder angestrengt. Nichts. Sicher hat er große Mühe, sein Lachen zu unterdrücken, während er nebenan auf sie wartet.

Sie schlägt die Bettdecke zurück und schwingt die Beine aus dem Bett. Trotz der plausiblen Erklärung erschauert sie, als hätte ein kalter Windhauch sie gestreift, als sie ihr Schlafzimmer verlässt.

Im Wohnzimmer knipst sie die Stehlampe neben der Tür an und sieht sich erwartungsvoll um, doch ... da ist niemand. »Florian?«, fragt sie abermals, nun wieder unsicher. »Ich weiß doch, dass du da bist. Nun komm schon, zeig dich. Mach mir keine Angst.«

Die Stille im Raum erscheint ihr mit einem Mal unnatürlich. Körperlich. So, als presse jemand Watte gegen ihre Ohren. Erneut beschleunigt sich ihr Herzschlag, steigert sich zu einem Wummern, das die bedrückende Stille zwar unterbricht, die Situation allerdings nicht besser macht.

War da ein Knacken? Hatte sich neben ihr etwas bewegt? Nein. Oder?

»Katrin!«

Sie stößt einen spitzen Schrei aus und weicht unwillkürlich einen Schritt zurück. Die Stimme ist weiblich, und die Art, wie sie ihren Namen flüstert, klingt ... irre.

»Du wolltest wissen, wie spät es ist.« Die Haare auf Katrins

Armen richten sich auf. Ella! Ihr Blick fällt auf den Smart Speaker. Das ist ja vollkommen verrückt …

»Ja«, antwortet sie leise und wundert sich, wie dünn ihre Stimme klingt.

»Es ist Zeit für dich zu sterben, Katrin.«

Ihr stockt der Atem, der Raum beginnt sich zu drehen, ihre Hand tastet nach dem Türrahmen, stützt sich daran ab.

»Was?«, flüstert sie kaum hörbar.

»Du wirst ster-ben«, flüstert die Ella-Stimme in einem absurden Singsang. »Er kommt dich ho-len.«

Katrins Herz hämmert gegen ihre Rippen, das Atmen fällt ihr schwer. Eine Schlinge legt sich unnachgiebig um ihre Brust und zieht sich zu, enger und enger.

»Wer … sind Sie?«

»Du kennst mich, Katrin …« Aus dem Flüstern ist ein säuselndes Wispern geworden. Schlimmer noch – es ist nicht mehr Ellas Stimme, die da zu ihr spricht. Sie ist nun männlich, und Katrin kennt sie wirklich. Aber …

»Du wirst sterben. Bald … bald komme ich dich holen.«

Sie spürt, wie etwas in ihr geschieht. Es ist wie ein Schalter, der sich ohne ihr Zutun umlegt. Sie stößt sich vom Türrahmen ab, ist mit wenigen schnellen Schritten an der Kommode, greift mit zitternden Händen nach dem Kabel, mit dem Ella am Netz hängt, und reißt mit einem wilden Ruck den Stecker aus der Dose. Dann hebt sie den Lautsprecher hoch und wirft ihn mit aller Kraft auf den Boden, wo er regelrecht explodiert, als wäre ein kleiner Sprengkörper in ihm gezündet worden.

Sie steht da und starrt das aufgeplatzte Gerät an, aus dem kleine Bauteile an Drähten heraushängen. Wie Gedärm aus einem aufgeschlitzten Bauch, denkt sie.

14

»Ella?« Sie wartet, fünf Sekunden … zehn. Nichts.

Den Blick noch immer auf das zerstörte Gerät gerichtet, das plötzlich von einer feindlichen Aura umgeben zu sein scheint, macht sie einen Schritt zurück, noch einen und einen weiteren. Schließlich wirft sie sich herum und läuft auf unsicheren Beinen ins Schlafzimmer, wo sie ihr Mobiltelefon abgelegt hat.

Sie muss die Polizei rufen.

Das Gerät liegt neben der Lampe auf dem Nachtschränkchen. Der Anblick des schwarzglänzenden Displays wirkt beruhigend. Ihr Rettungsring in diesem Horrorszenario. Als sie gerade mit zitternden Händen danach greifen möchte, leuchtet der Bildschirm plötzlich auf, und eine männliche Stimme aus dem winzigen Lautsprecher an der Unterseite flüstert: »Das nützt dir nichts. Du wirst sterben. Ich komme dich holen. Bald.«

1

»Ach du meine Güte.« Thomas deutete mit einem Kopf-
nicken auf den jungen Mann, der über den freien Platz vor
den Schiffsanlegern zielstrebig auf sie zukam. »Mister Cool
himself. Wetten, dass das dieser Typ ist, der noch fehlt? Ich
hab immer so ein Glück.«

Thomas Strasser tendierte dazu, vorschnell über jeden
zu lästern, der auch nur ansatzweise Wert auf sein Äußeres
legte und gutgekleidet war. Ganz besonders dann, wenn es
sich um einen Geschlechtsgenossen handelte.

Das mochte daran liegen, dass er selbst mit seinem strup-
pigen Bart, der Nickelbrille und den beachtlich schlecht
sitzenden Klamotten wie das aussah, was er auch tatsächlich war: ein Computer-Nerd. Seine Leibesfülle, mit der er
seine Unsportlichkeit wie ein Fanal vor sich hertrug, setzte
diesem Bild das berühmte I-Tüpfelchen auf.

In diesem Fall konnte Jennifer die Bemerkungen ihres
Mitarbeiters jedoch verstehen, denn der Mann, der sie nun
fast erreicht hatte, erfüllte das gegenteilige Klischee nahezu
perfekt.

Er mochte Anfang dreißig, also in Jennifers Alter sein,
womit zumindest die offensichtlichen Gemeinsamkeiten
auch schon erschöpft waren. Zu einer auffälligen knallroten
Daunenjacke mit diagonalen weißen Streifen, auf denen in

ebenso auffälliger Schrift der Name *Bogner* prangte, trug er eine Skihose in Husky-Grau. Seine Haare waren so akkurat nach hinten gegelt, dass sie wie ein dunkelbrauner Helm um seinen Kopf lagen, das Gesicht war von der Sonne oder in einem Studio gebräunt.

Mit verzückter Miene hielt er sein Smartphone vor sich und machte ein Selfie. Wahrscheinlich dokumentierte er sein Eintreffen, für wen auch immer. Trotz des trüben Wetters trug er eine Sonnenbrille, die mit ihren verspiegelten Gläsern und der geschwungenen Form ebenso gut als Skibrille für Yuppies durchgehen würde. Und genau das war auch der Begriff, der Jennifer einfiel, als er vor ihnen stehen blieb und ihnen das strahlende Weiß seiner zweifellos gebleachten Zähne zeigte, indem er einfach die Lippen zurückzog, ohne dass sich der Rest seines Gesichts auch nur bewegte. Der Arm mit dem Smartphone senkte sich.

»Hi, ich bin David.« Er sah sich um und betrachtete die anderen Mitglieder der Gruppe. »Ihr seid die Digital-Detox-Fraktion, richtig?«

»Ja«, antwortete der Teamleiter des Reiseveranstalters, der neben Jennifer und Thomas stand und sich ihnen kurz zuvor als Johannes Petermann vorgestellt hatte. Er war Anfang fünfzig, die grauen Haare reichten in einer unmodernen Frisur halb über die Ohren. »Das sind wir. Und Sie müssen David Weiss sein, auf den wir schon seit zwanzig Minuten warten.«

»Das tut mir leid«, erwiderte Weiss auf eine Art, die bedeutete: *Das tut es nicht.* »Also, nicht, dass ich David Weiss bin, das tut mir weiß Gott nicht leid, haha, aber dass ihr auf mich warten musstet. Kommt nicht wieder vor.« Erneut bleckte er die Zähne.

»Okay.« Petermann machte ein paar Schritte und wandte sich der Gruppe zu, die nun vollständig war und mit ihm selbst aus elf Mitgliedern bestand. Nachdem er sich mehrfach die Hände gerieben hatte, was den herrschenden Temperaturen um die minus fünf Grad ohne Handschuhe geschuldet sein musste, zog er ein Blatt Papier aus der Jackentasche.

»So, nachdem wir jetzt also vollzählig sind, heiße ich Sie herzlich am Startpunkt unseres Trips hier in Schönau am Ufer des herrlichen Königssees willkommen. Zuerst stelle ich Ihnen kurz unser kleines Team von *Triple-O-Journey* vor. Falls Sie es noch nicht in Ihren Unterlagen gelesen haben, die drei O stehen für *Out Of Ordinary*, also *ungewöhnlich*. Bei uns können Sie keinen Pauschalurlaub buchen, sondern nur individuell konzipierte Reisen, weswegen Sie ja auch hier sind. Später dazu dann mehr. Anschließend checken wir noch kurz, dass wir auch die richtigen Teilnehmer dabeihaben, und dann kommt der Moment der Wahrheit. In dieser Kiste« – er deutete hinter sich auf eine grüne Kunststoffbox von der Größe eines Reisekoffers – »bewahren wir alle elektronischen Geräte bis zu unserer Rückkehr auf. Keine Angst, die Teile werden entsprechend gekennzeichnet, so dass Sie Ihr Smartphone oder Tablet problemlos wiederfinden.«

Er lächelte verschwörerisch. »Für mich ist es auch das erste Mal. Ich finde das sehr spannend.« Nach einem erneuten Blick in die Runde klatschte er in die Hände. »Sobald wir das erledigt haben, kann es auch schon losgehen.

19

Noch etwas: Wenn es für alle okay ist, benutzen wir ab jetzt die Vornamen, das schafft gleich ein bisschen mehr Gruppenfeeling und ist nicht so steif. Okay? Gut.«

Damit nickte er der jungen Frau zu, die neben ihm stand und in die Runde strahlte. »Beginnen wir mit Ellen Weitner, also einfach Ellen. Sie hat nach dem Bachelor in Tourismuswirtschaft ihren Master in Internationalem Tourismus- und Eventmanagement gemacht und bei uns ihre erste Stelle angetreten.«

Die Mittzwanzigerin lächelte etwas gequält in die Runde, was daran liegen konnte, dass es ihr erster richtiger Job war und sie alles besonders gut machen wollte.

»Der blendend aussehende junge Mann hinter ihr ist Nico. Nico Schwerte.« Er deutete auf den sportlich wirkenden, schwarzhaarigen Enddreißiger, der lächelnd nickte.

»Er ist neu in unserem Team und kommt aus Österreich, genauer gesagt aus Damüls im Vorarlberg. Nico ist nicht nur ein ganz hervorragender Skiläufer, sondern auch ein sehr erfahrener Bergführer. Er wird uns von St. Bartholomä aus den Weg zeigen und darauf achten, dass wir alle gesund hin- und auch wieder zurückkommen.«

Jennifer betrachtete den Österreicher und stellte fest, dass sie ihn auf Anhieb sympathisch fand. Er war kein Beau, strahlte aber den jungenhaften Flegelcharme eines ewig Pubertierenden aus, der nie erwachsen werden will.

»Und zuletzt gibt es noch mich, Johannes. Ich bin der verantwortliche Teamleiter von Triple-O-Journey und zuständig für alles, was mit dieser Tour zusammenhängt. Das ist dann auch schon das gesamte Team. Wie Sie alle wissen, werden wir nach einem etwa fünfstündigen, leichten Fuß-

marsch unser Ziel, ein ehemaliges Bergsteigerhotel, erreichen. Alles Weitere dann vor Ort.«

Er hob wieder das Blatt an. »Kommen wir nun zu Ihnen.
Da haben wir als Erstes das Team von … Moment …« Sein
ausgestreckter Zeigefinger fuhr über das Papier. »Ah, hier.
Das Team von *Fuchs Telecom*, eines Dienstleisters der Te-
lekommunikationsbranche, der sich dazu entschlossen hat,
vier seiner Mitarbeiter, die normalerweise von morgens bis
abends mit Smartphones und Internet zu tun haben, eine
fünftägige Digital-Detox-Auszeit zu gönnen. Wer weiß,
vielleicht kann das Unternehmen ja anschließend von den
Erfahrungen profitieren, die die vier in diesen Tagen machen.«

Mit einem Lächeln blickte er zu Jennifer und Thomas,
neben denen auch Anna und Florian sich intensiv unterhalten hatten und nun verlegen lächelten.

»Ich denke, es ist am sinnvollsten, wenn Jennifer König
ihre Mitarbeiter selbst vorstellt.« Er deutete mit der ausgestreckten Hand zu ihr hinüber. »Bitte, Jenny.«

Von einer völlig Unbekannten über den Vornamen zur
Namensabkürzung innerhalb von zwei Minuten. Das war
rekordverdächtig. Sie nickte lächelnd. »Gerne. Dieser bär-
tige Gemütsmensch gleich neben mir ist Thomas Strasser.
Er ist mit Ende zwanzig einer unserer jüngsten Systemprogrammierer. Daneben haben wir Anna Simonis, Informa-
tions- und Kommunikationstechnikerin, und Florian Trappen, wie Thomas ebenfalls Systemprogrammierer und für
die Entwicklung von Apps zuständig.«

Jenny bemerkte, dass David Weiss kurz zusammengezuckt war, als er Florians Namen hörte. Nun starrte er ihn

an, als denke er darüber nach, woher er ihn kannte. Sie riss sich von der Szene los und lächelte in die Runde.

»Was das alles im Einzelnen bedeutet, können die drei euch in den nächsten Tagen selbst erzählen. Zeit genug werden wir ja haben, so ganz ohne Smartphones und Internet.«

»Vielen Dank, Jenny«, übernahm Petermann wieder und klatschte in die Hände. »Dann haben wir noch vier Mitstreiter, die diese fünf Tage unabhängig von ihren Arbeitgebern gebucht haben, weil sie wohl zu Recht der Meinung sind, die handyfreie Zeit werde ihnen guttun. Als da wären: Annika und Matthias Baustert, sie sind verheiratet und haben ein kleines Unternehmen. Dann Sandra Weber, sie ist bei einer Versicherung angestellt, und schließlich David Weiss, der bei einem Vermögensdienstleister in Luxemburg beschäftigt ist.«

»Partner!«, rief Weiss und wandte dabei seinen Blick von Florian ab. »So viel Zeit muss sein. Ich bin Partner einer Schweizer Vermögensverwaltungsgesellschaft mit Sitz in Luxemburg.«

»Ähm, ja, oder so.« Petermann faltete seinen Zettel zusammen und ließ ihn in der Jackentasche verschwinden.

»Alles andere werdet ihr sicher in den nächsten Tagen von jedem selbst erfahren.« Erneut klatschte er in die Hände.

»Also dann … her mit euren Handys. Und falls ihr Tablets, Notebooks oder sonstigen elektronischen Schnickschnack mit euch herumschleppt, obwohl ihr fünf restlos digitalbefreite Tage gebucht habt – alles zu mir, bitte. Ich verlasse mich auf eure Ehrlichkeit.«

Ellen wartete schon mit einer kleinen Tüte in der Hand an der grünen Box und lächelte Jenny entgegen, als die ihr als Erste ihr ausgeschaltetes Smartphone reichte.

»Nein, steck es selbst hier rein, beschrifte die Tüte mit deinem Namen und verschließe sie. Dann kannst du sie in die Box legen.«

Sie reichte Jenny einen Stift und die Tüte, die aus festem weißem Papier bestand und etwa die Größe eines DIN-A5-Blattes hatte. In schwarzer Schrift war *OFFLINE* darauf gedruckt, darunter gab es ein umrandetes Kästchen mit Platz für den Namen. Am unteren Rand war das Logo von *Triple-O-Journey* angebracht, drei ineinander verschlungene, grüne *O*, in denen in winzigen Buchstaben die Worte *Out, Of und Ordinary* standen, mit dem Schriftzug *JOUR-NEY* darunter.

Jenny tütete ihr Smartphone ein, beschriftete das vorgesehene Feld mit ihrem Namen und klappte die selbstklebende Lasche der Tüte um. Nachdem sie das so verpackte Gerät in der Box abgelegt hatte, nickte Petermann ihr zufrieden zu und deutete zum Anleger. »Wunderbar. Bitte.«

Während sie sich abwandte, fiel ihr auf, dass sie den Reiseleiter als Einzigen noch gedanklich beim Nachnamen nannte. Das lag wahrscheinlich am Altersunterschied. Sie nahm sich vor, darauf zu achten, wenn sie ihn ansprach.

Das weiße Schiff mit dem Holzaufbau, das an der Anlegestelle zwei auf sie wartete, trug am Bug den Namen *Marktschellenberg*. Die gepolsterten Bänke im Inneren boten Platz für vielleicht siebzig oder achtzig Fahrgäste, waren für diese Fahrt aber ihrer Gruppe mit ihrem Gepäck vorbehalten, was einigen Männern und Frauen, die in Out-

23

doorkleidung vor dem Anleger standen und ebenfalls die etwa vierzigminütige Tour über den Königssee nach St. Bartholomä machen wollten, gar nicht gefiel.

Es war angenehm warm im Inneren der *Marktschellenberg*, sobald Jenny die unmittelbare Nähe des Eingangs mit der geöffneten Türluke verlassen hatte.

Sie suchte sich einen Platz am Fenster im hinteren Bereich, stellte ihren Rucksack neben sich ab und drückte ihre Stirn gegen die kalte Scheibe. Das Wasser des Sees war so glasklar, dass sie problemlos bis auf den Grund schauen konnte, was unter anderem darin begründet war, dass keinerlei Abwässer in den Königssee geleitet wurden. Das hatte sie wenige Tage zuvor noch in einem Bericht gelesen. Und dass an der tiefsten Stelle des Sees hundertneunzig Meter zwischen der Wasseroberfläche und dem Grund lagen.

»Hast du deinen Rucksack da abgestellt, damit keiner auf die Idee kommt, sich neben dich zu setzen?«

Jenny sah erschrocken auf. Sie hatte nicht bemerkt, dass Florian neben ihr stand. »Ach, Blödsinn. Das kann auch nur dir einfallen.« Sie zeigte lachend auf den Platz neben sich. »Also was ist, möchtest du dich zu mir setzen?«

Florian hob beide Hände. »Könnte ja sein, dass du lieber deine Ruhe haben willst auf den letzten Metern in der Zivilisation. Chefmeditation oder so was.«

»Quatsch. Nun komm, setz dich schon.« Sie nahm den Rucksack und stellte ihn auf der Bank hinter sich ab.

Florian war ein lieber Kerl, der auch gute Arbeit leistete, aber manchmal beschlich sie das Gefühl, dass es ihm schwerfiel, eine Frau als Chefin zu akzeptieren, die zudem noch rund fünf Jahre jünger war als er selbst. Und das, obwohl sie mit allen Mitarbeitern ihres kleinen Teams ein sehr kumpelhaftes Verhältnis hatte. Auch mit Florian, mit dem es anfangs etwas schwierig gewesen war. Seinen Job hatte er vom ersten Tag an sehr gut gemacht, daran hatte es nicht gelegen. Er hatte auf sie allerdings einen recht verschlossenen Eindruck gemacht, gerade so, als trage er etwas mit sich herum. Mit der Zeit war er dann aber zugänglicher und zu einem wichtigen Mitarbeiter geworden, den sie in vielerlei Hinsicht schätzte.

»Dieser David hat draußen mit Ellen und Johannes darüber diskutiert, warum er nicht noch ein paar dringende Telefonate führen kann, bevor er sein Handy abgibt«, erzählte Florian, während er sich neben Jenny auf die Bank setzte. »Erst als Johannes drohte, ohne ihn abzufahren, wenn er es nicht in die verdammte Tüte steckt, hat er aufgegeben. Um sich gleich darauf darüber zu beschweren, dass die Tüte für sein heiliges Handy nicht ausgepolstert ist.«

Jenny musste lachen. »Ja, das passt. Scheint ein nicht ganz einfacher Mensch zu sein.«

Florian blickte an ihr vorbei aus dem Fenster. »Ich bin schon sehr gespannt, wie er ohne das Ding klarkommt.«

»Was das angeht, bin ich auch gespannt, wie *ich* ohne zurechtkomme. Unglaublich, aber das Teil fehlt mir jetzt schon.«

Eine Weile sahen sie schweigend aus dem Fenster und beobachteten zwei Enten, die gemächlich am Schiff vorbeischwammen.

»Dass denen nicht kalt ist.« Jenny lief allein beim Gedanken an die Wassertemperatur, die zumindest an der

Oberfläche kurz vor dem Gefrierpunkt liegen musste, ein Schauer über den Rücken.

»Die haben eine dicke …«, setzte Florian an, wurde aber von David unterbrochen, der seinen Rucksack geräuschvoll auf der Bank ihnen gegenüber ablegte, Jenny zuzwinkerte und Florian einen seltsamen Blick zuwarf, bevor er sich auf die Sitzfläche fallen ließ und ebenfalls nach draußen sah.

So hingen sie eine Weile ihren Gedanken nach, während einer nach dem anderen der restlichen Reisegruppe die *Marktschellenberg* betrat und sich einen Platz suchte.

Jenny beobachtete Matthias, der im vorderen Teil des Schiffs den Rucksack seiner Frau vor ihr auf dem Boden abstellte. Gerade überlegte sie, dass er wohl im gleichen Alter wie seine Frau, vielleicht sogar zwei, drei Jahre jünger war, als David sagte: »Florian Trappen …«

Jenny und Florian sahen ihn an. »Ich überlege die ganze Zeit, woher ich deinen Namen kenne. Es fällt mir einfach nicht ein. Zumindest im Moment nicht. Aber ich komme noch darauf, da bin ich sicher. Ich kenne dich von irgendwoher …«

2

Jenny sah fragend zu Florian hinüber, der mit den Schultern zuckte. »Keine Ahnung, was du meinst. Ich bin mir ziemlich sicher, dass wir uns noch nie begegnet sind. An dich würde ich mich bestimmt erinnern. Allerdings kann das auch damit zusammenhängen, dass ich bisher dein Gesicht noch nicht vollständig gesehen habe. Es ist schwierig, jemanden zu erkennen, wenn er sogar bei trübem Wetter und im Inneren eines Schiffs seine Augen hinter einer verspiegelten Sonnenbrille versteckt.«

»Hm … nein, keine Begegnung«, antwortete David, ohne auf Florians Anspielung einzugehen oder die Brille abzusetzen. »Ich denke eher, es ist dein Name, den ich schon mal gehört oder gelesen habe. Aber wie gesagt, es fällt mir bestimmt wieder ein. Ich habe ein Gedächtnis wie ein Elefant.« Damit wandte er den Kopf wieder ab. Das Thema schien – zumindest für den Moment – für ihn erledigt zu sein.

Nachdem sie einen kurzen, vielsagenden Blick mit Florian gewechselt hatte, widmete auch Jenny sich erneut dem herrlichen Anblick auf der anderen Seite der Glasscheibe und bemerkte erst in diesem Moment, dass das Schiff mittlerweile abgelegt hatte und sich langsam vom Anleger entfernte.

Nicht nur die Berge im Hintergrund waren schneebedeckt, auch das Ufer des Sees und die Landschaft rundherum waren fast nahtlos weiß. Die Dächer der wenigen Hütten und Häuser, die noch nicht vom Schnee befreit worden waren, ächzten unter der Last von fast einem halben Meter Dicke. Das war für Ende Februar nichts Außergewöhnliches für die Menschen hier, wie sie von einem Ortskundigen erfahren hatte.

Für sie als Norddeutsche hingegen war dieser Anblick eine Seltenheit, so dass sie weniger an die Gefahren dachte, sondern die schönen Aspekte der Schneemassen genoss.

Ihre Gedanken kehrten zu David zurück. Er gehörte zu diesen Menschen, die ihr wohl auf ewig ein Rätsel bleiben würden. Es musste ihm doch klar sein, dass er mit seiner großkotzigen Art bei fast allen aneckte und sich keine Freunde machte. Vielleicht war ihm das aber auch schlicht egal. Als sie kurz zu ihm hinüberblickte und seinen selbstzufriedenen Gesichtsausdruck sah, hielt sie diese Vermutung für recht wahrscheinlich.

Die Fahrt dauerte wie angekündigt rund vierzig Minuten inklusive eines fünfminütigen Stopps vor der *Echowand* etwa auf der Hälfte der Strecke, bei dem der Bootsführer aus der geöffneten Tür mit seiner Trompete das berühmte Echo vom Königssee demonstrierte.

Kurz bevor sie dann langsam auf den Anleger von St. Bartholomä zuglitten, das aus nicht mehr als einigen wenigen Gebäuden und einer kleinen Kirche besteht, hatten sie zum ersten Mal einen freien Blick auf die Ostwand des Watzmann, dessen Gipfel in einer dichten Wolke verschwand. Rund zweitausend Meter ging es dort steil nach oben, was immer wieder Bergsteiger aus der ganzen Welt magisch anzog.

»So, bitte alle mal herhören.« Nicos Stimme, die aus einem Lautsprecher in der Decke direkt über ihnen drang, riss sie aus ihren Gedanken.

»Wir verlassen jetzt das Schiff und versammeln uns direkt vor dem Anleger. Bitte lauft nicht herum, unser Zeitplan ist recht eng. Wenn wir bei Tageslicht an unserem Ziel ankommen möchten, müssen wir bald los. So, wie es aussieht, wird der Aufstieg nicht ganz einfach, und wir werden wohl mindestens fünf Stunden brauchen, vielleicht sogar sechs, je nachdem, wie mühsam der Weg über die Serpentinen der Saugasse sich gestaltet. Zudem ist für heute Abend wieder Schneefall gemeldet.«

»Mühsam?«, rief Thomas von der Mitte des Schiffs, und die Sorge in seiner Stimme war nicht zu überhören. »Es hieß doch, es sei ein *leichter Fußmarsch* bis zu dem Hotel.«

Nico zeigte sein jungenhaftes Lächeln. »Keine Angst, wir werden nicht klettern müssen, aber es sind halt Serpentinen, die durch die Saugasse führen, und die gehen nun mal leider bergauf. Da der letzte Schneefall schon ein paar Tage her ist, wird dort zwar mittlerweile ein Pfad getreten sein, aber ein Spaziergang wird es nicht ganz.«

»Na super. Und was genau heißt *bergauf?*«

»Das bedeutet, wir werden über eine Distanz von etwa sechshundert Metern gut dreihundert Höhenmeter überwinden. Das Ganze in zweiunddreißig Serpentinen und mit einer maximalen Steigung von vierzig Grad.«

»Hey, junger Mann«, rief Annika Baustert Thomas zu. »Schau mich mal an. Ich bin Mitte vierzig und werde da raufmarschieren wie nichts. Wenn du unterwegs müde wirst, sag einfach Bescheid, dann trage ich dich.«

Dafür erntete sie allgemeines Gelächter, in das nur Thomas und Jenny nicht einstimmten. Sie mochte es nicht, wenn jemand aufgrund seines Äußeren verspottet wurde, schon gar nicht, wenn es sich um einen ihrer Mitarbeiter handelte.

»Ich bezweifle, dass ihm das jetzt wirklich geholfen hat«, bemerkte Anna, die neben Thomas saß, laut in Richtung Annika, woraufhin die beide Hände hob. »Entschuldigung, ich wollte ihn nur ein bisschen aufmuntern, war nicht böse gemeint.«

»Also«, ergriff Nico wieder das Wort, »du brauchst keine Befürchtungen zu haben, Thomas. Ich werde jetzt draußen die Schneeschuhe verteilen, damit kommt man auch in tiefem Schnee ganz super voran. Mit ein wenig Grundsportlichkeit kann man den Weg problemlos schaffen.«

Genau das ist ja sein Problem, dachte Jenny und erhob sich von der Bank. Dass Thomas keine Sportskanone war, lag auf der Hand. Was die meisten der Gruppe aber nicht wussten, war, dass er neben seinem Hang zu Fastfood und Süßigkeiten auch noch starker Raucher war und schon auf einer kurzen Treppe außer Atem kam. Dass er ausgerechnet diese Tour zum Anlass nehmen wollte, von den Glimmstängeln wegzukommen, oder besser gesagt einen weiteren Versuch dazu zu starten, war zwar löblich, würde aber so schnell sicher nichts an seiner Kurzatmigkeit ändern.

Sie verließen das Schiff und sammelten sich am Ende des Stegs, wie Nico es ihnen gesagt hatte.

Jenny zog den Reißverschluss ihrer Outdoorjacke ganz

zu und wickelte den Schal enger um den Hals. Der kalte Wind drang auch noch durch den kleinsten Spalt und ließ die Temperatur um einiges eisiger erscheinen.

Verrückterweise verspürte sie mit einem Mal das dringende Bedürfnis, ihr Smartphone zur Hand zu nehmen und ihre Mails und die Anrufliste zu checken. Sie hoffte, dass zu Hause alles in Ordnung war und es Hannes gutging, und dachte daran, dass sie in vier Monaten vor den Traualtar treten würde. Und zum wiederholten Mal horchte sie in sich hinein, was sie bei dem Gedanken daran empfand.

»Hey, mach dir mal keinen Kopf.« Florian legte Thomas die Hand auf die Schulter. »Wir sind ja auch noch da. Wenn es wirklich zu anstrengend wird, helfen wir uns gegenseitig.«

»Ja, schau'n wir mal«, entgegnete Thomas wenig begeistert. Jenny sah ihm an, dass er sich in diesem Moment wohl kaum etwas sehnlicher wünschte als eine Zigarette.

»So.« Petermann … *Johannes* postierte sich vor der Gruppe und klatschte gleich mehrmals in die Hände. »Willkommen in St. Bartholomä. Während Nico und Ellen die Schneeschuhe an alle verteilen, die ihr bitte an eurem Gepäck befestigt, bis wir sie brauchen, noch ein paar Worte von mir. Ich übergebe jetzt das Ruder demütig an unseren Bergführer, und darüber solltet ihr alle froh sein, denn wenn ich mit meinen ausgeprägten Nicht-Kenntnissen der Berchtesgadener Bergwelt unsere Gruppe anführen würde, dann würden wir wahrscheinlich zwei Stunden lang im Kreis laufen und wieder hier ankommen.« Alle lachten.

»Das sind ja optimale Voraussetzungen für einen Reiseleiter«, rief Annikas Mann Matthias, womit er die Lacher auf seiner Seite hatte. Dabei bemerkte Jenny, dass er eine ganz ähnliche Figur hatte wie Thomas, was ihr bisher gar nicht aufgefallen war, den vorherigen Einwurf seiner Frau für sie aber noch unverständlicher machte.

Sie verbrachten etwa fünfzehn Minuten damit, sich fertig anzukleiden, hier und da Getränkeflaschen aus den Rucksäcken zu ziehen und nach dem Trinken wieder zu verstauen, und die Schneeschuhe in Empfang zu nehmen, die vollkommen anders aussahen, als Jenny sich das vorgestellt hatte.

Aus irgendwelchen alten Filmen hatte sie eine Erinnerung an riesige, flache, aus Korbgeflecht hergestellte Teile, die das Gehen zu einer entenähnlichen Fortbewegungsart machten. Das, was Ellen ihr reichte, hatte damit recht wenig zu tun. Die Schneeschuhe waren etwa fünfzig Zentimeter lang, bestanden aus Carbon und sahen aus wie das Skelett von riesigen Badelatschen mit einer komplizierten Bindung darauf. Laut Ellen hatten diese Dinger eine Steighilfe, die die Füße sogar bei einer Steigung von dreißig Grad noch in der Waagerechten hielt.

Nachdem Nico und Ellen allen geholfen hatten, die High-End-Teile an ihren Rucksäcken zu befestigen, ging es los.

In der ersten halben Stunde liefen sie in lockerer Formation auf einem von anderen Wanderern in den Schnee getretenen Pfad am flachen Ufer des Sees entlang, bevor Nico sie nach rechts führte, wo das Gelände leicht anstieg.

Jenny hielt sich gemeinsam mit Florian am Ende der Gruppe an Thomas' Seite, während Anna einige Meter vor ihnen damit beschäftigt war, David zuzuhören, der unaufhörlich auf sie einredete.

Nico erwies sich als guter und umsichtiger Führer. Immer wieder ließ er sich zurückfallen und erkundigte sich, ob das Tempo okay war, bevor er wieder an allen vorbei nach vorn spurtete. Wenn er bis zu ihrem Ziel so weitermachen würde, hätte er eine doppelt so lange Strecke zurückgelegt wie alle anderen.

In halbstündigem Rhythmus ließ er sie anhalten und gönnte ihnen ein paar Minuten Pause, bevor sie sich wieder auf den Weg machten durch bizarre Felslandschaften und an Steilwänden vorbei, bei deren Anblick Jenny ein Gefühl von tiefer Demut empfand.

Hier und da mussten sie sich zwischen umgestürzten Bäumen oder Baumstümpfen hindurchzwängen oder über alte, teils morsche Stämme klettern, die aus dem Schnee ragten.

Nach knapp zwei Stunden war für Jenny der Punkt erreicht, an dem sie nicht mehr sicher war, wieder zurückzufinden, wenn sie auf sich allein gestellt wäre.

Thomas hielt verhältnismäßig gut mit, obwohl er sofort schweißüberströmt war und nach Luft japste, sobald sie ein steileres Stück bewältigen mussten.

Als sie an den Serpentinen der Saugasse ankamen, waren sie seit knapp drei Stunden unterwegs.

Nico hielt an und wartete, bis alle ihn erreicht hatten, dann deutete er auf das hinter ihm steil ansteigende Gelände. »Wir sind jetzt an der Saugasse angekommen, und wie ihr seht, geht es schon zackig bergauf, aber wir werden das schaffen. Offenbar sind wir die Ersten, die nach den letzten Schneefällen hier hinaufgehen. Das bedeutet, dass wir noch keinen Pfad im Schnee haben, dem wir folgen können. Aus diesem Grund werden Ellen und ich euch jetzt dabei helfen, eure Schneeschuhe anzulegen. Ihr werdet sehen, die Steighilfe in den Bindungen erleichtert das Gehen bergauf ganz enorm. Ab hier haltet ihr euch bitte hintereinander und achtet genau darauf, wohin ihr eure Füße setzt. Alles klar? Dann los, Schneeschuhe an.«

»Und?«, wandte Jenny sich an Thomas. »Was denkst du?«

Er nickte, mit Blick auf die Steigung. »Ich schaffe das schon.« Dann verzog er das Gesicht zu einem schiefen Grinsen. »Ich bin ja jetzt Nichtraucher.«

»Das ist die richtige Einstellung«, sagte eine Frau hinter Jenny. Es war Sandra, die Versicherungsangestellte, mit der Jenny bisher noch kein Wort gewechselt hatte. Während der Wanderung hatte sie sie hier und da neben Johannes oder Annika und Matthias gehen sehen. Sie durfte etwas älter sein als Jenny, vielleicht sieben- oder achtunddreißig. Die gewellten, pechschwarzen Haare, die unter ihrer hellen Wollmütze hervorquollen, ließen ihr schmales Gesicht noch blasser erscheinen, als es sowieso schon war.

»Genau«, stimmte Jenny ihr zu. »Du möchtest doch sicher nicht von Annika getragen werden.«

»Ich weiß, wie man sich in der Situation fühlt.« Sandra sah Thomas ernst an. »Und du hast tatsächlich recht, man merkt sofort, dass man besser durchatmen kann, wenn man diese elenden Dinger weglässt. Ich habe vor nicht allzu langer Zeit auch aufgehört. Es ist zwar alles andere als einfach, aber wenn du nachher da oben angekommen bist, wirst du stolz auf dich sein und wissen, dass du die richtige Entscheidung getroffen hast.«

»Das hoffe ich«, entgegnete Thomas und schenkte ihr ein dankbares Lächeln, dann bückte er sich, um die Schneeschuhe anzulegen.

Viermal hielten sie an und machten eine Pause. Zu Jennys Freude war es nur ein Mal wegen Thomas, der verkündete, nicht mehr zu können.

Nach einer Stunde und zwanzig Minuten hatten sie es geschafft und wurden mit einem beeindruckenden Ausblick belohnt.

Während sie alle noch keuchend und stöhnend nach Luft japsten, baute Nico sich vor ihnen auf und wirkte dabei so frisch, als sei er noch keinen Meter gegangen.

»Herzlichen Glückwunsch, ihr habt es gepackt. Bevor wir weitergehen, ruht euch einen Moment aus und genießt den Blick auf die Hachelköpfe und den leider gerade in den Wolken steckenden Watzmann. Ab hier geht es zwar stetig ansteigend weiter durch das Ofenloch und die kleine Saugasse, aber so steil wie das Stück, das wir gerade hinter uns haben, wird es nicht mehr werden. Nachdem ihr das bis hierher geschafft habt, wird euch der Rest wirklich wie ein Spaziergang vorkommen.« Er zwinkerte Thomas aufmunternd zu, bevor er fortfuhr: »Der höchste Punkt unserer Wanderung liegt auf tausendsechshundertsiebzig Meter, bevor wir dann das Kärlingerhaus am Funtensee erreichen. Von dort ist es noch eine gute Stunde bis zu unserem Hotel. Noch Fragen?«

»Ja, ich«, rief Matthias, woraufhin alle ihn ansahen. »Ich habe heute Morgen im Radio den Wetterbericht gehört, in dem von zum Teil heftigen Schneefällen die Rede war. Ich kenne mich in den Bergen nicht aus, aber ich habe mal eine Dokumentation gesehen, in der Bergwanderer von einem Schneesturm überrascht worden sind. Das sah nicht lustig aus. Wenn ich das richtig verstehe, sind wir ja um einiges später dran als geplant. Wir brauchen länger als vorgesehen« – er bedachte Thomas mit einem Seitenblick – »und sind zudem auch erst mit einiger Verzögerung in Schönau losgekommen.« Nun galt sein Blick David.

»Was, wenn es anfängt zu schneien, während wir noch unterwegs sind?«

David hatte die Anspielung auf seine Verspätung verstanden und hob grinsend eine Braue. »Echt jetzt? Und wegen diesen zehn Minuten machst du ein Gesicht, als hätte dir gestern jemand eine Prise Plutonium in den Bohneneintopf gemischt?«

Noch bevor Matthias darauf reagieren konnte, schüttelte Nico den Kopf. »Der Wetterumschwung ist erst für den Abend vorhergesagt, aber selbst wenn es unterwegs zu schneien beginnt, wird es nicht so schnell so heftig, dass wir in Schwierigkeiten kommen könnten. Wenn ich das auch nur ansatzweise befürchtet hätte, wären wir nicht losgegangen. Okay?«

»Okay, dein Wort in Gottes Ohr.«

»Gut, dann gehen wir es an.«

Es dauerte drei weitere Stunden, bis sie dort angekommen waren, wo sie die nächsten fünf Tage ohne Smartphone und Internet verbringen würden, und es schneite in der Zeit nicht.

Als Jenny gemeinsam mit Thomas und Anna die letzte

Steigung überwunden hatte, setzte die Dämmerung gerade ein.

Das Hotel lag in einer kleinen Senke vor ihnen, die inmitten der Felsen wie eine Lichtung anmutete, die im schwindenden Tageslicht auch allein schon unheimlich gewirkt hätte. Der Anblick des Gebäudes allerdings ließ Jenny erschauern. Thomas neben ihr schien es ganz ähnlich zu gehen, denn er murmelte: »Fuck! Ein gottverdammtes Horrorhaus.«

3

Jenny ließ das Gebäude an *Shining* von Stephen King denken. Nicht, weil es ähnlich ausgesehen hätte wie das *Overlook Hotel* aus dem Film, sondern weil der in der Dämmerung liegende verwinkelte Bau abweisend und wenig einladend wirkte, was in ihr das Bedürfnis weckte, augenblicklich auf dem Schneeschuh kehrtzumachen und möglichst schnell einen großen Abstand zwischen sich und dieses Hotel zu bringen.

Der mit dunklem, fast schwarzem Holz verkleidete Komplex sah aus, als hätte man mehrere kleine Gebäude ohne Rücksicht auf jegliche Symmetrie einfach ineinandergeschoben. Umgeben war das Hotel von mehreren Baumgruppen, die zu gleichmäßig angeordnet waren, als dass sie zufällig dort gewachsen sein konnten.

Jenny konnte schlecht einschätzen, wie viele Zimmer es in diesem Gebäudekonglomerat wohl gab, es waren aber auf jeden Fall bedeutend mehr, als sie es sich nach der Beschreibung vorgestellt hatte. Jetzt verstand sie auch, warum es in dem Onlineprospekt nur Fotos vom Innenbereich gegeben hatte.

»Das ist unser Hotel«, erklärte Nico überflüssigerweise mit lauter Stimme gegen das entsetzte Gemurmel an, das um ihn herum aufbrandete. »Das zukünftige *Mountain Pa-*

radise. Fragt mich bitte nicht, warum man einem Hotel in den Berchtesgadener Alpen einen englischen Namen gibt.

Wenn es euch so geht wie mir, als ich bei unserer Probetour vor zwei Wochen hier angekommen bin, dann wollt ihr jetzt wahrscheinlich weglaufen.«

»Quatsch, ist doch abgedreht«, rief David dazwischen. »So ein Schuppen, und dann *Mountain Paradise* … genau mein Humor. Wer wohnt hier? Der Yeti?«

Nico sparte sich einen Kommentar dazu und fuhr fort: »Ich kann euch aber versichern, ihr werdet sehr angenehm überrascht sein, wenn ihr das Innere seht, oder zumindest den renovierten Teil, in dem wir uns aufhalten werden. Das Hotel wurde Anfang des letzten Jahrhunderts erbaut und ist mit den Jahren immer wieder erweitert worden, wie man deutlich sieht. Es hat früher als Basis für Bergsteiger und Kletterer gedient, die von hier aus zu Touren aufgebrochen sind. Vor etwa zwei Jahren wurde es dann vom ehemaligen Besitzer geschlossen und stand eine Weile leer, bis ein Investor es vor kurzem gekauft und damit begonnen hat, es aufwendig zu renovieren.

Wenn ich recht informiert bin, soll daraus ein Luxusresort abseits von Stress und Trubel werden. Die Leitung von *Triple-O-Journey* ist durch Zufall darauf aufmerksam geworden und hat gleich erkannt, dass sich dieser Platz gerade jetzt optimal dazu eignet, unser neues Digital-Detox-Konzept zu testen. Wenn unser Trip so erfolgreich wird, wie wir alle denken, wird es wohl auf eine dauerhafte Kooperation zwischen den Besitzern und *Triple-O-Journey* hinauslaufen.« Mit einer weit ausholenden Geste deutete er auf die Berge um sie herum. »Hier gibt es definitiv

39

nichts. Kein Internet, keinen Handyempfang. Nur absolute Ruhe.«

»Und wenn wir einen Notfall haben?«, erkundigte sich Matthias. »Ja«, schloss seine Frau sich an. »Was ist, wenn wir einen Arzt brauchen?«

Nico nickte. »Für diesen Fall gibt es ein Funkgerät, mit dem man die Bergrettung verständigen kann. Bei aller Abgeschiedenheit sind wir also nicht vollkommen von der Außenwelt abgeschnitten. Aber jetzt habe ich euch genug erzählt. Lasst uns da runtergehen, damit ihr euch selbst davon überzeugen könnt, dass der erste Eindruck täuscht und wir die kommenden Tage in einem wahren Juwel verbringen werden.«

Sofort setzte das Gemurmel wieder ein, während sie mit gemischten Gefühlen, die sich deutlich auf einigen Gesichtern abzeichneten, auf das Hotel zugingen.

Der Eingang lag hinter einer der Baumgruppen und war von ihrem erhöhten Standpunkt aus bedauerlicherweise nicht zu sehen gewesen, denn allein dieser Bereich revidierte bereits den ersten Eindruck.

Wie unschwer zu erkennen war, gehörte dieser Komplex zu dem renovierten Teil. Großzügige Glaselemente schoben sich mit leisem Summen auseinander, als Johannes sich als Erster etwa zwei Meter vor den Türen befand, und gaben den Weg in einen großen, mit hellem Carraramarmor ausgekleideten Lobbybereich frei. Die zukünftige Rezeption bestand aus einer etwa zehn Meter langen, ebenfalls mit Marmor verkleideten Theke. Eine unter der Arbeitsplatte versteckte Lichtquelle zauberte einen blauen Schein auf die helle Oberfläche. Bei der Renovierung wurde of-

40

fensichtlich nicht gespart. Wer immer der Investor war, er hatte wohl keine Geldsorgen.

»Wow!«, stieß Anna so laut aus, dass es von den noch kahlen Wänden widerhallte. »Nico hatte recht. Das hätte ich definitiv nicht erwartet. Das ist ja … wundervoll.«

»Genau mein Stil«, erklärte David. »Hier komme ich wieder her, wenn es fertig ist.« Er nahm zum ersten Mal die Sonnenbrille ab und drehte sich um die eigene Achse. Dabei fiel Jenny auf, dass seine Augen dunkelblau waren.

Auch die anderen Mitglieder der Gruppe zeigten sich begeistert.

»Meine Lieben«, begann Johannes – natürlich mit einem Händeklatschen, das wie ein Peitschenknall von dem Marmor zurückgeworfen wurde. »Wie ihr sehen könnt, entsteht hier ein wundervolles Resort, und wir haben das große Glück, es quasi im Rohzustand testen zu dürfen. Zurzeit ruhen die Renovierungsarbeiten allerdings, weil die Firma, die mit dem Auftrag betraut war, Konkurs angemeldet hat und die neue Ausschreibung noch läuft. Weshalb der ganze Komplex uns allein zur Verfügung steht.«

Ein Raunen lenkte Jennys Aufmerksamkeit von Johannes weg und zu den beiden Männern hin, die von der Seite die Lobby betreten hatten. Einige Meter vor der Gruppe blieben sie stehen und blickten wortlos zu Johannes hinüber.

Der Ältere von ihnen musste mindestens sechzig Jahre alt sein. Das noch volle braune Haar, in dem sich verblüffend wenig Grau zeigte, stand in Kontrast zu den tiefen Furchen, die Gesicht und Stirn durchzogen. Ein kugelförmiger Bauch drückte gegen die blaue Latzhose, als wolle er sie sprengen.

41

Sein Kollege, ebenfalls in einen Blaumann gekleidet, der allerdings so schlabberig an ihm hing wie auf einem Drahtkleiderständer, war deutlich jünger, vielleicht Anfang vierzig. Beim Anblick seines hageren, spitzen Gesichts musste Jenny zwangsläufig an ein Frettchen denken. Etwas Verschlagenes lag in seinem Blick, als er einen nach dem anderen musterte.

»Ah«, machte Johannes, wobei Jenny unsinnigerweise auffiel, dass er vergessen hatte, in die Hände zu klatschen. »Wie aufs Stichwort. Wenn ich eben sagte, wir haben das ganze Hotel für uns, dann stimmt das nicht ganz, denn es gibt noch diese beiden Herren. Das sind die Hausmeister des Hotels. Oder, um es zu präzisieren, die Hausmeister des *ehemaligen* Hotels. Horst wird bald in den wohlverdienten Ruhestand gehen, so dass nur Timo auch für das zukünftige *Mountain Paradise* zuständig sein wird.«

Timo, das Frettchen, schoss es Jenny durch den Kopf, und sie schämte sich im nächsten Moment für diesen Gedanken.

Während Horst mit unbewegter Miene kurz nickte, verzog Timo den Mund zu einem Grinsen, in dem für Jennys Empfinden eine gehörige Portion Hinterlist versteckt war, und rang sich ein knappes »Hallo« ab.

»Wenn ihr also irgendwelche Probleme haben solltet, wendet euch vertrauensvoll an die beiden. Sie kennen das Haus wie ihre Westentasche.«

Vertrauensvoll war nicht unbedingt ein Wort, das Jenny mit den beiden, insbesondere mit Timo, assoziiert hätte.

»Ich hätte da was.« David. Natürlich. »Mein Handy funktioniert nicht.«

Offenbar teilten einige Leute seinen Sinn für Humor, denn hier und da war unterdrücktes Lachen zu hören.

Die beiden Hausmeister fanden das augenscheinlich nicht witzig, denn sie wandten sich ab und verließen die Lobby, wobei Horst mehrmals den Kopf schüttelte.

»Ellen wird euch gleich eure Zimmer zeigen.« Johannes zog die Aufmerksamkeit wieder auf sich. »Sie sind ausnahmslos renoviert, und ihr seid die ersten Gäste, die in ihnen untergebracht sind.«

»Wie steht es mit Essen?«, wollte Florian wissen. »Gibt es hier auch Köche? Ich muss gestehen, dass sich in mir ein Hungergefühl breitmacht.«

Johannes lächelte. »Für unser leibliches Wohl wird gesorgt, aber nicht durch Köche, sondern durch Ellen und Nico, die sich gleich in der Küche an die Arbeit machen. Wer ihnen in den nächsten Tagen zur Hand gehen möchte, ist herzlich willkommen. Außer den beiden Hausmeistern sind wir die Einzigen im Haus, aber ich bin mir sicher, wir werden gut klarkommen.«

»Hm, da fällt mir noch was ein«, unterbrach David ihn. »Wie ist das denn mit Housekeeping? Ich meine, Bett machen, frische Handtücher und so?«

Johannes war von der Frage sichtlich überrascht und schien allmählich von David genervt zu sein. »In der Beschreibung stand, dass wir die Tage in einem teilrenovierten, noch nicht offiziell wiedereröffneten Hotel verbringen. Und deshalb gibt es hier auch noch kein Personal, das uns mit den üblichen Hoteldienstleistungen verwöhnt. Das alles wirst du haben können, wenn du noch mal herkommst, nachdem das Hotel offiziell eröffnet ist. Für unseren Auf-

43

enthalt liegen auf jedem Zimmer zwei Sets Handtücher, die für vier Übernachtungen ausreichen sollten. Und sein Bett sollte jeder bitte selbst machen, okay?«

David zuckte nur mit den Schultern und sagte: »Alles klar. Ich wollt's halt nur wissen.«

»Wunderbar. Nachdem das jetzt also geklärt ist, gibt es noch eine Sache: Verschiedene Bereiche des Gebäudes sind abgesperrt. Ich bitte euch, diese nicht zu betreten. Das ist auch eine versicherungstechnische Frage. Überall wird renoviert und gebaut, und die Verletzungsgefahr ist groß. Wenn euch dort etwas zustößt, wird keine Versicherung dafür aufkommen. Also haltet euch bitte daran. Und jetzt wünsche ich euch viel Spaß beim Beziehen eurer Zimmer, die allesamt im Hauptbereich sind. Wir treffen uns wieder in einer Stunde hier an dieser Stelle. Bis dahin habt ihr Zeit, euch von der Wanderung etwas auszuruhen und frisch zu machen.«

Die Zimmer befanden sich alle in der ersten Etage, die sie über eine breite, geschwungene Treppe im hinteren Bereich der Lobby erreichten.

Jennys Unterkunft lag zwischen der von Annika und Matthias auf der einen und der von Ellen auf der anderen Seite. Auf ihre Frage, warum nicht ihre Kollegen die Zimmer neben ihr bekommen hatten, erklärte Ellen, dass man bei der Verteilung Wert darauf gelegt hatte, die Gruppe zu mischen, damit sich alle besser kennenlernten. Jenny fand zwar nicht, dass nebeneinanderliegende Hotelzimmer unbedingt das Kennenlernen förderten, gab sich aber damit zufrieden.

Der Raum war etwa dreißig Quadratmeter groß, das Panoramafenster an der Außenwand ließ die gegenüberliegende Felswand wie ein übergroßes Gemälde wirken.

Die Einrichtung war modern und hatte durch den stilvollen Einsatz von Leder und hellem Holz doch den Charme eines Berghotels. Den dunkelblauen Teppichboden hätte Jenny nie für ihre Wohnung genommen, aber für ein Hotelzimmer passte er sehr gut. Das geräumige Badezimmer mit Badewanne und einer großen Dusche war wie die Lobby mit hellem Marmor verkleidet.

Als Jenny begann, ihren Rucksack auszuräumen und die Kleidungsstücke im Schrank zu verstauen, war sie sicher, sich in den nächsten Tagen wohl fühlen zu können. Zumindest, was das Zimmer betraf.

Sie horchte in sich hinein, um herauszufinden, ob sie sich wünschte, Hannes bei sich zu haben, erinnerte sich aber an seine Reaktion, als sie ihm davon erzählt hatte, dass *Triple-O-Journey* ihrem Chef Peter Fuchs angeboten hatte, vier seiner Programmierer für einen lächerlich geringen Preis auf diesen Trip ohne Handys und Internet zu schicken.

»Wieso machen die das so günstig?«, hatte Hannes gefragt. »Und vor allem, wieso möchtest du bei so was dabei sein?«

Sie hatte ihm erklärt, dass sie als Mitarbeiter eines Unternehmens, das sich den ganzen Tag mit Handys und dem Programmieren von Apps beschäftigte, die optimalen Testpersonen für die Idee der digitalen Entgiftung waren. Und dass das ihrer Meinung nach beide Fragen beantwortete.

»Ich würde da definitiv ein Handy reinschmuggeln«, hatte Hannes geantwortet. »Und wenn es dort keinen Empfang gibt, wäre ich innerhalb von einer Stunde wieder weg.«

4

Als sie sich zum verabredeten Zeitpunkt alle wieder in der Lobby versammelt hatten, begann es, heftig zu schneien.

»Wow, schaut mal raus!«, stieß Thomas aus, dem das Schneegestöber als Erstem auffiel, und deutete durch die großen Glaselemente des Eingangs nach draußen. »Leute, schaut euch das an. Die Flocken sind ja dick wie Tischtennisbälle.«

Das war vielleicht ein wenig übertrieben, aber tatsächlich wurde ein dichter Schneeteppich von der Außenbeleuchtung des Hotels angestrahlt und zum Glitzern gebracht.

»Wenn wir davon auf dem Weg hierher überrascht worden wären …« Matthias ließ den Satz unvollendet und wackelte stattdessen mit dem Kopf wie ein Hutablagendackel.

»Das sind wir aber nicht, weil wir wussten, wann der Schneefall einsetzt«, erklärte Johannes. »Wenn ihr mir jetzt bitte folgen möchtet? Ich weiß ja nicht, wie es euch geht, aber ich bin hungrig.«

Er führte sie durch einen Flur, der auf der linken Seite aus der Lobby hinausführte und nach ein paar Metern nach rechts abbog, wo nach wenigen Schritten ein quergespanntes Absperrband sie am Weitergehen hinderte. Dahinter war der Flur unbeleuchtet und verschwand nach etwa fünfzehn Metern in der Dunkelheit. Dort begann also der unrenovierte Teil des Hotels.

Unmittelbar vor der Absperrung führte eine Tür in das provisorische Speisezimmer, ein etwa vierzig Quadratmeter großer, frisch renovierter Raum, der später im *Mountain Paradise* als Bibliothek dienen sollte, wie Johannes erklärte. Drei der Wände waren mit noch leeren, deckenhohen Regalen aus hellem Holz versehen worden, der dunkelblaue Teppich war der gleiche wie der in Jennys Zimmer. Man hatte für die Gruppe einen langen, massiven Tisch aufgebaut, der mit einer weißen Tischdecke gedeckt war und an dessen Längsseiten jeweils fünf Stühle standen. Ein elfter Stuhl war an die hintere Kopfseite gestellt worden.

Auf einem kleineren Tisch standen zwei Stapel Teller sowie zwei Holzkästen mit Besteck. Daneben brannten Teelichter unter vier chromblitzenden Warmhaltebehältern.

»Bitte.« Johannes deutete auf den kleineren Tisch. »Bedient euch und nehmt Platz. Es ist zwar nur ein provisorischer Speiseraum, aber ich finde es gemütlich, und – was noch viel wichtiger ist – ich weiß von unserem Testbesuch hier, dass Nico und Ellen hervorragend kochen können. Ich wünsche guten Appetit.«

Es gab Wildgulasch in Schwarzbiersauce mit Spätzle und Rotkraut, und nachdem sie sich alle selbst bedient hatten, steuerte Jenny getreu dem Gedanken, die anderen besser kennenzulernen, auf den freien Platz neben Sandra zu. Vielleicht würde die stille und zurückhaltende Frau sich freuen, wenn man die Initiative ergriff.

Tatsächlich lächelte sie Jenny an und nickte, als sie fragte, ob sie sich zu ihr setzen dürfe.

Johannes hatte nicht zu viel versprochen, das Essen schmeckte wirklich hervorragend.

»Ich frage mich, wie die Betreiber des Hotels später die Lebensmittel hier hochschaffen wollen«, dachte Jenny laut nach, während sie David und Anna dabei zusah, wie sie sich ihnen gegenüber hinsetzten.

»Das ist eine interessante Frage«, entgegnete Sandra. »Daran habe ich noch gar nicht gedacht.«

»Mit einem Hubschrauber natürlich«, mischte David sich ein, während er die Serviette auf seinem Schoß ausbreitete. »Wenn das wirklich so ein toller Laden werden soll, gibt's hier sicher auch hervorragendes Essen und Getränke. Kaviar, Champagner, was das Luxusherz so begehrt. Und das für … sagen wir mal zweihundert Leute? Das kann man nicht mit dem Rucksack raufschaffen.«

»Ja«, stimmte Anna ihm zu, »ich denke auch, dass die das mit einem Hubschrauber bringen.« Der Blick, den sie ihm daraufhin zuwarf, sprach Bände und ließ Jenny vermuten, dass von Annas anfänglicher Abneigung David gegenüber nichts mehr übrig war. So, wie sie ihn anschmachtete, schien das Gegenteil der Fall zu sein.

Die restliche Zeit verbrachten sie mit Smalltalk und damit, sich darüber auszutauschen, wie es ihnen ohne ihre Smartphones ging und ohne die Möglichkeit, mal schnell einen Blick in ihre Mailbox oder in den Messenger zu werfen. Dabei überraschte David sie, indem er sich an dem Gespräch nicht beteiligte und es stattdessen vorzog, mit Anna herumzualbern.

Der allgemeine Tenor jedenfalls lautete, dass es zwar ein seltsames Gefühl war und man sich ohne Handy schon ein wenig nackt fühlte, es sich aber gut aushalten ließ. Zumindest bis zu diesem Zeitpunkt.

Nach dem Essen räumten sie gemeinsam den Tisch ab und brachten das benutzte Geschirr in die mit chromblitzenden Tischen und Maschinen ebenfalls neueingerichtete Küche. Jenny wusste nur bei ungefähr der Hälfte dieser Gerätschaften, wozu sie dienten.

Anschließend führte Johannes sie ins Kaminzimmer, das für die nächsten Tage ihr Aufenthaltsraum sein sollte. Der Raum war mit einer doppelflügeligen Holztür von der Lobby abgetrennt. Als Johannes sie öffnete und einen Schritt zur Seite trat, war ein allgemeines »Ah« und »Oh« zu hören, und auch Jenny konnte sich ein bewunderndes »Wow!« nicht verkneifen.

Das mindestens siebzig oder achtzig Quadratmeter große Zimmer hatte fast die Größe ihrer gesamten Wohnung in Oldenburg.

Beherrscht wurde es von einem großen, aus sandfarbenen Steinen gemauerten, offenen Kamin, in dem ein Feuer loderte. Im restlichen Raum verteilt standen vier Sitzgruppen, wie Jenny sie von Fotos aus englischen Herrenclubs des vorherigen Jahrhunderts kannte, bei denen jeweils vier der schweren dunkelroten Sessel um ein niedriges Holztischchen gruppiert waren. Die Wände mit der Mahagoniverschalung machten die Clubatmosphäre nahezu perfekt. Jenny glaubte fast, den Geruch von Whiskey und Zigarren wahrzunehmen.

»Alle Achtung«, sagte David, der als Erster eintrat, hörbar beeindruckt, »das hat Stil.«

Nachdem Jenny ebenfalls ein paar Schritte in das Zimmer gemacht hatte, bemerkte sie die zur Hälfte gefüllten Sektgläser sowie mehrere Flaschen verschiedenster Spirituosen, die mit den passenden Gläsern auf einem Tisch in einer Ecke des Raums bereitstanden. Sie erkannte Gin, Campari, Wodka und einige Flaschen Whiskey, den sie fürchterlich fand.

Johannes deutete auf die Getränke. »Bitte, bedient euch. Ein kleiner Willkommensschluck auf Kosten des Hauses und eine provisorische Bar. Heute Abend seid ihr eingeladen.«

Nachdem jeder ein Glas in der Hand hatte, prosteten sie sich zu und ließen sich dann in die bequemen Sessel sinken.

Lediglich Ellen blieb stehen.

Sie wartete, bis alle saßen, dann klopfte sie mit einem Kugelschreiber gegen ihr Glas, woraufhin die Gespräche verstummten. »So, also ähm …«

Die Arme, dachte Jenny, die gemeinsam mit Florian bei Annika und Matthias saß. So schrecklich nervös. Das würde sie ablegen müssen, wenn sie in einem Job bleiben wollte, bei dem sie immer wieder vor Menschen stehen musste.

Sie selbst hatte schon viele Meetings geleitet und wusste nur zu gut, wie es sich anfangs angefühlt hatte, wenn man vor einer Gruppe von Leuten ein Projekt vorstellen musste und davon ausgehen konnte, dass es nicht von allen widerspruchslos akzeptiert wurde.

»Also, ich möchte euch jetzt kurz was zu dem geplanten Ablauf erzählen.« Sie trat nervös von einem Bein auf das andere.

»Der Tag heute war anstrengend, und wir werden ihn

50

hier mit einem geselligen Beisammensein ausklingen lassen. Schön wäre es, wenn wir noch eine kurze Gesprächsrunde starten könnten, in der ihr darüber berichtet, wie ihr euch fühlt, offline und ohne jedes elektronische Gerät. Morgen früh machen wir nach dem Frühstück einen kleinen Schneeschuhspaziergang. Wenn wir zurückkommen, gibt es eine leckere Suppe, danach habt ihr den Nachmittag zur freien Verfügung. Was wir euch noch nicht gesagt haben, ist, dass der Wellnessbereich hier ebenfalls schon fertig renoviert ist. Ab siebzehn Uhr werden die Saunen aufgeheizt sein, so dass ihr sie nutzen könnt. Es gibt eine normale, eine Niedrigtemperatur- und eine Dampfsauna. Tja, und ab achtzehn Uhr beginnen wir dann mit dem Kochen. Wer Lust hat zu helfen, ist herzlich in der Küche willkommen.«

Sie wollte sich schon abwenden, hatte aber offensichtlich etwas vergessen und hob noch mal die Hand. »Ach, noch etwas. Auf den Schreibtischen in euren Zimmern findet ihr eine Mappe mit einem Stapel Fragebögen. Da geht es um das Gleiche wie bei unserer anschließenden Gesprächsrunde. Wie erlebt ihr die Digital-Detox-Tage, wie fühlt ihr euch, was fehlt euch am meisten und solche Dinge. Wenn ihr jeden Abend einen davon ausfüllen würdet, wäre das klasse. So, das war's dann aber jetzt. Danke.«

Jemand in Jennys Rücken begann zu klatschen, ließ es aber sofort wieder sein, als er feststellte, dass er der Einzige war.

Ellen setzte sich zu Nico und Thomas, bei denen noch zwei Sessel frei waren.

»Also, dann fange ich mal an, wenn es recht ist«, begann Johannes, wohl um das Eis zu brechen und die anderen zu ermuntern, es ihm anschließend gleichzutun. Sandra, die ihm gegenübersaß, sah ihn interessiert an.

»Auf dem Schiff, also, als wir die Handys gerade mal eine Viertelstunde abgelegt hatten, habe ich zum ersten Mal in meine Jackentasche gefasst, weil ich ein Foto machen wollte. Als ich ins Leere griff und daran dachte, dass ich das Ding jetzt fünf Tage lang nicht haben würde, bekam ich ein bisschen Angst. Als wir in St. Bartholomä angelegt haben, wurde aus dem bisschen Angst dann ein bisschen Panik. Ganz ehrlich …« Er machte eine Pause. »Ich habe darüber nachgedacht, dass doch wenigstens ich ein Smartphone dabeihaben müsste. Für den Notfall. Und weil ich ja diesen Digital-Detox-Trip nicht gebucht habe, sondern im Auftrag des Reiseveranstalters begleite. Schließlich habe ich die Verantwortung.« Eine erneute Pause, die er dieses Mal dazu nutzte, sich in dem Sessel nach vorn zu beugen, die Ellbogen auf den Oberschenkeln abzustützen und die Hände zu falten, als wolle er beten.

»Versteht ihr, was da passiert ist? Ich habe angefangen, mir Gründe dafür zu überlegen, warum ich dieses verdammte Handy dabeihaben müsste, und dann habe ich mir diese Gründe plausibel geredet. Das sind klassische Entzugserscheinungen, wie bei Alkohol oder Drogen.«

»Und jetzt?«, sprang Nico ein, als die folgende Pause unangenehm lang wurde. »Wie geht es dir jetzt?«

»Als ich auf dem Weg hierher das erste schöne Fotomotiv gesehen habe, wollte ich schon nicht mehr automatisch nach meinem Handy greifen, sondern habe einfach nur gedacht, wie schade es ist, dass ich kein Foto machen kann. Als die Wanderung dann anstrengender wurde, habe ich mich darauf konzentriert, nicht schlappzumachen. Ich bin ja etwas älter als ihr alle. Dabei habe ich das Handy komplett vergessen. Seit wir hier sind, habe ich es noch nicht ein einziges Mal vermisst. Und das fühlt sich klasse an.«

»Ich glaube, das ist der Pawlow'sche Effekt«, sprach Jenny ihre Gedanken laut aus, woraufhin Annika neben ihr eine Braue hob. »Ich habe den Namen schon mal gehört, weiß aber nicht mehr, in welchem Zusammenhang. Was ist das?«

»Dabei geht es um Konditionierung«, erklärte Jenny, während alle ihr zuhörten. Das gefiel ihr nicht sonderlich, weil sie sich in der Rolle der Besserwisserin nicht wohl fühlte, aber nun kam sie aus der Nummer nicht mehr ohne Erklärung heraus.

»Verkürzt gesagt hat ein russischer Wissenschaftler namens Pawlow anhand von Experimenten mit Hunden bewiesen, dass ein Zusammenhang zwischen einem auslösenden Ereignis und einer bestimmten, auch unbewussten Reaktion antrainiert werden kann. Pawlow hat festgestellt, dass bei Hunden der Speichelfluss angeregt wird, wenn sie Futter sehen. Wenn er dagegen eine Glocke geläutet hat, blieb der Speichelfluss verständlicherweise normal. Dann hat er den Hunden jedes Mal, nachdem er die Glocke geläutet hat, Futter hingestellt, und siehe da, nach einer Weile lief der Speichel allein vom Klang der Glocke. Was Pet... was *Johannes* da gerade erzählt hat, ist etwas ganz Ähnliches. Als er in eine Situation kam, in der er etwas Schönes sah, griff er unbewusst nach seinem Handy, um ein Foto zu machen. So, wie er es immer getan hat, wenn er ein Motiv festhalten wollte. Ich denke, nachdem er die gleiche Situa-

53

tion zwei-, dreimal ohne Handy erlebt hat, ist diese Assoziationskette durchbrochen, und er vermisst das Ding nicht mehr.«

»Bimmel, bimmel, sabber, sabber«, kommentierte David, der mit Anna am anderen Ende des Raums saß, und erntete dafür leises Gelächter. »Oder in diesem Fall: Foto, Foto, Handy, Handy. Ich finde das einleuchtend. Und um direkt meine Erfahrung dranzuhängen: Ich habe noch in Schönau gedacht, ich halte es keine zwei Stunden aus ohne mein Smartphone. Ich benutze das Ding normalerweise ständig, mache fast alles damit. Verdammt, ich schlafe sogar mit meinem Handy. Aber wisst ihr was – drauf geschissen. Seit wir unterwegs sind, ist mir dieses Ding so was von scheißegal …« Er zwinkerte Anna zu und schnalzte mit der Zunge.

Als Nächstes berichtete Sandra, dass sie ihr Smartphone zwar vermisse, aber bisher noch in keiner Situation gewesen wäre, in der sie so etwas wie Unwohlsein oder Panik verspürt hätte. Dann war Annika an der Reihe. Letztendlich waren die Berichte ziemlich ähnlich. Ja, man vermisste die Smartphones schon, manchmal auch schmerzlich, ging aber davon aus, dass sich das in den folgenden Tagen legen werde.

Thomas war der Letzte in der Runde, sein Bericht fiel denkbar knapp, aber deutlich aus. »Ich werde fast verrückt ohne das Ding.«

»Das ist bei einem Systemprogrammierer für Handyfunktionen, der sich tagein tagaus damit beschäftigt, aber auch nachvollziehbar«, sagte Sandra verständnisvoll.

»Nun ja«, erwiderte Johannes, stand auf und ging zu

dem Tischchen, um sich nachzuschenken, »das ist ja genau der Grund, warum wir wollten, dass euer Team mit dabei ist. Weil es für euch eine Extremsituation ist. Thomas, bitte füll unbedingt jeden Tag den Fragebogen aus. Ich bin sehr gespannt, wie sich der von heute Abend von dem am letzten Tag unterscheiden wird.«

Nachdem Thomas versprochen hatte, die Fragen täglich zu beantworten, gingen die Grüppchen eine Weile zu allgemeinem Smalltalk über, bis David sich erhob und den Vorschlag machte, die Sessel so zu drehen und zu verschieben, dass alle sich miteinander unterhalten konnten. Der Vorschlag fand allgemeinen Beifall, und nach wenigen Minuten waren die schweren Sessel so in einem Halbkreis vor dem Kamin aufgestellt, dass jeder die Flammen dabei beobachten konnte, wie sie die Holzscheite umgarnten wie in einem züngelnden Liebesspiel.

»Übrigens, Florian«, sagte David, kaum, dass sie wieder saßen, und beugte sich etwas nach vorn, um ihn an Jenny vorbei ansehen zu können. »Sag mal, hat dein Vater Kohle?«

Florian sah David an, als hätte der ihn zum Tanz aufgefordert. »Was?«

»Ob dein Vater Asche hat. Vermögen.«

»Ähm … nein. Wie kommst du darauf?«

»Dein Name … ich sagte ja schon, dass er mir von irgendwoher bekannt vorkommt, und ich glaube, mich jetzt auch daran zu erinnern, dass es irgendwas mit einem Vermögen zu tun hatte.«

»Ganz sicher nicht. Niemand in meiner Familie ist vermögend, ich am allerwenigsten.«

55

David hob den Zeigefinger. »O doch, mein Lieber. Ich kenne dich von irgendeiner Sache, die mit Geld zu tun hat. Viel Geld. Bei so was irre ich mich nicht. Das ist mein Job.«

5

Florian schüttelte den Kopf und lachte humorlos, als könne er nicht fassen, dass David schon wieder damit anfing. »Wir hatten dieses Thema doch schon, und ich bin mir ganz sicher, dass wir uns nicht kennen. Können wir die Sache damit jetzt endlich abhaken?«

David lächelte breit und zeigte auf Florian, in einer Art, als wolle er sagen: *Ich erwische dich schon noch.*

»Hast du mal daran gedacht, dass es mehrere Leute mit dem gleichen Namen geben könnte?«, fragte Sandra.

»Oh, die gibt es ganz sicher«, pflichtete David ihr fröhlich bei und tauschte einen Blick mit Florian, bevor er sich ihr wieder zuwandte. »Aber der Job, das Alter … nein, nein. Ich vertraue da auf mein Gefühl.«

Florian verdrehte genervt die Augen und atmete tief durch, als müsse er sich zwingen, ruhig zu bleiben. »Also noch einmal: Weder meine Familie noch ich, noch irgendjemand sonst, mit dem ich zu tun habe, ist reich. Ich bin vollkommen uninteressant für dich. Ein kleiner Angestellter, der sein Geld mit ehrlicher Arbeit verdient. Kein Vermögen, nichts. Und das ist es doch, worum es dir eigentlich geht, oder etwa nicht? Meiner Meinung nach bist du ständig auf der Suche nach potentiellen Kunden, deren Geld du für horrende Provisionen verwalten kannst.«

»Das ist aber ganz schön viel Meinung für so wenig Ahnung«, kommentierte David ungerührt.

»Nun lass Florian doch in Ruhe«, sagte Johannes ungewöhnlich direkt, was vielleicht damit zusammenhing, dass er gerade mit einem bereits zum dritten Mal frisch aufgefüllten Whiskeyglas vom Getränketisch zurückkam.

»Außerdem ist es doch völlig unwichtig, ob du seinen Namen schon mal gelesen hast oder nicht.«

Lallte er ein wenig?

»Sei froh, solange du keine größeren Probleme hast.« Dabei warf er Sandra einen langen Blick zu, vermutlich, weil sie die Möglichkeit einer Verwechslung mit jemandem gleichen Namens ins Spiel gebracht hatte.

»Ich finde auch, wir sollten lieber darüber reden, wohin der Spaziergang morgen Vormittag geht«, meldete sich Annika zu Wort. »Ich bin ja dafür, dass wir was machen, das sportlich ein bisschen anspruchsvoll ist. Eine schöne Steigung, zum Beispiel, da kann man sich auspowern. Nico, wir beide könnten uns auch einen der Felsen vornehmen. Ich wollte schon immer mal das Klettern ausprobieren, und in einem ehemaligen Bergsteigerhotel gibt es doch sicher noch Ausrüstung.«

»Das bezweifle ich«, widersprach Nico ihr lächelnd. »Zudem würde bei diesem Wetter nicht mal ein Profi in die Wand gehen. Für Ungeübte absolut undenkbar.«

Annika winkte ab. »Deshalb sagte ich ja *wir beide*. Ich habe eine gute Grundfitness, da geht vieles. Unterschätz mich nicht. Vor ein paar Wochen ist das auch ein paar Jungs beim Skifahren passiert. Die waren vielleicht Anfang zwanzig und sind direkt hinter mir an einer schwarzen Piste aus dem Lift gestiegen. Extrem steil, gefühlt senkrecht. Die haben mich auch angesehen, als würden sie denken, die Alte sollte besser oben bleiben. Als ich dann auf der Piste an ihnen vorbeigeheizt bin und unten schon ein Päuschen gemacht habe, bis sie endlich ankamen, waren sie ziemlich überrascht.«

»Ja, meine Frau ist sehr fit«, bestätigte Matthias und nahm einen Schluck Whiskey.

Und es ist ihr offenbar sehr wichtig, dass das auch jeder weiß, ergänzte Jenny in Gedanken.

»Dieser Whiskey ...«, murmelte Johannes und betrachtete nachdenklich das leere Glas in seiner Hand, während er es hin und her drehte, »... ist wirklich ganz hervorragend.« Damit erhob er sich und stattete dem Getränketisch einen weiteren Besuch ab. »Zum Glück haben wir davon einen ausreichenden Vorrat hier oben.«

Erneut glaubte Jenny, dass der Alkohol, den Johannes bisher genossen hatte, nicht wirkungslos geblieben war. Sie fragte sich, ob dieser Abend diesbezüglich bei ihm die Ausnahme oder die Regel war.

»Ich muss gestehen, ich finde es gerade ziemlich nervig, dass ich keine Möglichkeit habe, meine Mails zu checken oder nachzusehen, ob jemand versucht hat, mich anzurufen«, gestand Anna, woraufhin Thomas mit unverhohlener Verzweiflung in der Stimme sagte: »Frag mich mal ...«

»Ach, nun kommt schon, was soll ich denn sagen?« David. Natürlich.

»Ich meine, ihr redet hier davon, dass ihr nicht nachsehen könnt, was Lisa P. bei Facebook unter den Post von Susa Ne geschrieben hat. Oder dass ihr nicht das neueste

Ballerspiel daddeln könnt. Ich bitte euch. Wisst ihr, was bei mir auf dem Smartphone läuft? Aktienticker. Börsenkurse in Realtime. Ich will gar nicht wissen, welche Summen meinen Kunden gerade durch die Lappen gehen, weil ich nicht sehe, was auf dem Markt los ist, und nicht sofort reagieren kann. Da geht es um richtig fette Kohle. Und? Hört ihr mich rumjammern? Nein. Und warum nicht? Weil ich vorher wusste, worauf ich mich einlasse, und es bewusst getan habe. Genau wie ihr auch. Also, bleibt mal schön geschmeidig und freut euch, dass ihr hier eure Ruhe habt.«

»Ich nutze mein Handy nicht, um mir schwachsinnige Facebook-Kommentare anzuschauen«, verteidigte sich Anna beleidigt gegen David, den sie gerade noch angehimmelt hatte.

Trouble in Paradise, dachte Jenny und war fast versucht, ihrer Mitarbeiterin zur Seite zu springen, doch Anna war noch nicht fertig. »Du wirst es nicht glauben, aber auch wir nutzen unsere Mobilgeräte beruflich. Diese Dinger *sind* nämlich unser Beruf.«

»Und ich glaube«, meldete sich Thomas zu Wort, der sich wohl wegen Davids Bemerkung zu den Ballerspielen angesprochen fühlte, »dass du ein ziemlicher Großkotz bist, der keine Gelegenheit auslässt, allen zu zeigen, für wie wichtig er sich hält.«

»Ich *bin* wichtig, lieber Thomas«, entgegnete David mit seinem gewohnt breiten Grinsen. »Frag mal meine Kunden.«

Thomas hatte recht, David war ein Großkotz, offenbar vollkommen frei von Empathie oder Sozialkompetenz, aber eines musste Jenny ihm lassen: Er konnte nicht nur austeilen, sondern hatte durchaus auch Nehmer-Qualitäten. Kritik schien einfach an ihm abzuperlen. Dennoch wollte sie das, was er gesagt hatte, nicht unkommentiert stehen lassen. »Ich finde es schwierig, darüber zu urteilen, aus welchen Gründen andere ihr Smartphone oder ihr Notebook vermissen. Oder überhaupt irgendetwas tun oder nicht tun. Was dir, David, unwichtig erscheint, kann für jemand anderen enorm wichtig sein. Sind wir nicht genau deshalb hier? Um herauszufinden, was die Abstinenz von den Geräten mit uns macht, und zwar jeder für sich und nicht für die anderen?«

Schon im nächsten Moment wünschte sie sich, sie hätte den Mund gehalten. Warum, zum Teufel, schaffte sie es immer wieder, so ... oberlehrerhaft zu klingen, obwohl sie nur ihre Meinung sagen wollte? Selbst unwichtige Dinge hörten sich bei ihr oft an, als hätte sie dabei den Zeigefinger erhoben.

»Hey.« Prompt bekam sie von David die Quittung. »Danke, dass du für uns den Erklärbär spielst. Jetzt wissen wir Bescheid.« Es folgte das David-typische Zwinkern. »Aber ich mag dich trotzdem.«

»Darauf sollten wir anstoßen«, schlug Johannes vor und hob das Glas, wobei ihm bewusst wurde, dass es schon wieder fast leer war. »Moment.«

Er musste zweimal ansetzen, bis er es geschafft hatte, sich aus dem Sessel hochzustemmen, dann schwankte er zum Getränketisch und füllte sein Glas erneut.

»Der lässt aber nichts anbrennen«, kommentierte Florian leise.

Jenny nickte zustimmend. »So habe ich ihn gar nicht eingeschätzt. Lang hält er nicht mehr durch.«

Als Johannes an seinen Platz zurückgekehrt war und sich wieder setzen wollte, verlor er das Gleichgewicht und kippte nach hinten. Das Lederpolster fing ihn zwar auf, doch durch den Ruck schwappte der Whiskey über und verteilte sich auf seiner Hose und seinem Pullover.

»Vielleicht wäre es keine schlechte Idee, wenn du ins Bett gehen würdest«, sprach Sandra aus, was auch Jenny dachte, und reichte ihm eine Packung Papiertaschentücher, die sie aus ihrer Tasche gezogen hatte, woraufhin Johannes ihr einen bösen Blick zuwarf. »Das entscheide ich immer noch selbst.« Mit einer abrupten Bewegung nahm er ihr die Packung aus der Hand, zog eines der Tücher heraus und murmelte etwas Unverständliches.

Fasziniert beobachtete Jenny, wie er ungelenk an seiner Hose und dem Pullover herumrieb. Wie schnell sich Menschen doch unter dem Einfluss von Alkohol veränderten.

Betreten schweigend sahen ihm auch alle anderen Anwesenden dabei zu, wie seine Versuche, die Whiskeyflecken aus der Kleidung zu reiben, dazu führten, dass die entsprechenden Stellen anschließend noch genauso nass, zusätzlich aber mit kleinen weißen Papierflusen übersät waren. Nico war es schließlich, der die Aufmerksamkeit von Johannes' peinlichem Hantieren ablenkte. »Ich bin sehr gespannt, wie viel Schnee heute Nacht runterkommen wird. Kann sein, dass der geplante Schneeschuhspaziergang morgen früh schwierig wird oder sogar ausfallen muss.«

»Ich bin so oder so dabei«, bekräftigte Annika erneut, woraufhin Matthias neben ihr die Augen verdrehte, was sie allerdings nicht sehen konnte.

Johannes gab es auf, warf den kläglichen Rest des Taschentuchs auf den Tisch und trank den restlichen Whiskey in einem Zug aus. Nachdem er das Glas abgestellt hatte, stieß er auf und starrte Sandra an. »Ich gehe jetzt ins Bett. Und zwar, weil *ich* es so will.«

»Ich weiß nicht, warum du mich dabei anschaust. Ich habe es nur gut gemeint.«

»Ha!«, machte Johannes und blickte in die Runde. »Sie hat es nur gut gemeint. Zweimal Ha!«

Als Nico aufstand und sich anschickte, ihm zu helfen, stieß Johannes seine Hand zur Seite und sah ihm in die Augen. »Ihr kennt sie nicht. Ihr kennt sie alle nicht.« Damit wandte er sich ab und ging an Florian und Jenny vorbei in Richtung Tür. Als er auf ihrer Höhe war, murmelte er noch etwas, das Jenny nicht genau verstehen konnte, aber es hörte sich an wie: *Wenn die wüssten, wer du bist …* Jenny war sicher, dass es außer ihr niemand gehört hatte. Dann war Johannes aus der Tür.

»Ich … entschuldige mich für Johannes«, sagte Ellen nach ein paar Sekunden betretenen Schweigens. »Ich weiß gar nicht, was mit ihm los ist, so kenne ich ihn nicht. Er trinkt normalerweise so gut wie keinen Alkohol. Sogar an seinem Geburtstag muss man ihn nötigen, ein Glas … jedenfalls entschuldige ich mich für ihn. Ich weiß, es wird ihm morgen fürchterlich peinlich sein. Er verträgt eben nichts.«

»Hast du eine Idee, warum er dich so angefahren hat?«, wandte Jenny sich an Sandra. Die zuckte die Schultern und schüttelte den Kopf. »Das habe ich mich auch gefragt. Ich wüsste nicht, dass ich ihm irgendetwas getan habe. Bis auf meinen Vorschlag, dass er vielleicht besser ins Bett gehen sollte.«

Jenny nickte. Was sie glaubte, gehört zu haben, als Johannes auf dem Weg nach draußen war, behielt sie für sich.

»Ich denke, der Gute weiß morgen selbst nicht mehr, was er gesagt oder gemeint hat«, vermutete David. »Vielleicht macht ihm der Handyentzug insgeheim mehr zu schaffen, als er zugeben will?«

Jenny bezweifelte, dass das der Grund für das Verhalten des Reiseleiters war. Allerdings hatte sie keine Ahnung, was sonst der Auslöser gewesen sein konnte.

»Tja …« David hob sein Glas und betrachtete sinnierend den Inhalt, als könne er darin die Zukunft sehen. »So viel also zum ersten Abend ohne Handy und die Verheißungen des *World Wide Web*. Das kann ja spannend werden. Ich sehe uns schon in drei, vier Tagen, voll auf Entzug, eine unglaubliche Szene jagt die nächste, so krude und absonderlich, dass man sich an einem Ort wähnt, wo man jeden Moment mit Schwester Monika und ihrem Lockruf der Medikamentenausgabe rechnen muss.«

Jenny unterdrückte ein Lachen und gestand sich ein, dass ihr Davids Humor immer mehr gefiel.

Innerhalb der nächsten halben Stunde verabschiedeten sich nach und nach alle ins Bett. Als Thomas den letzten noch Anwesenden eine gute Nacht wünschte, verdrehte er die Augen. »Ich bin gespannt, ob ich ohne mein Handy schlafen kann.«

Das sollten die anderen allerdings nie erfahren.

6

Eine ganze Weile fiel es ihnen gar nicht auf, weil alle mit dem Schneesturm beschäftigt waren, der seit den frühen Morgenstunden tobte.

Jenny war um halb sechs von dem Tosen und Pfeifen aufgewacht, das so heftig war, dass selbst die neue Dreifachverglasung der Fenster die Geräusche kaum dämpfen konnte. Sie war aufgestanden und hatte sich beim Blick nach draußen vor Schreck die Hand auf den Mund gepresst, als sie im schwachen Schein der hinteren Außenlampen sehen konnte, was los war.

Die Schneeflocken jagten fast waagerecht an der Glasscheibe vorbei und wurden dabei wie in einem irren Tanz wild durcheinandergewirbelt.

Die Spitzen der beiden Bäume, die seitlich vor ihrem Fenster standen, bogen sich so weit zur Seite, dass Jenny jeden Moment damit rechnete, dass sie abbrechen und weggerissen würden. Einen Sturm dieses Ausmaßes hatte sie noch nie erlebt. Nachdem sie zurück in ihr Bett gekrochen war und die Decke bis über die Ohren gezogen hatte, lag sie noch lange Zeit wach und dachte darüber nach, ob sie aufstehen und nachsehen sollte, ob vielleicht noch jemand aus der Gruppe von dem Lärm aufgewacht war.

Der Gedanke, bei diesem Pfeifen und Tosen allein

durch das fast leere Hotel laufen zu müssen, hatte ihr zwar keine Angst gemacht – sie war kein übermäßig ängstlicher Mensch –, war aber auch nicht sehr verlockend gewesen. Also hatte sie sich noch ein bisschen tiefer in die Decke eingerollt und ihre Gedanken auf die Tatsache gelenkt, dass sie nun schon fast vierundzwanzig Stunden ohne Handy verbracht hatten. Irgendwann war sie wieder in einen unruhigen Schlaf gefallen.

Als sie gegen neun Uhr die Lobby betrat und einen Blick nach draußen warf, blieb sie erschrocken stehen. Eine Schneedecke von fast einem Meter Höhe drückte sich gegen die Glastüren des Ausgangs. Und es schneite ununterbrochen weiter. Der Sturm hatte sich ein wenig gelegt, doch der Wind war noch immer kräftig genug, um die dichten Flocken durcheinanderzuwirbeln, bevor sie auf der Schneedecke landeten und diese beständig weiter wachsen ließen.

Das Wetter war natürlich auch *das* Thema am Frühstückstisch, so dass erst mal niemand bemerkte, dass Thomas fehlte.

Es wurde spekuliert, ob es überhaupt noch möglich war, das Hotel zu verlassen, und wie lange es wohl noch weiterschneien würde. Nico erklärte, dass der Schneefall um einiges heftiger ausfiel, als der Wetterbericht vorhergesagt hatte, und dass solche Schneemassen selbst für Ende Februar eher ungewöhnlich waren.

»Im Moment können wir froh sein, gemütlich hier im Hotel zu sitzen«, erklärte Johannes, der in diesem Moment den Raum betrat. Bevor er sich setzte, sagte er, an alle gewandt: »Ich möchte mich für gestern Abend entschuldigen.

Ich glaube, ich habe mich ziemlich danebenbenommen. Es ist eigentlich nicht meine Art, so viel zu trinken, schon gar nicht, wenn ich mit Gästen unterwegs bin, aber …« Er senkte verlegen den Blick. »Na ja, manchmal läuft es im Leben nicht so, wie man das möchte, und dann kann es schon mal vorkommen, dass man anders als normal …«

»He, Johannes«, unterbrach David ihn. Er trug eine schlichte, graue Jogginghose und ein weißes Shirt. »Nun zieh dir mal den Stock aus dem Allerwertesten und sei locker. Ja, okay, du hast einen über den Durst gekippt und am Schluss ausgesehen wie ein Esel mit Hirntumor. Na und? Du hast niemanden umgebracht. Nicht mal rumgepöbelt hast du. Also, was soll's? Setz dich und tu was gegen deinen Kater, und alles ist gut.«

Johannes nickte dankbar und setzte sich auf den freien Platz neben David. Zu gern hätte Jenny gewusst, was Johannes mit seiner Anspielung gegenüber Sandra gemeint hatte. Aber das würde sie vielleicht später noch erfahren.

»Wie sieht es denn aus mit einem schönen Vormittagsspaziergang nach dem Frühstück?«, fragte Annika an Nico gerichtet.

Der schüttelte den Kopf. »Keine Chance. Da draußen verlierst du schon nach wenigen Metern die Orientierung, weil du sofort von dichten weißen Wänden umgeben bist. Davon abgesehen, dass du keine zehn Meter vom Hotel wegkommst, weil du bis zur Hüfte im Schnee steckst.«

»Eingeschneit in einem abgelegenen Hotel in den Bergen.« Anna seufzte und warf David einen vielsagenden Blick zu. »Wie romantisch.« Offenbar hatte sie ihm seinen Spruch vom Abend verziehen.

Als Jenny sich wunderte, dass Thomas noch nicht am Tisch saß, und Florian nach ihm fragte, zuckte der mit den Schultern. »Keine Ahnung, ich hab ihn heute Morgen noch nicht gesehen. Der hat bestimmt verpennt.«

Als Thomas eine Viertelstunde später immer noch nicht aufgetaucht war, bat Jenny Florian, an seine Zimmertür zu klopfen und ihn aufzuwecken.

Als Florian nach zwei Minuten zurückkam und erklärte, das Zimmer ihres Kollegen sei offen, Thomas aber nicht im Bett, fand Jenny das zwar merkwürdig, ging aber wie alle anderen davon aus, dass er sicher bald auftauchen würde. Vielleicht machte er ja einen kleinen Erkundungsspaziergang durch das Hotel.

Um Viertel vor zehn wandte sich Jenny an Johannes und sagte ihm, dass sie sich allmählich Sorgen um ihren Mitarbeiter machte.

»Hm …«, brummelte Johannes und erweckte in Jenny nicht gerade den Anschein, dass er eine Idee hatte, wie er mit der Situation umgehen sollte. »Vielleicht warten wir einfach noch ein bisschen? Er taucht bestimmt bald auf.«

»Was ist denn mit dem Computergenie?«, fragte David über den Tisch hinweg. »Sitzt er womöglich in einer versteckten Ecke und spielt mit seinem eingeschmuggelten Handy herum?«

»Quatsch«, entgegnete Matthias, der neben Johannes saß. »Hier gibt's doch eh kein Netz.«

David zuckte die Schultern und zwinkerte verschwörerisch. »Um Spiele zu zocken oder sich gespeicherte Fotos anzuschauen, braucht man kein Netz. Aber im Ernst …« Er wandte sich wieder an Jenny. »Nach dem, was er gestern

68

Abend erzählt hat, ist es doch möglich, dass er irgendwo mit einem Nothandy hockt.«

Jenny dachte darüber nach, hielt Thomas aber für viel zu intelligent für eine solch plumpe Betrügerei. Zudem wusste er, dass sie sich gegen neun Uhr zum Frühstück treffen wollten. Sie kannte seinen ausgeprägten Frühstücksappetit. Er würde keine Dreiviertelstunde am Handy herumspielen, wenn er wusste, dass es etwas zu essen gab.

»Nein, das glaube ich nicht.«

»War er denn überhaupt im Bett?«, fragte Sandra.

Daran hatte Jenny noch gar nicht gedacht. Sie sah Florian fragend an, woraufhin der einen Moment nachdachte. »Ja, doch, das Bett ist zerwühlt. Er hat definitiv dringelegen.«

»Hast du auch mal aus dem Fenster geschaut?«

Florian schüttelte den Kopf. »Nein, warum? Du denkst doch nicht etwa, dass er aus dem Fenster gehüpft ist? Du kennst doch unseren ...«

»Nein, gehüpft ist er sicher nicht, aber vielleicht ist er rausgestürzt?«

»Einfach so? Glaubst du ernsthaft, Thomas Strasser öffnet bei diesem Wetter freiwillig ein Fenster, um frische Luft zu schnappen? Thomas?«

»Nein, aber vielleicht, um heimlich eine Zigarette zu rauchen?«

Jenny sah Florians Gesichtsausdruck an, dass er diese Möglichkeit noch nicht in Betracht gezogen hatte. Ohne weiteren Kommentar wandte Florian sich ab und machte sich auf den Weg in die erste Etage, doch dieses Mal folgte Jenny ihm.

Zu ihrer Erleichterung war der Schnee unter dem Fenster von Thomas' Zimmer noch unberührt, doch damit war noch immer nicht geklärt, wo Thomas abgeblieben war. Sie vermutete, dass es einen triftigen Grund für sein Verschwinden geben musste. Und eine leise Stimme in ihrem Inneren wisperte ihr zu, dass dieser Grund ihnen nicht gefallen würde.

Als sie zurück in den Frühstücksraum kamen, sahen ihnen alle erwartungsvoll entgegen. »Nichts«, erklärte Jenny. »Er bleibt unauffindbar.«

David erhob sich von seinem Platz. »Okay, ich denke, wir sollten langsam mal nachsehen, wo er steckt.«

»Ich komme mit«, verkündete Nico. »Irgendwo im Haus muss er ja sein. Nach draußen gegangen ist er jedenfalls nicht. Das würde man sehen. Zudem wäre er keine fünf Meter weit gekommen.«

Er ging zur Tür und wandte sich den anderen zu. »Wir bilden jetzt fünf Zweierteams, dann schwärmen wir aus und durchsuchen das ganze Hotel.«

»Ich hoffe, er ist nicht über irgendeine Absperrung geklettert und im unrenovierten Teil herumgelaufen«, sagte Johannes und erhob sich ebenfalls. »Dort kann man sich leicht verletzen. Wenn er da irgendwo liegt, kann es lang dauern, bis wir ihn finden.«

»Das wollen wir mal nicht hoffen«, kommentierte Florian und nickte Jenny zu. »Dann mal los. Ich gehe mit dir, und ich schlage vor, wir nehmen uns den Teil hinter dem Speiseraum vor.«

Damit war Jenny einverstanden. Sie verließen die Lobby durch den Flur, der an ihrem Speiseraum entlang in den nächsten, noch unrenovierten Trakt führte.

Vor dem Absperrband hielten sie kurz an und betrachteten den vor ihnen liegenden Teil des Flurs, der – anders als am Vorabend – nicht mehr in völliger Dunkelheit lag. Durch einige geöffnete Türen im hinteren Bereich drang genügend Tageslicht herein, um ihn in schummriges Dämmerlicht zu tauchen.

Schon nach wenigen Metern veränderte sich das Bild vollkommen. Die hüfthoch an den Wänden angebrachten, hellen Verblendungen, die die Illusion erzeugten, die Wände seien aus großen Sandsteinen gemauert, hörten plötzlich auf, so dass das alte Mauerwerk sichtbar war, an dem noch unregelmäßige Inseln aus schmutzig-grauem Putz hafteten. Auch der dunkelrote Teppich, mit dem der Flur ausgelegt war, endete an dieser Stelle.

Ein Stück weiter standen Maschinen herum, und Baumaterial lag auf dem Boden.

»Na dann …« Florian kletterte als Erster über das Absperrband und drückte es dann für Jenny ein Stück weit nach unten.

Während die beiden dem Gang folgten, warfen sie einen Blick in jedes Zimmer und stellten dabei fest, dass es noch viel zu renovieren gab, bevor auch dieser Trakt bewohnbar sein würde.

Der Flur endete an einer grünen Stahltür, über der ein vergilbtes Schild darauf hinwies, dass der Zugang nur für Personal gestattet war. Ein schmutziges Stück Schaumstoff war mit Klebeband zwischen Innen- und Außenklinke fixiert worden, damit die Tür nicht ins Schloss fallen konnte.

Jenny zog sie auf und blickte auf die Betontreppe, die

einen Meter vor ihr begann und nach unten in die Dunkelheit führte.

»Ich denke, wir können es uns sparen, da runterzugehen«, sagte Florian, nachdem auch er einen Blick auf die Treppe geworfen hatte. »Wenn Thomas da unten wäre, hätte er doch wohl Licht gemacht.«

Er betätigte den Lichtschalter, der auf der rechten Seite hinter der Tür an der Wand angebracht war, woraufhin es in der darunterliegenden Etage hell wurde. Jenny warf einen Blick auf den blanken Betonboden, der unter der letzten Treppenstufe zu sehen war.

»Da hast du wohl recht«, stimmte sie Florian zu. Ihre Lust, in diesen Keller, oder was immer das da unten war, hinabzusteigen, hielt sich in Grenzen.

»Woher hast du gewusst, dass das Licht funktioniert?«, fragte Jenny, während sie sich abwandte und die Tür gegen das Stoffkissen zurückfallen ließ.

»Was?« Florian sah sie so überrascht an, dass sie lächeln musste. Dabei kannte er doch ihre Eigenart, auf scheinbare Nebensächlichkeiten zu achten und diese zu hinterfragen.

»Du hast gesagt, wenn Thomas da unten wäre, hätte er Licht gemacht, bevor du den Schalter betätigt hast. Deshalb habe ich gefragt, woher du wusstest, dass …«

Florian unterbrach sie, indem er die Hand hob. »Das ist jetzt wieder so ein typisches Jennifer-König-Ding, einen solchen Blödsinn zu fragen. Mein Gott, ich bin davon ausgegangen, wenn da ein Lichtschalter ist, wird es auch irgendwo Lampen geben, die sich einschalten lassen, das ist doch wohl normal.«

Das war es wahrscheinlich wirklich, und es war nicht das erste Mal, dass ihre jeweiligen Gesprächspartner auf solche Fragen genervt reagierten. Aber sie konnte nichts dagegen tun, dass ihr … *Dinge* auffielen, die andere oft nicht bemerkten. Vielleicht sollte sie daran arbeiten, diese Gedanken nicht immer gleich auszusprechen.

»Ja, natürlich, sorry«, wiegelte sie ab. »Du weißt ja, dass mir manchmal die unbedeutendsten Kleinigkeiten ins Auge springen. Auch, wenn sie blödsinnig sind.«

Nun zeigte sich auch ein Lächeln auf Florians Gesicht. »Ja, das weiß ich, aber manchmal überrumpelst du mich dann doch mit deinen Fragen.«

»Dann lass uns mal weiter nach unserem bärtigen Kollegen suchen.«

Sie gingen bis zur Lobby zurück und betraten durch eine Tür auf der gegenüberliegenden Seite eine wahres Labyrinth an Gängen, die an vielen leerstehenden Zimmern vorbeiführten, und kamen schließlich in einen anderen, ebenfalls unrenovierten Trakt des Hotels, der dem vorherigen sehr ähnlich war, bis auf die Tatsache, dass es dort keine Treppe in den Keller gab. Zumindest entdeckten sie keine.

»Wow!« Beeindruckt sah Jenny sich in dem großen Saal um, den sie betreten hatten und von dem mehrere Türen abgingen. Die Felsformation, die sie durch eine Reihe Fenster in der gegenüberliegenden Wand sahen, war durch das Schneegestöber nur undeutlich zu erkennen.

»Dieses Hotel ist ja riesig, hier kann man sich wirklich leicht verlaufen.«

»Allerdings«, pflichtete Florian ihr bei. Im nächsten Moment blieb er reglos stehen und lauschte angestrengt. »Da ist jemand«, flüsterte er.

Kurz darauf hörte Jenny es auch. Die undefinierbaren Geräusche kamen von der rechten Seite aus einem der Nebenräume. Poltern war zu hören, dann jemand, der offensichtlich einen Fluch ausstieß.

»Das klingt ganz nach Thomas«, flüsterte Florian und setzte sich in Bewegung, doch er kam nur zwei Schritte weit, da öffnete sich eine der Türen, und Matthias betrat, gefolgt von seiner Frau, den Saal. Als er sie sah, hob er eine Hand. »Hallo. Da hinten ist er nicht, da haben wir alles durch. Nur in das Untergeschoss sind wir nicht gegangen. Das Licht funktioniert nicht, also wird er ja wohl kaum dort unten sein.«

Jenny warf Florian einen kurzen, triumphierenden Blick zu. »Nein, was sollte er da unten ohne Licht. Auf der anderen Seite war auch nichts.«

»Dann gehen wir jetzt zurück«, schlug Annika vor. »Vielleicht ist er ja mittlerweile aufgetaucht.«

Das war er nicht.

Als sie die Lobby betraten, in der alle anderen bereits zusammenstanden, verstummten die Gespräche.

»Was ist?« Ein mulmiges Gefühl sprang Jenny regelrecht an, als sie in die Gesichter blickte. »Das hier habe ich in der ersten Etage gefunden«, sagte David ernst, kam auf sie zu und hielt ihr etwas entgegen. »Anna meinte … schau es dir mal an.«

Jenny starrte auf den feinen Riss, der sich diagonal über das Display des Smartphones zog, dann fiel ihr Blick auf den runden Aufkleber, mit dem die abgesprungene obere

74

rechte Ecke der Hülle zusammengehalten wurde, und aus dem mulmigen Gefühl wurde eine Faust, die gegen ihren Magen drückte. »Ja«, sagte sie, und ihre Stimme klang heiser, »das ist Thomas' Firmenhandy.«

7

Ellen schüttelte den Kopf. »Aber er hat es doch in Schönau abgegeben. Ich habe selbst gesehen, wie er es in die Tüte gesteckt und dann in die Box gelegt hat.«

»Das muss dann wohl sein privates Gerät gewesen sein«, erklärte Anna. »Das hier ist das Handy, das er von der Firma bekommen hat. Ich habe das gleiche.«

Nach einem kurzen Moment der Überrumpelung durch die unerwarteten Ereignisse funktionierte Jennys Verstand wieder in gewohnt strukturierten Bahnen. Der Fund des Smartphones sagte erst einmal gar nichts, außer, dass David wohl recht gehabt hatte mit seiner Vermutung, Thomas habe das Gerät heimlich mitgenommen.

»Wo genau habt ihr es gefunden?«, wandte Jenny sich an Anna, weil sie ganz selbstverständlich davon ausging, dass die beiden gemeinsam nach Thomas gesucht hatten.

»David hat es gefunden. Wir haben uns getrennt, weil er meinte, wir können Zeit sparen, wenn er sich schon mal die erste Etage vornimmt, während ich mich in der zweiten umsehe.«

»Es lag mitten auf dem Flur«, erklärte David. »Auf der anderen Seite, hinter unseren Zimmern. Ich habe mich natürlich in allen leeren Zimmern da oben umgesehen, aber dort ist er nirgends.«

»Warum sollte er in diese Richtung laufen?«, murmelte Annika und blickte dabei vor sich auf den Boden, als spreche sie mit sich selbst. »Da gibt es doch nichts.«

»Anscheinend hat er wirklich eine Erkundungstour durch das Hotel gemacht«, mutmaßte Johannes.

»Wir sollten eine neue Suche starten, aber dieses Mal besser organisiert«, schlug Sandra vor, die neben Johannes stand. Schon beim Frühstück hatte Jenny bemerkt, dass sie noch eine Spur blasser aussah als am Tag zuvor. Aus der Nähe fielen ihr die dunklen Schatten unter Sandras Augen auf. »Ja, das machen wir. Sag mal, geht es dir gut? Du siehst müde aus.«

Sandra winkte ab. »Es ist nichts. Ich schlafe immer schlecht in Hotelbetten. Und dann noch dieser Sturm …«

Und vielleicht auch die seltsame Anspielung von Johannes, fügte Jenny in Gedanken hinzu. Was immer sie auch zu bedeuten hatte.

»Also gut.« Nico deutete in die Lobby. »Wenn ich die Größe dieses Hotels richtig einschätze, ist es vielleicht besser, wenn wir nicht mehr zu zweit, sondern einzeln losziehen und vorher festlegen, wer welchen Bereich übernimmt. Johannes, wie erreicht man die Hausmeister?«

»Was? Ach so, ja … Da vorn, durch die Tür neben der Rezeption. Sie haben im Untergeschoss ein Büro und ihre Werkstatt.«

»Gut, wartet hier einen Moment, ich bin gleich wieder da.«

Während Nico die Lobby verließ, betrachtete Jenny nachdenklich den Reiseleiter. Johannes war ein netter Kerl, der sich einen kleinen Ausrutscher mit einer Flasche Whis-

77

key erlaubt hatte. Das war nicht weiter schlimm. Allerdings machte er generell nicht den Eindruck, Herr der Lage zu sein. Er wirkte auf sie eher ratlos und froh, dass Nico das Heft in die Hand nahm.

Was auffiel, war, dass man ihn meist in Sandras Nähe sah. Die Frage war, wer von den beiden das forcierte.

Jenny wischte den Gedanken fort. Im Moment gab es Wichtigeres. Sie musste ihren Mitarbeiter finden, der es geschafft hatte, wie ein kleines Kind in einem Hotel verlorenzugehen.

Als Nico zurückkam, hatte er die beiden Hausmeister im Schlepptau. »Einen vernünftigen Plan des Hotels besitzt offenbar nur die Baufirma«, erklärte er und deutete auf die beiden Männer, die hinter ihm stehen geblieben waren. »Aber Horst meinte …«, er wandte sich um. »Ach, erzähl es ihnen doch am besten selbst.«

Es dauerte eine Weile, bis Horst zu sprechen begann, so als müsse er sich seine Worte erst zurechtlegen.

»Na ja, also das Hotel ist ja nun schon oft erweitert worden.« Horst musste irgendwo aus dem Stuttgarter Raum stammen. Diesen seltsam klingenden Dialekt kannte Jenny von ihrem Chef und Firmeninhaber Peter Fuchs, der in Stuttgart geboren und aufgewachsen war und ganz ähnlich sprach.

»Ich weiß gar nicht, wie viele Baupläne es gibt und welcher aktuell ist. Jedenfalls ist das alles ganz schön verwinkelt, und wenn sich jemand hier versteckt … also, wenn jemand nicht will, dass er gefunden wird, dann wird es schwer.«

»Aber warum sollte Thomas sich vor uns verstecken?«,

fragte Sandra, an Jenny gewandt, als müsse die eine Antwort darauf wissen.

»Kommt, Leute.« David klatschte in die Hände, woraufhin Jenny automatisch einen Blick auf Johannes warf.

»Nun hört mal auf. *Warum sollte er dies* und *vielleicht hat er ja das* ... Es gibt doch nur drei Möglichkeiten, die in Betracht kommen. Erstens: Der liebe Tommi spielt wirklich Verstecken mit uns und möchte nicht gefunden werden, aus welchem Grund auch immer. Zweitens: Er ist tatsächlich verletzt und liegt irgendwo hilflos herum. Und drittens: Jemand anderes möchte aus irgendeinem Grund nicht, dass er gefunden wird. Ende. Ist doch logisch, oder? Und wo wir schon bei der Logik sind: Was unser Horsti im schicken Blaumann gesagt hat, glaube ich sofort. Dieser Kasten ist nicht nur groß, sondern auch verwinkelt wie ein Irrgarten. Fakt ist also: Wir wünschen uns natürlich alle, dass die erste Möglichkeit zutrifft, auch wenn Tommi dann von mir eins auf die Fresse bekommt, sobald er wieder auftaucht, weil er uns diesen Stress gemacht hat. Die größte Chance, ihn bei unserer Suchaktion zu finden, haben wir wohl bei Möglichkeit zwei, wenn er irgendwo verletzt rumliegt und vielleicht sogar Laut geben kann, sollte einer von uns in seine Nähe kommen. Wenn allerdings Möglichkeit drei zutrifft ... Leute, dann haben wir hier ein echtes Problem.«

Die eintretende Stille dauerte wahrscheinlich nur wenige Sekunden, die sich aber zu einer gefühlten Ewigkeit hinzogen, in der dem einen oder anderen die Farbe aus dem Gesicht wich. Beendet wurde sie von Matthias, der blaffte: »Und du hältst dich für *Hercule Poirot*, der uns heute Abend alle im Speiseraum zusammenruft und den Fall in seiner genialen Art aufklärt, richtig?«

»Wir sollten die Bergrettung anfunken«, warf Annika ein. Man sah ihr an, dass ihr der Spruch ihres Mannes peinlich war.

David hingegen grinste nur breit und zwinkerte Matthias kommentarlos zu, wofür Jenny ihm dankbar war. Die Situation war auch so schon nicht einfach, da nutzte es niemandem, wenn sie sich gegenseitig anblafften. Am allerwenigsten Thomas.

Zudem – und das musste sie sich eingestehen, obwohl sie von Davids großspurigem Getue wenig hielt – hatte er letztendlich ausgesprochen, was sie sich auch schon überlegt hatte, nur, dass sie es vielleicht anders ausgedrückt hätte.

»Noch ist ja nichts geschehen«, übernahm Nico in seiner jungenhaften Art. »Die Bergrettung können wir rufen, wenn wir einen Verletzten haben oder in Not sind. So weit ist es, Gott sei Dank, nicht, und ich bin sicher, dass es dazu auch nicht kommen wird. Ich schlage vor, wir machen es wie besprochen.« Er wandte sich erneut an die Hausmeister. »Horst, Timo, könnt ihr uns dabei helfen, jedem einen Bereich für die Suche zuzuordnen? Wir sind zu el… sorry, zu zehnt.«

»Klar«, sagte Timo und zeigte ein frettchenhaftes Grinsen, das unpassender kaum hätte sein können. »Und falls eine der Damen allein Angst hat – kein Problem.« Sein Grinsen wurde noch breiter. Horst schüttelte kaum merklich den Kopf und warf seinem Kollegen einen finsteren Blick zu, woraufhin Timo sich räusperte und schwieg. Zu

Jennys Verwunderung verkniff David sich eine bissige Bemerkung.

»Also …« Horst zog ein dickes Blatt aus der Beintasche seines Arbeitsanzugs und faltete es umständlich auseinander, wobei sich herausstellte, dass es sich um zwei DIN-A3-Blätter handelte. »Ich habe hier Skizzen, die ich mal für den internen Gebrauch angefertigt habe. Da sind keine Einzelheiten verzeichnet, und der Maßstab stimmt auch nicht, aber die meisten Räume sind da wohl drauf. Allerdings nur das Erd- und das Untergeschoss.«

Er ging zur zukünftigen Rezeption und breitete die beiden Pläne auf der Theke aus. Alle folgten ihm. Als Jenny an Timo vorbeikam, zwinkerte er ihr zu.

Horst wartete, bis alle um ihn herumstanden, doch bevor er sich seinen Zeichnungen widmete, wandte er sich an David.

»Es gibt zwei Lebensabschnitte, in denen der Name *Horsti* okay ist. Den einen habe ich lang hinter mir, das war im Kindergartenalter. Der andere kommt vielleicht irgendwann, wenn ich sabbernd in irgendeinem billigen Pflegeheim sitze und durch das Fenster starre, vor das man mich geschoben hat. Dann ist es mir egal. In der Zeit dazwischen, zu der auch die Gegenwart gehört, bestehe ich aber darauf, Horst genannt zu werden.«

Eine Weile sahen sie sich in die Augen, während alle um sie herum darauf warteten, wie David reagieren würde. Er stieß ein kurzes, bellendes Lachen aus und reichte dem Hausmeister die Hand. »Klare Worte, das gefällt mir. Horst, ich entschuldige mich. Kommt nicht wieder vor.«

Der Hausmeister verzichtete darauf einzuschlagen, sondern nickte stattdessen und widmete sich seinen Plänen, die für Jennys Empfinden bis auf die fehlenden Maßangaben recht professionell aussahen.

Sie erkannte, dass sie gemeinsam mit Florian nicht einmal die Hälfte der Räume des Erdgeschosses überprüft hatte.

»Ich schlage vor, ihr macht es folgendermaßen ...« Mit einem Bleistift markierte Horst nacheinander Bereiche auf den Plänen, fragte gezielt einen nach dem anderen, ob er oder sie das übernehmen könne, und erklärte demjenigen, wie er dorthin kam.

Nach wenigen Minuten waren alle Suchgebiete definiert. Dabei hatte der Hausmeister es so organisiert, dass Nico, David, Anna, Timo und er selbst im Untergeschoss unterwegs waren. Zu fünft, weil die Suche dort am schwierigsten sein würde.

Jenny, Ellen und Sandra durchsuchten das Erdgeschoss, Johannes und Florian waren für die erste und Matthias und Annika für die zweite und dritte Etage zuständig, was laut Horst am einfachsten war, weil es dort nur Gästezimmer gab.

Als sie sich auf den Weg machten, war es kurz nach halb eins.

Es hatte sich so ergeben, dass Jenny in einem Großteil des Bereichs, den sie absuchen sollte, schon mit Florian gewesen war. Dennoch stellte sich der leere Trakt vollkommen anders dar, wenn man allein durch die verlassenen Flure und Räume ging, die nur unzulänglich durch das trübe Tageslicht erhellt wurden, das sich durch kleine Fenster oder geöffnete Türen mühsam hereinquälte, während es draußen ununterbrochen weiterschneite.

Als sie bei ihrer Suche einen Raum betrat, von dem eine Terrassentür nach draußen führte, bei der nur noch etwa das obere Drittel schneefrei war, wich die Faszination, die sie noch am Morgen beim Anblick der ungeheuren Schneemassen empfunden hatte, zum ersten Mal einem dumpfen Entsetzen.

Schon zu diesem Zeitpunkt würde es fast unmöglich sein, die Schneewand zu überwinden, die aussah, als hätte man ein blickdichtes weißes Tuch vor die Tür gehängt. Ganz zu schweigen davon, was einen dort draußen erwartete, wenn man bis zur Brust im Schnee versank und über und um sich herum nichts mehr sehen würde außer dieses bedrohliche Weiß. Das war auch der Moment, in dem sie sich zum ersten Mal fragte, wie die Bergrettung bei diesem Wetter das Hotel erreichen könnte, falls sie gebraucht würde. Und ob es überhaupt gelingen würde.

Nachdem sie eine Weile – sie hatte kein Gefühl dafür, ob es zehn Sekunden oder zwei Minuten gewesen waren – so dagestanden, diesen Gedanken nachgehangen und dabei zugesehen hatte, wie die Schneewand Millimeter für Millimeter anwuchs, gab sie sich einen Ruck und riss den Blick von der Tür los. Erst einmal galt es, Thomas zu finden, für den sie sich als seine direkte Vorgesetzte verantwortlich fühlte. Schließlich waren sie auf Initiative und Kosten der Firma hier, was ihren Aufenthalt in diesem Hotel zumindest zu einer halbberuflichen Angelegenheit machte.

Sie verließ den Raum und begab sich in den nächsten Flur, der sie zu weiteren Zimmern führte. Dieses Gebäude erschien ihr wie ein architektonisches Hexenwerk, das im

Inneren bedeutend größer war, als seine äußeren Umrisse vermuten ließen.

Der Flur machte eine Biegung und endete ebenfalls an einer offen stehenden Tür, hinter der sich ein großer, dunkler Raum befand. Die Fenster schienen zugehängt oder mit Brettern vernagelt worden zu sein. Nur in den Ausläufern des spärlichen Lichts, die noch ein Stück weit in das Zimmer drangen, waren die Umrisse einiger Maschinen zu erkennen und dahinter eine Plastikplane, die von der Decke hing und den vorderen Bereich des riesigen Zimmers von dem in völliger Dunkelheit liegenden Rest abtrennte. Nein, von dem *fast* in völliger Dunkelheit liegenden Teil, denn in einiger Entfernung an einer Stelle auf der linken Seite erkannte sie ein schwaches Flackern wie von einer Kerze.

Sie tastete an beiden Seiten der Tür die Wand auf Höhe der Türklinke ab, fand endlich einen Lichtschalter und betätigte ihn. Es blieb dunkel. »Mist«, stieß sie leise aus und versuchte, mit halb zusammengekniffenen Augen von ihrem Standort aus so viel wie möglich zu erkennen, als sie ein leises Geräusch von irgendwo jenseits der Plane hörte. Es klang wie ein kleiner Gegenstand, der umgefallen war. Gleichzeitig war das Flackern verschwunden, und der Bereich hinter der Plane lag in vollkommener Dunkelheit.

Jenny regte sich nicht, hielt den Atem an und lauschte. Erneut Geräusche, verhalten, diesmal schlurfend …

»Thomas?« Sie hauchte den Namen nur, horchte angestrengt in die Dunkelheit hinter der Plane. Als keine Reaktion erfolgte, rief sie laut gegen die Angst an, die in ihr aufstieg: »Thomas, bist du das? Sag was!«

84

Nichts. Aber sie war sicher, dass da jemand war. Vielleicht konnte Thomas nicht antworten, warum auch immer.

Ihr Herz schlug schneller und pochte so laut gegen die Rippen, dass sie glaubte, man müsse es bis in den hintersten Winkel hören.

Zitternd machte sie einen Schritt in den Raum hinein, dann noch einen, blieb stehen, lauschte in die Stille. »Thomas.« Sie wusste nicht, warum sie flüsterte, während sie langsam weiterging. Jetzt war sie noch drei, vier Schritte von der Plastikplane entfernt, so dass sie sie berühren würde, wenn sie den Arm ausstreckte. Sie atmete plötzlich so unnatürlich laut, dass das Keuchen im ganzen Raum zu hören sein musste.

Sie öffnete den Mund, um erneut nach Thomas zu rufen, als mit einem klatschenden Geräusch ein heller Fleck an der Plane auftauchte und zu einer Handfläche wurde, die sich auf Brusthöhe gegen das milchige Plastik drückte. Noch während Jenny einen spitzen Schrei ausstieß, erschien die zweite Hand gleich daneben. Sie machte einen Satz zurück, bereit, sich sofort herumzuwerfen und loszurennen, wenn diese Hände zu jemand anderem gehörten als zu Thomas. Die Plane teilte sich raschelnd, und eine Gestalt kam zum Vorschein. Es war nicht Thomas, und es dauerte ein, zwei Augenblicke an der Grenze zur Panik, bis Jenny endlich erkannte, wer es war.

»Timo?«

»Japp!«, sagte der Hausmeister und vergrub die Hände tief in den Taschen seiner Latzhose.

»Verdammt, was tust du hier? Du solltest doch mit den anderen unten suchen. Du hast mich zu Tode erschreckt.«

»Na ja, unten war ich fertig«, druckste er verschlagen grinsend herum. »Da dachte ich, ich suche hier oben weiter.«

»Und was sollte dieser Mist mit deinen Händen auf der Plastikplane?«

»Ich weiß nicht, was du meinst. Ich hab nur die Öffnung gesucht.«

Sie glaubte ihm kein Wort.

»Und?« Jenny deutete mit dem Kopf zu der Plane, woraufhin er die Schultern zuckte.

»Nee, da is' nix. Ich such dann mal weiter.«

Bevor sie etwas entgegnen konnte, war er an ihr vorbeigelaufen und Sekunden später aus ihrem Blickfeld verschwunden.

Jenny wandte sich wieder um und betrachtete die Plastikplane. Irgendetwas hatte Timo dahinter gemacht, und er hatte dabei eine Kerze oder eine kleine Taschenlampe als Lichtquelle benutzt. Bevor sie jedoch entscheiden konnte, ob sie nachsehen sollte, hörte sie einen durch den Beton gedämpften und dennoch gellend klingenden Schrei. Er kam von irgendwo unter ihr und war so durchdringend, dass er das Blut in ihren Adern gefrieren ließ.

Jemand hatte Thomas gefunden, da war sie sicher.

8

In dem Moment, in dem Jenny Thomas sah, wusste sie, dass dieses Bild sich für immer in ihr Gedächtnis einbrennen würde. Wie er vollkommen nackt in der Ecke der Wäscherei auf dem Boden saß, käsig weiß, den Rücken gegen Nico gelehnt, der sich als Stütze hinter ihn gesetzt und einen Arm so über Thomas' Brust gelegt hatte, dass er ihn aufrecht halten konnte. Sein gewaltiger Bauch hing Thomas so weit über die schwammigen Oberschenkel, dass er den haarigen Bereich darunter gnädig verdeckte.

Vor den beiden kniete Ellen mit tränennassem Gesicht. Sie hatte sich eine Hand auf den Mund gelegt und murmelte wie ein Mantra gegen ihre Handfläche: »O mein Gott, wie schrecklich, o-Gott-o-Gott …« Daneben stand Anna wie gelähmt und starrte stumm auf Thomas und Nico.

Jenny war nicht sicher, ob Thomas bei Bewusstsein war. Sein Atem ging stoßweise, der Kopf zuckte wie in einem schlimmen Albtraum immer wieder hin und her. Dabei drang ein auf- und abschwellendes Stöhnen aus seinem geschlossenen Mund, das so furchtbar klang, dass es Jenny mehr Angst machte als alles, was sie je zuvor gehört hatte.

Thomas' Gesicht war trotz der Kälte in dem gekachelten Raum schweißnass, die Augen und der Bart um den Mund herum dreckverkrustet. Seine Arme hingen schlaff neben dem Oberkörper herab, als seien sie knochenlose Fremdkörper.

Jenny ließ sich neben Ellen auf die Knie sinken, zögerte nur kurz und legte Thomas eine Hand auf die glänzende Stirn, woraufhin das Stöhnen anschwoll, er aber – vielleicht als Zeichen, dass er die Berührung gespürt hatte – den Kopf nicht mehr bewegte. Jenny erkannte in diesem Moment, dass seine Augen nicht dreck- sondern blutverklebt, verkrustet und dick geschwollen waren.

»Himmel«, stieß sie aus und zog instinktiv die Hand zurück. »Seine Augen. Was ist mit ihnen?«

»Ich weiß es nicht genau«, sagte Nico mit gepresst klingender Stimme. »Aber es sieht aus, als …« Er schluckte und sah Jenny direkt an, so dass sie das Entsetzen in seinem Gesicht deutlich erkennen konnte. »Es sieht aus, als seien sie irgendwie … verbrannt, oder?«

»O Gott, o Gott«, jammerte Ellen und begann zu weinen, während Jenny die Szene aus einem Film vor Augen hatte, in der man einem Gefangenen die Augen mit der rotglühenden Klinge eines Schwerts ausgebrannt hatte.

Erneut blickte sie auf die furchtbaren Wunden, dachte daran, dass sie etwas tun musste, dass sie Thomas helfen musste. Ja, dass *sie* Thomas helfen musste, weil zumindest in diesem Moment sonst offenbar niemand dazu in der Lage war außer Nico, aber der war damit beschäftigt, den schweren Körper davor zu bewahren, einfach umzukippen.

Sie konzentrierte sich, befahl sich selbst, alle Gefühle auszublenden und zu der zweckorientierten Handlungsfähigkeit zu kommen, die es ihr auch schon erlaubt hatte, bei einer schlimmen Massenkarambolage auf der Autobahn mit einigen Toten und vielen Schwerverletzten bis zum Eintreffen von Rettungswagen und Sanitätern zu funktionieren und zu helfen, ohne darüber nachzudenken. Erst, als sie sich nach einer halben Stunde, in der sie wie eine Maschine verstümmelte Gliedmaßen abgebunden und klaffende Wunden erstversorgt hatte, neben der Autobahn ins Gras hatte fallen lassen, war ihr schlagartig übel geworden, und sie hatte das ganze Grauen der vergangenen dreißig Minuten aus sich herausgekotzt.

»Was, zum Teufel …« David hatte hinter ihr den Raum betreten, in der nächsten Sekunde folgte ein deutlich leiseres: »Fuck!« Und Johannes, der offenbar gleichzeitig mit ihm die Wäscherei betreten hatte, sagte: »Gütiger Himmel!«

Jenny erhob sich und sah, dass auch Florian mittlerweile eingetroffen war und mit ungläubigem Blick auf Thomas starrte. Ihr Verstand streifte einen Gedanken, der so ungeheuerlich war, dass er ihr fast den Boden unter den Füßen wegzog. Wenn niemand außer ihnen in diesem Hotel war …

Sie zwang sich dazu, diese Überlegung nicht zu Ende zu führen, um von den logischen Konsequenzen, die daraus folgten, nicht gelähmt zu werden.

»Wir müssen Thomas nach oben schaffen«, ordnete sie an. »Er ist sicher unterkühlt. Und wir brauchen einen Erste-Hilfe-Kasten, Salbe und Verbandszeug, um seine Verletzungen zu versorgen.«

Ihr Blick suchte die Hausmeister und blieb an Timo hängen, der am Eingang lehnte und sich nicht übermäßig um den am Boden sitzenden Thomas scherte. Die Situation in dem Raum mit der Plastikplane blitzte wie ein Schlaglicht vor Jenny auf, doch sie schob auch das beiseite.

»Timo, es gibt doch sicher irgendwo ein Erste-Hilfe-Zimmer mit einer Trage und einem Notfallkoffer, oder?«

»Das Zimmer gibt's nich mehr«, entgegnete Timo und stieß sich immerhin vom Türrahmen ab. »Wird renoviert. Aber die Trage, die is' noch da. Und Verbandszeug und Salbe und so'n Kram auch. Is' aber bestimmt alles abgelaufen.«

»Und? Würdest du die Sachen holen? Und dich dabei ein bisschen beeilen?« Jenny hatte für Lahmarschigkeit gerade keine Geduld.

»Da muss aber wer mitkommen. Lässt sich allein schlecht tragen, das Ding und der Rest.«

»Ich mache das«, erklärte Florian.

»Beeilt euch«, rief Jenny ihm nach, als er gemeinsam mit Timo den Raum verließ, dann sank sie wieder vor Thomas auf die Knie und sagte: »Was ist mit seinem Mund?«

»Ich weiß es nicht«, sagte Nico. »Darum habe ich mich noch nicht gekümmert.«

»Okay, das schauen wir uns oben an. Erst muss er hier raus und warm eingepackt werden.«

Ihr Blick richtete sich auf das verschwitzte, ramponierte Gesicht, das sich wieder hin und her bewegte. Sie legte eine Hand auf den schlaff herabhängenden, rechten Unterarm. »Thomas?«

Nichts deutete darauf hin, dass er registrierte, dass sie seinen Namen gesagt hatte. »Thomas, kannst du mich hören?«, wiederholte sie lauter. »Kannst du mir irgendwie zeigen, dass du mich verstehst?«

Keine Reaktion.

»Er muss grauenhafte Schmerzen haben«, raunte David hinter ihr. »Wahrscheinlich ist er so benommen, dass er gar nicht mitbekommt, was um ihn herum geschieht. Verdammte Scheiße, welches Schwein hat ihm das angetan?«

»Da ist noch was«, erklärte Nico mit gequält klingender Stimme. »Als ich ihn eben angehoben und gegen mich gelehnt habe, war sein Körper vollkommen schlaff, obwohl er bei Bewusstsein war. Er hat nicht andeutungsweise mitgeholfen, sich ein Stück anzuheben. Da war … nichts.«

»Hier ist die Trage!« Florian legte zwei in ein grünes Tuch eingewickelte Holzstangen auf dem Boden neben Thomas ab und rollte sie auseinander. »Von wegen, die kann man allein schlecht tragen«, stieß er wütend aus, während er damit begann, die Trage zusammenzubauen und mit zwei gebogenen Querstangen zu stabilisieren. Wie Jenny mit einem schnellen Blick feststellte, stand Timo wieder am Eingang, in seiner rechten Hand einen orangefarbenen Koffer. Horst war noch immer nicht aufgetaucht, zumindest hatte Jenny ihn nicht gesehen.

»David und Matthias, helft Florian und Nico, ihn auf die Trage zu legen«, ordnete Jenny an, woraufhin die Angesprochenen ohne Diskussion neben Thomas in die Hocke gingen und ihn an den Armen packten. Offenbar akzeptierten sie, dass Jenny das Kommando übernommen hatte. Vielleicht waren sie sogar froh darüber.

Florian schob die Trage näher zu ihnen hin und half dann dabei, den schweren Körper auf das Tuch zu wuchten. Das erwies sich sogar für die vier Männer als äußerst schwierig, weil Thomas' massiger Körper schlaff wie ein nasser Sack durchhing, als sie ihn anhoben.

Jenny wartete mit den anderen, bis die vier die Trage aus dem Raum bugsiert hatten, und blieb auch dann noch stehen, als Sandra, Johannes, Anna, Ellen und Annika ihnen wie in einer Prozession nacheinander folgten.

Als dann alle die Wäscherei verlassen hatten, sah sie sich in dem Raum um. Die runden, dunklen Öffnungen der in einer Reihe stehenden, mit Rostflecken übersäten Waschmaschinen erschienen ihr wie Glotzaugen von Monstern, die sie anstarrten und sich an ihrem Entsetzen weideten.

Die Stelle, an der Thomas auf dem Boden gelegen hatte, glänzte feucht, daneben entdeckte sie einen unregelmäßigen, teils verwischten Fleck von etwa zehn Zentimetern Durchmesser. Als sie davor in die Hocke ging, erkannte sie, dass es sich wahrscheinlich um Blut handelte. Sie richtete sich wieder auf und fragte sich, von welcher Stelle an Thomas' Körper es stammte, während sie den Raum verließ und sich nach kurzem Überlegen nach links wandte.

Sie hoffte, der düstere Gang, an dessen Decke verschieden dicke, isolierte Rohre verliefen, würde an einer Treppe enden, die nach oben führte. Ob das der Weg war, den sie genommen hatte, als sie nach dem Schrei panisch nach unten gerannt war, wusste sie nicht mehr. Sie erinnerte sich nur noch, dass sie am Ende einer Treppe mehrmals »Hallo« gerufen hatte, bis eine Stimme geantwortet hatte, der sie dann gefolgt war.

Sie holte die anderen ein, als sie mit Thomas auf der Treppe in die erste Etage waren, um ihn in sein Zimmer zu bringen. Zwei Minuten später setzten Nico, Florian, David und Matthias die Trage keuchend auf dem Bett ab und atmeten tief durch.

Während Ellen die weiße Bettdecke über dem nackten Körper ausbreitete, begann Thomas wieder, stöhnend den Kopf hin und her zu werfen. Jenny fand mittlerweile, dass dieses Stöhnen fast wie ein verzweifeltes Rufen klang. Wahrscheinlich hatte er unerträgliche Schmerzen.

»Wo ist der Erste-Hilfe-Koffer? Ich brauche Medikamente und Verbandszeug.«

Timo befand sich nicht im Zimmer, aber von draußen kam ein »Hier!«. Kurz danach tauchte er auf und reichte Jenny den Koffer. Dabei hatte sie den Eindruck, dass er sie angrinste, und hoffte im gleichen Moment, dass sie sich täuschte. So abgebrüht konnte niemand sein.

Mit schnellen Griffen öffnete sie den Deckel, während hinter ihr die anderen das Zimmer betraten und Gemurmel entstand. Jemand schluchzte. Mit fliegenden Fingern durchsuchte sie die Medikamentenpackungen, die noch überraschend vollständig und in recht gutem Zustand zu sein schienen. Alle anderen Utensilien wie Scheren, Pflaster und Verbandsmull beachtete sie erst einmal nicht.

Sie fand Ibuprofen-Tropfen und Paracetamol-Tabletten gegen Schmerzen, das war ein Anfang. Sie entschied sich für die Tropfen, wahrscheinlich würde es einfacher sein, sie Thomas einzuflößen.

»Hast du was gefunden?«, erkundigte sich Florian hinter ihr. Sie nickte, zeigte ihm das Fläschchen und setzte sich auf den schmalen Streifen der Bettkante, der noch frei war. Dann betrachtete sie die blutverkrusteten Lippen. Thomas hielt den Kopf nun still und stöhnte auch nicht mehr. Wahrscheinlich hatte er die Besinnung verloren.

»Thomas?«, sagte sie, und als er nicht reagierte, wiederholte sie seinen Namen lauter und fasste ihn am Unterarm, doch das Ergebnis war das Gleiche. Erst, als sie seine Stirn berührte, antwortete Thomas mit einem durchdringenden Ton und einer Bewegung des Kopfes. *Er spürt nur etwas, wenn ich ihn im Gesicht anfasse,* überlegte sie und hoffte inständig, dass sie sich in der Schlussfolgerung irrte.

Einem spontanen Gedanken folgend, drückte sie erneut seinen Unterarm, und als er wieder nicht reagierte, nahm sie eine Hautfalte zwischen Daumen und Zeigefinger und quetschte sie so fest zusammen, dass es weh tun *musste.* Nichts.

»Und?«, fragte Sandra leise, die mittlerweile den Platz neben Jenny eingenommen hatte und sich zu ihr vorbeugte. »Er spürt nichts, oder?«

Als Jenny sie verzweifelt ansah, nickte sie und sprach ebenso leise weiter. »Ich habe mir schon im Keller gedacht, dass er kein Gefühl im Körper hat, als ich gesehen habe, wie schlaff er durchhing, als sie ihn anhoben.« Sie klang wohltuend unaufgeregt. »Und noch etwas ist mir aufgefallen.«

»Er reagiert auch nicht, wenn ich seinen Namen rufe«, entgegnete Jenny. »Nur, wenn ich ihn im Gesicht anfasse. Meinst du das?«

»Ja, das meinte ich, war mir allerdings nicht sicher. Aber gib ihm erst mal das Schmerzmittel.«

Jenny nickte und schraubte das Fläschchen auf. »Ich muss nur sehen, wie ich ihm etwas davon einflößen kann.

Thomas?«, versuchte sie es erneut, obwohl sie mittlerweile fast sicher war, dass er nicht auf ihre Stimme reagieren würde. »Kannst du deinen Mund öffnen? Thomas!«

Aus den Augenwinkeln sah sie, dass Sandra sich aufrichtete. Im nächsten Moment tauchte David neben Jenny auf, seine Hand war plötzlich in Thomas' Gesicht, dann an seinem Mund, wo er mit Daumen und Mittelfinger die verkrusteten Lippen auseinanderzog, so dass das Gebiss bis zu den Zahnhälsen sichtbar wurde. »So, und jetzt tropf ihm das verdammte Schmerzmittel zwischen die Zähne.«

Thomas' Stöhnen wurde lauter, hörte sich durch die geöffneten Lippen durchdringender an, aber er drehte den Kopf überraschenderweise nicht weg. Im Gegenteil, er öffnete den Mund und gab dabei ein Geräusch von sich, das Jenny erschaudern ließ. Faulig riechender Atem schlug ihr entgegen, so dass ihr Magen rebellierte. Doch das wahre Grauen packte sie erst in dem Moment, als sie sich widerwillig weiter über Thomas beugte. Sie hatte die Hand mit dem Fläschchen schon erhoben, verharrte jedoch abrupt in der Bewegung und starrte wie gebannt in die geöffnete Mundhöhle.

»Seine Zunge ...«, flüsterte sie. »Sie ist ... weg.«

9

Schlagartig wurde es still im Raum, doch nur für einen Moment, dann hatte David sich als Erster wieder gefangen.

»Wie, weg? So ein Quatsch. Eine Zunge kann nicht weg sein. Die liegt wahrscheinlich so im Mund, dass du sie nicht sehen …«

»Sie ist weg«, unterbrach Jenny ihn scharf. Sie spürte, dass sie die Grenze ihrer Belastbarkeit erreicht hatte und kurz davor war, schreiend aus dem Zimmer zu rennen. »Ich sehe die *Wunde*!«

»Darf ich?« Es war Sandra, die Jenny die Hand auf die Schulter legte und sie auf eine Art ansah, als spüre sie genau, wie es ihr ging. »Ruh dich mal einen Moment aus.«

Ohne etwas zu entgegnen, warf Jenny noch einen Blick auf Thomas' vor Schweiß glänzendes Gesicht und stand auf.

Sie ging an David und Florian vorbei, dann an den anderen, die ihr bereitwillig Platz machten, lehnte sich gegen die Zimmerwand und ließ sich daran hinabrutschen. Das Bedürfnis, Augen und Ohren zu verschließen, sich einfach für eine Weile von der Außenwelt zurückzuziehen, wurde übermächtig in ihr, doch ein Gedanke hielt sie davon ab, eine Erkenntnis, die so erschreckend war, dass sie schlagartig alles andere verdrängte.

Thomas' Augen waren schwerverletzt, vielleicht für immer zerstört. Seine Zunge fehlte, und er reagierte nicht, wenn man ihn ansprach. Wenn sie sich seine Ohren anschauten, würden sie auch dort Wunden finden? Hatte jemand dafür gesorgt, dass er blind, taub und nicht mehr in der Lage war zu sprechen? Und wenn sich wirklich bewahrheiten sollte, dass sein Körper gefühllos war … dann konnte er nicht mehr sehen, nicht mehr hören, vom Hals abwärts nichts mehr spüren und nichts mehr sagen. Sie hörte sich selbst aufstöhnen, als sie zu begreifen versuchte, was das für Thomas bedeutete. Er war vollkommen von der Außenwelt und allen Sinneseindrücken abgeschnitten. In sich selbst gefangen, in einer schwarzen, geräusch- und gefühllosen Hölle. Allein die Vorstellung ließ eine Panik in ihr entstehen, die ihr den Hals zuschnürte. Wenn sie …

Ein polterndes Geräusch riss Jenny aus diesen grauenhaften Gedanken. Verstört sah sie hoch und blickte in das gerötete Gesicht von Johannes, der sich am Türrahmen festhielt.

»Das Funkgerät«, keuchte er. Er schien die Treppe hinaufgerannt zu sein. »Es ist unbrauchbar. Jemand hat es zerstört.«

Jenny bekam wie aus weiter Ferne die entsetzten Reaktionen der anderen auf diese Botschaft mit, ohne jedoch zu verstehen, was sie sagten. Fast wie ein außenstehender Beobachter registrierte sie, dass sie sich erhob und an Johannes vorbei den Raum verließ, wobei er irgendetwas zu ihr sagte, das aber nicht bis zu ihr durchdrang.

Sie sah den Flur vor sich, der eigentümlich hin und her schwankte. Jemand kam ihr im gleichen Rhythmus entgegen. Ein Mann. Er trug eine Arbeitshose. Die Bewegungen des Flurs wurden stärker, so sehr, dass er gegen die Gesetze der Physik und alle Vernunft seitlich wegkippte. Das Gesicht des Mannes war plötzlich ganz nah über ihr, sie blickte in weitaufgerissene Augen, hörte ein Geräusch wie ein unter Wasser ausgestoßener Schrei, dann fiel sie in ein Meer aus schwarzer Watte.

Als Jenny die Augen wieder aufschlug, bot sich ihr ein fast identisches Bild wie kurz vor ihrer Bewusstlosigkeit. Nur dass es nun mehrere besorgte Gesichter waren, die über ihr schwebten, als könnten sie jeden Moment auf sie herabfallen. Es waren drei, und Jenny kannte sie, auch wenn ihr Verstand noch träge war und die Namen nur zögerlich lieferte. Florian und Anna knieten neben ihr auf dem Boden, daneben stand … der ältere Hausmeister, wie hieß er doch gleich … Horst! Nun erinnerte sie sich auch daran, dass es sein Gesicht gewesen war, das sie als Letztes gesehen hatte.

»Da bist du ja wieder.« Florian versuchte ein Lächeln, das aber wie aufgemalt wirkte.

»Was ist passiert?«

»Du bist mir im Flur praktisch in die Arme gefallen«, erklärte Horst. »Ich konnte nichts tun, außer dich im letzten Moment aufzufangen und auf den Boden zu legen. Da hast du mich noch einmal groß angesehen und dann die Augen verdreht.«

»Wie lange war ich … weggetreten?«

»Ein paar Minuten«, erklärte Florian.

Jenny wollte sich mit einem Ruck aufrichten, kippte aber sofort wieder nach hinten.

»Langsam«, riet Anna mit entkräfteter Stimme. »Warte noch.«

Jennys Blick suchte ihre Augen und erkannte darin stumpfe Verzweiflung und sah im nächsten Moment Thomas vor sich. Seine schweren Verletzungen …

Sie stellte fest, dass sie sich noch immer im Flur befand, und reichte Horst, der als Einziger stand, die Hand. »Hilf mir bitte.«

Nach kurzem Zögern ergriff er ihre Hand und zog sie hoch. Sie blickte den Flur entlang. Durch die offen stehende Tür zu Thomas' Zimmer, etwa zehn Meter entfernt, drangen gedämpfte Stimmen zu ihnen, ohne dass Jenny verstehen konnte, was gesprochen wurde.

»Was ist mit Thomas?«, fragte sie Anna und Florian, die nun ebenfalls aufstanden. Florian zuckte müde mit den Schultern. »Ich weiß es nicht, wir waren in den letzten Minuten hier bei dir.«

»Dann sollten wir mal nachsehen.«

Sie hatte die Tür fast erreicht, als Ellen ihr mit geröteten Augen entgegenkam. Jenny blieb stehen. »Und?«

»Er hat …« Tränen rannen über Ellens Wangen. »Er hat weitere Verletzungen. Aus den Ohren läuft Blut, und im Nacken … Es …« Sie senkte den Kopf, ihre Schultern zuckten einige Male, dann blickte sie wieder auf. »Es sieht aus wie ein Schnitt oder ein Stich. Nico meinte, deshalb könne er sich nicht bewegen.«

Jemand hatte also tatsächlich dafür gesorgt, dass Thomas taub, blind, stumm und bewegungsunfähig war. Jemand, der ein bestialischer Irrer sein musste. Und der sich mit ihnen gemeinsam in diesem Hotel befand.

99

Nacheinander kamen David, Matthias und Annika aus dem Zimmer.

»Wieder okay?«, fragte David, und auch ihm stand das Entsetzen ins Gesicht geschrieben.

Jenny nickte und wollte an ihnen vorbei in das Zimmer gehen, doch Matthias stellte sich ihr in den Weg und sagte mit ernster Miene: »Wir können im Moment nichts für ihn tun. Nico bleibt erst einmal bei ihm, danach wechseln wir uns ab. Ich werde ihn in einer Stunde ablösen, nach mir ist David dran. Wir haben beschlossen, uns alle unten zu treffen. Wir müssen besprechen, was wir jetzt unternehmen. Komm am besten gleich mit.«

»Was wir unternehmen …«, wiederholte Johannes, der als Nächster aus dem Zimmer kam, mit sarkastischem Unterton und ging kopfschüttelnd an ihnen vorbei.

Jenny sah ihm kurz nach und nickte den anderen zu. »Ich komme gleich. Zuerst möchte ich noch mal nach Thomas sehen.« Als Matthias keine Anstalten machte, ihr aus dem Weg zu gehen, legte sie ihm eine Hand auf den Oberarm und schob ihn zur Seite.

Nico hatte den Platz auf Thomas' Bett eingenommen, auf dem Jenny zuvor gesessen hatte, Sandra stand neben ihm.

Er wandte sich kurz um, als sie das Zimmer betrat, dann nahm er den Lappen, der auf Thomas' Stirn gelegen hatte, wusch ihn in einer Plastikschüssel aus, die zwischenzeitlich jemand aus der Küche besorgt haben musste, und legte ihn wieder auf die gleiche Stelle. Anschließend tupfte er mit einem Tuch das Blut von Thomas' Ohren ab. »Geht es dir wieder besser?«

»Ja. Was ist mit ihm?«

»Er ist weggetreten«, sagte Sandra leise, legte ihr in einer mütterlichen Geste eine Hand auf den Unterarm und verließ den Raum.

»Weggetreten?« Jenny wandte sich wieder an Nico. »Von den Schmerzmitteln?«

»Vielleicht, vielleicht aber auch vor Schmerzen. Und er hat hohes Fieber. Hast du gehört, dass er unentwegt aus den Ohren blutet? Und dass wir in seinem Nacken eine weitere Wunde entdeckt haben?«

»Ja, einen Schnitt.«

»Ich denke eher, es war ein gezielter Stich, mit dem jemand ihm ganz bewusst das Rückenmark so verletzt hat, dass er vom Hals abwärts gelähmt ist.«

Jenny betrachtete Thomas' zerschundene Augen und konnte nichts dagegen tun, dass ihr die Tränen über die Wangen liefen. Sie wischte sich mit dem Handrücken über die Augen. »Diese ganzen Verletzungen, die er hat … weißt du, was die in der Summe für ihn bedeuten?«

»Ja.« Und nach einigen Sekunden fügte Nico hinzu: »Auch wenn ich es mir weder vorstellen kann noch möchte.«

»Welches Monster ist zu so etwas fähig?«

Nico blieb ihr die Antwort schuldig. Nachdem er erneut den Lappen in die Schüssel getaucht und ausgewrungen hatte, wandte er sich ihr aber wieder zu. »Du solltest auch runtergehen. Du kannst Thomas nicht helfen. Wir können nichts für ihn tun, außer diesen dämlichen Lappen auszuwaschen und ihm so viele Schmerzmittel einzuflößen, dass er möglichst nichts von seiner Situation mitbekommt. Das

101

werde ich für die nächste Stunde tun. Danach löst Matthias mich ab. Ich glaube, es ist wichtig, dass du jetzt da unten dabei bist und ein wenig moderierst. Die Emotionen kochen gerade sehr hoch, und Johannes macht nicht den Eindruck, als könne er die Diskussion leiten.«

Jenny nickte ihm zu und wandte sich ab, ohne Thomas noch einmal anzusehen. Sie betrat den Flur, kam aber nur ein paar Schritte weit, da sie von einem Weinkrampf geschüttelt wurde.

Als sie kurz darauf das Kaminzimmer betrat, war bereits eine hitzige Diskussion zwischen Annika und Johannes im Gange.

»Das können wir nicht, versteh das doch«, sagte Johannes gerade und wandte sich Jenny hilfesuchend zu.

Annika machte eine wegwerfende Handbewegung. »Ach, papperlapapp. Das kannst *du* vielleicht nicht, weil du nie Sport gemacht hast und nach drei Schritten außer Atem bist. Aber von dir redet auch niemand. Ich spreche ausschließlich für mich.« Den Seitenblick von Matthias registrierte sie entweder nicht oder sie ignorierte ihn absichtlich. »Ich verbringe jedes Jahr mindestens zwei Wochen im Tiefschnee zum Skifahren, da lasse ich mich doch von so ein bisschen schlechtem Wetter nicht abhalten. Aber wenn du eine bessere Idee hast, wie wir Hilfe holen können – bitte.«

»Die habe ich nicht, zumindest nicht im Moment. Was ich aber habe, ist die Verantwortung für diese Gruppe, und ich kann nicht zulassen, dass jemand sich selbst umbringt.«

»Du meinst, bevor das ein Irrer hier im Hotel erledigt?«, entgegnete Matthias trotzig.

»Entschuldigung«, mischte Jenny sich ein und blieb hinter dem Sessel stehen, in dem Johannes saß. »Geht es darum, ob wir das Hotel verlassen können?«

»Nein«, pampte Annika sie an. »Es geht darum, ob *ich* mit meinem Mann das Hotel verlasse, um Hilfe zu holen, nachdem unser Herr Reiseleiter nichts dagegen unternehmen konnte, dass das Funkgerät zerstört wurde, und offensichtlich keine Ahnung hat, was wir jetzt tun sollen. Ich möchte gar nicht, dass jemand anderes mitkommt. Wenn es nicht funktioniert, sitzt ihr Schlauberger weiterhin hier im Hotel fest wie jetzt auch. Wenn ich aber durchkomme, werdet ihr gerettet.«

Jenny atmete tief durch, doch bevor sie einwenden konnte, dass für eine solche Aktion, wenn überhaupt, dann doch wohl eher Nico die geeignete Person wäre, erhob David sich aus seinem Sessel. »Sollten wir uns nicht zuallererst mit der Frage beschäftigen, welches perverse Arschloch Thomas das angetan hat? Und uns bewusst machen, dass es nur zwei Möglichkeiten gibt: Entweder, es befindet sich noch jemand außer uns in diesem Hotel, oder aber ...« Er ließ seinen Blick langsam von einem zum anderen wandern. »Oder derjenige, der Thomas so zugerichtet hat, ist einer von uns.«

»Wir sollten die Hausmeister nicht vergessen«, fügte Florian hinzu.

»Das ist doch absurd«, sagte Ellen. »Wer von uns wäre zu etwas derart Abscheulichem in der Lage? Und vor allem, wer wüsste, was man tun muss, um ... um ...« Sie brach schluchzend ab.

»Das Problem ist, dass Psychopathen ihre Phantasien selten auf der Stirn stehen haben«, bemerkte Florian.

»Sprach der einzig wahre Nachfolger von Sherlock Holmes«, entgegnete Matthias spöttisch, wobei Jenny Florian recht geben musste. Wer konnte schon in die Köpfe der anderen schauen?

Aus den Augenwinkeln bekam sie mit, dass Sandra aufstand und den Raum verließ.

»Also, ich bleibe dabei.« Annika erhob sich ebenfalls von ihrem Platz und stemmte die Hände in die Seiten. »Das einzig Sinnvolle ist, wenn ich mit Matthias versuche, zumindest bis zu dieser Hütte am See zu kommen. Wie heißt der noch mal? Funtensee? Das war doch nur etwas mehr als eine Stunde von hier.«

Florian hob die Hände. »Und was soll das bringen? Die Hütte ist geschlossen, das habt ihr doch gesehen. Dort ist jetzt kein Mensch. Und von dort bis runter nach St. Bartholomä kommt ihr bei dem Wetter auf keinen Fall.«

»Das kann man von hier aus nicht wissen, jedenfalls haben wir dann schon mal ein Stück geschafft.«

»Eine Frage, Annika«, warf David in ruhigem, sachlichem Ton ein. »Kann es sein, dass es dir vorrangig darum geht, aus diesem Hotel zu verschwinden, nachdem du gesehen hast, was mit Thomas passiert ist? Und sich der Täter wahrscheinlich noch immer hier aufhält?«

»Was?«, brauste Annika auf, so dass der Eindruck entstand, dass David mit seiner Frage den Nagel auf den Kopf getroffen hatte. »Was soll das heißen?«

»Das soll heißen, dass ich überlege, ob dein Wagemut, das Hotel bei diesem Wetter verlassen zu wollen, nicht unserer, sondern ausschließlich deiner Rettung gilt.«

104

10

»Das ist eine Unverschämtheit«, polterte Matthias los, doch David hob beide Hände, die Handflächen Matthias zugewandt, und sagte: »Es war nur ein Gedanke, der mich angesprungen hat und den ich in den Raum werfen wollte.«

»Ihr könnt diese Diskussion beenden«, sagte Sandra vom Eingang des Zimmers her, woraufhin alle sich zu ihr umdrehten.

»Ich war gerade in der Lobby. Die Tür ist mittlerweile fast komplett zugeschneit. Selbst wenn du aus einem Fenster im ersten Stock klettern würdest«, fuhr sie, an Annika gewandt, fort, »würdest du bis zum Hals im Schnee versinken und keinen Meter vorwärtskommen.«

»Das schaue ich mir erst einmal selbst an«, erwiderte Annika stoisch und marschierte an Sandra vorbei aus dem Raum.

»Johannes«, sagte Anna zu dem Reiseleiter, der abwesend vor sich hinstarrte, »hältst du es für möglich, dass außer uns noch jemand im Hotel ist?«

Er zuckte mit den Schultern. »Das müssen wir die Hausmeister fragen, aber mein Gott, das ist ein riesiges Haus. Wenn sich jemand hier vor uns Zutritt verschafft hat, wäre es kein Problem für denjenigen, sich so zu verstecken, dass

105

wir ihn nicht finden. Das habt ihr bei der Suche nach Thomas ja vermutlich mitgekriegt.«

»Wieso? Wir haben ihn doch gefunden«, widersprach Matthias.

»Aber nur, weil er in einem Raum abgelegt wurde, auf den wir bei der Suche zwangsläufig irgendwann stoßen mussten«, erwiderte Jenny.

»Du meinst, der Täter *wollte*, dass wir Thomas finden?«, hakte David nach.

»Ja, das glaube ich. Und wer sagt, dass es sich nur um eine Person handelt? Thomas ist nicht gerade ein Leichtgewicht. Das, was man ihm angetan hat, muss woanders geschehen sein. Das war nicht in zwei Minuten erledigt, zudem wurden dafür medizinische Geräte und Werkzeuge gebraucht. Er muss also anschließend irgendwie in die Wäscherei gebracht worden sein.«

»Und wer sagt, dass hier alle wirklich diejenigen sind, die sie zu sein vorgeben?«, fragte Annika von der Tür her.

»Und?«, erwiderte Sandra leicht aggressiv, was Jenny zum ersten Mal bei der sonst so besonnen wirkenden Frau wahrnahm. »Hast du meine Angaben überprüft und dich selbst überzeugt?«

Annika zuckte mit den Schultern und ging zu ihrem Platz zurück. »Im Moment scheint es tatsächlich schwierig zu sein, das Hotel zu verlassen.«

Johannes rollte mit den Augen, enthielt sich aber eines Kommentars. Dafür erhob David die Stimme. »Nachdem das also geklärt ist, schlage ich vor, wir rufen die Hausmeister und Nico zu uns, damit alle zusammen sind, die sich nach unserem Wissensstand zurzeit im Hotel aufhalten.«

»Nico?«, sagte Jenny verwundert. »Ich dachte, der bleibt noch bei Thomas, bis Matthias ihn ablöst.«

»Ich halte es für wichtig, dass er dabei ist. Wenn Thomas schläft, kann man ihn eine Weile allein lassen.«

Das sah Jenny anders. »Und wenn er aufwacht? Und feststellt, dass keiner bei ihm ist? Ohne zu wissen, wo und was um ihn herum passiert? Ohne die Möglichkeit, sich zu bewegen oder um Hilfe zu rufen?«

»Du hast recht, das habe ich nicht bedacht.«

»Welch ein gruseliger Gedanke«, sagte Ellen leise, wie zu sich selbst, hob dann aber den Kopf und sah alle nacheinander an. »Wenn wir davon ausgehen, dass wir wirklich die Einzigen hier im Hotel sind, und wir rufen jetzt alle zusammen … Bin ich eigentlich die Einzige, der es bei der Vorstellung eiskalt den Rücken runterläuft, dass derjenige, der Thomas das angetan hat, hier bei uns sitzt?«

»Das war niemand von uns«, sagte Anna mit einer Überzeugung, die keinen Zweifel zuließ. Annika lachte zynisch. »Ach ja? Und was lässt dich da so sicher sein?«

»Die Logik. Derjenige würde mit uns zusammen hier festsitzen, ohne eine Chance, fliehen zu können.«

Nun stieß Annika ein Zischen aus. »Und du glaubst also, jemanden, der zu so etwas fähig ist« – dabei deutete sie nach oben –, »würde das von irgendetwas abhalten?«

»Ich gebe Anna vollkommen recht«, erklärte Johannes. »Das wäre Irrsinn, weil der Kreis der potentiell Verdächtigen durch die kleine Gruppe so übersichtlich ist, dass die Polizei den Täter recht schnell finden würde.«

»Vorausgesetzt, die kommen irgendwann hierher oder wir von hier weg«, warf Matthias ein.

Johannes tat den Einwand ab. »Das wird spätestens in zwei, drei Tagen so sein. Ewig kann der Schneesturm nicht andauern.«

»In zwei oder drei Tagen kann viel passieren«, bemerkte Jenny. »Ich neige ebenfalls dazu zu glauben, dass wir es hier mit einem Fremden zu tun haben, der sich irgendwo im Hotel versteckt. Aber auch der kommt nicht hier weg, das heißt, wir sind trotzdem mit ihm oder ihnen zusammen hier eingesperrt und sollten uns eine Strategie überlegen, wie wir uns in dieser Zeit verhalten. Ich stimme also Davids Vorschlag zu, die Hausmeister einzubeziehen und gemeinsam zu überlegen, was wir tun können.« Es kostete sie viel Kraft, das Entsetzen bei dem Gedanken an Thomas zumindest ein Stück weit beiseitezuschieben und diese grauenvolle Situation so ruhig wie möglich anzugehen. Aber sie spürte auch, dass ihr diese Sachlichkeit guttat.

»Okay, ich schaue mal, ob ich die Hausmeister finden kann.« Florian erhob sich und schickte sich an, den Raum zu verlassen. »Warte.« Johannes stand ebenfalls auf. »Ich komme mit. Ich war zwar auch erst einmal hier, aber ich kenne mich wenigstens ein bisschen aus.«

Es dauerte keine fünf Minuten, bis die beiden mit Horst und Timo im Schlepptau zurückkehrten. Nachdem alle außer Johannes Platz genommen hatten, klatschte er gewohnheitsgemäß in die Hände, allerdings weit weniger dynamisch als am ersten Tag.

»Wir alle …«

»Ich hätte da mal 'ne Frage«, unterbrach Timo ihn und hob dabei die Hand wie in der Schule. »Was sollen wir hier?«

108

»Wenn du ihn mal ausreden lässt, wirst du es vielleicht erfahren«, kanzelte David ihn ab und sah wieder zu Johannes hinüber, der ihm dankbar zunickte und von neuem ansetzte.

»Also, ich fasse mal zusammen. Wir alle wissen, dass mit Thomas etwas Furchtbares geschehen ist. Und wir sind hier mindestens noch für die nächsten ein, zwei Tage eingeschlossen und …«

»Wie gesagt, das wissen wir ja alles schon«, unterbrach Timo ihn erneut. »Aber warum hocken wir dann hier rum? Horst und ich, mein ich.«

»Weil ihr ebenso gefährdet seid wie jeder andere hier«, erklärte Jenny scharf, die von Timos respektloser Art mehr als genervt war.

»Und ebenso verdächtig«, ergänzte David, woraufhin der Hausmeister mit hochrotem Kopf aufsprang.

»Ach, so läuft das hier. Weil wir einen Blaumann anhaben und nicht in feinen Klamotten rumlaufen, sind wir wohl automatisch verdächtig oder wie?«

David ließ sich davon nicht beeindrucken. »Ich sagte: ebenso wie jeder andere hier. Hast du diesen Teil nicht gehört oder nicht verstanden? Wobei ich zugeben muss, dass dein Verhalten jetzt doch ein wenig verdächtig wirkt.«

»Pah«, machte Timo verächtlich und ließ sich wieder in den Sessel fallen. Jenny registrierte den strafenden Blick, den Horst seinem Kollegen zuwarf, und dachte darüber nach, ob sie ihre seltsame Begegnung mit ihm während der Suche nach Thomas zur Sprache bringen sollte, entschied sich aber dagegen. Zumindest für den Moment und in diesem Rahmen. Was immer er dort oben getan hatte – vielleicht war es besser, ihn in dem Glauben zu lassen, sie hätte es schon vergessen.

Und noch eine andere Frage bohrte in ihr, aber auch die würde sie zu einem geeigneten Zeitpunkt unter vier Augen stellen.

»Ich dachte, wir wollten darüber reden, was wir konkret tun können?«, warf Annika ein.

»Ich glaube, wir sollten von jetzt an immer zusammenbleiben«, schlug Ellen vor. »Egal, ob außer uns noch jemand im Hotel ist oder nicht, wenn wir zusammenbleiben, kann keinem von uns etwas geschehen.«

»Das sehe ich auch so«, pflichtete Anna ihr bei.

»Und was ist mit uns?«, wollte Horst wissen.

Ellen legte die Stirn in Falten, als verstehe sie die Frage nicht. »Ihr natürlich auch.«

»Das geht aber leider nicht. Es gibt vieles, was hier jeden Tag erledigt werden muss, das können wir nicht einfach alles vernachlässigen.«

»Auch nicht in Anbetracht dessen, was geschehen ist?«, erkundigte sich Jenny. Sie sah Horst an, dass er mit der Situation haderte. Letztendlich schien aber der Gedanke an das, was mit Thomas geschehen war, den Ausschlag zu geben. »Na ja …« Er sah zu seinem Kollegen hinüber, der sich offenbar beruhigt hatte, dem Blick aber auswich.

»Also gut, grundsätzlich wird das wohl möglich sein.«

»Ich halte das auch für eine gute Idee«, stimmte David zu. »Also, bis auf die Schlafenszeiten.«

»Aber es geht doch gerade um nachts«, überlegte Ellen laut. »Thomas ist in der Nacht verschwunden.«

»Sorry, aber da bin ich raus. Ich werde nicht mit neun …

mit elf anderen erwachsenen Menschen in einem Raum schlafen und mir euer Schnarchen und Pupsen anhören.« Und mit einem Blick auf Annika und Matthias fügte David hinzu: »Und was weiß ich noch alles. Nein, kommt nicht in Frage. Tagsüber, ja, abends, okay, aber nachts – no way. Jeder kann seine Tür abschließen. Schiebt von mir aus noch einen Schrank davor, aber Mister David Weiss schläft mit maximal zwei Frauen in einem Bett.«

»Kotz!«, kommentierte Annika, beugte sich nach vorn und steckte sich einen Finger in den weitgeöffneten Mund.

»Ich denke auch, dass es reichen sollte, wenn wir zusammenbleiben, bis wir ins Bett gehen«, pflichtete Florian ihm bei, doch Matthias widersprach ihm. »Das hat Thomas aber recht wenig gebracht, nicht wahr?«

»Der Unterschied ist, dass Thomas nichts von der Gefahr ahnte, in der wir uns befinden«, erklärte Jenny. »Wir können uns jetzt darauf vorbereiten. Zum Beispiel, indem wir unsere Türen gut sichern.«

»Ich weiß zwar nicht, ob eine abgeschlossene Tür diesen Menschen wirklich aufhält«, sagte Sandra, »aber ich brauche ebenfalls ein gewisses Maß an Privatsphäre. Zumindest beim Schlafen.«

»Da gibt es noch etwas anderes, über das wir nachdenken sollten«, sagte David und machte eine Pause, in der er offensichtlich darauf wartete, dass jemand nachfragte. Jenny tat ihm den Gefallen. »Und das wäre?«

»Das Warum. Warum tut jemand einem anderen so etwas an? Ging es dabei explizit um Thomas? Und warum hat der Täter ihn nicht einfach getötet, sondern hat sich die Mühe gemacht …«

»Das klingt ja fast, als würdest du dir wünschen, er wäre tot«, warf Matthias ein, woraufhin David zum ersten Mal ein wenig die Kontrolle über sich verlor, denn für zwei, drei Sekunden huschte ein dunkelroter Schatten über sein Gesicht, und seine blauen Augen schienen Blitze in Matthias' Richtung zu schießen. Doch schon im nächsten Moment umspielte wieder das überhebliche Lächeln seine Mundwinkel. »Lieber Matthias, wenn ich dein Gehirn an einer bestimmten Stelle mit einer heißen Nadel anpikse, könntest du für immer glücklich sein. Was hältst du davon?«

»*Ich* halte davon nicht viel angesichts der Tatsache, dass dort oben jemand liegt, der durch Stiche und vielleicht auch mit heißen Nadeln unsagbar gequält worden ist«, antwortete Jenny an Matthias' Stelle, obwohl sie dessen Kommentar für mindestens ebenso idiotisch hielt wie Davids unüberlegte Reaktion darauf.

»Du hast natürlich recht, das war dumm, entschuldigt«, gestand David ein, warf aber gleich darauf Matthias einen bösen Blick zu. »Wenn du es noch einmal wagen solltest, mir so etwas zu unterstellen, werde ich anders darauf reagieren. Versprochen.«

11

Es entstand eine Pause, in der alle vor sich hin starrten, bis Timo aufstand und sagte: »Also, ihr könnt von mir aus hier alle zusammenhocken, mir egal. Ich mache da aber nicht mit. Einer von euch hat das arme Schwein da oben übel zugerichtet, und ich werde nicht in einem Raum mit diesem Perversen schlafen. Wer weiß, was dem nachts einfällt.«

Damit wandte er sich ab und wollte gehen, als Annika sagte: »Wer sagt uns denn, das du nicht derjenige bist?«

Timo blieb stehen und drehte sich zu Annika um. Auf seinem Gesicht lag ein breites Grinsen. »Niemand.«

Dann verließ er den Raum.

»Also, wenn das nicht verdächtig ist, dann weiß ich auch nicht«, bemerkte Matthias.

Anna schüttelte den Kopf. »Nein, das ist *zu* verdächtig. Wenn er wirklich derjenige wäre, der Thomas das angetan hat, dann würde er sich bestimmt so unauffällig wie möglich verhalten, oder nicht? Ihm muss doch klar sein, wie sein Auftreten wirkt.«

»Ich weiß nicht.« Florian rieb sich nachdenklich mit der Hand über das Kinn. »Man darf nicht vergessen, dass jemand, der so etwas tut, in ganz anderen Kategorien denkt. Ein Stalker glaubt ja auch, dass er das Recht hat, sein Opfer auf Schritt und Tritt zu überwachen.«

Aus den Augenwinkeln bemerkte Jenny eine Bewegung und sah sich um. David hatte sich eine Hand auf die Stirn gelegt und blickte Florian ungläubig an.

»Jetzt weiß ich es wieder!«, stieß er aus. »Natürlich, Florian Trappen! Ich habe deinen Namen in einem Wirtschaftsmagazin gelesen. Das ist schon eine Weile her, mindestens anderthalb oder zwei Jahre, deshalb ist es mir nicht gleich eingefallen.«

Mit einem kurzen Seitenblick auf Florian stellte Jenny fest, dass der deutlich blasser geworden war.

»Es ging dabei um die Erbin eines Fabrikanten, dessen Vermögen unsere Gesellschaft betreut hat, deshalb habe ich den Artikel überhaupt nur gelesen.« Er schüttelte den Kopf, als könne er nicht glauben, was sein Gedächtnis ihm gerade wieder vor Augen führte. »Eine ganz verrückte Sache. Diese Frau ist von ihrem Freund in den Wahnsinn getrieben worden, der irgendwie ihr Handy, ihren Smart Speaker und andere Geräte so manipuliert hat, dass die ihr nachts zugeflüstert haben, dass sie umgebracht wird. Ein ganz perfides Spiel. Irgendwann hat sie versucht, sich selbst umzubringen, und ist in der Klapse gelandet.«

David machte eine Pause, in der er Florian intensiv in die Augen blickte. »Der Name ihres Freundes war Florian Trappen.«

Jemand stöhnte auf, dann herrschte sekundenlang Stille, wobei die Augen aller Anwesenden auf Florian gerichtet waren. Auch Jenny sah ihn fassungslos an und wartete gebannt auf eine Reaktion –, dass das eine Verwechslung war, dass es noch jemanden mit dem Namen Florian Trappen gab.

»Das ist Bullshit«, presste Florian schließlich hervor.

David legte die Stirn in Falten. »Was ist Bullshit? Der Artikel? Ging es da nicht um dich?«

»In all diesen Artikeln steht Scheiße. Ich war absolut unschuldig, das hat auch die Polizei bestätigt.«

»Dann stimmt das also?«, fragte Jenny leise. Sie konnte es einfach nicht glauben.

»Nein, verdammt.« Florian warf sich gegen die Rückenlehne des Sessels und fuhr sich mit der Hand über das Gesicht. »Ich habe doch gerade gesagt, dass ich unschuldig war. *Sie* hat *mich* gestalkt, nicht umgekehrt. Die Ermittlungen gegen mich sind eingestellt worden. Ich war und bin unschuldig. Ende. Das Ganze ist fast zwei Jahre her und endlich vorbei. Das hat mich lange genug verfolgt, und ich werde jetzt kein Wort mehr zu dieser Geschichte sagen.«

Damit wandte er sich ab und verließ den Raum.

Wieder herrschte eine ganze Weile Stille, die erst nach einer gefühlten Ewigkeit von Annika unterbrochen wurde.

»Das ist ja unglaublich, mit welchen Leuten wir hier eingeschlossen sind.« Ihr Blick richtete sich auf Johannes. »Wie kann es denn sein, dass jemand mit einer solchen Vergangenheit in unserer Gruppe ist? Ohne Handy und damit ohne Verbindung zur Außenwelt? Ich fasse es nicht.«

Johannes sah sie an, als hätte er nicht verstanden, was sie gerade gesagt hatte. »Was heißt, wie kann er in unserer Gruppe sein? Wir verlangen von unseren Kunden doch kein polizeiliches Führungszeugnis, wenn sie eine Reise buchen.«

Annika gab ein zischendes Geräusch von sich. »Wie man sieht, wäre das gar keine schlechte Idee.«

115

»Genau!«, stimmte David zu. »Und außerdem wird jeder vor der Reise an einen Lügendetektor angeschlossen und muss die Geschichten über seine sportlichen Höchstleistungen erzählen, um zu überprüfen, ob irgendetwas davon wahr ist.«

Annika warf ihm einen giftigen Blick zu und sagte leise »Idiot«, woraufhin David sie angrinste.

Jenny hatte das Gefühl, das alles keine Sekunde länger ertragen zu können. Ihre Gedanken wirbelten um Thomas und die Gefahr, in der sie sich befanden; um Florian, der ein Stalker sein sollte; um die gegenseitigen Anfeindungen …

Nein, sie brauchte Ruhe, musste nachdenken. Sie stand auf und verließ kommentarlos den Raum.

Als sie die Lobby durchquerte, warf sie einen Blick zum Eingang, vor dem sich eine weiße Wand auftürmte. Und es schneite und schneite und schneite. Sie überlegte, ob es ratsam war, in ihr Zimmer zu gehen, entschloss sich dann aber dafür. Immerhin war das der einzige Raum, den sie abschließen konnte, was ihr zumindest ein wenig das Gefühl von Sicherheit gab. In der ersten Etage angekommen, entschied sie, erst noch einen kurzen Blick in Thomas' Zimmer zu werfen und zu sehen, wie es ihm ging.

Nico stand am gekippten Fenster und wandte sich um, als sie den Raum betrat. »Ach, hallo.« Er klang müde.

»Hallo. Wie geht es ihm?«

Nico blickte Thomas an, der reglos auf dem Rücken lag. »Er ist die ganze Zeit weggetreten. Ich bin kein Arzt, aber ich würde sagen, es geht ihm sehr schlecht. Er hat hohes Fieber, und sein Puls rast wie verrückt. Kann sein, dass die

Wunden sich infiziert haben. Aber wie gesagt – das sind nur Mutmaßungen.«

Jenny konnte nichts dagegen tun, dass sich bei Thomas' Anblick Tränen in ihren Augen sammelten. Sie wischte sie weg. »Es wird eine Weile dauern, bis ein Arzt nach ihm sehen kann.«

»Hoffentlich ist es dann nicht zu spät.«

»Ja, das hoffe ich auch.« Jenny ging zum Bett und legte Thomas eine Hand auf die nasse Stirn. Fast hätte sie sie wieder zurückgezogen, sosehr erschrak sie darüber, wie heiß seine Haut sich anfühlte. Seine Lippen waren aufgeplatzt, die Wunden an den Augen sahen fürchterlich aus. Die Haut hatte sich um die verbrannten Lider herum abgelöst, darunter kam dunkles, verschmortes Fleisch zum Vorschein. Wie es in seinem Mund aussah, wollte sie sich gar nicht vorstellen. Der süßlich-faulige Geruch, den Thomas ausströmte, war vermutlich auch der Grund, warum Nico am Fenster gestanden hatte.

Sie trat zwei Schritte zurück. »Wann wirst du abgelöst?«

»Ich denke, so in einer Viertelstunde. Wie geht es den anderen?«

In einer verzweifelten Geste zuckte Jenny mit den Schultern. »Die Stimmung ist mies. Die Situation ist für uns alle schwierig. Sie fangen an, sich gegenseitig anzugreifen und zu beschuldigen.«

»Hoffen wir, dass dieser Sturm bald vorbei ist und wir uns wieder irgendwie bemerkbar machen können.«

»Ja, das hoffe ich auch. Wir sehen uns später.«

Nach einem letzten Blick zu Thomas verließ Jenny den

Raum und betrat gleich darauf ihr Zimmer, das nur drei Türen weiter lag.

Nachdem sie abgeschlossen und den Sicherheitsriegel vorgeschoben hatte, betrachtete sie die Tür eine Weile und entschloss sich dann, auf Nummer Sicher zu gehen, indem sie die massive Holzkommode, die ein Stück neben der Tür stand, unter Ächzen und Keuchen vor die Tür schob. Erst dann ging sie zum Bett und ließ sich mit einem Seufzer erschöpft auf die Matratze fallen.

Sie betrachtete die weißgetünchte Decke über sich und die moderne, flache Lampe und versuchte, ihre Gedanken zu ordnen.

Hannes wollte sich in ihren Kopf drängen, auch die Frage, ob sie die bevorstehende Hochzeit in vier Monaten überhaupt noch erleben würde, doch sie weigerte sich, darüber nachzusinnen. Das alles war so weit weg und gehörte in eine andere Welt, in der es keine Verstümmelungen gab und keine Angst um das eigene Leben. Diese beiden Welten durften keine Berührungspunkte haben. Sie wollte sie auf gar keinen Fall miteinander in Verbindung bringen, weil sie befürchtete, etwas von der Angst, die sie empfand, könne in ihr normales Leben überschwappen.

Wobei das ja gerade schon geschehen war, als David von dieser unglaublichen Sache erzählt hatte, in die offensichtlich Florian verwickelt gewesen war. Seine Reaktion darauf empfand sie als seltsam und unverständlich. Warum hatte er das Thema so schnell abgewürgt? Sie war sicher, dass er weder ein Stalker war noch jemand, der einer Frau drohte, sie umzubringen. Sosehr konnte sie sich nicht in ihm täuschen.

118

Sie würde ihn später darauf ansprechen, wenn die anderen nicht in der Nähe waren. Auch, wenn er nichts mehr davon hören wollte. Immerhin war sie seine Vorgesetzte, seit er vor einem Jahr bei *Fuchs Telecom* angefangen hatte.

Sie horchte in sich hinein und überlegte, ob sie in dieser Situation Angst hätte, mit Florian allein zu sein, und kam zu dem Schluss, dass das definitiv nicht der Fall war.

Angst hatte sie in der Situation mit Timo empfunden, in dem Raum mit der Plastikplane. Sie schüttelte sich bei dem Gedanken daran und sah im nächsten Moment Thomas' zerschundenes Gesicht vor sich, dachte an seine Verletzungen und daran, was sie für ihn bedeuten mussten. Eiseskälte legte sich auf ihre Haut und ließ sie sosehr frösteln, dass sie sich über die Oberarme rieb. Thomas war in sich selbst gefangen. Blind, taub, gefühllos und ohne die Möglichkeit, sich mitzuteilen. Wahrscheinlich war es für ihn das Beste, dass er besinnungslos war. Und plötzlich war da dieser Gedanke, dass es für ihn vielleicht tatsächlich das Beste wäre, wenn er starb. Sie erschrak derart darüber, was ihr Verstand gerade produzierte, dass sie sich abrupt aufrichtete und dann wieder aufstand. Nein, es war keine gute Idee gewesen, sich in ihr Zimmer zurückzuziehen, wo sie allein mit ihren Gedanken war. Es schien doch besser zu sein, sich das Gekeife der anderen anzuhören, das lenkte sie wenigstens ab.

Die Kommode an ihren ursprünglichen Platz zurückzuschieben erschien ihr schwerer, als sie vor der Tür zu platzieren, doch nach mehreren Versuchen hatte sie es schließlich geschafft.

Als sie das Kaminzimmer betrat, saßen dort nur noch Ellen und Nico.

Jenny deutete auf die leeren Sessel. »Wo sind die anderen?«

»Die meisten sind auf ihre Zimmer gegangen«, erklärte Ellen. »Ist alles ein bisschen viel.«

»Matthias ist bei Thomas«, fügte Nico hinzu. »Er hat mich vor fünf Minuten abgelöst.«

Jenny setzte sich zu den beiden und wandte sich an Ellen. »Ist Johannes auch in seinem Zimmer? Immerhin ist er der Verantwortliche für diesen Trip.« *Horrortrip*, fügte sie in Gedanken hinzu.

Ellen nickte. »Ja, er ist ziemlich fertig. Du hast schon recht, eigentlich müsste er hier alles in die Hand nehmen, aber … na ja, er scheint in letzter Zeit einige Probleme zu haben. Das Unternehmen ist verkauft worden an irgendeinen geheimnisvollen Investor. Jedenfalls verhält sich Johannes seitdem so eigenartig. Er spricht nicht darüber, aber irgendwie habe ich das Gefühl, da ist was im Busch.«

»Hm …«, machte Jenny.

»Ich kann dazu nichts sagen, weil ich noch ganz neu bin«, erklärte Nico, wobei Jenny sicher war, dass er auch nichts zu oder über Johannes sagen würde, selbst wenn er etwas wüsste. Es entsprach einfach nicht seiner Art, über jemanden zu reden.

»Vielleicht …«, setzte Jenny an, wurde aber von Matthias und Annika abgelenkt, die auf einmal in der Tür standen und sie mit starren Gesichtern ansahen.

»Was ist denn?«, fragte Nico. »Matthias, warum bist du nicht bei Thomas?«

»Das ist nicht mehr nötig«, sagte Matthias leise. »Er ist tot.«

12

»O nein!« Jenny senkte den Kopf, schloss für einen Moment die Augen und erinnerte sich an diesen furchtbaren Gedanken, den sie in ihrem Zimmer gehabt hatte. Irrsinnigerweise fühlte es sich für sie so an, als trage sie deshalb eine Mitschuld am Tod ihres Mitarbeiters, was natürlich vollkommener Blödsinn war.

»Mist«, sagte Nico, »aber ich habe es befürchtet. Wissen die anderen es schon?«

»Nein, als ich bemerkt habe, dass er nicht mehr atmet, bin ich zu meiner Frau gegangen und mit ihr dann gleich hierhergekommen. Wir dachten, es wäre beschlossen worden, dass wir alle zusammenbleiben.«

Was aus Jennys Sicht ein Widerspruch war, wenn er erst zu seiner Frau gegangen war, die sich *allein* in ihrem Zimmer aufgehalten hatte.

»Dann trommle ich mal alle zusammen«, beschloss Nico und machte sich auf den Weg, während Annika und Matthias sich in zwei Sessel fallen ließen, als seien sie sehr erschöpft.

»Wann ist er …«, fragte Jenny.

Matthias schüttelte den Kopf. »Ich weiß es nicht. Ich habe Nico abgelöst und mich erst mal ans Fenster gestellt. Der Gestank da drin war kaum auszuhalten. Als ich dann an sein Bett getreten bin, habe ich festgestellt, dass seine Brust sich nicht mehr bewegte. Ich meine, er konnte sich zwar überhaupt nicht bewegen, aber beim Atmen … jedenfalls habe ich seinen Puls gefühlt, am Hals und am Handgelenk, aber da war nichts mehr.«

»Hier ist ja doch noch jemand.« David kam in den Raum, setzte sich neben Jenny und fragte: »Solltest du nicht bei Thomas sein?«

Matthias schüttelte den Kopf. »Nicht mehr nötig.«

»Wie, nicht« – David stockte kurz – »Ach du Scheiße. Ist er …?«

»Ja.«

»Dann haben wir es jetzt also nicht mehr bloß mit einem perversen Arschloch zu tun, sondern mit einem perversen Mörder. Wobei das eine das andere nicht ausschließt.«

Nico kam mit Florian, Anna und Sandra im Schlepptau zurück. Ihren Gesichtern war anzusehen, dass sie bereits wussten, was geschehen war.

Jenny überflog kurz die Anwesenden. »Wo ist Johannes?«

»Der sucht die Hausmeister«, erklärte Nico.

»Sollte sein Platz als Reiseleiter in einer solchen Situation nicht eher hier bei uns sein?«, fragte Annika, doch niemand schien Interesse daran zu haben, darauf zu antworten.

»Wer war …«, setzte Anna an und machte eine Pause, in der sie kurz durchatmete, bevor sie fortfuhr. »Wer war bei ihm, als er gestorben ist?« Es fiel ihr sichtlich schwer, über das Thema zu sprechen.

»Ich«, entgegnete Matthias. »Ich habe eine Weile am

Fenster gestanden. Als ich an sein Bett kam, hat er nicht mehr geatmet.«

»Du hast eine Weile am Fenster gestanden?«, wiederholte Florian. »Während du auf Thomas aufpassen solltest?«

»Ja, na und? Weißt du, wie es da oben gestunken hat? Das war nicht zum Aushalten.«

Florian schüttelte den Kopf. »Das heißt also, es kann gut sein, dass Thomas elendig krepiert ist, während du aus dem Fenster geschaut und die frische Luft genossen hast?«

»Was?«, brauste Matthias auf. »Jetzt mach aber mal einen Punkt. Ganz egal, wie oder woran er gestorben ist, ich hätte sowieso nichts machen können. Mir jetzt zu unterstellen …«

»Was, wenn er zum Beispiel an seiner eigenen Zunge erstickt ist, beziehungsweise an dem, was noch davon übrig war? Wir haben doch alle gesehen, wie dick angeschwollen und entzündet sie war. Wenn sie seine Luftröhre blockiert hat, ist er erstickt und hatte keine Möglichkeit, sich bemerkbar zu machen. Und dir ist nichts aufgefallen, weil es dir in dem Zimmer nicht angenehm genug gerochen hat.«

»Jetzt reicht's aber.« Annika sprang ihrem Mann zur Seite. »Matthias ist zum Fenster gegangen, als er Nico abgelöst hat … freiwillig, wohlgemerkt! Wer sagt denn, dass Thomas überhaupt noch gelebt hat, als mein Mann ins Zimmer kam? Vielleicht hat *Nico* ja nicht mitbekommen, dass das arme Schwein abgetreten ist?«

Jenny blickte zu Nico hinüber, der zwar kurz zusammenzuckte, aber dennoch mit ruhiger Stimme antwortete: »Ich habe alle drei, vier Minuten seinen Puls kontrolliert. Zum letzten Mal, bevor ich das Zimmer verlassen habe, und da hat er definitiv noch gelebt. Ich denke, wir sollten jetzt nicht darüber diskutieren, wer wann was getan oder nicht getan hat, als der arme Kerl gestorben ist, sondern darüber, was wir nun unternehmen, wo wir wissen, dass sich in diesem Hotel ein kranker Mörder aufhält. Denn eines ist doch klar: Wer immer Thomas das angetan hat, der sitzt genauso hier fest wie wir.«

Annika ließ sich allerdings nur zum Teil beschwichtigen und wandte sich wieder an Florian. »Davon abgesehen finde ich es verdammt dreist von jemandem mit *deiner* Vergangenheit, andere zu kritisieren oder sogar zu verdächtigen. Vielleicht sollten wir uns lieber mal überlegen, wer dazu fähig wäre, Thomas das anzutun.«

»Du redest von *uns* und *ihm*.« Jenny ignorierte Annikas plumpen Angriff auf Florian und sprach – an Nico gewandt – aus, was ihr gerade durch den Kopf gegangen war. »Das heißt, du gehst davon aus, dass es keiner von uns gewesen ist?«

»Ja, davon gehe ich absolut aus. Das sagt mir mein Gefühl.«

»Und was sagt dein Gefühl, wenn es um Horst und mich geht?«, fragte Timo, der jetzt an der Tür des Kaminzimmers stand. »Bist du dir da auch so sicher?«

Gemeinsam mit seinem Kollegen und Johannes kam er auf Jenny zu und machte dabei ein Gesicht, als hätte er in eine Zitrone gebissen.

»*Ich* bin jedenfalls nicht sicher«, erklärte David, noch ehe Nico antworten konnte. »Aber bevor du jetzt die Ich-armer-zu-Unrecht-verdächtigter-Hausmeister-Nummer abziehst, steck deine Komplexe wieder ein. Ich kann dir nämlich versichern, dass das nicht nur für dich, sondern für alle hier Anwesenden gilt.«

»Ich finde auch, wir müssen alle Möglichkeiten in Betracht ziehen«, meldete Sandra sich zu Wort und sah von einem zum anderen. »Ich kann mir zwar nicht vorstellen, dass jemand von uns zu so etwas fähig wäre, aber vollkommen ausschließen kann man es nicht, solange wir nicht wissen, ob wir in diesem Hotel allein sind oder nicht.«

Jenny fühlte sich von der Stille, die daraufhin eintrat, fast körperlich bedrängt. Als versuche dieses akustische Vakuum, in sie einzudringen, während die Angst sich wie eine dunkle Glocke immer deutlicher und bedrohlicher auf sie alle herabsenkte.

»Was machen wir denn jetzt mit Thomas?« Ellen brach mit dünner Stimme nach einer gefühlten Ewigkeit das Schweigen.

»Was sollen wir denn schon groß mit ihm machen?«, entgegnete Annika. »Nichts. Zum Leben erwecken können wir ihn ja wohl nicht mehr.«

»Vielleicht lässt du dir von deinem Mann erklären, was damit gemeint ist«, schlug David vor, woraufhin sie ihm einen giftigen Blick zuwarf, bevor sie tatsächlich Matthias fragend ansah.

»Es geht um den Gestank«, erklärte der. »Er hat lebend schon so gestunken, dass es kaum auszuhalten war. Jetzt, wo er tot ist ...«

»Wir müssen ihn in einen kühlen Raum bringen«, sagte Anna. »Es gibt doch sicher einen Kühlraum hier?«

125

Ellen nickte. »Ja, aber bisher ist nur der kleine fertig, und da liegen unsere Lebensmittel drin.«

»Sagt mal, Leute …« David stand auf und schüttelte den Kopf. »Hat der Schock euch das Hirn blockiert? Was redet ihr denn da? Da draußen haben wir gerade ein einziges riesiges Kühlhaus.«

»Das stimmt«, pflichtete Nico ihm bei. »Wenn wir eine der rückwärtigen Türen öffnen und zwei, drei Meter weit freischaufeln, reicht das schon, um ihn abzulegen.«

Jenny hörte dem Gespräch nur mit einem Ohr zu, denn ihr Verstand weigerte sich, die Tatsache zu akzeptieren, dass das keine Unterhaltung aus einem Krimi von Klaus-Peter Wolf oder einem Psychothriller von Sebastian Fitzek war, sondern ein Gespräch im realen Leben, und dass es um die Leiche ihres Mitarbeiters Thomas Strasser ging, die da draußen in den Schnee gelegt werden sollte.

»Sagt mal …« Sie ließ den Blick über die Anwesenden schweifen. »Geht es euch auch so, dass ihr gar nicht glauben könnt, dass das wirklich geschieht? Ich habe das Gefühl, ich wache irgendwann auf und bin unendlich erleichtert, dass alles nur ein schrecklicher Traum war.«

Florian zuckte mit den Schultern. »Ich denke, das ist ein natürlicher Schutzmechanismus …«

Aus den Augenwinkeln beobachtete Jenny, dass Annika ansetzte, etwas zu sagen, von ihrem Mann aber davon abgehalten wurde, indem er ihr eine Hand auf den Unterarm legte.

»Wir sollten uns besser schnellstmöglich alle darüber klarwerden, dass Thomas tatsächlich tot ist«, sagte Matthias. »Und dass jeder von uns der Nächste sein kann.«

126

»Du denkst, dass das noch mal passieren könnte?« Ellens Gesicht war aschfahl.

Matthias stieß ein bellendes Lachen aus. »Bist du so naiv, oder tust du nur so? Wäre diese Sache persönlich gegen Thomas gerichtet gewesen, müsste man sich doch die Frage stellen, warum jemand sich die Mühe machen sollte, ihm ausgerechnet hierherzufolgen, um ihn zu verstümmeln. Zumal jetzt, wo klar ist, dass derjenige nicht mehr so ohne weiteres von hier verschwinden kann und die Gefahr besteht, dass er von uns entdeckt wird. Nein, nein, ich denke, diesem Irren geht es nicht um eine bestimmte Person, sondern darum, irgendjemanden zu quälen, und Thomas hatte das Pech, ihm als Erster in die Hände zu fallen.«

»Welch eine furchtbare Vorstellung«, sagte Anna und rieb sich über die Oberarme.

»Könnte sich in diesem Gebäude jemand so verstecken, dass er auch bei einer intensiven Suche nicht gefunden wird?«, fragte Johannes, an Horst gewandt, und beteiligte sich damit zum ersten Mal an der Unterhaltung, seit er mit den Hausmeistern den Raum betreten hatte.

»Na klar«, erwiderte Horst. »Ich könnte mir vorstellen, dass es hier irgendwo Räume gibt, von denen auch ich nichts weiß, obwohl ich einen Teil meines Lebens hier verbracht habe.«

»Das bedeutet, es würde nicht viel bringen, wenn wir eine Suchaktion starten?«, hakte David nach.

»Eine Suchaktion nach einem vollkommen durchgeknallten Killer?« Annika schüttelte den Kopf. »Das könnt ihr vergessen. Dazu müssten wir uns aufteilen und wären damit wie Freiwild für diesen Irren.«

»Du kannst ja allein auf die Suche gehen.« Matthias deutete zur Tür, während er David teils spöttisch, teils verärgert ansah. »Meiner Meinung nach …«

»Lass mal«, fiel David ihm ins Wort. »Wenn ich deine Meinung hören möchte, frage ich deine Frau.«

»Könnt ihr mit diesem kindischen Gezanke aufhören«, fuhr Anna dazwischen. »Ich möchte jetzt wissen, wie es weitergeht.«

Als Jenny zu Johannes hinübersah, von dem sie sich noch immer erhoffte, dass er seiner Rolle als Leiter dieser Gruppe gerecht wurde und das Wort ergriff, warf der gerade Sandra einen schwer zu deutenden Blick zu, dem die aber standhielt. Johannes' Worte fielen ihr wieder ein: *Wenn die wüssten, wer du bist.*

Jenny musste herausfinden, was hinter dieser Bemerkung steckte, da sie ahnte, dass er das nicht nur, weil er betrunken war, so dahergesagt hatte.

13

Nicht nur Jenny wunderte sich, als sich Timo neben Florian und David bereiterklärte, Nico dabei zu helfen, Thomas' Leiche hinauszuschaffen. Auch den anderen war die Überraschung anzusehen.

Nachdem sie den schweren Körper in ein Leintuch eingewickelt hatten, bugsierten sie ihn auf der Trage aus dem Zimmer und schleppten ihn ächzend und stöhnend die Treppe hinunter. Die anderen standen wie bei einer Beerdigung in der Lobby und sahen ihnen mit ernster Miene zu.

Als eine der Türen im hinteren Bereich der Lobby wieder hinter dem Tross ins Schloss fiel, wandten sich die Zurückgebliebenen ab und gingen schweigend ins Kaminzimmer. Nur Ellens leises Schluchzen unterbrach hier und da die bleierne Stille.

Jenny versuchte, die schrecklichen Bilder der Verstümmelungen zu verdrängen, die immer wieder wie Schlaglichter vor ihr auftauchten. Die furchtbaren Verletzungen an den Augen und der Zunge, diese Wunden an den Ohren … blind, taub, bewegungsunfähig. Mit unvorstellbaren Schmerzen und nicht in der Lage, etwas um sich herum wahrzunehmen oder sich auf irgendeine Weise bemerkbar zu machen.

Sie suchte nach einem Anker für ihre Gedanken, etwas,

129

womit sie sich jenseits der Geschehnisse um Thomas beschäftigen konnte, und fand ihn in dieser Geschichte, die David über Florian gelesen hatte. Sie dachte darüber nach, wie sie damit umgehen sollte, zweifelte dabei aber keine Sekunde daran, dass Florian die Wahrheit sagte.

Dennoch fragte sie sich, warum er ihr nichts von dieser Sache erzählt hatte. Auch dann noch nicht, als sie schon ein wirklich gutes Vertrauensverhältnis zueinander aufgebaut hatten. Sie würde mit ihm darüber reden müssen, aber das konnte warten. Erst einmal mussten sie dafür sorgen, dass sie alle diese Situation überstanden. Überlebten.

Auch ohne die Möglichkeit, jemanden informieren oder um Hilfe bitten zu können.

Verrückterweise dachte sie an ihr Smartphone und daran, wie nützlich es – trotz der negativen Aspekte – doch war, immer und überall erreichbar zu sein und vor allem, jederzeit andere erreichen zu können. Was hätte sie jetzt dafür gegeben, Hilfe rufen zu können. Doch in dieser abgelegenen Region ohne Netz hätte sie auch über ihr Handy mit niemandem Kontakt aufnehmen können.

Es dauerte fast eine Stunde, bis die vier wieder zurückkamen. »Er liegt ein Stück hinter einer der Türen«, erklärte Nico, nachdem sie sich erschöpft gesetzt hatten. »Es war mühsam, und wir mussten den Schnee anfangs in das Zimmer schaufeln.«

»Was denkst du, wie lange wird es wohl noch schneien?«, wollte Anna wissen.

Nico hob die Hände. »Keine Ahnung. Ich kann mich nicht erinnern, so was überhaupt schon mal erlebt zu haben.«

130

»Das heißt, es kann noch Tage dauern, bis jemand nach uns schaut?«

»Das wollen wir nicht hoffen, aber ja, theoretisch ist das möglich.«

Matthias stieß ein zischendes Geräusch aus. »Und dieser Psychopath sitzt hier ebenso fest wie wir. Tolle Aussichten.«

»Was ist mit dem Funkgerät?«, fragte Florian, an Johannes gewandt, und riss ihn damit aus seiner Lethargie. Erschrocken sah Johannes auf. »Ähm … was?«

»Das Funkgerät. Vielleicht kann man es ja reparieren?«

»Nein, vergiss es, das ist Schrott. Wer immer sich daran zu schaffen gemacht hat, der hat ganze Arbeit geleistet.«

»Hm …«, brummte Horst.

»Was ist?«, erkundigte sich David ungeduldig, nachdem der Hausmeister keine Anstalten machte, etwas zu sagen.

»Ach, nur eine Überlegung.«

»Und? Lässt du uns daran teilhaben?«

»Ich habe gerade darüber nachgedacht, dass das Funkgerät in einem Raum steht, über den man nicht gerade stolpert, wenn man sich als Gast hier im Hotel bewegt. Der liegt ziemlich abseits. Also muss derjenige, der das Ding zerstört hat, entweder gezielt danach gesucht haben, oder er wusste, wo dieser Raum zu finden ist.«

»Was auf Timo und dich zutrifft«, stellte Annika fest.

»Ja, aber auf einige andere auch«, entgegnete Timo gereizt. »Du warst mit deinem Mann zum Beispiel ganz in der Nähe von diesem Raum, als wir nach Thomas gesucht haben.« Er sah Horst auffordernd an. »Stimmt's?«

Horst nickte. »Das stimmt.«

Annika sprang wütend auf. »Ihr spinnt wohl. Ich habe

131

keine Ahnung, wo dieses Funkgerät steht. Wir haben wie alle anderen nach dem Dicken gesucht, als wir Horst getroffen haben. Wenn das Gerät irgendwo in der Nähe war, ist das reiner Zufall. Anders als bei Horst.« Sie zeigte mit dem Finger auf den Hausmeister. »Du weißt, wo das Ding sich befindet, und du hast dich dort herumgetrieben. Wer von uns ist denn nun verdächtiger?«

»Natürlich wieder die Deppen im Blaumann.« Timos Gesicht verfärbte sich rot. »Reiche Tussis wie du glauben doch immer, ihr könnt unsereins herumschubsen, wie ihr wollt, und egal, was ihr tut, wir sind die Dummen, denen eh alles zuzutrauen ist.«

»Hey«, versuchte Nico, ihn zu beschwichtigen, »kein Grund, gleich laut zu werden.«

Timo fuhr zu ihm herum. »Sag du mir nicht, was ich zu tun und zu lassen habe.« Und wieder an Annika gewandt: »So läuft es doch, nicht wahr? Dabei interessiert es zum Beispiel kein Schwein, dass du in der Klapse gesessen hast.«

Schlagartig herrschte Stille. Annika war sämtliche Farbe aus dem Gesicht gewichen, und die anderen warfen ihr verwunderte Blicke zu. Einzig David zeigte ein verunglücktes Grinsen, in dem mehr Bitterkeit als Humor steckte. »Das wird ja immer besser.«

»Stimmt das? Ich meine …« Anna sah sich hilfesuchend um.

Da erst reagierte Matthias. Er sprang auf und baute sich wutschnaubend vor Timo auf.

»Woher weißt du das?«

»Es stimmt also«, stellte Anna ungläubig mit dünner Stimme fest.

132

»Nicht zu glauben, oder?« Timo spukte die Worte Matthias förmlich vor die Füße. »Der dumme Hausmeister kann lesen und mit dem Internet umgehen. Und er hat sich die Mühe gemacht, sich vorher ein bisschen über die Leute zu informieren, die mit einer Ausnahmegenehmigung hierherkommen, obwohl das Hotel noch geschlossen ist.«

Jenny fragte sich, warum Timo dann nichts von Florians Vergangenheit wusste. Oder ob er es wusste, aber bisher nichts gesagt hatte. Und sie stellte fest, dass Timo für seine Recherche nicht im Hotel gewesen sein konnte, weil es im Umkreis von mehreren Kilometern kein Netz gab.

»Meine Frau war krank und hat sich in einer Klinik erholt«, stieß Matthias aus. »Na und? Das geht dich einen verdammten Dreck an.« Und an alle anderen gewandt: »Und euch ebenso. Kümmert euch lieber um diesen Irren, der Thomas umgebracht hat. Denn der ist noch da, und ich wette, er sitzt hier in diesem Raum.«

Jenny lief bei Matthias' Worten ein eiskalter Schauer über den Rücken. Unbewusst wanderte ihr Blick von einem zum anderen, und sie überlegte, wer von den Anwesenden wohl zu solchen Grausamkeiten in der Lage sein könnte, wie sie Thomas angetan worden waren.

»Ich hatte Depressionen«, erklärte Annika nach einigen Atemzügen mit fester Stimme und bedeutete ihrem Mann, er solle sich wieder hinsetzen.

Doch der dachte gar nicht daran. »Das geht niemanden etwas an, verdammt.«

Daraufhin bedachte Annika Matthias mit einem Blick von der Art, wie sie ihn sich bisher für David aufgespart

133

hatte. »Es ist mein Leben, und ich erzähle darüber, was ich für richtig halte. Also setz dich bitte.«

Erst, nachdem Matthias mürrisch wieder neben ihr Platz genommen hatte, senkte sie den Blick und fuhr fort: »Das ist knapp zwei Jahre her. Meine Mutter war gerade gestorben. Mein Vater ist schon seit fünf Jahren tot. Ich habe mich plötzlich so allein gelassen gefühlt, so … übrig geblieben. Und dann ist mir klar geworden, dass ich die Nächste bin.« Sie sah auf. »Versteht ihr, was ich meine? Solange die Eltern noch am Leben sind, ist das eigene Alter in weiter Ferne. Da ist ja eine Generation, die vor einem dran ist. Und dann, ganz plötzlich, gehört man zu genau dieser Generation, die als Nächstes alt wird und sterben muss.«

Annika machte eine Pause, die Matthias nutzte. »Reicht das jetzt mit dem Seelenstriptease?«

»Diese Gedanken haben mich nicht mehr losgelassen«, fuhr Annika unbeirrt fort. »Alles erschien mir so sinnlos, es war, als sei mit dem Tod meiner Mutter plötzlich auch mein Leben so gut wie vorbei. Ich habe versucht, mich da selbst wieder rauszuziehen, aber … Dann blieben plötzlich meine Tage aus.«

»Annika! Das geht jetzt definitiv zu …«

»Nein!«, unterbrach sie ihren Mann. »Sie wollen es wissen, also sage ich es ihnen. Ein paar Monate nach dem Tod meiner Mutter kam ich mit Mitte vierzig schon in die Wechseljahre. Das hat mir dann den Rest gegeben.«

»Annika hat sich *freiwillig* in stationäre psychiatrische Behandlung begeben«, ergänzte Matthias mit Blick auf Timo, der wie alle anderen Annika zugehört hatte. »Freiwillig! Und nach ein paar Wochen ging es ihr besser, und

134

sie kam wieder nach Hause. Das war's. Und? Zufrieden? Was hast du jetzt mit deiner tollen Enthüllung erreicht?«

»Ich wollte nichts erreichen«, entgegnete Timo. »Mir geht es nur auf den Senkel, dass ihr Schnösel uns immer so behandelt, als wären wir der letzte Dreck. Dabei hat jeder von euch mehr zu verbergen als Horst und ich zusammen.«

Jenny überlegte, was Timo wohl noch über die Teilnehmer der Gruppe wusste. Und über sie.

»Soll das eine Drohung sein?« Florian sah Timo mit unverhohlener Abneigung an, woraufhin Timo wieder sein unverschämtes Grinsen zeigte. »Wieso? Was könnte dich denn bedrohen, das ich herausgefunden habe?«

»Ich weiß, es ist vielleicht unpassend«, fuhr David dazwischen, ehe Florian antworten konnte, und nicht zum ersten Mal war Jenny ihm dankbar dafür, dass er ein Streitgespräch unterbrochen hatte. »Aber ich habe seit dem Frühstück nichts mehr gegessen, und mein Magen knurrt. Geht es euch nicht auch so?«

Die Antwort war zustimmendes Gemurmel, und nachdem Ellen in Anna, Sandra, Nico und Johannes Freiwillige zum Kochen gefunden hatte, verschwanden sie in der Küche, während der Rest sich mit Eifer daran machte, den Tisch zu decken. Es war zu spüren, dass alle die Beschäftigung mit etwas Alltäglichem als willkommene Abwechslung empfanden.

Es gab ein Gemüsegratin mit Curry-Bananen und Speck, das zwar hervorragend schmeckte, aber dennoch wurde nur die Hälfte gegessen. Offenbar ging es nicht nur Jenny so, dass das anfängliche Hungergefühl schon nach wenigen Bissen verflogen war.

135

Nachdem abgeräumt und das Geschirr in die Maschine gestapelt war, versammelten sich alle wieder im Kaminzimmer. Lediglich die Hausmeister fehlten. Sie mussten sich um die Heizungsanlage kümmern, wie Horst nach dem Essen erklärt hatte. Es gebe einen Defekt, der noch nicht behoben worden war und täglich einige manuelle Handgriffe an der Anlage erfordere.

Während Nico das Kaminfeuer anzündete, versorgten Ellen und Sandra alle mit Getränken, dann saßen sie in ihren Sesseln und beobachteten die Flammen. Annikas Aufenthalt in der psychiatrischen Klinik war ebenso wenig wieder erwähnt worden wie Timos Ausraster.

»Was machen wir denn nun heute Nacht?«, brach Anna nach einer Weile das Schweigen.

»Schlafen?« David. Natürlich.

»Wir könnten Matratzen aus den leeren Zimmern unserer Etage holen und hier unten ausbreiten«, schlug Nico vor. »Dann sind wir alle zusammen.«

»No way«, verkündete David. »Ihr könnt von mir aus gern *Schlafsaal in der Jugendherberge* spielen, aber ohne mich.«

Auch Matthias schüttelte energisch den Kopf, nachdem Annika ihm etwas zugeflüstert hatte. »Was, wenn dieser Irre kein Fremder ist, der sich irgendwo im Hotel versteckt hält, sondern einer von uns? Sollen wir dann gemütlich einschlafen, während er neben uns liegt und nur darauf wartet, uns die Zunge abschneiden oder mit irgendwas die Augen ausstechen zu können?«

»Das ist doch Blödsinn«, versuchte Johannes schwach, Nicos Vorschlag zu verteidigen, woraufhin Matthias spöt-

tisch die Brauen hob. »Ach ja? Das arme Schwein, das jetzt
steif da draußen im Eis liegt, wusste offensichtlich nichts
davon, dass das Blödsinn ist.«

Daraufhin schwieg Johannes, und auch keiner der anderen hatte offenbar Lust, sich zu äußern. Was kein Wunder
war, wie Jenny mit einem Rundumblick feststellte. Bleiche
Gesichter, dunkle Schatten unter geröteten, tief in den
Höhlen liegenden Augen, ins Leere gerichtete Blicke. Alle
waren mit den Nerven fertig und müde, auch sie selbst.

»Also gut«, sagte sie und stand auf. »Ich werde jetzt in
mein Zimmer gehen, gründlich abschließen und alle Möbel, die ich verrücken kann, vor die Tür schieben. Dann
lege ich mich ins Bett und versuche zu schlafen. Ich kann
einfach nicht mehr.«

Niemand versuchte, sie davon abzuhalten.

»Gute Nacht. Wir sehen uns morgen.«

Als sie schon fast die Tür erreicht hatte, sagte David:
»Hoffentlich alle.«

14

Sie wacht von einem glühenden Blitz auf, der direkt durch ihren Kopf schießt. Sobald sich ihr Bewusstsein aus der Benommenheit gekämpft hat, ist da nur noch ein Bedürfnis: Sie muss ein Ventil für diesen unfassbaren, nicht auszuhaltenden Schmerz schaffen, bevor er ihr den Verstand wegbrennt. Sie muss den Mund aufreißen, muss schreien mit allem, was ihre Lungen hergeben. Jetzt sofort.

Doch ihre Lippen bewegen sich kaum, sie werden von etwas zusammengehalten, das nur minimal nachgibt und ihr im nächsten Moment die Haut von den Wangen zu reißen droht. Der Schrei prallt gegen den geschlossenen Mund und verstärkt für einen Moment das grausame Reißen an ihren Lippen so sehr, dass es ganz kurz sogar die Schmerzen in ihren Augen in den Hintergrund drängt.

Ihre Augen … diese Dunkelheit … Sie versucht, die Lider zu heben, lässt es aber sofort wieder sein, als ein ganzes Blitzgewitter hinter ihrer Stirn entsteht und ihr Kopf sich anfühlt, als fließe glühende Lava hindurch. Sie spürt, dass ihr Bewusstsein sich von diesem Grauen zurückziehen möchte, doch sie kämpft dagegen an. Sie muss wissen, was mit ihr geschieht. Eine innere Stimme will es ihr sagen, aber da ist etwas in ihrem Verstand, das sich gegen die Erkenntnis wehrt. Erneut drohen ihr die Sinne zu schwinden, ein weiteres Mal möchte sie sich dagegen zur Wehr setzen. Aber vielleicht ist es ja genau umgekehrt. Vielleicht möchte ihr Verstand sie aus diesem schrecklichen Albtraum in die Gnade des Aufwachens entlassen. So muss es sein. So darf es nur sein. Sie gibt nach, ignoriert das Feuer, das in ihren Augen lodert, und lässt sich fallen.

Als sie wieder zu sich kommt, sind die Höllenschmerzen gleich mit dem ersten bewussten Atemzug erneut da, und sie weiß, dass alle Hoffnung vergebens war. Das, was sie gerade erlebt, ist kein Traum, sondern die Realität. Und die Stimme in ihr wird lauter. Deutlicher. So deutlich, dass sie verstehen muss, was sie ihr sagt, sosehr sie sich auch dagegen sträubt.

Denk an Thomas! Es ist wie bei ihm.

Panik rauscht wie eine heiße Welle heran, füllt sie im Bruchteil einer Sekunde vollkommen aus und ersetzt ihre Gedanken durch den instinktiven Willen zu überleben. Mit einem wilden Aufbäumen stemmt sie sich gegen alles, was sie festhält, versucht mit aller Kraft, Arme und Beine zu bewegen, doch sie ist gefesselt und registriert sogar, dass sie auf dem Rücken liegt. Aber sie muss etwas tun, wenn sie leben möchte. Sie will den Mund aufreißen und die Augen, irgendwie, mit aller Gewalt, und versinkt dabei wieder in einem See aus Schmerz, der zur alles umhüllenden Dunkelheit wird.

Sie erwacht erneut aus der gnädigen Bewusstlosigkeit, dieses Mal mit der Gewissheit, wegen der Schmerzen erst den Verstand zu verlieren und dann zu sterben. Sie muss … Ja, das ist ein guter Ansatz, treibt sie sich selbst an. Gut, um nicht verrückt zu werden. Etwas zu müssen. Sie muss, sie muss, sie muss. Nachdenken. Genau. In sich hineinhorchen. Wird sie gerade verrückt? So

139

schnell? Nein, weiter. Denken. Müssen. Sie muss auf alles achten, was um sie herum geschieht. Das muss sie. Davon hängt ihr Leben ab, das weiß sie instinktiv.

Eine neue Feuerwalze wird durch ihren Kopf getrieben, und die Schmerzen sind so unerträglich, dass ihr Mageninhalt plötzlich nach oben schießt. Sie erbricht sich gegen ihren geschlossenen Mund, etwas läuft ihr aus der Nase, sie verschluckt sich, saugt wie eine Ertrinkende die Luft durch die Nase ein und zieht damit auch Flüssigkeit in die Luftröhre. Sie muss husten, doch das geht nicht. Sie … sie wird ersticken. Jetzt.

Kurz bevor ihr erneut und dieses Mal wohl endgültig die Sinne schwinden, spürt sie etwas im Gesicht, dann einen Ruck, ein heftiger Schmerz, anders diesmal, von den Wangen ausgehend, danach ist ihr Mund frei. Sie reißt ihn auf, spuckt, atmet, wie sie noch nie in ihrem Leben geatmet hat. Im Sekundentakt pumpt sie die Luft in ihre Lungen, spuckt immer wieder Galle aus, atmet weiter. Atmet und lebt. Wer immer ihr das antut, hat sie gerade vor dem Tod bewahrt.

Um etwas für dich bereitzuhalten, das noch schlimmer ist, *tuschelt die Stimme in ihr hämisch. Dennoch, erst einmal hat sie überlebt.*

Sie versucht, zu sprechen, ihren Peiniger zu fragen, warum er das tut, doch das erste Wort, das nichts weiter ist als ein erbärmliches Krächzen, beschert ihr erneut einen Hustenanfall. Als er endlich abebbt, legt sich etwas Kaltes über ihre Lippen und ihre Wangen und wird festgedrückt … Vorbei. Ihr Mund ist wieder verklebt. Eine Stimme sagt: »Sei still.«

Im gleichen Augenblick weiß sie, wer ihr das antut. »Du?«, *will es trotz der Qualen ungläubig aus ihr heraus, doch es wird nur zu einem* »Mmm?«.

Erneut galoppiert die Panik heran, doch dieses Mal schafft sie es, sie aufzuhalten, indem sie sich auf ihre Umgebung konzentriert, mit den Sinnen, die ihr geblieben sind.

Und zum ersten Mal fällt ihr der Gestank auf. Es riecht nach modriger Feuchtigkeit. Viel penetranter aber ist der Geruch nach verbranntem Fleisch. Sie ahnt, woher er stammt. Nein, sie weiß es. Sie nimmt ihn so deutlich wahr, weil sie selbst ihn verströmt. Es ist ihr verbranntes Fleisch, das sie riecht, es sind ihre Augen. Sie hat Thomas' Augen gesehen. Und seine anderen Verletzungen.

Sie weiß, was ihr bevorsteht. Und wer ihr das antut. Kann das sein? Ist es tatsächlich möglich, dass … Nein! Sie wehrt sich dagegen zu akzeptieren, was sie gerade noch zu wissen glaubte. Weil es einfach nicht sein kann. Sie muss sich getäuscht haben. Wenn sie die Stimme noch einmal hören könnte.

Bevor du gar nichts mehr hören kannst, *wispert es in ihr.*

Sie spürt etwas Warmes zwischen den Beinen. Feuchte Wärme. Sie breitet sich aus bis zu den Innenseiten ihrer Oberschenkel und kühlt gleichzeitig ab.

Sie schluchzt gegen ihre geschlossenen Lippen, sie weint. Kann man ohne Augen weinen? Ohne Augen … blind. Sie kann nichts dagegen tun, dass sie erneut versucht zu schreien.

Irgendwann beruhigt sie sich. Ihr Verstand nimmt wieder seine Arbeit auf und formt endlich einen klaren Gedanken. Eine Frage.

Wie ist sie in diese Situation geraten? Sie weiß noch, dass sie sich vollkommen erschöpft ins Bett gelegt hat. Dass ihre Gedanken um Thomas gekreist waren, doch nur kurz, dann muss sie eingeschlafen sein. Aufgewacht ist sie hier.

Eine kalte Hand legt sich auf ihre Stirn, drückt ihren Kopf fest gegen den Untergrund. Sie versucht, sich dem Griff mit einem Ruck des Kopfes zu entziehen, es gelingt ihr auch für einen Moment, dann liegt die Hand wieder auf ihrer Stirn.

Etwas berührt ihren Hals, sie spürt einen Stich und gleich darauf einen Höllenschmerz, der sogar den von ihren Augen noch übertrifft. Sie hört ihren dumpfen Schrei gegen den geschlossenen Mund in ihrem Kopf. Der Schmerz wird unerträglich, breitet sich aus, der Schrei in ihrer Mundhöhle bricht ab, als komme er nicht mehr über die schmerzende Stelle hinaus. Dann wird alles schwarz.

15

Jenny schreckte zum wiederholten Mal auf, orientierte sich kurz, in der Hoffnung, zu Hause in ihrem Bett zu liegen, und stöhnte entsetzt auf bei der Erkenntnis, wo und in welcher Situation sie sich befand.

Sie wusste nicht mehr, wie oft sie in dieser Nacht schon aufgewacht war. Viermal? Fünfmal?

War das wichtig? Sie hangelte sich im Stundenrhythmus dem Morgen entgegen und hoffte, dass es dann etwas Positives geben würde: dass es aufgehört hatte, zu schneien und zu stürmen, zum Beispiel, dass die Bergrettung bemerkte, dass etwas nicht in Ordnung war, weil sie per Funk nicht mehr erreichbar waren, und dass man sich aufmachte, um nach ihnen zu sehen.

Wie unvorstellbar schön musste die Gewissheit sein, gerettet zu werden, diesem Horror zu entkommen, keine Angst mehr um sein Leben haben zu müssen. Jederzeit das Smartphone zur Hand nehmen und jeden anrufen zu können, mit dem man sprechen möchte.

Jenny knipste die Lampe an und warf einen Blick auf ihre Armbanduhr, die auf dem Nachttisch lag. Gleich sechs Uhr.

Sie schaltete das Licht wieder aus und ließ sich zurück in das Kissen fallen. Draußen war es noch dunkel, nur der schwache Schein der Außenbeleuchtung drang durch die

Fensterscheiben ins Zimmer und ließ die Konturen des Mobiliars erkennen. Sie hatte die Vorhänge absichtlich nicht ganz zugezogen, um nicht in vollkommener Dunkelheit zu liegen.

Jenny erinnerte sich, dass sie in der Nacht ein Geräusch gehört hatte. Das war, als sie zum ersten Mal aufgewacht war, noch am späten Abend. Sie konnte sich weder daran erinnern, was genau es gewesen war, noch, ob sie es gehört hatte, als sie schon wach gewesen war, oder ob dieses Geräusch sie geweckt hatte. Danach hatte sie lange gebraucht, um wieder einschlafen zu können, weil ihr die Situation mit Timo in diesem dunklen Raum mit der Plastikplane eingefallen war. Da hatte sie auch Geräusche gehört. Sie hatte sich noch tiefer unter die Decke verkrochen und versucht, an etwas anderes zu denken. Schließlich hatte sie es geschafft, sich auf Florian zu konzentrieren und die Frage, was zwei Jahre zuvor passiert war. Sie hatte überlegt, ob es tatsächlich möglich war, dass er einer Frau über Handy und Smart Speaker gedroht hatte, sie umzubringen? Die technischen Möglichkeiten dazu hätte er sicherlich gehabt, aber sie traute ihm so etwas einfach nicht zu. Nicht Florian. Andererseits … wer konnte schon in den Kopf eines anderen Menschen schauen?

Irgendwann war sie dann doch wieder eingeschlafen. Zumindest für kurze Zeit.

Sechs Uhr. Sollte sie aufstehen? Waren die anderen vielleicht auch schon wach? Gut möglich, dass es ihnen ebenso ging wie ihr selbst.

Sie zog die Decke bis zum Kinn hoch. Nein, sie würde es noch einmal versuchen. Wer konnte schon wissen, was der

Tag brachte, da war es vielleicht wichtig, halbwegs ausgeschlafen zu sein.

Der letzte Gedanke, bevor sie wieder einschlief, galt Thomas und dem, was man ihm angetan hatte.

Kurz darauf war sie allerdings schon wieder wach und gab es endgültig auf.

Um zehn nach sieben war sie geduscht und angezogen und verließ ihr Zimmer. Den Versuch, die Erschöpfung aus ihrem Gesicht zu schminken, hatte sie gar nicht erst unternommen. In einer Situation wie dieser durften andere ruhig sehen, wie man sich fühlte. Zumal es wohl niemandem anders ging.

David, Ellen, Matthias und Annika saßen schon im provisorischen Speiseraum und kauten mehr oder weniger lustlos an ihrem Frühstück herum, das aus gekochten Eiern, Toastbrot und einer Käse- sowie einer Wurstplatte bestand. Jenny wünschte einen guten Morgen, was lediglich von David und Ellen erwidert wurde. Annika und Matthias begnügten sich mit einem kurzen Nicken in Jennys Richtung, bevor sie sich wieder ihrem Frühstück widmeten.

»Schlafen die anderen noch?«, erkundigte sich Jenny und setzte sich auf den Platz neben Ellen.

»Keine Ahnung«, entgegnete Ellen.

»Wie es scheint, haben einige von uns einen gesegneteren Schlaf als andere«, bemerkte David kauend und fügte mit einem Blick auf Matthias und Annika hinzu: »Recht haben sie. Zu wenig Schlaf wirkt sich negativ auf die Laune aus.«

Mit einem hellen Klirren landete Annikas Gabel auf ihrem Teller. »Kannst du nicht einfach mal dein blödes Maul halten? Irgendeiner von euch hat einen Menschen verstüm-

145

melt und umgebracht. Und wir sind hier mit demjenigen eingesperrt. Das ist keine Situation, in der ich gut schlafen kann.«

»Einer von *euch*?«, wiederholte David mit hochgezogener Braue. »Ihr beide gehört ja wohl ebenso zu unserer netten Gesellschaft.«

»Mit dem Unterschied, dass wir fast immer zusammen sind und wissen, dass es keiner von uns beiden ist.«

David wiegte den Kopf hin und her. »Wenn ich daran denke, wie viel Mühe wir hatten, die Leiche von dem armen Schwein nach draußen zu schaffen, kommt mir doch glatt der Gedanke, dass es für eine einzige Person problematisch gewesen wäre, ihn zu bewegen.«

»Das ist ja …«, setzte Annika an, doch Ellen unterbrach sie. »Annika, bleibt doch bitte fair. Ihr habt einen von uns beschuldigt, oder etwa nicht? David hat genau dasselbe mit euch getan und euch damit zu uns ins Boot geholt. Nicht mehr und nicht weniger. Letztendlich sind wir doch alle in der gleichen Situation.«

»Bis auf einen«, knurrte Matthias.

»Oder zwei«, fügte David mit humorlosem Grinsen hinzu.

»Hi«, ertönte es vom Eingang her, und in der nächsten Sekunde stand Florian neben Jenny. Er sah besorgt aus. »Habt ihr Anna gesehen?«

Eine Faust presste sich in Jennys Magen. »Nein, warum? Sie wird noch schlafen.«

Florian schüttelte den Kopf. »Das glaube ich nicht. Wir hatten verabredet, dass derjenige, der zuerst aufwacht, den anderen weckt.

Als sie auf mein Klopfen nicht geantwortet hat, habe ich mit den Fäusten gegen ihre Tür gehämmert, aber sie reagiert nicht.«

»Das kann ich bestätigen«, erklärte Johannes. Er stand zusammen mit Sandra ein Stück hinter Florian, was Jenny erst in diesem Moment bemerkte. »Es hat sich angehört, als wolle jemand die Tür einschlagen. Sogar ich bin davon wach geworden, und mein Zimmer liegt vier Türen weiter. Wenn sie das nicht gehört hat ...«

Mit einem Satz war Jenny auf den Beinen und eilte zum Ausgang. »Wir versuchen es noch mal.«

Auf der Treppe nahm sie zwei Stufen gleichzeitig und stand wenig später keuchend vor Annas Zimmertür.

»Anna?«, rief sie laut, klopfte ungeduldig an die Tür, hielt inne und lauschte, doch von drinnen war kein Geräusch zu hören. Sie versuchte es erneut, lauter, hämmerte mit beiden Fäusten gegen das glatte Holz, doch noch immer keine Reaktion. Verzweiflung stieg in Jenny auf, raubte ihr die Kraft. Das konnte, das *durfte* nicht sein. Sie packte den Türknauf, rüttelte daran, trat mit dem Fuß gegen die Tür ... schließlich gab sie auf. Den messingfarbenen Knauf noch immer umklammert, ließ sie den Kopf gegen die kalte Tür sinken und schloss die Augen.

Falls Anna nicht gerade unter der Dusche stand oder sich Watte in die Ohren gesteckt hatte, war sie nicht in ihrem Zimmer und nicht unten. Und sie würde nach den Geschehnissen vom Vortag ganz sicher keinen Spaziergang durch das Hotel machen. Nein, es blieb nur eine Möglichkeit.

Tränen drückten sich zwischen Jennys geschlossenen Lidern hindurch. Sie schluchzte. Sie weinte.

Als eine Hand sich zaghaft auf ihre Schulter legte und eine Stimme ihren Namen sagte, wandte sie sich um und ließ den Kopf an Florians Brust sinken.

»Das heißt noch nichts«, versuchte er, sie zu trösten. »Sie kann überall im Haus sein.« Jenny hob den Kopf, sah ihm in die Augen. »Glaubst du das wirklich?«

»Ja«, sagte sein Mund.

Nein, sagten seine Augen.

»Darf ich?« Nico legte Jenny die Hand auf den Oberarm und schob sie sanft zur Seite. In der Hand hielt er einen Schlüssel, den er in das Schloss steckte.

Die Tür ließ sich problemlos öffnen, es standen keine Möbelstücke davor. Jenny drängte sich direkt hinter Nico in den Raum und sah sich um. Wie sie befürchtet hatte, wie sie *gewusst* hatte, war das Bett leer. Es sah benutzt aus, was aber auch von der ersten Nacht herrühren konnte. Mit wenigen Schritten war sie an der Tür zum Badezimmer, öffnete sie, blickte in den kleinen, gefliesten Raum. Er war ebenfalls leer.

Da war ein Gedanke … Sie wandte sich Nico zu. »Woher hast du den Schlüssel?«

»Von den Hausmeistern. Die müssen doch Ersatzschlüssel haben.«

»Was? Dieser … *Typ* hat einen Schlüssel von meinem Zimmer?«, rief Annika entsetzt, die jetzt an der Tür stand. »Und da fragt ihr euch noch, wer für diesen abartigen Mist verantwortlich ist?«

»Das ist ja nicht zu fassen«, kam es auch von Matthias.

»Wo sind Horst und Timo?«, wollte Jenny wissen.

»Unten. Ich habe ihnen gesagt, sie müssen alle Türen

und Fenster kontrollieren. Vielleicht gibt es irgendwo Spuren.«

»Leute, wir sollten uns jetzt alle unten im Frühstücksraum versammeln«, schlug David vor. »Wir müssen besprechen, was wir nun unternehmen.« Und mit Blick auf Nico fügte er hinzu: »Auch die Hausmeister.«

»Bevor jemand auf den Gedanken kommt vorzuschlagen, dass wir nach Anna suchen«, begann Annika, als sie auf dem Weg nach unten waren, »sage ich euch gleich, dass wir da nur mitmachen, wenn wir mindestens zu dritt gehen. Wenn dann der Irre in einer der Gruppen ist, ist er allein gegen zwei.«

Auch wenn Jenny kein Fan von Annika war, fand sie den Gedanken logisch.

Nachdem sie sich an den Tisch gesetzt hatten, um auf Nico und die Hausmeister zu warten, nahm David sich wortlos eine Scheibe Toast aus dem Korb, belegte sie mit Wurst und Käse und biss ein Stück ab. Jenny fragte sich, wie man in einer solchen Situation etwas essen konnte. Sie hätte keinen Bissen hinuntergebracht.

Ihr Blick fiel auf Sandra, die noch blasser war als sonst und so zart und gebrechlich aussah, dass Jenny aufgestanden und zu ihr gegangen wäre, um sie zu trösten, wenn sie auch nur annähernd die Kraft und Energie dazu gehabt hätte.

Wenn die wüssten, wer du bist.

Jenny wunderte sich, dass ihr gerade jetzt dieser Satz einfiel, den Johannes im volltrunkenen Zustand gesagt hatte. Hatte er etwas zu bedeuten für die Situation, in der sie sich befanden? Wusste Sandra vielleicht sogar etwas, das sie nicht preisgeben wollte? Etwas, das mit Annas Verschwinden zu tun hatte? Gerade, als sie sich entschlossen hatte, Sandra darauf anzusprechen, betrat Nico mit den Hausmeistern den Raum.

»Habt ihr die Schlüssel von allen Zimmern?«, preschte Annika sofort vor, noch bevor die drei sich hinsetzen konnten.

Horst ließ sich langsam auf einen Stuhl sinken und zuckte mit den Schultern. »Ja, natürlich. Wir müssen doch die Möglichkeit haben, ein Zimmer zu öffnen, wenn ein Schlüssel verlorengeht.«

»Nein, müsst ihr nicht. Das ist Aufgabe der Rezeption und nicht die der Hausmeister.«

»Das Dumme ist nur, dass der Rezeptionist sich so gut versteckt hat, dass wir ihn nicht finden konnten«, entgegnete Timo zynisch. »Quasi so gut, als sei er gar nicht da.«

»Ihr könnt also nachts in jedes Zimmer hineinspazieren, während wir schlafen.«

»Geht diese Scheiße schon wieder los? Sind wir es jetzt wieder gewesen?« Obwohl er sich gerade erst gesetzt hatte, sprang Timo so abrupt auf, dass sein Stuhl nach hinten umkippte. »Wisst ihr, was? Ich habe die Schnauze endgültig voll von euch Idioten. Ich bin raus und verschwinde.«

»Nein, das bist du nicht«, rief Matthias. »Ganz im Gegenteil, du steckst ziemlich tief in der Sache drin.«

»Leck mich, du Pisser.« Als Timo sich umdrehte und Anstalten machte, den Raum zu verlassen, wandte Matthias sich, die Wangen gerötet, an die anderen. »Wollt ihr ihn einfach so gehen lassen?«

150

Das Bild des dunklen Raums tauchte wieder vor Jenny auf. Die Plastikplane, die Geräusche und der Schreck, den Timo ihr eingejagt hatte. Mit Absicht, davon war sie überzeugt. Und sie dachte an die fadenscheinige Erklärung, die der Hausmeister dafür gehabt hatte, sich in dem dunklen Bereich hinter der Plane herumzutreiben. Was war dort? Aber wenn sie ihn ausgerechnet jetzt darauf ansprach, würde das einer Vorverurteilung gleichkommen. Während in Jenny ein innerer Kampf tobte, war Timo schon aus der Tür. »Er hat alle Möglichkeiten«, rief Matthias ihm nach, sein Kopf war nun hochrot, er rang vor Aufregung nach Luft und schien völlig außer sich zu sein. »Und ich traue ihm diese Perversitäten verdammt nochmal auch zu. Wollt ihr ihn einfach gehen lassen? Wollt ihr warten, bis er den Nächsten von uns verstümmelt?«

Plötzlich ging alles so schnell, dass es Jenny vorkam, als hätte sie einen Zeitsprung von einigen Sekunden gemacht. Sie sah einen Schatten, der von der Seite heranflog, und spürte einen Luftzug, fast im gleichen Moment polterte es laut, und es entstand ein heftiger Tumult. Jemand schrie. Das Nächste, was sie bewusst wahrnahm, war ein umgekippter Stuhl und Matthias, der daneben auf dem Boden lag.

16

Timo stand schweratmend neben Matthias und deutete mit dem ausgestreckten Zeigefinger auf ihn. »Der kleine Schubs war eine Warnung. Wenn du noch einmal behauptest, ich hätte etwas mit dieser Scheiße zu tun, schlage ich dir die Zähne aus.«

Dann waren Florian und Nico heran, packten Timo an den Armen und zogen ihn von Matthias weg.

»Jetzt reicht's aber«, herrschte Nico den Hausmeister an, dessen hasserfüllter Blick noch immer auf Matthias gerichtet war. »Niemand wird hier geschlagen.«

»Jetzt werdet ihr diesen Typen hoffentlich aus dem Verkehr ziehen«, zischte Annika verächtlich, während sie ohne große Eile aufstand und sich neben ihren Mann kniete. »Alles okay?«

»Nein, verdammt«, stieß Matthias aus und rappelte sich fluchend und ächzend auf. Allerdings verzichtete er auf jeden weiteren Kommentar und sah nicht einmal mehr in Timos Richtung.

Florian trat einen Schritt zur Seite, so dass er den Hausmeister direkt anschauen konnte. »Was sollte dieser Scheiß?«

Timo starrte Florian an, als habe der ihn nach dem Datum gefragt. »Sag mal, hast du nicht gehört, was dieser Arsch gerade gesagt hat? Würdest du es dir gefallen lassen, wenn man dich beschuldigt, ein abartiger Killer zu sein?«

»Wo er recht hat, hat er recht«, kommentierte David von seinem Platz aus.

Florian wandte sich ihm zu. »Na, dich scheint das alles reichlich wenig zu interessieren.«

»Was hätte es denn gebracht, wenn ich jetzt auch noch hektisch meinen Stuhl umgeworfen hätte? Ihr beide hattet das doch im Griff.«

Jenny fragte sich, ob Davids Abgebrühtheit echt war oder eine Maske, hinter der er sich verbarg. Und eine weitere Frage stellte sich ihr: Sollte sie von ihrer seltsamen Begegnung mit Timo erzählen? In diesem Moment, in dem die Stimmung sowieso schon aufgeheizt war? Und gab es nicht etwas, das viel wichtiger war?

»Ich finde, wir sollten uns beruhigen und uns auf die Suche nach Anna konzentrieren«, sagte Sandra und sprach damit genau das aus, was Jenny gedacht hatte. »Das ist doch im Moment das Wichtigste. Wenn sie wirklich …« Sie schloss für einen Moment die Augen, bevor sie fortfuhr: »Jede Minute, die wir vergeuden, kann vielleicht schlimme Folgen für sie haben.«

»Das sehe ich allerdings genauso.« Nun erhob sich auch David. »Wenn wir uns in Dreierteams aufteilen, was ich für eine gute Idee halte, und ich mich nicht verrechnet habe, dann bleibt ein Zweierteam übrig.« Sein Blick richtete sich auf Timo. »Ich würde gern gemeinsam mit Timo dieses Zweierteam bilden.«

Der Hausmeister schüttelte den Kopf. »Wer hat denn gesagt, dass ich mich beteilige?«

»Tust du nicht?«

Entweder war dieser David tatsächlich recht furchtlos, oder sein Drang zur Selbstdarstellung nahm gerade irrwitzige Züge an. Jenny wäre für kein Geld dieser Welt mit Timo allein durch dieses Labyrinth an Gängen und Räumen gegangen.

Eine Weile sahen David und Timo sich über den Tisch hinweg in die Augen. Es kam Jenny so vor, als duellierten sie sich in Gedanken. Schließlich legte sich wieder dieses frettchenhafte Grinsen auf Timos Lippen. »Wie könnte ich die Chance verpassen, mit einem Großkotz wie dir durch die dunklen Winkel des Hotels zu streifen.«

»Dann machen wir es so«, entschied Nico in einem Tonfall, der keine Widerworte zuließ. »Ich hoffe, ihr vergesst nicht, worum es hier geht. Wenn das eintrifft, was wir alle befürchten, dann ist Anna in großer Gefahr. Und wir haben zudem die Gewissheit, dass dieser Irre noch nicht fertig ist.«

»Sollen wir gemeinsam auf die Suche gehen?«, fragte Sandra, die neben Jenny stand.

»Ja, klar, aber wir sollten noch einen Mann dazuholen. Wäre Florian okay für dich?«

Täuschte sie sich, oder war Sandra nicht glücklich mit ihrem Vorschlag. Sie nickte zaghaft. »Ja, sicher.«

Jenny sah ihr in die Augen. »Möchtest du lieber jemand anderen dabeihaben?«

»Nein, schon gut. Ich habe nur gerade an das gedacht, was David erzählt hat. Diese Sache mit den Morddrohungen.« Sie sah sich um und richtete den Blick auf Matthias und Annika. »Aber wenn ich es mir recht überlege, ist er im Vergleich zu einigen anderen wohl die bessere Wahl.«

154

»Das ist er definitiv. Ich arbeite seit eineinhalb Jahren mit ihm zusammen. Er ist in Ordnung.«

»Diese Situation zerrt einfach an den Nerven. Plötzlich droht von allem und jedem Gefahr. Fürchterlich.«

Matthias und Annika schlossen sich mit Johannes zu einer Gruppe zusammen, Nico, Horst und Ellen bildeten Team Nummer vier.

Nachdem sie festgelegt hatten, welches Team in welchem Bereich des Hotels suchen würde und dass sie sich nach einer halben Stunde wieder im Speiseraum treffen wollten, machten sie sich auf den Weg.

Jenny, Sandra und Florian sollten einen Teil des Untergeschosses absuchen, Nico, Horst und Ellen einen anderen.

Das Erdgeschoss und die erste Etage waren die Aufgabe von Annika, Matthias und Johannes, die oberen Stockwerke die von David und Timo.

Florian ging vorneweg und steuerte zielstrebig auf den Gang zu, der zu einer der Treppen nach unten führte, Sandra bildete das Schlusslicht. Täuschte Jenny sich oder achtete Sandra darauf, sie als Puffer zwischen Florian und sich selbst zu haben?

Sie erreichten die Treppe, und während sie hinabstiegen, dachte Jenny mit Schaudern daran, dass Thomas dort unten gefunden worden war. Wenn sie nun auch Anna …

»Ich würde vorschlagen, wir sehen zuerst in der Wäscherei nach«, sagte Florian, ohne sich umzudrehen. »Wollen wir mal hoffen, dass wir dort nichts finden.«

Sie erreichten den Durchgang mit den Heizungsrohren, an die Jenny sich noch erinnern konnte. Dass die rohen Betonwände zu beiden Seiten alle paar Meter von kleinen

155

Gängen und Türen unterbrochen wurden, bemerkte sie allerdings erst in diesem Moment. Florian ging jedoch zielstrebig daran vorbei in Richtung Wäscherei.

Als sie gerade an einem schmalen Gang vorbeigekommen war, der sich direkt neben einem grauen Metallschrank auf der linken Seite nach ein paar Metern in der Dunkelheit verlor, glaubte Jenny plötzlich, ein Geräusch zu hören, und blieb so abrupt stehen, dass Sandra gegen sie rempelte. »Oh, ent…«

»Pssst!« Jenny legte einen Finger auf die Lippen und deutete auf die Abzweigung.

Auch Florian war stehen geblieben und lauschte angestrengt einige Sekunden, doch es war nichts zu hören.

»Was ist los?«, flüsterte er.

»Da war etwas.« Auch Jenny sprach nun ganz leise. »Ein dumpfes Geräusch. Habt ihr es nicht gehört?«

Florian schüttelte den Kopf, ging an ihr vorbei ein paar Schritte zurück bis zu dem Gang, betrachtete die Wände zu beiden Seiten und entdeckte, wonach er gesucht hatte. In der nächsten Sekunde flammte an der Decke eine Neonröhre auf und ließ erkennen, dass der Gang schon nach etwa fünf Metern in eine Tür mündete.

Er drehte sich zu Sandra und Jenny um und flüsterte: »Wartet hier. Ich schaue mal nach.«

Jennys Puls beschleunigte sich, während Florian sich der Tür näherte. Als er sie erreicht hatte und die Hand nach der Klinke ausstreckte, hielt sie unwillkürlich den Atem an.

Die Tür war nicht abgeschlossen. Florian drückte sie vorsichtig auf. Er hatte sie gerade zu einem Spalt von etwa zwanzig Zentimetern geöffnet, als sie plötzlich ein helles,

156

kreischendes Geräusch von sich gab. Jenny fuhr unwillkürlich zusammen, während Sandra hinter ihr einen spitzen Schrei ausstieß. Auch Florian zuckte erschrocken zurück, fing sich jedoch schnell wieder, stieß die Tür mit einem Ruck auf und tastete sofort die Wand hinter der Tür ab. Schon im nächsten Augenblick wurde es hell. Mit einem schnellen Schritt war er in dem Raum und blickte sich nach allen Seiten um. Als Jenny sah, wie sein Körper sich entspannte, stieß sie die Luft aus.

»Hier ist nichts«, verkündete Florian, nun wieder in normaler Lautstärke, und ließ seinen Blick erneut durch den Raum schweifen. »Nur ein paar Kisten und ein alter Wäschewagen. Keine Ahnung, was du gehört hast.«

»Ich weiß es auch nicht. Ich dachte schon …«

Sandra strich ihr kurz über den Oberarm. »Das sind die Nerven.«

»Ich weiß nicht, ich bin ziemlich sicher, dass da etwas war.«

»In dem Raum hier jedenfalls nicht«, erklärte Florian und schaltete das Licht im Gang wieder aus. Sein Blick fiel auf den zweitürigen Metallschrank, eine Art Spind, an dem kein Schloss angebracht war. Er packte die Griffe, zog beide Türen gleichzeitig auf und verzog im nächsten Moment das Gesicht. Der ölig-faulige Geruch, der ihnen entgegenschlug, stammte von etlichen verrosteten Dosen und Behältern, die teilweise undefinierbare Substanzen enthielten und auf vier Regalblechen vor sich hin gammelten.

Florian schloss den Schrank wieder und deutete nach vorn. »Gehen wir in die Wäscherei.«

Jenny nickte, nachdem sie erneut einen Blick in den kur-

157

zen Seitengang geworfen hatte, und folgte Florian schließlich. Sandra hielt sich weiterhin hinter ihr.

Jenny schien sich tatsächlich geirrt und sich dieses Geräusch nur eingebildet zu haben. Sandra hatte wahrscheinlich recht. Die Nerven lagen auch bei ihr blank. Außerdem zu wenig Schlaf …

Sie hörten die Stimmen bereits, als sie noch ein Stück von der alten Wäscherei entfernt waren, und Jenny erkannte sie auch. Nico und Ellen. Sie mussten mit Horst von der anderen Seite in Richtung Wäscherei gegangen sein.

Als Florian als Erster die Tür erreicht hatte, kam Nico ihm schon entgegen. »Hier ist sie nicht«, erklärte er frustriert und ging an Florian vorbei. Ellen und Horst folgten ihm und tauschten sorgenvolle Blicke mit ihnen aus, bevor sie Nico folgten, der in die Richtung unterwegs war, aus der sie gerade gekommen waren.

»Okay, gehen wir weiter«, sagte Florian. Auch ihm hörte man an, dass seine Hoffnung, Anna zu finden, von Minute zu Minute schwand.

Nachdem sie Gang um Gang entlanggelaufen waren und Raum um Raum überprüft hatten, kehrten sie, ohne etwas entdeckt zu haben, zum verabredeten Zeitpunkt in den Speiseraum zurück. Dort wartete eine Überraschung auf sie.

17

Sie erwacht in einem Strudel aus Feuer, dessen Zentrum nicht mehr nur ihre Augen sind. Die Schmerzen wüten mittlerweile in ihrem ganzen Kopf bis zum Hals hinab.

Die Dunkelheit, die Blindheit, ist eingebettet in eine Stille von solcher Intensität, wie sie sie noch nie zuvor erlebt hat.

Ihre Mundhöhle ist eine vertrocknete Wüste, und obwohl kein Tropfen Speichel vorhanden ist, den sie schlucken könnte, ist plötzlich der Reflex da, und sie muss ihm nachgeben.

Es fühlt sich an, als hätte sie sich selbst ein Messer in den Rachen gestoßen. Sie will panisch aufstöhnen, doch sie ist nicht einmal mehr dazu in der Lage. Instinktiv möchte sie eine Hand heben, um nach der höllisch schmerzenden Stelle zu tasten, doch es passiert … nichts. Aber so fest kann sie nicht gefesselt sein, das ist unmöglich.

Der Befehl ihres Gehirns an die Armmuskeln muss irgendwo auf dem Weg verlorengegangen sein. Sie versucht es erneut, wenigstens ein kleines Stück, den Arm, die Hand, einen Finger … nichts. Das darf nicht sein. Einen Fuß? Eine Zehe? Keine Reaktion. Sie versucht, den Kopf zu heben, er lässt sich bewegen, doch schon in der nächsten Sekunde fällt er kraftlos zurück, und sie kann nichts anderes tun, als sich gegen die erneut heraufziehende Bewusstlosigkeit zu stemmen. Sie denkt an Thomas. Blind, taub, gelähmt und unfähig, sich mitzuteilen. So wie sie *jetzt? Ist sie auch taub und gelähmt? Kann sie nie wieder sprechen?*

Die Panik in ihr wächst an, wird so gewaltig, dass sie ihren Verstand zerstören wird, das weiß sie.

Ihre Zunge! Sie spürt ihre Zunge. Da ist keine grässliche Wunde wie bei Thomas. Aber was ist das für ein Trost?

Sie hört ihren eigenen Atem nicht. Sie dachte immer, wenn man taub ist, hört man seine Stimme zwar nicht über die Ohren, aber doch im Kopf. Aber da ist gar nichts außer einem akustischen Vakuum.

Warum macht sie sich solche Gedanken? Ist sie schon verrückt geworden? Wie kann sie über so einen dummen Blödsinn nachdenken, während sie nicht einmal eine Ahnung davon hat, wo sie ist. Und ob sie allein ist. Vielleicht hat man sie bereits gefunden? Sie könnten jetzt alle um sie herumstehen, und sie würde es weder mitbekommen, noch könnte sie sich bemerkbar machen. Nur mit dem Kopf. Wie Thomas. Sie möchte den Kopf hin und her werfen, erstarrt aber schon im Ansatz in einer unbeschreiblichen Schmerzwelle.

Gefangen. Sie ist gefangen in ihrem eigenen Körper, ihrem eigenen Universum. Keine Chance zu kommunizieren, keine Chance, sich auf irgendeine Art mitzuteilen. Wenn sie Schmerzen hat, Ängste ... wenn sie aufs Klo muss. Sie kann nichts tun und es niemandem sagen.

Du bist von jetzt an bis zu deinem Tod der einsamste Mensch der Welt, *sagt ihr diese Stimme in ihrem Inneren. Zumindest sie ist noch da. Sie muss nicht gehört werden. Sie wird in irgendeiner Ecke ihres Verstands produziert. Gedacht.*

Du bist von jetzt an bis zu deinem Tod der einsamste Mensch der Welt ...

160

Als sie den Satz in seiner ganzen Tragweite versteht, als eine nicht zu beschreibende Angst sie anfällt wie ein hungriges Raubtier, da knackt etwas in ihrem Kopf.

Es ist kein hörbares Knacken, sondern ein spürbares. Ein innerliches Ereignis.

Es macht etwas mit ihr. Es verändert sie.

Sie hat das Gefühl, als wäre es in ihrem Innersten mit diesem gefühlten Knacken für einen Moment völlig dunkel geworden. Wie in einem Zimmer bei Stromausfall, wenn die Sicherung mit einem Klacken *den Stromkreis unterbricht.*

Und plötzlich ist da noch eine Denk-Stimme. Sie ist anders als die, die ihr die schlimmen Dinge vor Augen führt. Sie ist … lustig.

Vor Augen führt. *Hat sie gerade* vor-Augen-führt *gedacht? Haha.* Welche Augen?

Hat sie das wirklich getan? Hat sie gerade in sich hineingelacht über einen Scherz, den sie über ihre Augen gemacht hat? Über ihre nicht mehr vorhandenen *Augen?*

Sie verliert den Verstand, da ist sie nun sicher.

Aber … warum nur hat der Irre ihr ihre Zunge gelassen und stattdessen etwas mit ihrem Hals gemacht?

Etwas anderes fällt ihr ein. Sie wollte für eine Weile nicht erreichbar sein. Das hatte sie jetzt gründlich geschafft.

Haha.

18

Sie waren die Letzten, die im Speiseraum eintrafen. Jenny sah das Ding sofort, als sie den Raum betrat.

Es lag auf dem Tisch, auf dem die Überreste des Frühstücks verteilt waren. Niemand achtete mehr auf Ordnung.

Jemand hatte die Stelle freigeräumt, um es dort so zu platzieren, dass man es von allen Seiten betrachten konnte.

Alle Blicke richteten sich auf Florian, Sandra und sie, während sie näher kamen.

»Was ist das?«, fragte Sandra, woraufhin David – natürlich David – antwortete: »Ein Messer?« Soweit Jenny sehen konnte, handelte es sich um ein typisches Outdoormesser mit einer auf der Oberseite geriffelten Klinge von etwa zehn Zentimetern Länge. Der olivfarbene Griff schien aus Kunststoff zu sein, doch der war es nicht, woran Jennys Blick hängen blieb und der sie aufstöhnen ließ. Es waren die dunklen Schlieren auf der Klinge. Sie war keine Rechtsmedizinerin und hatte auch noch nie eine echte Tatwaffe gesehen, war aber dennoch sicher, dass es sich dabei um Blut handelte, womöglich menschliches Blut.

»Wir haben es gefunden«, erklärte Matthias in einer Art, als wolle er Besitzansprüche geltend machen. »Es lag in einem der unrenovierten Räume in einem abgetrennten Bereich.«

Jennys Magen rebellierte. »Ein … abgetrennter Bereich? Wo war das?« Ohne dass sie etwas dagegen hätte tun können, traf ihr Blick auf Timo, der erst die Stirn in Falten legte, als wundere er sich über ihre Aufmerksamkeit, doch schon im nächsten Moment ging eine Veränderung in seinem Gesicht vor sich, so als wäre ihm gerade etwas eingefallen. Etwas Unangenehmes. Mit einem Mal sah er sehr blass aus.

»Im hinteren Trakt des Hotels, im Erdgeschoss«, erklärte Matthias und lenkte Jennys Aufmerksamkeit wieder auf sich. »Und das ist noch nicht alles. Das lag auch noch dort herum.« Er zeigte auf ein durchsichtiges Tütchen, ein Stück vom Messer entfernt auf der Tischplatte. Es hatte etwa die Größe einer Zigarettenschachtel und war zu einem Viertel gefüllt mit einer hellen, kristallinen Substanz.

»Was ist das?«, fragte Sandra.

»Ich bin zwar kein Experte«, erklärte David, »aber ich schätze, das sind Drogen. Wahrscheinlich Crystal Meth.«

Jennys Gedanken überschlugen sich. Ein unrenovierter Raum im hinteren Trakt …

»Du sagtest, das Messer lag in einem abgetrennten Bereich.« Jenny wandte sich wieder an Matthias. Das flaue Gefühl in ihrem Magen wuchs gleichzeitig mit ihrer Aufgeregtheit. »*Wie* war dieser Bereich abgetrennt?«

»Mit einer Plastikplane«, antwortete Annika anstelle ihres Mannes und sorgte damit dafür, dass Jennys Hände vor Aufregung zu zittern begannen. Sie zwang sich, nicht zu Timo hinüberzusehen.

»Die hing von der Decke, dahinter war es dunkel. Das sah ganz schön unheimlich aus. Unser geschätzter Reiseleiter hat uns den Raum gezeigt, es dann aber vorgezogen, draußen zu warten und uns allein reingehen zu lassen.« Sie warf Johannes einen verächtlichen Blick zu. Der setzte an, etwas zu entgegnen, winkte dann aber kopfschüttelnd ab.

»Jenny«, sprach Nico sie an, »sagt dir dieser Raum etwas?«

»Ja, ich war dort, als wir nach Thomas gesucht haben. Allerdings war ich nicht hinter der Plane. Ich bin abgelenkt worden.«

Sie konnte nicht anders, sie *musste* Timo anschauen. Dessen Gesicht hatte sich abermals verändert und war von einem roten Schimmer überzogen. Er starrte sie an, als wolle er sie mit seinem Blick in die Knie zwingen.

Jenny wusste nicht, was sie tun sollte. Sie hatte den Hausmeister dort gesehen. Er hatte sie erschreckt, offenbar, um sie davon abzuhalten, hinter die Plane zu schauen. Wenn sie das jetzt aber erwähnte, wäre das der definitive Beweis für alle, dass Timo der Psychopath war. Er bot sich aufgrund seines Verhaltens ja auch geradezu als Täter an.

Jenny wusste selbst nicht, warum, aber sie war sich, was Timo anging, noch immer nicht sicher.

»Jenny?« Wieder Nico. Sein Blick wechselte zwischen ihr und Timo hin und her. »Möchtest du uns nicht sagen, was los ist?«

»Ich …«, stotterte sie und sah hilfesuchend zu Florian hinüber, der allerdings die Augen gesenkt hatte und vor sich auf den Boden starrte. Wahrscheinlich stellte er sich gerade vor, was mit diesem Messer seinem Kollegen und Freund angetan worden war. Und vielleicht auch Anna.

Ihre Mitarbeiterin Anna, für die sie sich verantwortlich

fühlte. Sie war noch nicht gefunden worden. Vielleicht war es noch nicht zu spät. Wenn der Täter jetzt davon abgehalten wurde, zu ihr zurückzugehen und mit seinem Werk fortzufahren …

Erneut traf ihr Blick Timo, der ihr wohl ansah, was in ihr vor sich ging, denn er schüttelte in einer geradezu flehenden Geste kaum merklich den Kopf.

»Ich war dort«, sagte sie mit fester Stimme. »Und ich habe hinter der Plane ein Geräusch gehört.«

»Nein!«, sagte Timo leise, beschwörend.

»Ich habe gefragt, wer da ist, da hörten die Geräusche auf. Dafür hörte ich ein Schlurfen wie von langsamen Schritten.«

»Nicht!«

»Als ich näher gekommen bin, ist jemand hinter der Plane hervorgekommen und hat mich erschreckt.«

Erneut trafen sich ihre Blicke. »Es war Timo.«

»Nein verdammt!«, stieß Timo aus und sprang dabei regelrecht auf sie zu, doch bevor er sie erreichen konnte, stellten sich Nico und David ihm in den Weg. Er versuchte, sie wegzuschieben, doch Nico bekam Timos Arm zu fassen und drehte ihn so auf den Rücken, dass dieser vor Schmerzen das Gesicht verzog.

»Lass mich sofort los, du Arschloch!«, brüllte Timo. »Ich habe damit nichts zu tun, und das ist auch nicht mein Messer. Ich habe das Scheißding noch nie gesehen.«

»Das ist ja wirklich toll, dass dir das erst jetzt wieder einfällt«, giftete Annika Jenny an. »Das hättest du uns sofort sagen müssen und nicht erst dann, wenn wieder jemand verschwunden ist.«

165

»Ich habe doch gleich gewusst, dass dieser Kerl dahinter-
steckt«, schimpfte Matthias.

»Ich mach dich kalt, du Scheißkerl!«, schleuderte Timo
ihm entgegen und versuchte, sich aus Nicos Griff zu win-
den, woraufhin David ihm die Faust in den Magen rammte.

Mit einem Stöhnen klappte Timo nach vorn und sackte
in sich zusammen.

»Sorry, aber lass das lieber in Zukunft, Kollege«, warnte
David ihn. »Beim nächsten Mal bleibt es nicht bei einem
kleinen Hieb.«

Timo hob den Kopf und warf Jenny einen Blick zu, den
sie nicht deuten konnte. Sie glaubte zwar, den Vorwurf
darin zu erkennen, dass sie diese Situation herbeigeführt
hatte, aber von dem Hass, mit dem er zuvor Matthias und
auch sie angesehen hatte, entdeckte sie nichts mehr.

»Wo ist Anna?«, fragte Annika.

Timo sah sie an und zog die Mundwinkel nach unten.
»Woher soll ich das wissen?«

»Weil du sie irgendwo festhältst.«

»Einen Scheiß tue ich. Merkt ihr eigentlich nicht, was
hier abgeht? Wir haben hier eine Gruppe piekfeiner Yuppies, die sich mal eben eine Auszeit leisten, und auf der anderen Seite zwei einfache Kerle in Arbeitsklamotten. Dann
wird jemand umgebracht. Und wer kann es natürlich nur
gewesen sein? Genau, einer von den Deppen im Blaumann.
Und damit es auch wirklich jeder glaubt, schiebt man ihm
ein Messer unter, und alles ist wunderbar. Glaubt ihr wirklich, ich bin so dämlich und lasse das Messer, mit dem ich
jemanden gekillt habe, herumliegen? Damit ihr es finden
könnt? Finden müsst?«

166

Genau diese Frage beschäftigte Jenny auch gerade, und sie war geneigt, Timo zuzustimmen.

»Ihr Idioten, denkt einfach mal nach. Mir ist ja wohl klar, dass eine Suchaktion gestartet wird. Da verstecke ich doch dieses gottverdammte Messer, wenn es meines ist.«

»Wo er recht hat, hat er recht«, bemerkte David in gewohnt unaufgeregter Art.

»Was ist mit den Drogen?« Matthias nahm das Tütchen und hielt es Timo entgegen. »Wahrscheinlich auch nicht deine, oder? Wer hat dir die wohl untergejubelt?«

Es war nicht Timo, sondern Horst, der antwortete. »Doch!«

Er stand etwas abseits und hatte das Geschehen von dort bisher kommentarlos verfolgt. Nun richteten sich alle Blicke auf ihn.

»Dieses Dreckszeug gehört ihm, das weiß ich. Ich habe oft genug versucht, es ihm auszureden. Aber das Messer da« – er deutete auf den Tisch – »das gehört ihm nicht. Timo ist ein Hitzkopf, und er mag aufbrausend sein, aber ich lege meine Hand dafür ins Feuer, dass er niemals dazu fähig wäre, jemandem so etwas anzutun.«

»Sehr witzig!«, sagte Matthias. Jenny fand, dass er sich aufspielte wie ein Kommissar, der einen kniffligen Fall gelöst hatte. »Wir durften ja alle schon Zeuge sein, wozu er fähig ist. Ich ganz besonders. Und wie solche Drogen wirken, wissen wir auch. Wahrscheinlich hält er sich im Rausch für einen berühmten Arzt, der wichtige Operationen durchführt.«

»Ja, und dir würde ich auch mit Freude die Zähne entfernen, weil du so ein unglaublich riesiges Arschloch bist«,

167

fauchte Timo ihn an. »Aber das ist nicht mein Messer, und ich habe das mit eurem Kumpel nicht getan. Und mit Annas Verschwinden habe ich auch nichts zu tun, verdammt.«

»Das wird dann die Polizei entscheiden, wenn man uns hier rausholt.«

»Das kann aber noch eine Weile dauern«, gab Johannes zu bedenken. »Was machen wir so lange?«

Matthias zuckte mit den Schultern, als würde die Antwort auf der Hand liegen. »Wir sperren ihn ein.«

»Was?«, brauste Timo auf. »Habt ihr sie nicht mehr alle? Was glaubt ihr, wer ihr seid? Das ist Freiheitsberaubung. Das kostet euch Kopf und Kragen, das schwöre ich euch.«

»Ich finde das auch schwierig«, gab Nico zu bedenken. »Die Tatsache, dass er irgendwann dort war, wo ihr dieses Messer gefunden habt, beweist gar nichts. Wir können uns nicht einfach als Polizei aufspielen und ihn einsperren. Er ist unschuldig, solange wir nicht das Gegenteil beweisen können.«

»Ach ja? Ist er das?« Matthias stemmte die Hände in die Hüften, eine Geste der Dominanz, die Jenny bisher noch nicht bei ihm gesehen hatte und die auch nicht so recht zu ihm passen wollte. Eher zu seiner Frau. Er schien zur Hochform aufzulaufen und sich als leitender Ermittler zu fühlen. »Mir persönlich ist es lieber, jemanden einzusperren, der mit hoher Wahrscheinlichkeit der Mörder ist, als abzuwarten, bis er mir die Zunge rausschneidet und die Augäpfel verdampft. Hier gibt es keine Polizei, also nehmen wir das in die Hand.«

Ellen betrachtete Timo eine Weile, dann wandte sie sich an Nico. »Was ist mit Thomas? Und mit Anna? Wer hat

168

bei denen nach ihrem Recht gefragt? Vielleicht hat er Anna noch nicht … ihr wisst schon. Allein die Chance, ihr das Leben zu retten, wenn wir ihn jetzt einsperren, ist es wert, dass wir uns vielleicht irren und Timo zu Unrecht ein, zwei Tage weggesperrt ist.«

So ähnlich waren auch Jennys Gedanken gewesen, als sie von ihrer Begegnung mit Timo erzählte, doch schon jetzt fragte sie sich, ob das nicht ein riesiger Fehler gewesen war.

»Nein, ist es nicht, verdammte Scheiße«, stieß Timo aus. »Das ist Freiheitsberaubung, und darauf steht Knast.«

»Vielleicht sollten wir uns anhören, was unser Herr Reiseleiter dazu zu sagen hat?«, schlug David vor. »Eigentlich hat er ja die Verantwortung.«

Alle Blicke richteten sich auf Johannes, der resigniert den Kopf schüttelte. »Nein, habe ich nicht.«

David zog eine Braue hoch. »Nein?«

»Das müsst ihr demokratisch entscheiden.«

Damit stand er auf und wandte sich Richtung Ausgang, wobei er Sandra mit einem schwer zu deutenden Blick bedachte. »Ich enthalte mich der Stimme.«

Sekunden später hatte er den Raum verlassen.

»Also, stimmen wir ab«, entschied Matthias. »Wer ist dafür, Timo einzusperren, damit unser Leben zu schützen und Anna vielleicht zu retten? Hand hoch.«

Jenny sah sich als Erstes zu Sandra um, die ihren Blick erwiderte und den Kopf schüttelte. »Tut mir leid, aber dass du Timo dort gesehen hast, reicht für mich nicht, ihn seiner Freiheit zu berauben.«

»Für mich auch nicht«, sagte Jenny, womit sie Sandra sichtlich überraschte.

169

Als sie sich zu Florian umsah, hob der gerade zögerlich die Hand. Er bemerkte ihren Blick und senkte den Kopf. »Für Anna.«

Dass die Hände von Annika und Matthias oben waren, wunderte Jenny wenig, und dass auch Ellen dafür stimmte, hatte sie erwartet. Doch als auch Nico wie in Zeitlupe die Hand hob, war sie erstaunt.

Jenny war sicher, dass der Bergführer nicht so überzeugt von Timos Schuld war wie Matthias und Annika, das hatte er ja auch schon gesagt. Andererseits sprach tatsächlich vieles gegen den Hausmeister.

»Ich bin nicht überzeugt von dem, was wir hier tun«, erklärte Nico, »aber ich fühle mich für die Gruppe verantwortlich.« Dann wandte er sich doch direkt an Timo. »Es tut mir ehrlich leid.«

»Fick dich!«, entgegnete der Hausmeister.

»Was ist mit dir?«, wandte Matthias sich an David. »Ich weiß, dass du mich nicht leiden kannst, aber hier geht es nicht um mich, sondern um unser aller Leben, das wir schützen müssen. Also?«

Jenny fragte sich, wie David es schaffte, sogar in dieser Situation überheblich zu grinsen. »Dass es dir hier nicht um dich geht, glaube ich ebenso wenig wie, dass Timo unser Irrer ist. Ich war ja vorhin eine Weile mit ihm allein unterwegs. Vielleicht könnte er ein bisschen an seinen Umgangsformen arbeiten, und okay, von mir aus ballert er sich mit diesem Crystal-Scheiß dauerhaft die Hirnzellen weg, aber jemanden verstümmeln? Umbringen? Nein.«

»Das machst du doch nur, weil du gegen mich bist«,

knurrte Matthias, woraufhin David ein bellendes Lachen ausstieß.

»So wichtig bist du nicht.«

»Was ist mit dir?«, sprach Annika Jenny an. »Du hast uns doch den entscheidenden Hinweis gegeben.«

»Ich habe gesagt, dass ich Timo in diesem Raum begegnet bin, sonst nichts.«

»Und?«

Sie schüttelte den Kopf. »Nein. Das dürfen wir nicht.«

»Es steht also fünf gegen vier bei einer Enthaltung«, verkündete Annika, nachdem sie gesehen hatte, dass auch Horst die Hand nicht hob.

»Moment noch«, platzte Jenny heraus, obwohl sie nicht so recht wusste, was sie sagen wollte. Alle sahen sie an. Auch Timo.

»Bitte, überlegt es euch noch mal. Dass Timo in dem Raum war und vielleicht dieses Zeug da genommen hat, ist doch kein Beweis, dass er Menschen verstümmelt. Wenn ihr ihn jetzt einschließt, kann es trotzdem weitergehen, weil der wahre Täter sich irgendwo in diesem Hotel versteckt. Das Einzige, was ihr dann erreicht habt, ist, dass die Gruppe noch mehr geschwächt ist.« Sie spürte selbst, dass das ein sehr dünnes Argument war, aber sie musste es zumindest versuchen, das befahl ihr ihr Gewissen. Auf eine gewisse Art fühlte sie sich schuldig an dem, was gerade geschah.

»Also dann …« Matthias ignorierte ihre Bedenken und sah Nico an, der noch immer Timos Arm auf dessen Rücken festhielt. »Weg mit ihm.«

171

19

»Neben der Küche gibt es einen großen Kühlraum, der fast fertig ist«, erklärte Ellen. »Die Kühlung ist noch nicht eingebaut, aber die dicke Isoliertür ist schon drin. Wenn man die von außen nicht nur schließt, sondern zusätzlich verriegelt, kann man sie von innen nicht mehr öffnen.«

»Na wunderbar!« Matthias schien begeistert. »Da haben wir doch eine komfortable Einzelzelle, bis wir ihn der Polizei übergeben können.«

Ellen wandte sich an Timo. »Tut mir leid, aber das ist immer noch besser, als in irgendeinem zugigen, unrenovierten …«

»Leck mich.«

Ellen ließ sich davon nicht beeindrucken, sondern sah ihm fest in die Augen. »Wenn du uns sagst, wo Anna ist, dann werden wir der Polizei erzählen, dass du uns geholfen hast, Schlimmeres zu verhindern.«

Timo schüttelte den Kopf und stieß ein gekünsteltes Lachen aus. »Ich weiß es nicht. Kapier das doch.«

»Überleg es dir doch noch mal.«

»Also gut. Warte, lass mich nachdenken … NEIN!« Das letzte Wort schrie er ihr entgegen.

»Das reicht«, unterbrach Matthias wichtigtuerisch. »Schaffen wir ihn weg.«

»Wartet!« Alle sahen Timo erwartungsvoll an, als der sich an Matthias wandte. »Was Horst eben gesagt hat, stimmt fast alles. Bis auf eine Sache. Ich wäre sehr wohl dazu fähig, *dir* etwas anzutun, und das wirst du zu spüren bekommen, wenn sich herausgestellt hat, dass ich nichts damit zu tun habe und man mich frei lässt. Ab dem Moment solltest du dich alle zwei Sekunden umsehen, wenn du allein bist, denn irgendwann werde ich hinter dir stehen.«

Jenny sah Matthias deutlich an, dass er nur mit Mühe die Fassung wahrte. Was Timo gesagt hatte, ging ihm sichtlich an die Nieren. Sie erwischte sich dabei, dass sie ein kleines bisschen Schadenfreude empfand.

»Wow! Was für ein kerniger Spruch«, kommentierte David Timos Ausbruch. »Darf ich den in meinem Film über Matthias, den unerschrockenen Sheriff aus dem Berchtesgadener Land, verwenden?«

»Du darfst mich an meinem knöchrigen Arsch lecken«, spie Timo ihm entgegen.

»Hey, ich habe nicht gegen dich gestimmt. Ein bisschen Dankbarkeit wäre durchaus angebracht.«

Bevor sich der Tross mit Timo in Bewegung setzte, trafen sich Jennys und Nicos Blick. Sie hatte das deutliche Gefühl, dass der Bergführer alles andere als glücklich mit der Situation war und dieses Theater lieber verhindert hätte. Letztendlich hatte sein Verantwortungsbewusstsein der Gruppe gegenüber den Ausschlag gegeben. Das war zumindest mehr, als Johannes tat.

»Also los«, kommandierte Matthias und folgte mit Annika und Ellen Nico und Florian, der Timo mittlerweile am anderen Arm gepackt hatte, aus dem Raum.

173

Jenny wunderte sich immer noch über Florians Verhalten. Es war weniger die Tatsache, dass er gegen Timo gestimmt hatte, als die Art, wie er es getan hatte. Als sei auch ihm nicht wohl dabei. Aber warum hatte er dann die Hand gehoben? Sie nahm sich vor, ihn darauf anzusprechen, aber vorher wollte sie noch ein anderes Gespräch führen.

Sie blickte sich um. Sandra hatte den Raum ebenfalls verlassen, und Jenny hatte eine Ahnung, wo sie hingegangen war.

Als sie aus dem Zimmer hinausging, bemerkte sie, dass sich Davids Miene schlagartig verändert hatte. Er saß auf einem der Stühle und blickte nachdenklich auf die Tischplatte vor sich, während er mit dem Zeigefinger einen Brotkrümel hin und her schob. Es war das erste Mal, dass sie ihn weder ironisch noch zynisch erlebte, sondern ernsthaft grübelnd, und sie fragte sich, welches seiner Gesichter die Maske war und welches das echte.

Wie sie vermutet hatte, traf sie Sandra in der Lobby, wo sie ein Gespräch mit Johannes führte. Womit sie allerdings nicht gerechnet hatte, war die Art, in der die beiden miteinander redeten. Sie standen fast Gesicht an Gesicht und schienen hitzig zu diskutieren, was aus Jennys Sicht für beide recht untypisch war.

»Sie haben ein Recht darauf!«, sagte Johannes gerade scharf, als Jenny sich ihnen näherte. Als er sie bemerkte, trat er einen Schritt zurück und sah in die andere Richtung.

»Worauf haben wir ein Recht?«, hakte Jenny nach und blieb vor den beiden stehen. »Geht es um diesen Spruch vom ersten Abend? *Wenn die wüssten, wer du bist?*«

Sandra nickte Johannes zu. »Also gut, sag es ihr. Jetzt ist es sowieso egal.« Damit wandte sie sich ab und ließ sie stehen.

Johannes sah Sandra nach und wartete, bis sie Richtung Frühstücksraum verschwunden war.

»Sie ist keine Versicherungsangestellte, sondern diejenige, die mich aus meinem Job drängt.«

»Was? Ich verstehe nicht …«

Er deutete mit dem Kopf in Richtung Kaminzimmer. »Lass uns da reingehen, da können wir uns besser unterhalten.«

Johannes schloss die Tür hinter ihnen und setzte sich neben Jenny in einen der großen Sessel vor die angenehm lodernden Flammen. Jenny fragte sich, wer das Feuer am Brennen hielt, schob den Gedanken aber beiseite und wandte sich Johannes zu.

»Unser Unternehmen ist vor kurzem von irgendwelchen Investoren aufgekauft worden, die noch niemand von uns zu Gesicht bekommen hat«, begann er. »Es gab eine Sitzung, in der uns ein Kerl, den die neuen Inhaber geschickt haben, erklärte, dass wir uns neu aufstellen und dass alles besser wird blablabla …

Dann bekam ich ein Konzept per Post zugeschickt mit dem Thema *Digital Detox*. Es ging um genau das hier. Also, natürlich nicht um diesen Mist, der hier passiert, sondern eben um eine handy- und internetfreie Zeit. Entschleunigung. Rückbesinnung auf das Wesentliche und so weiter.

Man hatte sich auch schon mit den neuen Inhabern des Hotels in Verbindung gesetzt und diese Tage hier ausgehandelt. Ich fand es eine tolle Idee und bin mit Nico, der ebenfalls neu bei uns ist, hierhergekommen, um mir alles anzusehen und vorzubereiten.«

Er machte eine kurze Pause, in der er seine Hände betrachtete.

»Vor ein paar Tagen tauchte dann Sandra bei mir auf. Sie hatte ein Schreiben dabei, in dem stand, dass sie von der neuen Geschäftsleitung eingestellt worden war und das *Digital-Detox-Konzept* entwickelt hatte. Und dass sie als stille Beobachterin an der Reise teilnimmt, um sich *einzuarbeiten*. Inkognito.« Er stieß ein kurzes Lachen aus.

»Im Grunde heißt das nichts anderes, als dass sie mich aus dem Job drängt und meine Nachfolgerin wird.«

Johannes hob den Kopf und sah Jenny an. »Weißt du, was das für jemanden in meinem Alter bedeutet? Das war's. Ende. Ich finde doch keinen Job mehr. Was dann kommt, liegt klar auf der Hand. Arbeitslos, Hartz vier. Sozialer Abstieg. Noch mal Ende.«

Das erklärte manches an Johannes' Verhalten.

»Das klingt alles nicht so toll, aber bist du wirklich sicher, dass Sandra dir deinen Job wegnehmen will? Ich habe sie ein bisschen kennengelernt und hatte nicht das Gefühl, dass sie eine gefühlskalte Karrierefrau ist.«

Johannes schüttelte den Kopf. »Darum geht es doch nicht. Ich habe ja auch nichts gegen sie persönlich, aber Fakt ist, dass sie von den neuen Inhabern eingestellt worden ist, um mich zu ersetzen. Ich entspreche nicht mehr dem Anforderungsprofil für ein Reiseunternehmen, das sich auf außergewöhnliche Trips spezialisiert. Also schickt man mir Sandra als Beobachterin, die anschließend wahrscheinlich einen Bericht schreibt, in dem man dann irgendeinen Grund finden wird, mich rauszuschmeißen.«

»Was jetzt ja wohl hinfällig ist.«

»Ja, das ist es wohl. Deshalb habe ich sie auch gedrängt, euch zu sagen, wer sie wirklich ist. Diese beschissene Situation hat nichts mehr mit einem Urlaubstrip zu tun, also kann sie auch nichts beobachten. Aber sie ist als Angestellte des Unternehmens und meine Nachfolgerin euch gegenüber in der Pflicht.«

»Ja, da hast du wohl recht«, pflichtete Jenny ihm bei. »Einerseits wäre es angebracht, dass sie der Gruppe gegenüber die Karten auf den Tisch legt. Aber vielleicht möchte sie dir andererseits gerade in dieser Situation das Heft nicht aus der Hand nehmen, sondern dir die Gelegenheit geben, deine Fähigkeiten zu zeigen. Wie auch immer – ich finde das alles nicht so wichtig in Anbetracht der Tatsache, dass da draußen ein steifgefrorener Körper liegt und eine andere Mitarbeiterin von mir verschwunden ist. Und dass einer der Hausmeister von einem Teil der Gruppe in einen Kühlraum eingeschlossen worden ist.«

»Ja, ich weiß. Und?«

»Du hättest zum Beispiel mit deiner Stimme dafür sorgen können, dass genau das nicht passiert. Dass du als unser Reiseleiter dich enthalten und damit die Verantwortung auf uns abgewälzt hast, war nicht sehr hilfreich.«

»Meine Stimme hätte nichts geändert«, entgegnete Johannes. »Ich habe Timo schon bei meinem ersten Besuch hier als unfreundlich und launisch erlebt. Er ist cholerisch und aggressiv, und ich traue ihm alles Mögliche zu. Ich hätte auch dafür gestimmt, ihn einzusperren.«

177

Eine Weile saßen sie schweigend nebeneinander und starrten ins Feuer. Johannes' Haltung überraschte Jenny, aber andererseits befanden sie sich auch in einer Situation, in der niemand sich *normal* verhielt. Zudem gab es gerade wirklich Wichtigeres zu tun. Sie mussten Anna suchen.

Sie stand auf und legte Johannes eine Hand auf die Schulter. »Wollen wir versuchen, Anna zu finden?«

»Ja, sicher.« Auch er erhob sich und verließ gemeinsam mit Jenny das Kaminzimmer.

In der Lobby kam ihnen die Gruppe um Matthias entgegen. Timo fehlte.

»So, der Knabe ist sicher untergebracht«, verkündete er.

Jenny blieb vor ihnen stehen. »Ich denke immer noch, dass das nicht richtig ist.«

»Ja, ich weiß, aber das interessiert nicht. Wir haben demokratisch abgestimmt. Und das Wesen der Demokratie ist es nun mal, dass die Mehrheit entscheidet.«

»Jawoll!«, rief von irgendwo hinter ihnen David. »Und Scheiße schmeckt lecker. Millionen von Fliegen können sich schließlich nicht irren.«

»Jetzt heißt es erst mal durchatmen«, sagte Matthias und ignorierte David. »Dann können wir einzeln nach Anna suchen, was viel effektiver ist. Die Gefahr ist ja jetzt gebannt.«

Er ahnte nicht, wie sehr er sich damit irren sollte.

20

Sie liegt da und wartet.

Sie weiß nicht, worauf. Auf eine Berührung? Auf neue Qualen? Aber was will man ihr noch antun? Es ist doch alles getan, was man einem Menschen antun kann.

Sie weiß nicht, seit wann sie wartet. Sind es Stunden? Tage? Sie denkt daran, was als Letztes passiert ist. Das macht sie die ganze Zeit, um sich abzulenken und zu verhindern, dass sie völlig den Verstand verliert.

Also noch einmal: Wie lange ist es jetzt her, als sie gespürt hat, dass sie bewegt wurde, als ihr Kopf plötzlich den Halt verlor und nach hinten kippen wollte? Das hatte sie im letzten Moment verhindern können, aber das Anspannen der Halsmuskulatur hat ihr höllische Schmerzen verursacht, für die sie nicht einmal das Ventil eines Schreies gehabt hatte, denn auch das ist nicht mehr möglich. Was immer man mit ihr anstellen wird, sie kann es nicht nur nicht verhindern, sie bemerkt es wahrscheinlich nicht einmal mehr.

Sie erinnert sich, dass ihr Hinterkopf gegen etwas geschlagen war, das sich wie eine Kante angefühlt hatte. Kurz danach hat sie ein leichtes Vibrieren im Kopf gespürt, dann einen Ruck und wieder das Vibrieren. All das war eingebettet gewesen in einen feurigen See aus Schmerzen.

Dann war lange Zeit Ruhe gewesen. Irgendwann nach einer

halben Ewigkeit hatte sie einen kühlen Luftzug auf ihren Wangen gespürt, und zum ersten Mal war ihr aufgefallen, wie unbeschreiblich dieses Gefühl ist. Überhaupt etwas zu spüren. Was beschwerst du dich?, *sagt die neue Stimme in ihr.* Wenn du nichts merkst, ist es doch egal. *Damit hat die Stimme recht. Überhaupt ist diese Stimme eine gute Sache. Wie eine neue Bekanntschaft, die sie in ihrem Inneren gemacht hat.*

Gewöhn dich daran, *meldet sie sich wieder.* Ab jetzt werden alle Bekanntschaften in deinem Inneren stattfinden. Und alles andere auch. Schon vergessen? Du bist jetzt bis zu deinem Tod der einsamste Mensch der Welt. Du hast nur noch mich.

Reiß dich zusammen, *sagt da die andere, die alte Stimme in ihr. Die Vernunftstimme.* Das ist der Wahnsinn, der zu dir spricht. Hör nicht auf ihn, sonst drehst du völlig durch. Du musst versuchen herauszubekommen, wo du bist. Ob die anderen dich gefunden haben.

Wie denn?, *möchte sie der Vernunftstimme entgegenschreien.* Ich spüre doch weder, was man mit mir macht, noch, wo.

Dann denke darüber nach, was in den vergangenen Stunden passiert ist. Sorge dafür, dass dein Verstand gesund bleibt. Etwas anderes hast du nicht mehr. Also, wieder von vorn: Wie lange ist das jetzt her, dass du bewegt worden bist?

Fick dich, *sagt sie zu der Vernunftstimme.*

Was gäbe sie jetzt dafür, wenn sich eine Hand auf ihre Wange legen würde oder auf ihre Stirn. Wenn diese Hand sie streicheln und sie damit aus dieser grauenhaften Einsamkeit herausreißen würde. Mehr verlangt sie doch gar nicht für den Moment. Nur, dass jemand sie berührt. Im Gesicht, wo sie es spüren kann.

Sie denkt an Thomas. Wie er dagelegen hat mit den blutver-krusteten Lippen und den verbrannten Augen. So sieht sie jetzt sicher auch aus.

Thomas. Sie ist in der gleichen Situation wie er.

Sie liegt hier, irgendwo in der einsamsten Einsamkeit, und wartet. So hat er auch dagelegen, als sie ihn gefunden und auf sein Bett gehoben haben.

Kurz danach ist Thomas gestorben.

Das möchte sie auch. Sterben.

21

Nachdem sich alle wieder im Speisesaal versammelt hatten, entbrannte erneut eine Diskussion um Timo und darum, dass Matthias sich offensichtlich plötzlich als Wortführer der Gruppe sah. Besonders David sorgte mit seinen Kommentaren dafür, dass Matthias vor Entrüstung immer wütender wurde.

Auch wenn Jenny es nicht guthieß, dass Timo eingesperrt war, gab es trotzdem etwas, das sie in diesem Moment für wichtiger hielt.

»Könnten wir bitte mit dieser leidigen Diskussion aufhören und uns wieder darauf konzentrieren, Anna zu finden?«, rief sie dazwischen, als David und Annika sich in ein neues Wortgefecht stürzen wollten.

»Sie hat recht«, erklärte Matthias. »Und jetzt können wir auch einzeln losziehen, das macht die Suche gleich effektiver.«

Sandra schüttelte den Kopf. »Ihr haltet mich vielleicht für überängstlich, aber ich möchte nicht allein durch dieses Hotel laufen.«

Damit sprach sie ein weiteres Mal aus, was auch Jenny dachte. »Dann lass uns zusammen nach ihr suchen.«

Matthias rollte genervt mit den Augen. »Der Mörder von Thomas ist eingesperrt. Es gibt also keinen Grund mehr, Angst zu haben. Wenn wir die Chancen erhöhen wollen, Anna zu finden, müssen wir einzeln losgehen. Auch ihr beiden. Es sei denn, es ist euch egal, ob wir sie finden oder nicht.«

Jenny sah aus den Augenwinkeln, dass David ansetzte, etwas zu entgegnen, aber sie kam ihm zuvor.

»Jetzt reicht es aber«, sagte sie scharf. »Wenn Sandra und ich uns gemeinsam auf die Suche machen wollen, dann werden wir das tun, und du wirst uns nicht davon abhalten. Ich weiß nicht, was dich glauben lässt, du hättest hier irgendetwas zu sagen, aber ich kann dir versichern, dass es definitiv nicht so ist. Wenn überhaupt jemand die Verantwortung hat, dann ist es Sandra. Sie ist nämlich eine Mitarbeiterin unserer Reisegesellschaft *Triple-O-Journey*.«

Selbst David brachte darauf nicht mehr als ein »Was?« heraus und sah Sandra – wie alle anderen – fragend an. Diese warf Jenny einen schwer zu deutenden Blick zu, bevor sie antwortete.

»Also gut. Es stimmt, ich gehöre seit kurzem zum Unternehmen und bin sozusagen inkognito hier dabei, weil ich das Konzept zu *Digital Detox* erstellt habe und als neutrale Beobachterin erleben wollte, ob es angenommen wird und was wir noch verbessern können. Aber was die Verantwortung angeht« – erneut richtete sich ihr Blick auf Jenny –, »die hat Johannes. Er ist der Reiseleiter und soll diese Aufgabe auch zukünftig übernehmen, wenn *Digital Detox* fester Bestandteil unseres Programms ist.«

»Das ist ja alles wirklich furchtbar interessant«, kommentierte Annika. »Aber was ist mit Anna?«

»Die werden wir jetzt suchen.« David wandte sich an

Sandra und Jenny. »Ich bin ganz eurer Meinung. Aber sollten wir nicht gemischte Teams bilden? Ist vielleicht noch sicherer, oder?«

Das leuchtete Jenny ein, und noch bevor sie sich mit Sandra darüber austauschen konnte, sagte Horst hinter ihr: »Wenn es okay ist, begleite ich dich, Jenny. Anna ist deine Mitarbeiterin, und ich kenne mich hier recht gut aus.«

»Gut, dann schlage ich vor, wir übernehmen das Untergeschoss. Auf geht's.«

Ohne auf weitere Kommentare zu warten, ging Jenny los und verließ, gefolgt von Horst, den Raum.

Schon als sie die Treppe hinabstiegen, sagte der Hausmeister: »Es ist ein Unding, Timo in diesem Raum einzusperren. Er hat nichts mit dieser furchtbaren Sache zu tun, da bin ich sicher.«

»Ich bin mir da auch nicht so sicher wie Matthias, aber es spricht einiges gegen Timo. Und sein Verhalten …« Sie dachte an den Raum mit der Plastikplane.

Sie hatten das Ende der Treppe erreicht, und Horst deutete auf eine Tür zu ihrer Rechten. »Da geht es zu einigen leerstehenden Räumen. Ich weiß nicht, ob sich die schon jemand angesehen hat.«

»Ich auch nicht. Schauen wir mal nach.«

Horst nickte, blieb aber vor der Tür stehen. »Was Timos Verhalten betrifft – dafür gibt es einen Grund. So ist er erst, seit er vor einigen Jahren von einem weiblichen Gast beschuldigt wurde, ihren teuren Schmuck gestohlen zu haben. Ein Kollier im Wert von hunderttausend Euro.«

»Wie kam die Frau dazu, ihn zu beschuldigen?«

»Sie behauptete, sie hätte ihn aus ihrem Zimmer kom-

184

men sehen. Kurz danach sei ihr dann aufgefallen, dass der Schmuck fehlte.«

»Aber Timo war es nicht?«

»Nein. Es gab einen riesigen Aufstand, die Polizei wurde informiert und hat ihn mitgenommen. Timo hat geschworen, er sei nie in diesem Zimmer gewesen und habe nichts mit der Sache zu tun, aber alle haben der Frau geglaubt. Ein Haftrichter hat ihn wegen des Verdachts auf schweren Diebstahl in Untersuchungshaft gesteckt, weil Timo nicht sagen konnte, wo sich der Schmuck befand. Dort ist er dann ziemlich übel von anderen Häftlingen zugerichtet worden, weil die das Versteck der Beute aus ihm rausprügeln wollten. Die haben ihn halbtot geschlagen.«

»Das ist ja schrecklich.«

»Ja, das war es. Nach einer Woche hat sich rausgestellt, dass die Frau eine Betrügerin war, die ihren hochversicherten Schmuck schon einige Zeit zuvor selbst verhökert hatte.

Timo hat lange Zeit im Krankenhaus verbracht, bis er sich von den Verletzungen erholt hatte. Körperlich. Die psychischen Wunden sind nie richtig verheilt.«

»Das erklärt natürlich einiges.«

»Seitdem reagiert er extrem aggressiv, wenn er sich ungerecht behandelt fühlt. Aber er war das nicht mit Thomas und Anna, dafür lege ich meine Hand ins Feuer. Dass er jetzt dort oben eingesperrt ist, muss ihn halb verrückt machen. Ich kenne ihn. Wenn er nicht bald da rauskommt, dreht er völlig durch.«

»Das verstehe ich, und es tut mir leid für Timo. Diese Geschichte solltest du nachher auch den anderen erzählen. Vielleicht sehen sie dann ein, dass sie einen Fehler gemacht

185

haben. Ich helfe dir gerne dabei, aber jetzt müssen wir erst einmal Anna finden.«

Horst nickte und öffnete die Tür.

Die meisten der Räume, die an dem Flur lagen, waren leer. Hier und da standen ein paar verstaubte Kisten oder verrostete Geräte herum. Ein Raum, es war der größte, in den sie hineinsahen, war bis unter die Decke zugestellt mit noch verpackten Gartenmöbeln, die aber nicht vom neuen Inhaber sein konnten, denn sie waren mit einer dicken Staubschicht bedeckt.

Sie liefen zurück und schlugen den Weg Richtung Wäscherei ein, den Jenny bereits mit Florian und Sandra gegangen war.

Als sie an dem Metallschrank vorbeikamen, erinnerte Jenny sich an das Geräusch, das sie gehört hatte. Oder geglaubt hatte zu hören. Sie zögerte und blickte in den Gang, der daneben abzweigte.

»Was ist?«, fragte Horst und blieb ebenfalls stehen.

»Als ich bei unserer ersten Suche hier mit Florian und Sandra vorbeikam, glaubte ich, etwas gehört zu haben, aber in dem Raum am Ende des Flurs war nichts. Es war mir auch eher so vorgekommen, als sei das Geräusch näher gewesen.«

»Hm …« Horst betrachtete den Blechschrank und öffnete beide Türen. Wie beim ersten Mal schlug ihnen übelriechende Luft entgegen.

Nachdem sein Blick über die alten Dosen gewandert war, zuckte er mit den Schultern. »Mäuse können es kaum gewesen sein, der Schrank hat keine Öffnung, durch die sie schlüpfen könnten.« Er schloss die Türen wieder. »Viel-

186

leicht ist das Geräusch doch aus dem Raum weiter hinten gekommen? Da könnte es Mäuse geben.«

Horst betätigte den Lichtschalter, woraufhin die Neonröhre an der Flurdecke aufleuchtete, und deutete auf die Tür. »Da stehen Kisten mit Dekomaterial von früher drin. Weihnachten, Ostern, was man so braucht.«

»Ja, Florian sagte was von Kisten und einem alten Wäschewagen«, erinnerte sich Jenny.

»Einem Wäschewagen? Davon weiß ich nichts. Ist aber ein merkwürdiger Zufall, oder?«

Jenny verstand nicht. »Was?«

»Na, Thomas wurde in der alten Wäscherei gefunden, und da drin steht ein alter Wäschereiwagen, von dem ich nichts weiß.«

Der Zusammenhang war nicht von der Hand zu weisen.

»Ich schaue lieber mal nach«, erklärte Horst und ging auf die Tür zu. Jenny folgte ihm. Dieses Mal wollte sie selbst einen Blick in den Raum werfen.

Horst öffnete die Tür und fand mit einem Handgriff den Lichtschalter. Als die Neonleuchte aufflammte, bot sich Jenny genau der Anblick, den Florian beschrieben hatte. Staubige Kisten stapelten sich an zwei Wänden, einige auch in der Raummitte. Dazwischen, auf der gegenüberliegenden Seite, stand ein Wäschewagen, wie sie ihn vom Room Keeping aus anderen Hotels kannte. Er bestand aus festem blauen Stoff, der an einigen Stellen abgewetzt und ausgebleicht war, und hatte in etwa die Größe von zwei Einkaufswagen.

Von der Tür aus konnte Jenny nicht erkennen, was sich im Inneren des Wagens befand. Sie dachte daran, dass Florian auch nicht weiter in den Raum hineingegangen war, also ebenfalls nicht mehr hatte sehen können. Warum hatte er nicht genauer nachgeschaut? Das tat in diesem Moment Horst.

Als er den Wagen erreicht hatte, veränderte sich sein Gesichtsausdruck auf eine Weise, die Jennys Herz für einen Wimpernschlag aussetzen ließ, bevor sie mit ein paar schnellen Schritten neben dem Hausmeister stand.

Anna lag verkrümmt auf dem Boden des Wagens. Ihre Augen waren geschlossen und geschwollen, aber auf eine auf den ersten Blick nicht erklärbare Weise anders als bei Thomas.

Jenny beugte sich über den Rand, legte Anna zwei Finger an die Halsschlagader und stöhnte nach wenigen Sekunden erleichtert auf.

»Sie lebt.«

22

Als sie plötzlich etwas an ihrem Hals spürt, erschrickt sie derma-
ßen, dass sie zusammengezuckt wäre, wenn sie das noch gekonnt
hätte. Und obwohl selbst die sanfte Berührung sofort eine neue
Schmerzwelle auslöst, ist sie dennoch das Schönste, was Anna in
ihrem ganzen Leben gespürt hat.

Sie weiß nicht, ob sie gefunden wurde und es jemand aus der
Gruppe ist, der oder die sie berührt. Als sie sich dessen bewusst
wird, schwappt erneut eine Welle der Verzweiflung über sie, aber
ihre Vernunftstimme sagt ihr, dass sie daran glauben muss, dass
es jemand aus der Gruppe ist. Dass diese Berührung ein Anker
ist, an dem ihr Verstand sich festhalten muss.

Dann ist es plötzlich wieder vorbei. Die Hand wird zurückge-
zogen. Sofort ist die Panik wieder da. Anna möchte verzweifelt
aufschreien, möchte bitten, betteln, alles gegen diese eiskalte Ein-
samkeit tun, die erneut über sie hereinbricht. Gegen die Hoff-
nungslosigkeit. Aber sie kann es nicht. Sie kann überhaupt nichts
mehr.

Während sie innerlich in sich zusammenfällt, ist da die Erin-
nerung an die Stimme, die sie gehört hat. Sei still, hat sie ge-
sagt, und es waren vermutlich die letzten Worte, die sie in ihrem
Leben gehört hat. Kann es sein, dass sie sich nicht getäuscht hat?
Nein, sie muss, sie will *sich geirrt haben.*

Sei still.

Das wird sie für immer sein.

Wenn sie nur diese Berührung noch einmal spüren könnte.

Sie weint verzweifelt in sich hinein. Ohne einen Laut von sich zu geben, ohne eine Träne zu vergießen. Und gerade, als die neue Stimme ihr zynisch zuflüstert, es gäbe ja noch die Hoffnung, dass ihr Leid bald beendet ist, Thomas sei ja auch recht schnell gestorben, wird sie wieder berührt. Noch intensiver als zuvor, mit einem oder zwei Finger, die über ihre Wange streicheln. Unter Aufbietung aller Kraft schafft sie es, den Kopf ein kleines Stück zu drehen, um zu zeigen, dass sie die Berührung spürt, woraufhin der Finger für einen kurzen, panischen Moment verschwindet, doch gleich darauf legt sich eine ganze Hand auf ihre Stirn. Es fühlt sich so wundervoll an, dass sie für einen Augenblick sogar ihre Schmerzen vergisst.

Nein, diese sanfte, liebevolle Berührung kommt nicht von dem Monster, da ist sie nun ganz sicher. Diese Hand gehört jemandem, der sie mag.

Und irgendetwas sagt ihr, dass sie zu Jenny gehört.

23

Jenny eilte zum Hauptgang, rief aus Leibeskräften nach den anderen und kehrte sofort wieder zurück zu Anna, die in unveränderter Position in dem Wäschewagen lag.

»Anna«, flüsterte sie, obwohl sie sicher war, dass diese sie nicht hören konnte. »Ich bin da. Du bist nicht mehr allein.«

Erneut beugte sie sich über den Rand des Wagens, streckte eine Hand aus und streichelte Anna vorsichtig über die Wange. Annas Kopf bewegte sich ein kleines Stück. Sie war also bei Bewusstsein und spürte, dass sie berührt wurde.

»Sie spürt deine Hand«, stellte auch Horst fest, und als Jenny sich zu ihm umwandte, sah sie Tränen in seinen Augen. »Das hat Timo nicht getan. Niemals.«

Jenny widmete sich wieder Anna. Sie fragte sich, ob sie schon bei ihrer ersten Suche dort gelegen und von Florian einfach nicht bemerkt worden war, weil er nicht in den Wagen geschaut hatte. Warum auch immer. Doch diese Gedanken mussten warten.

David und Sandra trafen als Erste bei ihnen ein, die anderen folgten innerhalb der nächsten zwei Minuten.

Als Florian den Raum betrat und sah, wo Anna lag, wurde er blass. »Hier haben wir doch schon nachgesehen«, stellte er mit leiser Stimme fest. Als er Jennys Blick bemerkte, fügte er hinzu: »Da lag sie noch nicht in diesem Wagen, da bin ich sicher.« Jenny sah ihm fest in die Augen. *Sicher*, sagte er. War er das wirklich?

Matthias und Annika kamen als Letzte an. Nach einem langen Blick in den Wäschewagen verzog Annika angewidert das Gesicht. »Dieses Schwein. Man sollte zu ihm reingehen und ihn erschlagen wie einen räudigen Hund.«

»Ja, das traue ich dir zu«, erwiderte Horst düster. »Aber Timo war das nicht.«

»Ach ja? Und was macht dich da so sicher?«

Jenny hatte dazu einen Gedanken, doch den hob sie sich für später auf. Nun galt es erst einmal, Anna zu versorgen.

Es kostete große Mühe, den schlaffen Körper aus dem Wäschewagen zu heben und ihn auf die Trage zu legen, die David besorgte.

Über die Treppe schafften sie Anna dann in die Lobby, wo David stehen blieb und Florian, Nico und Matthias bedeutete, die Trage abzusetzen.

»Ich schlage vor, wir bringen sie nicht nach oben in ihr Zimmer, sondern richten im Kaminzimmer einen Platz her, wo wir sie hinlegen können. Dann werden wir uns gemeinsam um sie kümmern, und niemand ist da oben allein mit ihr. Wer weiß …«

»Geht das schon wieder los?«, fragte Matthias genervt. »Wir haben den Irren eingesperrt, kapiert das doch endlich.«

Jenny hob die Hand. »Ich bin dafür, dass wir es so machen, wie David vorgeschlagen hat.«

Alle anderen außer Matthias und Annika stimmten ebenfalls für Davids Vorschlag. »Ich glaube zwar auch, dass es Timo war«, kommentierte Ellen, als auch sie die Hand hob, »aber schaden kann es auf keinen Fall, wenn Anna uns alle um sich herum hat.«

»Davon bemerkt sie doch sowieso nichts«, stellte Matthias mit säuerlichem Gesichtsausdruck fest.

»Das kannst du nicht wissen«, konterte Sandra. »Oder bist du Arzt und erkennst auf einen Blick, wie schwer ihre Verletzungen sind?«

»Also dann«, sagte David und beendete damit die Diskussion. »Ich hole von oben eine Matratze. Wer kommt mit?«

Nico folgte ihm wortlos, und kurze Zeit später hatten sie in einigem Abstand vor dem Kamin ein Matratzenlager eingerichtet, auf das sie Anna betteten. Der Erste-Hilfe-Koffer stand daneben.

Wie Thomas hatte Anna im Nacken eine Wunde von der Größe eines Ein-Cent-Stücks, die angeschwollen war und wie ein Einstich aussah.

Sie legten Anna auf den Rücken. Jenny setzte sich auf den Rand der Matratze und träufelte ihr Ibuprofen-Tropfen gegen die Schmerzen ein, die sie haben musste. Dann streichelte sie ihr wieder die Wange, während sie sich die Augen und die kleine Wunde am Hals anschaute. Anders als bei Thomas waren Annas Lider zwar verkrustet und gerötet, aber nicht verbrannt. Jenny hatte kaum medizinische Kenntnisse, hielt es aber für möglich, dass es vielleicht eine Säure gewesen war, die diese Verletzungen herbeigeführt hatte.

Ebenfalls anders als bei Thomas war die Wunde am Hals auf Höhe des Kehlkopfs. Hier musste man kein Arzt sein, um zu verstehen, was geschehen war, vor allem, da Annas Zunge offensichtlich unversehrt war.

193

»Die Wunden an ihren Augen sehen anders aus als bei Thomas«, sagte sie, ohne sich an jemand Bestimmtes zu wenden. »Und ihr Kehlkopf scheint verletzt zu sein.«

»Hat sie Fieber?«, wollte David wissen.

Jenny legte ihre Hand auf Annas Stirn. Sie fühlte sich kühl an.

»Nein.«

»Dann habe ich eine Theorie.«

Jenny wandte sich zu ihm um und sah dabei, wie Matthias die Augen verdrehte. »Natürlich. Hercule Poirot hat eine Theorie und lässt uns sicher gleich an seiner Genialität teilhaben.«

David ignorierte ihn.

»Wir wissen nicht genau, was Thomas' Tod verursacht hat, aber seine Verletzungen haben zu extrem hohem Fieber geführt. Es ist also möglich, dass er an Kreislaufversagen gestorben ist.« Er machte eine kurze Pause, sein Blick ruhte auf Anna. »Ihre Verletzungen sind anders, obwohl sie zum gleichen Ergebnis führen. Anna ist offensichtlich blind und taub, kann nicht mehr sprechen und sich nicht mehr bewegen. Wie Thomas. Aber ohne Fieber.«

»Du meinst, der Täter hat … experimentiert?«

David nickte. »Ja. Ich glaube, es geht ihm nicht darum, seine Opfer durch das, was er tut, zu töten, sondern – im Gegenteil – eine Methode zu finden, dass sie trotz der Verletzungen überleben.«

»Mein Gott«, stieß Sandra aus und presste sich für einen Moment die Hand auf den Mund. »Das ist ja noch grausamer als …«

»Ja, und ich kenne hier nur einen, der dazu fähig ist, und

den haben wir weggesperrt«, erklärte Matthias und fügte selbstgefällig hinzu: »Dank meiner Hartnäckigkeit. Mir war der Kerl von Anfang an nicht geheuer.«

»Wenn Timos Unschuld bewiesen ist und er sich wieder frei bewegen kann, wird er sich mit dir sicher über das Thema Hartnäckigkeit unterhalten«, knurrte Horst.

»Offenbar kam es dir sehr gelegen, dass dieses Messer dort gefunden wurde, wo Timo sich zuvor aufgehalten hat«, stellte David fest, und noch ehe Matthias darauf antworten konnte, hatte Jenny eine Idee und wandte sich an Johannes.

»Sag mal, wie war das, als ihr das Messer gefunden habt? Wer hat es zuerst entdeckt?«

Johannes zuckte mit den Schultern. »Das war Matthias.«

»Interessant«, erklärte David, der offensichtlich sofort verstand, worauf Jenny hinauswollte. »Wie war das genau? Seid ihr in diesen Bereich hinter der Plane gegangen, und da hat das Messer gelegen? Auf dem Fußboden oder wo?«

Erneut dachte Johannes eine Weile nach, ehe er antwortete. »Nein, Matthias ist als Erster reingegangen, danach Annika. Als ich dazukam, hatte er das Messer schon in der Hand.«

»Er hatte es in der Hand?« David hob die Brauen und sah Matthias an. »Du hast eine vermutliche Tatwaffe mit bloßen Händen angefasst?«

»Ja, ich …« Matthias geriet ins Stottern. »Mein Gott, ich war aufgeregt, als ich die Flecken auf der Klinge gesehen habe. Da habe ich nicht darüber nachgedacht und es einfach genommen.«

195

»Annika, wann hast du das Messer zum ersten Mal gesehen?«

»Was spielt das denn für eine Rolle?«

»Es interessiert mich einfach.«

Annika tauschte einen Blick mit Matthias, bevor sie antwortete. »Ich habe es gesehen, bevor Matthias es in die Hand genommen hat. Es lag auf diesem provisorischen Tisch. Und wie wir ja von Jenny wissen, hat Timo es dort hingelegt.«

Jenny, die weiter Annas Gesicht gestreichelt hatte, wandte sich Annika zu. »Das habe ich nie gesagt. Wie könnte ich behaupten, Timo hätte das Messer dort hingelegt. Ich sagte, ich habe Timo einige Zeit vorher dort gesehen, aber jeder andere kann in der Zwischenzeit ebenfalls in dem Raum gewesen sein und das Messer abgelegt haben. Jeder.«

»Theoretisch könnten sogar Matthias oder Annika das Messer in der Tasche gehabt haben. Und damit es später keine Probleme mit den Fingerabdrücken gibt, hat Matthias es vor lauter *Aufregung* in die Hand genommen und Johannes gezeigt.«

»Das ist ja wohl der Gipfel«, brauste Matthias auf. »Uns zu beschuldigen. Du tickst doch nicht mehr richtig.«

»Außerdem hat Jenny es schon gesagt«, bemerkte Annika bissig, und noch während Matthias' Kopf zu ihr herumflog, fügte sie hinzu: »Jeder kann das Messer dort hingelegt haben.«

Nun verzog sich Davids Mund zu einem boshaften Grinsen. »Eben!«

Mit einem Mal herrschte Stille. Matthias' Gesicht hatte

196

sich dunkel verfärbt, während er seiner Frau böse Blicke zuwarf.

Nico war es schließlich, der das Schweigen brach. »Damit ist doch das Wichtigste gesagt. Gut, dass du jetzt auch einsiehst, dass dieses Messer kein Beweis für Timo als Täter ist.«

»Das habe ich nicht …«, setzte Annika an, wurde aber von Sandra unterbrochen. »Doch, genau das hast du gesagt. *Jeder* könnte das Messer dort hingelegt haben.«

»Gut«, sagte David und stand auf. »Ich denke, es ist an der Zeit, den armen Kerl wieder rauszulassen.«

»Das sehe ich anders«, protestierte Matthias. »Ich bin immer noch überzeugt, dass er es war.«

»Glaubt das noch jemand anderes?« David sah sich in der Runde um. Niemand hob die Hand, nicht einmal Annika, die den Blick gesenkt hatte.

David nickte. »Wer kommt mit?«

»Ich«, sagte Nico.

»Ich auch«, schloss sich Sandra an.

Als die drei hinausgegangen waren, fuhr Jenny damit fort, Annas Wangen und ihre Stirn zu streicheln.

Als wolle sie sich dafür bedanken, bewegte Anna den Kopf.

»Ellen, würdest du ein Glas Wasser für Anna holen?«

»Ja, aber ich gehe nicht allein«, antwortete Ellen und wandte sich an Johannes. »Kommst du mit, bitte?«

Johannes hatte sich gerade aufgerafft, als David, Sandra und Nico zurückkamen. Sie waren allein, und ihre Gesichter verhießen nichts Gutes.

197

24

Sie weiß jetzt, dass es die anderen aus der Gruppe sind, die sie gefunden haben, wo immer sie auch abgelegt worden war.

Diese vollkommene Orientierungslosigkeit ist so grausam, dass sie jedes Mal, wenn sie sich ihrer Situation bewusst wird, droht, in den Wahnsinn abzugleiten. Aber vielleicht ist das ja schon längst geschehen? Vielleicht ist sie ja schon verrückt, ohne sich dessen bewusst zu sein?

Hast du schon mal von einem Verrückten gehört, der weiß, dass er verrückt ist?, *fragt die neue Stimme in ihr hämisch.*

Nein, das hat sie nicht. Aber sie denkt doch gerade ganz logisch über ihre Situation nach. Tun das Verrückte auch?

Gegenfrage, *sagt die neue Stimme.* Du bist verstümmelt worden und wirst wohl für immer blind, taub, stumm und gelähmt sein. Und du denkst in aller Ruhe darüber nach, ob du verrückt wirst oder es vielleicht schon bist?

Sie wischt die Stimme und diese Gedanken beiseite, mit dem Resultat, dass die Schmerzen erneut über sie herfallen wie ein hungriges Raubtier. Aber da sind auch wieder die Berührungen.

Ihre Gedanken driften ab zu den zwei letzten Wörtern, die sie in ihrem Leben gehört hat. Und je öfter sie darüber nachdenkt und versucht, sich diese Wörter wieder ins Gedächtnis zu rufen, umso sicherer ist sie, dass sie sich nicht geirrt hat. Dass sie weiß, wer ihr das alles angetan hat.

Wenn ihr Gehör noch funktionieren würde, könnte sie die Stimme dann jetzt, in diesem Moment, auch hören? Ist dieses Monster mit ihr in einem Raum und kümmert sich vielleicht gerade fürsorglich um sie? Sie möchte schreien, sie muss schreien.

Sie reißt den Mund auf, ignoriert die wahnsinnigen Schmerzen, die sofort explosionsartig von ihrem Hals aus durch den ganzen Kopf schießen, und presst alle Luft aus ihren Lungen, ohne ein Gefühl dafür zu haben, ob sie überhaupt irgendeinen Ton von sich gibt. Sie will es noch einmal versuchen, schafft es aber nicht mehr. Der Schmerz packt sie mit feurigen Krallen und reißt sie in eine gnädige Dunkelheit.

25

»Er ist weg!«, sagte David mit unbewegter Miene. »Die Tür stand offen, der Kühlraum ist leer.«

»Verdammte Scheiße!«, stieß Matthias aus. »Seid ihr nun zufrieden? Jetzt läuft dieser Wahnsinnige frei im Hotel herum und überlegt, wer der Nächste ist, dem er die Augen ausbrennt und die Zunge rausschneidet.«

»Sag mal, hast du mir nicht zugehört, oder bist du tatsächlich so dämlich, dass du es nicht kapierst?« Man sah David an, dass er Mühe hatte, sich zu beherrschen. »Jemand hat Timo rausgelassen, *bevor* wir dort angekommen sind.« Er schaute von einem zum anderen. »Also? Wer war es?«

Sie sahen sich gegenseitig fragend an, doch niemand meldete sich. »Der- oder diejenige kann es ruhig zugeben. Wir waren ja auch gerade dabei, ihn freizulassen.«

Noch immer meldete sich keiner. Davids Blick traf Horst, woraufhin der den Kopf schüttelte. »Ich war es nicht. Ich war absolut dagegen, Timo einzusperren, und bin mir sicher, dass er nichts mit alledem zu tun hat, aber ich habe ihn nicht rausgelassen.«

»Jedenfalls ist er abgehauen«, stellte Annika fest. »Das tut doch niemand, der unschuldig ist.«

»Nachdem er von einer Horde selbsternannter Sheriffs eingesperrt worden ist und damit rechnen muss, dass ihm das Gleiche wieder passiert, wenn er sich blicken lässt, erscheint mir sein Verhalten nur logisch«, stellte David sachlich fest.

»Wir müssen ihn suchen.« Matthias machte ein paar Schritte auf den Eingang des Kaminzimmers zu und wandte sich dann zu den anderen um. »Na, was ist? Worauf wartet ihr? Dass er sich den Nächsten schnappt? Nun kommt schon, wir müssen ihn finden.«

David schüttelte den Kopf. »Das ist sinnlos. Timo kennt sich hier besser aus als jeder von uns – Horst mal ausgenommen. Wenn er in diesem verwinkelten Gebäude nicht gefunden werden will, dann wird uns das auch nicht gelingen.«

»Quatsch. Anna haben wir doch auch gefunden.«

»Weil wir sie finden sollten«, entgegnete Nico.

»Genau«, pflichtete David ihm bei.

»Verdammt, hier geht es doch um unser aller Sicherheit.« Matthias Stimme klang nun beschwörend. »Bin ich denn wirklich der Einzige, dem daran gelegen ist, dass nicht noch jemand dran glauben muss?«

»Ganz sicher nicht«, meldete sich wieder Nico zu Wort, etwas, das er, Jennys Meinung nach, seit Thomas' Verschwinden immer seltener tat. »Wenn ich ehrlich bin, denke ich, deine größte Sorge gilt nicht uns, sondern dir selbst und vermutlich dem, was Timo gesagt hat, als du dafür gesorgt hast, dass er eingesperrt wird.«

»Blödsinn«, antwortete Matthias hastig und in einem Ton, der ihn Lügen strafte.

David setzte sich in einen der Sessel und ließ sich seufzend gegen die weiche Rückenlehne fallen. »Ich werde jedenfalls nicht nach Timo suchen. Aber tu dir keinen Zwang an. Wird sicher spannend, wenn du ihn findest.«

Matthias ging nicht los, kehrte aber auch nicht zu seinem Platz zurück, sondern blieb unschlüssig vor dem Eingang stehen. Schließlich war es Annika, die die Entscheidung traf, was er tun sollte. »Vielleicht hat er recht«, sagte sie zu ihrem Mann. »Der Kerl hat dir ganz offen gedroht. Wenn er dir irgendwo in diesem verfluchten Bau auflauert, hast du keine Chance. Wer weiß, was er dir dann antut. Also … setz dich wieder hin.«

Matthias murmelte etwas Unverständliches, ging aber zurück zu Annika und setzte sich neben sie.

»Brav«, kommentierte David, wofür er sich wieder einen hasserfüllten Blick sowohl von Annika als auch von Matthias einhandelte, während Jenny ihre Aufmerksamkeit erneut auf Anna richtete. Sie bewegte den Kopf, und im nächsten Moment drang ein Geräusch aus ihrem Mund, so fremd und unmenschlich, dass es Jenny einen eisigen Schauer über den Rücken jagte. Es hörte sich an wie das Knarzen rostiger Scharniere an einer schweren Tür. Alle Blicke richteten sich auf Anna, Ellen stöhnte auf, schlug sich beide Hände vors Gesicht und begann zu schluchzen.

Annas Kopf zuckte ein weiteres Mal, dann lag sie still.

Mit klopfendem Herzen tastete Jenny nach ihrer Halsschlagader und atmete erleichtert aus, als sie Annas Puls spürte.

»Ich glaube, sie hat die Besinnung verloren«, sagte sie, aber es war nur eine Vermutung. Mit Sicherheit sagen konnte sie es nicht.

Jenny richtete sich auf und wandte sich dem Kaminfeuer

zu. Ihr war kalt, aber sie wusste nicht, ob das tatsächlich mit der Raumtemperatur zusammenhing.

»Ich bin mir mittlerweile sicher«, sagte sie dann, ohne jemanden dabei anzusehen, »der Täter ist kein Fremder, der sich irgendwo im Hotel versteckt hat, sondern einer von uns.«

»Weshalb?«, fragte Ellen mit weinerlicher Stimme.

»Wir alle haben uns letzte Nacht in unseren Zimmern eingeschlossen, weil wir Angst davor hatten, dass uns das Gleiche passieren könnte wie Thomas. Anna hätte niemals einem Fremden freiwillig die Tür geöffnet. Aber sie muss sie geöffnet haben, sonst hätte niemand in ihr Zimmer gelangen können.« Sie ließ ihren Blick in die Runde schweifen. »Ich bleibe dabei, dieser Wahnsinnige ist einer von uns.«

»Was ist mit ihm?« Annika deutete auf Florian. »Er war doch schon mal in so eine Sache verwickelt, mit Morddrohungen und was sonst noch alles.«

»Das ist Blödsinn«, rief Florian. »Ich habe euch doch schon erklärt, dass ich nichts von alledem getan habe. Ich bin nicht einmal angeklagt worden, weil die Polizei das ebenfalls so gesehen hat.«

»Vielleicht wäre es gut, wenn du uns allen erzählst, was genau geschehen ist«, schlug Jenny vor und sah zu Annika hinüber. »Dann ist hoffentlich ein für alle Mal Schluss mit diesen Verdächtigungen.«

»Na, entschuldige mal. Hier passieren furchtbare Dinge, da ist es doch wohl legitim, dass man mal nachfragt, wenn jemand bereits wegen Morddrohungen in den Zeitungen gestanden hat.«

»Nachdem ihr jemanden eingesperrt habt, der irgendwann in einem Raum war, in dem ihr anschließend angeblich ein Messer gefunden habt«, bemerkte David.

»Was heißt hier *angeblich*? Spinnst du? Was unterstellst du uns eigentlich?«

David zuckte mit den Schultern. »Was habt ihr Timo unterstellt? Was unterstellst du gerade Florian? Und wer ist der Nächste, den du ins Visier nimmst? Mich? Ellen? Johannes?«

»Also gut«, beendete Florian den Wortwechsel. »Ich erzähle euch, was passiert ist.«

Er beugte sich im Sessel nach vorn, stützte die Unterarme auf die Oberschenkel und atmete tief durch.

»Sie hieß Katrin. Ich weiß nicht, wie sie ausgerechnet auf mich gekommen ist. Vielleicht haben wir uns irgendwo zufällig getroffen, keine Ahnung. Jedenfalls habe ich irgendwann abends einen seltsamen Anruf von ihr erhalten. Sie hat sich gemeldet mit den Worten: *Ich bin es, mein Liebling, deine Katrin.* Ich dachte erst, sie hat sich verwählt, aber sie hat mich mit Namen angesprochen und wollte wissen, wie mein Tag in der Firma gewesen ist. Damals habe ich noch für einen anderen Mobilfunkdienstleister gearbeitet. Sie wusste unglaublich viel über mich. Als ich sie gefragt habe, wer sie ist, hat sie ziemlich aggressiv reagiert und wollte wissen, warum ich ihr das antue und ob ich eine andere hätte. Da wurde es mir zu blöd, und ich habe aufgelegt. Keine zwei Minuten später rief sie erneut an und hat sich für ihr Verhalten entschuldigt. Sie meinte, unsere *Liebe* sei doch viel zu ungewöhnlich, um sie mit Streitereien zu belasten, und dass sie ja wisse, dass ich nur sie liebe.«

204

»Und du hast sie nicht gekannt?«, fragte Ellen ungläubig.

»Nein, habe ich nicht. Was sie sagte, hörte sich alles ziemlich verrückt an. Ich habe ihr erklärt, dass ich nicht wisse, wer sie sei, dass wir ganz gewiss keine Beziehung hätten und dass sie mich in Ruhe lassen solle.

Den Rest des Abends war Ruhe, und ich habe das Ganze als kleine Verrücktheit oder misslungenen Scherz abgetan, aber am nächsten Abend rief sie wieder an. Sie beteuerte mir, wie sehr sie mich liebe und dass sie sehr verletzt sei, weil ich mich schon wieder den ganzen Tag nicht bei ihr gemeldet hätte.

Sie wusste, wann ich zur Arbeit gefahren und wann ich nach Hause gekommen bin. Sogar, mit wem ich mich zum Mittagessen getroffen habe.«

»Gott, das ist ja gruselig«, sagte Sandra und rieb sich über die Oberarme, als sei ihr kalt.

»Ja, das war es. Und es wurde immer schlimmer. Die Anrufe häuften sich, so dass es mir irgendwann zu bunt wurde und ich zur Polizei gegangen bin. Die haben die Sache nicht sonderlich ernst genommen und meinten, das wäre nichts Außergewöhnliches, und solange sie mich nicht bedrohen würde, könnten sie wenig unternehmen. Und dass es vielleicht sinnvoll wäre, wenn ich mir eine neue, geheime Nummer geben ließe.

Das habe ich gemacht, woraufhin ich einen Tag Ruhe hatte. Dann hat sie mich angezeigt.«

Ellen riss ungläubig die Augen auf. »Aber ... weswegen?«

»Sie hat nachts bei der Polizei angerufen und behauptet,

205

ich hätte einen Virus auf ihrem Smart Speaker und ihrem Handy installiert, wodurch ich in der Lage gewesen wäre, sie über diese Geräte zu bedrohen.« Florian schüttelte den Kopf, als könne er noch immer nicht glauben, was passiert war. »Vollkommen verrückt, aber offenbar hat sie es so glaubhaft dargestellt, dass die Polizei bei mir auftauchte. Sie haben meine Telefone und meinen Computer konfisziert und ausgewertet. Ebenso wie ihre. Natürlich ohne Ergebnis. Von da an rief sie jede Nacht bei der Polizei an und behauptete, ich hätte wieder über irgendwelche Geräte zu ihr gesprochen und damit gedroht, sie zu vergewaltigen oder sie qualvoll sterben zu lassen. Und dass sie vermute, ich wolle sie auf diese Art in den Wahnsinn treiben.

Als die Beamten ihr erklärten, für all das gäbe es keine Beweise, ist sie vollkommen ausgerastet. Sie muss so sehr getobt und randaliert haben, dass man sie in die Psychiatrie gebracht hat. Was später mit ihr passiert ist, weiß ich nicht.«

»Sie hat versucht, sich umzubringen«, ergänzte David. »Das stand zumindest in dem Bericht, den ich gelesen habe. Und dass sie danach so weggetreten war, dass man sie in die Geschlossene gesteckt hat.«

Eine Weile sagte niemand etwas, bis Jenny sich an Annika wandte. »Und? Wenn ich das richtig verstanden habe, hätte das jedem passieren können. Verdächtigst du Florian immer noch?«

»Ich verdächtige jeden«, entgegnete Annika.

Jenny sah, wie Davids Augen sich kurz zu Schlitzen verengten, während sein Blick weiterhin auf Florian gerichtet war. »Da fehlt aber noch was.«

»Was soll denn noch fehlen?«

»Ich erinnere mich, dass ich diesen Part besonders interessant fand. Die Gute hatte ein handschriftliches Testament verfasst, in dem sie dich zum Alleinerben erklärte, sofern du im Fall ihres Todes keine andere Frau oder Lebensgefährtin hast als sie.«

Jennys Magen zog sich zusammen.

David fügte hinzu: »Da würde jeder Polizist von einem ausreichenden Motiv sprechen, glaube ich.«

»Verdammte Scheiße«, stieß Florian aus und sprang auf. Sein Gesicht war puterrot. »Die war vollkommen durchgeknallt. Ich wusste nichts von einem Testament, ich habe sie ja nicht einmal gekannt. Das Einzige, was ich von ihr je gesehen habe, waren Fotos. Das hat sie sich ausgedacht, um den Verdacht gegen mich zu erhärten. Sie wollte, dass ich im Knast lande als Strafe, weil ich nicht auf sie eingegangen bin. Was soll der Scheiß? Willst du mich jetzt hier mit aller Gewalt zum Verdächtigen machen?«

»Nein, ich finde nur, wenn man eine Geschichte erzählt und dabei Dinge auslässt, die ein schlechtes Licht auf einen werfen könnten, dann darf man sich nicht wundern, wenn andere argwöhnisch werden.«

Annika sah Jenny verächtlich an. »In einem Punkt gebe ich dir recht. Dieser Irre ist kein Fremder, sondern einer von euch.« Und mit einem Blick auf Florian fügte sie hinzu: »Ich fühle mich nicht mehr sicher in eurer Nähe.«

»Aber das, was letzte Nacht mit Anna passiert ist, hat doch gezeigt, dass es nichts nutzt, wenn wir uns allein in unseren Zimmern einschließen.« Jenny versuchte, ein wenig Schärfe aus der Diskussion zu nehmen.

Matthias stand auf. »Der Unterschied ist, dass wir jetzt wissen, dass wir absolut keinem hier vertrauen können. Wir werden definitiv niemanden in unser Zimmer lassen, egal, wer es ist, und egal, was er uns erzählt.« Er wandte sich an seine Frau. »Wir gehen jetzt in die Küche und werden dafür sorgen, dass wir uns im Ernstfall verteidigen können.«

»Was soll das heißen?«, fragte Nico.

»Das soll heißen, dass meine Frau und ich uns mit Messern bewaffnen und bis zu unserer Rettung unsere eigenen Wege gehen. Und weil dieser Irre einer von euch sein muss, sollte sich ab jetzt jeder gut überlegen, näher als bis auf zehn Meter an uns heranzukommen. Los, Annika, gehen wir.«

Schweigend sahen die anderen den beiden dabei zu, wie sie das Kaminzimmer verließen. Nicht einmal von David war ein bissiger Kommentar zu hören.

Erst nach einer ganzen Weile sagte Ellen: »Wollt ihr sie einfach so gehen lassen?«

»Was sollen wir denn deiner Meinung nach dagegen tun?«, fragte David. »Sie im Kühlraum einschließen?« Damit spielte er darauf an, dass auch Ellen dafür gestimmt hatte, Timo einzusperren.

»Nein«, sagte sie kleinlaut. »Das war ein Fehler.«

Sie sah zum Eingang hinüber. »Ich frage mich, ob wir jetzt anfangen, allmählich durchzudrehen.«

David nickte und richtete seinen Blick ebenfalls auf die Tür, durch die Matthias und Annika gerade verschwunden waren. »Die Ersten hat es definitiv schon erwischt.«

26

»Und was machen wir jetzt?« Johannes sah einen nach dem anderen an.

Jenny betrachtete Annas wächsern wirkendes Gesicht. »Wir müssen Anna etwas zu trinken geben. Würde bitte jemand Wasser besorgen?«

Nico und David erhoben sich fast gleichzeitig und kehrten kurz darauf mit ein paar kleinen, noch verschlossenen Flaschen stillem Wasser zurück. »Hier, die sind aus dem Speiseraum«, erklärte Nico und reichte eine der Flaschen an Jenny. Die restlichen stellten David und er auf einem Beistelltisch ab.

Als Jenny vorsichtig ein wenig Wasser auf Annas Lippen tropfen ließ, öffnete Anna leicht den Mund.

»Also?«, sagte Johannes. »Wie geht es jetzt weiter?«

»Zumindest wir sollten zusammenbleiben«, schlug Ellen vor.

Nico machte zwei Schritte auf den Kamin zu und streckte die Hände in Richtung Feuer aus. »Ich denke auch, dass wir zusammenbleiben sollten, aber ich würde gerne wissen, wer Timo aus dem Kühlraum befreit hat. Es ist wichtig, dass wir einander vertrauen können, und der Gedanke, dass jemand etwas getan hat, was er den anderen verschweigt, ist nicht sehr angenehm.«

»Was spielt das denn für eine Rolle?«, erwiderte Florian. »Wir wollten ihn doch sowieso freilassen.«

Jenny dachte, dass Florian sich beim Thema Verschweigen zurückhalten sollte. Diese ganze Geschichte mit der Stalkerin kam ihr suspekt vor. Zumal sie tatsächlich von Florian erwartet hätte, dass er ihr so etwas erzählte. Sie nahm sich vor, ihn doch noch unter vier Augen darauf anzusprechen, weil diese Sache ihr ansonsten keine Ruhe lassen würde. Mit einem schnellen Blick stellte sie fest, dass Annas Kopf noch immer exakt in der gleichen Position lag. Ob sie noch weggetreten oder schon wieder bei Bewusstsein war, konnte sie allerdings nicht erkennen.

»Es geht nicht darum, dass wir ihn freilassen wollten«, erklärte Nico. »Es geht um das Prinzip, dass derjenige es uns sagt. Also, wer war es?« Erwartungsvoll blickte er in die Runde. »Es muss einer von uns gewesen sein, denn dass Matthias ihn rausgelassen hat, kann ich mir nicht vorstellen.«

»Und was ist mit Annika?«, fragte David.

Nico zuckte mit den Schultern. »Sie ist seine Frau.«

»Vielleicht gerade deswegen? Vielleicht stecken die beiden dahinter, um den Verdacht von sich abzulenken. Ich denke an die Sache mit dem Messerfund. Das war schon ziemlich merkwürdig, oder?«

»Wie auch immer.« Florian stand auf. »Wir sollten aus unseren Zimmern holen, was wir brauchen, und uns hier einrichten.«

»Achte darauf, Matthias nicht zu begegnen«, riet Sandra. »Irgendetwas in seinem Blick eben sagte mir, dass er seine Drohung ernst gemeint hat.«

»Ich glaube, seine Frau ist die Gefährlichere«, bemerkte Horst. »Und schlauer ist sie auch.«

»Und nicht zu vergessen«, sagte David und hob den Finger, »sie hat schon in der Klapse gesessen! Wenn man es sich recht überlegt, haben wir hier ein ganz reizendes Panoptikum beisammen.«

»Wo wir schon beim Thema Ehrlichkeit und Vertrauen sind«, sagte Florian und schien den Ausflug in sein Zimmer hinauszuzögern zu wollen. »Was ist eigentlich mit dir? Ist deine Weste wirklich so blütenweiß, wie du immer tust?«

David stieß ein bellendes Lachen aus. »Wer hat denn gesagt, dass ich eine weiße Weste habe?«

»Zumindest tust du immer so«, entgegnete Florian.

»Sagen wir es mal so. Die Flecken auf meiner Weste haben alle mit finanziellen Transaktionen zu tun, um die es ja hier nicht geht.«

»Woher willst du das wissen?«, fragte Ellen. »In Wahrheit weiß keiner von uns, worum es eigentlich geht, oder? Außer der Täter, natürlich.«

»Es geht um gar nichts«, vermutete David. »Es bedeutet lediglich, dass in einem der Köpfe, die im Moment in diesem Hotel herumgetragen werden, eine ganze Menge Sicherungen durchgebrannt sind.«

Das sah Jenny anders, aber sie scheute sich, es laut zu sagen, denn wenn der Täter wirklich unter ihnen war, brauchte er das nicht zu wissen.

Ihr war Davids Auffassung zu einfach. So, wie es sich darstellte, perfektionierte der Täter seine Methode, weil er wollte, dass sein Opfer überlebte. Das klang nicht nach Beliebigkeit.

Was ihr allerdings zu denken gab, war die Tatsache, dass es zwei Leute aus ihrem Team getroffen hatte. Lag da irgendwo das Motiv? War sie die Nächste? Oder Florian?

Florian …

»Wolltest du nicht noch ein paar Sachen aus deinem Zimmer holen?«, wandte Jenny sich an ihn. »Dann komme ich mit und mache einen Abstecher in mein Zimmer. Mir ist es lieber, wenn ich nicht allein nach oben muss.«

Florian schien darüber nachzudenken, dann aber zu dem Schluss zu kommen, dass er sich verdächtig machen würde, wenn er ablehnte. »Klar, kein Problem, komm mit.«

Gemeinsam verließen sie das Kaminzimmer.

Als sie die Lobby durchquerten, stellte Jenny fest, dass es noch immer schneite. Einen solch extremen Schneefall hatte sie bisher für unmöglich gehalten.

»Ich komme zuerst mit zu dir, okay?«, sagte sie, als sie die erste Etage erreicht hatten.

»Ja, okay.«

Begeisterung klang anders.

Jenny folgte Florian in sein Zimmer, blieb aber neben der Tür stehen und sah dabei zu, wie er im Bad verschwand. »Warum hast du mir nie von dieser Geschichte erzählt?«, rief sie ihm nach.

»Weil es nichts mit meinem Job zu tun hat«, ertönte es dumpf aus dem Bad.

»Aber es hat was mit Vertrauen zu tun. Ich dachte eigentlich, wir können einander vertrauen.«

Florian tauchte in der Tür auf. »Sag mal, ist hier die Vertrau-o-Mania ausgebrochen? Alle reden nur noch von Vertrauen.«

212

»Findest du das denn nicht wichtig?«

»Doch!«, sagte er bestimmt. »Und deshalb erwarte ich auch von dir, dass du mir vertraust und mir glaubst, wenn ich dir sage, dass ich mir damals nichts habe zuschulden kommen lassen und diese Verrückte einfach phantasiert und gelogen hat.«

Sie sahen sich in die Augen. »Ja, das tue ich«, sagte Jenny, ohne restlos überzeugt zu sein. »Ich vertraue dir.«

»Danke.« Er wandte sich um und verschwand wieder im Badezimmer. Während er dort herumkramte, schaute Jenny sich im Zimmer um, das aussah wie ein schönes, aber doch typisches Hotelzimmer. Der Sessel in der Ecke, über dem eine Jeans hing, der Fernseher an der Wand über dem kleinen Schreibtisch, auf dem eine Flasche Wasser stand und eine Uhr und ein Armband lagen, der Nachttisch ...

Obwohl Jenny noch überlegte, was das schwarze Ding auf dem Schreibtisch sein konnte, wusste sie in einer Ecke ihres Verstandes ganz klar, worum es sich handelte. Und doch wehrte sich alles in ihr, es zu akzeptieren.

Während sie langsam darauf zuging, starrte sie darauf, als sei sie hypnotisiert. Das durfte nicht sein. Und wenn es doch tatsächlich das war, was sie befürchtete, dann *musste* es dafür eine andere Erklärung geben als die offensichtliche. Denn wenn es die nicht gab ... Sie wollte gar nicht weiterdenken.

Jenny erreichte den Schreibtisch und sah ihrer Hand dabei zu, wie sie nach dem Ding griff, es hochhob und nach allen Seiten drehte. Nein, es gab keinen Zweifel an dem, was das war. Nicht den geringsten. Sie seufzte verzweifelt auf.

Was resultierte aus dieser Entdeckung? Welche logischen Schlussfolgerungen ließ dieses Ding zu?

»Was tust du da?«, fragte Florian plötzlich hinter ihr. Sie zuckte zusammen, und als sie sich zu ihm umwandte, sah er, was sie in der Hand hielt. Und die Art, wie sich sein Gesichtsausdruck veränderte, machte ihr so große Angst, dass der Drang, aus dem Zimmer und nach unten zu den anderen zu rennen, in ihr fast übermächtig wurde.

Zeitlupenartig hob sich die Hand und hielt Florian das Ding entgegen. Stumm darum bittend, dass er eine plausible, *harmlose* Erklärung dafür hatte, und dabei doch wissend, dass es die kaum geben konnte.

Sie starrte Florian an, Florian starrte das Ding an. So standen sie eine gefühlte Ewigkeit da.

»Was ist das?«, fragte sie schließlich und wunderte sich darüber, wie brüchig ihre Stimme klang. »Gehört das dir?«

Hatte er Tränen in den Augen? Sollte es wirklich wahr sein, dass …

»Das ist die Scheide von meinem Messer.«

»Dein Messer?« Sie flüsterte fast. »Wo ist es?«

Er antwortete nicht. »Ist es dein Messer, das Matthias in diesem Raum gefunden hat? Das mit dem getrockneten Blut auf der Klinge?«

Florian senkte den Kopf und sagte: »Ja.«

Unwillkürlich machte Jenny einen Schritt zur Seite und stand damit so dicht an der Tür, dass sie im Notfall hinauslaufen konnte, bevor Florian sie erreichte. Gleichzeitig fragte sie sich, ob sie ernsthaft in Betracht zog, dass Florian …

»Ich habe es nicht gesagt, weil kein Mensch mir geglaubt hätte, dass es mir gestohlen worden ist.«

»Wann?«

»Was?«

»Wann hat man es dir … gestohlen?« Sie schob sich noch ein Stück näher zur Tür, bis sie mit dem Ellbogen den Rahmen berührte. Florian beobachtete sie. »Hast du Angst vor mir? Ernsthaft?«

»Wann hat man dir das Messer gestohlen?«

»Ich weiß es nicht. Ich habe es bemerkt, als Matthias damit ankam. Erst dachte ich, ich muss mich getäuscht haben, aber dann habe ich festgestellt, dass es wirklich weg ist. Jenny … denkst du, ich hätte die Scheide hier so achtlos liegen lassen, wenn ich wirklich mit diesem Messer Thomas … Bitte sag, dass du das nicht wirklich glaubst.« Es klang flehend.

»Ich weiß nicht mehr, was ich noch glauben soll«, gestand Jenny wahrheitsgemäß. »Und ich verstehe dich wirklich nicht. Gerade, um zu verhindern, dass man dich für den Täter hält, hättest du sofort zugeben müssen, dass es dein Messer ist.«

»Und dann? Was wäre dann wohl geschehen? Timo ist eingesperrt worden, nur weil er in diesem Raum war. Was denkst du, hätten sie mit mir gemacht, wenn sie erfahren hätten, dass das mein Messer ist?«

»Florian, du hast dafür gestimmt und dabei geholfen, Timo einzusperren. Wie konntest du das nur tun, obwohl du wusstest …?«

»Obwohl ich was wusste?«, unterbrach er sie aufgeregt. »Dass er unschuldig ist? Woher soll ich das wissen? Woher willst du wissen, dass nicht er es war, der mein Messer geklaut hat?«

215

»Denkst du, dann hätte er sich einsperren lassen, ohne dafür zu sorgen, dass die anderen davon erfahren?«

Er senkte den Kopf. »Was hast du jetzt vor?«

Darüber musste sie nicht lange nachdenken.

»Ich werde es den anderen sagen.«

»Das kannst du nicht tun. Jenny, du hast doch gehört, wie sie eben auf diese alte Geschichte reagiert haben. Was denkst du, werden sie tun, wenn du ihnen das jetzt sagst?«

»Und warum haben sie so reagiert? Weil du auch dabei wichtige Fakten verschwiegen hast. Was soll ich denken? Was würdest du an meiner Stelle denken?«

»Ich würde meinem Mitarbeiter, mit dem ich seit einein-halb Jahren eng zusammenarbeite, vertrauen.«

»So wie du mir, indem du mir diese ganze Geschichte verheimlicht hast?«

»Das war doch etwas anderes. Jenny, bitte, ich habe nichts damit zu tun. Ich würde doch niemals Thomas oder Anna so etwas antun. Sag es ihnen nicht, okay?«

Eine Weile hielt sie seinem flehentlichen Blick stand, dann wandte sie sich ab und sagte im Hinausgehen: »Tut mir leid.«

27

Sie wacht auf, was sie daran bemerkt, dass sie bewusst etwas wahrnimmt. Es bleibt dunkel, es bleibt drückend still. Sie bleibt isoliert.

Verblüffend schnell registriert sie, in welcher Situation sie sich befindet. Gleichzeitig ist da wieder der Drang zu schreien, aber sie weiß, dass der Denkzettel, den sie dafür bekommen wird, sie wieder in die Tiefe reißt.

Nein, kein Versuch mehr zu schreien. Nachdenken. Sie muss nachdenken. Darüber, wie sie sich bemerkbar, wie sie sich verständlich machen kann. Das Monster ist wahrscheinlich mit ihr und allen anderen zusammen in einem Zimmer. Zumindest geht sie davon aus, dass nun, nachdem die anderen sie gefunden haben, niemandem mehr danach zumute sein wird, allein zu bleiben. Das bedeutet aber, sie ist weiterhin in Gefahr und alle anderen auch. Sie weiß als Einzige, wer ihr das angetan hat. Sie hat die Stimme gehört und ist sich mittlerweile sicher, dass sie sich nicht geirrt hat. Auch wenn das unfassbar ist.

Nun muss sie einen Weg finden, den anderen mitzuteilen, wer das Monster ist.

Sie geht gedanklich ihre Möglichkeiten durch.

Deine Nicht-Möglichkeiten, *korrigiert die neue Stimme in ihr sie amüsiert, womit sie recht hat.*

Anna kann weder sprechen noch Handzeichen geben noch mit

217

den Augen blinzeln. *Das Einzige, wozu sie imstande ist, ist das Bewegen ihres Kopfes. Wie kann sie durch Verändern der Kopfposition kommunizieren? Ohne den anderen erklären zu können, was sie vorhat? Und ohne zu sehen oder zu hören, ob die anderen verstanden haben, was sie versucht. Ob überhaupt jemand außer ihr im Raum ist und ihre Bemühungen bemerkt.*

Welche Bemühungen denn?, *bohrt die neue Stimme nach.* Was willst du denn mit deinem Kopf machen? Zucken? Und dann?

Ja, und dann? Nichts dann. Sie hat keine Chance. Und diese Höllenschmerzen. Hören die denn nie auf? Vielleicht wäre es wirklich am besten, wenn sie wie Thomas einfach stirbt.

Nein, verdammt, *sagt die vertraute Stimme.* Es muss einen Weg geben, es gibt immer einen Weg. Sie spürt, dass die Stimme recht hat, *also denkt sie weiter nach.*

Und normalerweise würde sie dabei die Augen schließen. Aber das ist jetzt nicht mehr möglich.

28

Außer Nico und Horst waren alle im Kaminzimmer, die auch zuvor dort gewesen waren.

Sandra, die neben Anna auf dem Boden kniete und ihre Hand auf Annas Wange gelegt hatte, sah auf und fragte Jenny: »Wolltest du nicht etwas aus deinem Zimmer holen?«

»Ja«, entgegnete Jenny knapp. »Eigentlich. Ich muss euch was sagen.« Sie wandte sich um, aber Florian war nicht zu sehen. Er war ihr nicht gefolgt, als sie sein Zimmer verlassen hatte. Vielleicht war er jetzt ebenso verschwunden wie Timo. – Und aus dem gleichen Grund: weil er befürchten musste, von den anderen eingesperrt zu werden. Oder Schlimmeres.

War sie schuld daran?

Nein, so durfte sie nicht denken. Sie musste es den anderen sagen. Wenn Florian tatsächlich etwas mit diesen grauenhaften Verstümmelungen an Thomas und Anna zu tun hatte – was sie einfach nicht glauben konnte – und sie es den anderen verschwieg, trug sie zumindest eine Mitschuld, falls noch mehr geschehen sollte.

»Ich habe …«

Horst betrat den Raum, über seiner Schulter hing eine braune Tasche. Jenny wartete, bis er sich gesetzt hatte, bevor sie erneut begann.

»Ich habe gerade in Florians Zimmer eine Entdeckung gemacht, von der ich euch erzählen muss.« Sie schluckte gegen das plötzliche Kratzen im Hals an. »Allerdings möchte ich, dass ihr zuvor etwas wisst: Ich bin nach wie vor davon überzeugt, dass er nichts mit dieser Sache zu tun hat.«

»Nun mach es nicht so spannend«, sagte David.

»Auf Florians Nachttisch lag eine Messerscheide. Eine *leere* Messerscheide. Sie gehört zu seinem Messer, das ihm gestohlen wurde.«

»Lass mich raten: Das ist das Messer, das unser lieber Matthias gefunden hat, stimmt's?«

Jenny sah David ernst an. »Ja, das ist es.«

»Was?«, stöhnte Ellen auf. »Florian? Aber … warum hat er uns das nicht gesagt?«

»Weil er Angst hatte, für den Täter gehalten zu werden. Wenn man bedenkt, was einige von euch mit Timo gemacht haben, kann man es ihm ja auch nicht übelnehmen.«

»Da machst du einen kleinen Denkfehler, liebe Jenny«, sagte David im Plauderton. »Als das Messer auftauchte und er erkannte, dass es seines ist, aber nichts sagte, hatte noch niemand etwas mit Timo getan. Erst, als du erzählt hast, dass du ihn gesehen hast, wurde Timo eingesperrt. Also konnte das nicht der Grund für Florians Schweigen gewesen sein.«

Johannes schüttelte den Kopf. »Das wird ja immer verrückter. Aber das heißt doch, Florian …«

»Das heißt«, fiel Jenny ihm ins Wort, »dass das blutige Messer, das Matthias gefunden hat, Florian gehört und dass es ihm gestohlen wurde. Nichts anderes heißt es.«

»Aber von wem wurde es gestohlen?«

»Ich schätze mal von dem Wahnsinnigen, der damit Thomas' Zunge herausgeschnitten hat«, antwortete Sandra an Jennys Stelle und erhob sich. »Und das kann letztendlich jeder von uns gewesen sein.«

David sah demonstrativ zur Tür. »Und wo ist Florian jetzt?«

Jenny zuckte mit den Schultern. »Ich weiß es nicht. Er ist in seinem Zimmer geblieben, als ich zu euch gekommen bin. Er befürchtete … ihr wisst schon.«

»Dann verwette ich meinen knackigen Hintern darauf, dass er mittlerweile irgendwo in den hintersten Winkeln dieses Gebäudes verschwunden ist.«

»Da hast du leider verloren.« Alle wandten sich dem Eingang des Zimmers zu, in dem Florian mit hängenden Schultern stand.

»Es tut mir leid, dass ich euch das verschwiegen habe, aber vielleicht könnt ihr mich ein kleines bisschen verstehen.«

Als niemand darauf antwortete, kam er herein und blieb neben einem leeren Sessel stehen. »Das Messer lag auf meinem Nachttisch, seit wir angekommen sind. Ich weiß nicht, wann es gestohlen wurde, weil ich nicht mehr daran gedacht habe.«

»Aber wie konnte jemand einfach in dein Zimmer gelangen und es an sich nehmen?«, hakte Johannes nach.

»Keine Ahnung! Vielleicht habe ich die Tür mal offen gelassen?«

»Das ist ziemlich unwahrscheinlich«, erklärte Horst. »Die Türen fallen automatisch ins Schloss, wenn man sie loslässt, und können nur mit dem Zimmerschlüssel geöffnet werden.«

»Was ist mit den Kartenlesegeräten, die an den Türen angebracht sind?«

»Die funktionieren noch nicht. Die werden erst aktiviert, wenn alle Türen und Schlösser erneuert und die Computer installiert sind.«

Johannes hob die Hände. »Das heißt also, der Dieb muss einen Schlüssel gehabt haben.«

Alle Blicke richteten sich auf Horst, der den Kopf schüttelte. »Nun fangt nicht schon wieder mit Timo und mir an. Natürlich haben wir einen Zweitschlüssel, mit dem wir in Florians Zimmer gekommen wären, aber ebenso gut kann sich jemand Florians Schlüssel genommen haben.«

»Es gibt noch eine dritte Möglichkeit.« David sah Florian eindringlich an. »Und zwar, dass das Messer gar nicht gestohlen wurde.«

»Natürlich ist es geklaut worden«, widersprach Florian lautstark. »Denkt doch mal nach, verdammt. Warum sollte ich mit *meinem* Messer so etwas Schreckliches tun und es dann so platzieren, dass es bei der ersten Suchaktion gefunden werden *muss*? Das ist doch völlig bescheuert.«

»Das Problem ist, dass jemand, der Menschen so etwas antut, in anderen Kategorien denkt als wir, und dass Dinge, die uns unlogisch erscheinen, für ihn ihre eigene Logik haben«, entgegnete David und machte eine Pause, als wolle er Florian die Möglichkeit geben, etwas zu erwidern. »Dieser Typ ist ein Irrer, also wird er auch wie ein Irrer denken«, fuhr er fort, als Florian nicht reagierte.

»Das sehe ich etwas anders«, warf Sandra ein. »Wer immer das war, gehört sehr wahrscheinlich zu den Leuten, mit denen wir hier seit unserer Ankunft zusammen sind. Er ist also einer von uns. Und bisher hat er es hervorragend verstanden, sich so zu verhalten, dass er nicht aufgeflogen ist. Heißt das nicht, dass er sehr wohl intelligent und in der Lage ist, logisch zu denken und folgerichtig zu handeln?«

Darauf wusste offensichtlich niemand eine Antwort.

Jenny ging zu Anna und beugte sich zu ihr hinunter. Ihr Kopf bewegte sich kurz, als Jenny ihr die Hand auf die Stirn legte, die sich noch immer kühl anfühlte.

Sie überlegte, wie lange es her war, dass sie Anna die Tropfen gegen die Schmerzen gegeben hatte, und griff nach dem kleinen Fläschchen. Sie mochte sich gar nicht vorstellen, wie sehr Anna an ihren Verletzungen litt.

»Was habt ihr jetzt vor?«, fragte Florian kleinlaut. »Mit mir, meine ich.«

»Was sollen wir mit dir vorhaben?«, fragte Nico, der in diesem Moment den Raum betrat.

Als keiner Anstalten machte, es ihm zu erklären, erhob sich Jenny – nach einem Blick auf Annas Gesicht – und berichtete ihm von ihrer Entdeckung und dem bisherigen Gespräch.

Als sie fertig war, schürzte Nico die Lippen und sah Florian eine Weile nachdenklich an.

»Meiner Meinung nach haben wir keine andere Wahl, als zusammenzubleiben und aufeinander aufzupassen. Nur der Täter weiß, was wirklich geschehen ist. Es genügt völlig, dass wir bereits jetzt in drei Lager gespalten sind, finde ich.«

»Ganz meine Meinung«, bestätigte Johannes.

Auch David nickte. »Mir ist zwar nicht sehr wohl dabei, aber ich sehe auch keine andere Möglichkeit. Es genügt schon, dass wir darauf achten müssen, nicht von Timo oder dem Dorf-Sheriff Matthias und seiner ultrasportlichen Lady überfallen zu werden, da müssen wir uns nicht durch weitere Unstimmigkeiten noch zusätzlich schwächen.«

»Timo wird uns nicht überfallen«, erklärte Horst. »Im Übrigen bin ich aber eurer Meinung.«

»Du kommst dir wohl immer noch besonders schlau vor, du Großkotz, was?« Matthias stand plötzlich in der Zimmertür, in der rechten Hand ein großes Tranchiermesser, in der linken ein Fleischerbeil. Es hätte komisch gewirkt, wäre da nicht dieser seltsame Ausdruck in seinen Augen gewesen.

»Sieh an, du traust dich in die Höhle der Bösen?«, spottete David.

»Wie du siehst, bin ich für alle Fälle gerüstet, Arschloch. Wir haben draußen gestanden und gehört, was Jenny Nico gerade erzählt hat, und müssen wieder einmal feststellen, wie bescheuert ihr seid. Wir wissen jetzt, dass es Florians Messer war, das wir gefunden haben. Blutverschmiert. Und ihr überlegt noch? Ich fasse es nicht. Wie viele Beweise braucht ihr denn noch?«

»*Ihr* habt draußen gestanden und uns belauscht?«, hakte David nach. »Und wo ist deine Frau? Beim Training?«

»Moment mal«, sagte Nico. »Warst du nicht felsenfest davon überzeugt, dass Timo der Täter ist? Und jetzt?«

»Der Beweis mit dem Messer ist ja wohl mehr als eindeutig«, wich Matthias aus.

David schüttelte den Kopf, als sei er fassungslos. »Hundertfünfzig Millionen Spermien, und *du* hast gewonnen?«

»Ich an eurer Stelle würde mich jedenfalls von dem Kerl fernhalten.« Matthias ignorierte David und starrte Florian mit hochrotem Kopf an.

»Dann tu es.« David deutete an Matthias vorbei in Richtung Lobby. »Lauf, Forrest, lauf.«

In Matthias' Blick loderte der blanke Hass, als er ausstieß: »Fast wünsche ich mir, dass *du* dieser Irre bist und mir zu nahe kommst.«

Davids Gesicht verdunkelte sich so schnell, als wäre ein Schalter umgelegt worden. »Überleg dir gut, was du dir wünschst, kleiner Matthias. Manchmal werden Wünsche ja wahr.«

Die Stille, die für einen Moment eintrat, als die Blicke der beiden sich ineinander verkeilten, war fast greifbar. Dann wandte Matthias sich mit einer theatralischen Geste ab und war im nächsten Moment verschwunden.

»Das was sehr provokativ«, bemerkte Jenny. »Ich finde, wir sollten uns zusammenreißen. Gerade weil die Situation so extrem ist und schnell die letzten Tabus fallen. Aber wenn wir dem nachgeben, machen wir alles nur noch schlimmer.«

Sie hatte es schon wieder getan. Ein weiteres Mal hatte sie anderen oberlehrerhaft erklärt, wie sie sich verhalten sollten.

»Sorry, aber wie dieser Mensch sich benimmt, das geht einfach nicht. Wenn ich darauf nicht reagieren und ein bisschen Dampf ablassen würde, ginge ich ihm wahrscheinlich irgendwann an die Gurgel.«

»Das könntest du?«, fragte Ellen. »Neigst du zu Gewalttätigkeiten?«

»Keine Angst, dir würde ich höchstens einen Klaps auf den Po geben«, erwiderte David.

»O Gott!«, sagte Sandra und verdrehte die Augen. »Du lässt aber auch keine Gelegenheit für einen dummen Spruch aus, oder? Wobei, der war nicht nur dumm, der war sexistisch und wirklich dämlich.«

David nickte. »Ja, da hast du wohl recht, und ich entschuldige mich auch dafür. Aber nur unter der Bedingung, dass alle versprechen, keine dämlichen Sprüche mehr zu machen.« Und mit einem Blick auf Horst fügte er hinzu: »Und dass derjenige von uns, der Timo als Erster trifft, ihm verrät, dass Matthias und seine Frau jetzt allein in ihrem Zimmer hocken.«

»Ich muss euch mal etwas fragen.« Johannes lenkte die Aufmerksamkeit geschickt auf sich. »Ich habe mir Gedanken gemacht. Zum Beispiel darüber, dass irgendjemand ganz richtig bemerkte, dass es für eine einzelne Person ziemlich schwierig gewesen sein muss, Thomas' schweren, schlaffen Körper von A nach B zu schaffen. Das sehe ich auch so. Dann habe ich mir wieder und wieder die Situation vor Augen geführt, als Matthias das Messer gefunden hat ... und es stimmt. Ich habe das Messer erst gesehen, als er es mir entgegengehalten hat. Dass es vorher auf dem Tisch gelegen hat, kann ich also nicht bestätigen. Dann dieses seltsame Verhalten von Matthias und Annika. Sie haben sich von uns abgesondert, weil sie uns angeblich misstrauen, aber ganz ehrlich ... Bin ich eigentlich der Einzige, der ernsthaft in Betracht zieht, dass die beiden diese furchtbaren Dinge gemeinsam gemacht haben?«

226

29

Diese Gedanken hatte Jenny auch schon gehabt, sie allerdings gleich wieder verworfen, so wie sie jede Überlegung verwarf, mit der sie jemanden verdächtigte. Auch, was Florian betraf.

Ihre Angst, einen der anderen zu Unrecht einer so unfassbar schrecklichen Tat zu beschuldigen, war viel zu groß, als dass sie einen Verdacht laut aussprechen würde.

Aber der Gedanke war da gewesen.

»Ich finde, Matthias ist ein Vollidiot, dem ich mit Wonne gern einfach mal eins in die Fresse hauen würde«, sagte David. »Zudem ist er eine Marionette seiner Frau, aber … ich kann mir nicht helfen, das traue ich ihm nicht zu. Dazu hat er nicht die Eier in der Hose.«

»Ich denke, sein Benehmen hat damit zu tun, dass ihn diese Situation vollkommen überfordert und im Hintergrund seine Frau ihm jeden Schritt souffliert«, sagte Jenny.

Nico lachte kurz auf.

»Was glaubst du denn?«, wollte Sandra wissen, woraufhin Nico den Kopf hin und her wiegte. »Ich gehe nach dem Ausschlussverfahren vor, und dabei stelle ich fest, dass ich mir zwar bei niemandem aus unserer Gruppe – und das betrifft alle – wirklich vorstellen kann, dass er zu dem fähig ist, was Thomas und Anna angetan worden ist, aber in dem

Bewusstsein, dass es zweifellos einer von uns gewesen sein *muss*, halte ich tatsächlich Matthias am ehesten dazu für fähig. Allein oder mit Annika.«

»Ist denn die Möglichkeit, dass sich ein oder mehrere Fremde hier irgendwo versteckt halten, für euch vom Tisch?« Ellen wandte sich mit dieser Frage an alle.

»Möglich ist das schon«, erwiderte Nico. »Aber wenn das so wäre, dann müssten diese Fremden sich gut im Hotel auskennen, so unsichtbar, wie sie sind.«

Daraufhin schwiegen alle und starrten nachdenklich vor sich hin. Jenny ließ ihren Blick durch den Raum schweifen.

Nico, der auf der Armlehne eines Sessels saß und in den Kamin schaute, in dem der Holzscheit fast heruntergebrannt war, hatte einiges von seiner unbekümmerten Art verloren. Doch für ihn würde Jenny ihre Hand ins Feuer legen. Sosehr konnte kein Mensch sich verstellen, da war sie sicher.

Horst hatte einen Ellbogen auf der Lehne seines Sessels abgestützt und knetete mit Daumen und Zeigefinger seine Unterlippe, während sein Blick gegen die Wand gerichtet war.

Florian hatte sich an den äußeren Rand des Sofas gesetzt, als gehöre er nicht mehr dazu, und sah so aus, als würde er jeden Moment losheulen. In den vergangenen Tagen hatte sie feststellen müssen, dass sie ihn längst nicht so gut kannte, wie sie gedacht hatte. Sie fragte sich, ob er noch mehr Geheimnisse mit sich herumtrug.

Ellen hatte das Gesicht in ihren Händen vergraben. Hier und da zuckten ihre Schultern, als würde sie weinen. Sie hatte sich ihren ersten Einsatz im neuen Job wohl auch anders vorgestellt. Manchmal wunderte Jenny sich über Ellens Naivität. Von einer jungen Frau mit ihrer exzellenten Ausbildung hätte sie sich anderes erwartet.

Ihre Überlegungen wurden von Sandra gestört, die aufstand und zu Anna hinüberging. Neben der Matratze ließ sie sich auf die Knie sinken und legte ihre Hand auf Annas Stirn, zog sie aber gleich wieder zurück und prüfte mit zwei Fingern den Puls an Annas Hals.

Sofort beschleunigte sich Jennys Herzschlag. »Was ist? Alles okay mit ihr?«

Sandra starrte ein paar Sekunden lang regungslos auf den Boden, dann nickte sie. »Sofern man in ihrem Zustand von okay reden kann, ja. Ihr Puls ist regelmäßig.«

Halbwegs beruhigt nickte Jenny ihr zu und beobachtete sie dabei, wie sie sich wieder erhob, aber nicht zurück zu ihrem Sessel ging, sondern sich neben Johannes setzte, der sich den Platz am entgegengesetzten Ende des Sofas, möglichst weit weg von Florian, ausgesucht hatte.

»Ist alles okay?«, fragte Sandra. Johannes antwortete jedoch so leise, dass Jenny ihn nicht verstehen konnte, zumal er sich ein Stück weit zu Sandra vorgebeugt hatte.

Während sie sich unterhielten, versuchte Jenny, in ihren Gesichtern zu lesen, was ihr aber nicht gelang.

»Ich sehe mal nach dem Wetter.« Nico riss Jenny aus ihren Gedanken.

»Es schneit, was denn sonst?«, sagte Ellen mit weinerlicher Stimme. »Man könnte denken, es hört überhaupt nicht mehr auf.«

»Ich werfe mal einen Blick aus einem Fenster in der ersten Etage und schaue nach, wie der Himmel aussieht. Vielleicht ist ja ein Ende in Sicht.«

»Du willst allein da hochgehen?«, fragte Ellen in einem Ton, als zweifle sie ernsthaft an Nicos Verstand.

»Vergiss nicht, dass Häuptling Hackebeil da oben auf dem Kriegspfad ist«, warnte auch David ihn.

Nico winkte ab. »Ich komme schon klar. Ich denke, Matthias hat einfach nur Angst. Ich werde mich ihm nicht nähern.«

Er hatte den Raum kaum verlassen, als auch Horst sich aus seinem Sessel hochstemmte. »Es nützt nichts, ich sollte nach der Heizung sehen. Ein Ausgleichsbehälter ist nicht in Ordnung, und ich muss mich darum kümmern, damit uns nicht die ganze Anlage um die Ohren fliegt.«

»Ich dachte, wir wollten zusammenbleiben«, beschwerte sich Ellen mit dünner Stimme. »Was, wenn einer von euch nicht zurückkommt? Sollen wir dann wieder eine Suchaktion starten? Ohne mich, ich mache das nicht noch mal mit. Ich habe keine Lust, diesem Irren in die Arme zu laufen.«

Erneut zuckte Horst mit den Schultern. »Ich muss die Anlage kontrollieren, ob es mir gefällt oder nicht. Aber Matthias hält sich ja in seinem Zimmer auf, und vor Timo habe ich keine Angst. Niemand muss vor ihm Angst haben. Er ist nur auf der Flucht vor den Leuten, die ihn zu Unrecht eingesperrt haben.« Dabei sah er unentwegt Ellen an, die den Blick beschämt senkte.

»Ist es okay für dich, wenn ich mitkomme?«, fragte Florian und erhob sich von seinem Platz. »Ich muss mal ein bisschen hier raus.«

Horst zögerte, nickte dann aber. »Du solltest es nicht in den falschen Hals bekommen, aber dann möchte ich, dass noch jemand mitgeht.«

»Du glaubst also tatsächlich, dass ich das war?«

»Ich glaube, dass es jeder gewesen sein kann. Und wenn du es nicht warst, kannst du nicht wissen, ob ich vielleicht dieser Irre bin. Es ist also für uns beide sicherer, wenn noch eine dritte Person dabei ist.«

»Ich begleite euch«, sagte Jenny, in der Hoffnung, dass sich vielleicht eine Gelegenheit ergab, mit Florian zu reden, während Horst sich um die Heizung kümmerte. Florian war offensichtlich nicht begeistert von der Idee, äußerte sich aber nicht, als Horst erwiderte: »Von mir aus, also, gehen wir.«

»Mal eine Frage am Rande«, sagte David, als sie gerade Anstalten machten, den Raum zu verlassen. »Wie sieht es denn mit Essen aus?«

Ellen schüttelte den Kopf. »Wie kannst du in dieser Situation an Essen denken?«

»Irgendwann müssen wir ja mal wieder etwas zu uns nehmen. Und dir wird es vielleicht auch ganz guttun, wenn du ein wenig Ablenkung hast. Du hast doch bisher mit Nico zusammen gekocht. Was hältst du davon, wenn wir beide was zusammenstellen? Wenigstens ein paar Brote.«

»Davon halte ich überhaupt nichts. Wenn ich nur an Essen denke, wird mir schon schlecht.«

David sah zu Sandra und Johannes hinüber, die noch immer in ihr Gespräch vertieft waren. Sandra hatte eine Hand auf Johannes' Unterarm gelegt und wirkte entspannt.

»Sandra? Johannes?«

Beide sahen ihn fragend an.

»Was sagt ihr zum Thema Essen?«

»Ich glaube, ich kriege keinen Bissen runter«, entgegnete Sandra, und auch Johannes schüttelte den Kopf. »Im Moment nicht.«

Nico kam zurück ins Kaminzimmer und blieb neben dem Eingang stehen. »Viel habe ich zwar nicht gesehen, aber es könnte sein, dass der Himmel aufklart. Außerdem fliegen da oben ziemlich die Fetzen. Im Zimmer von Matthias und Annika war es so laut, dass ich Annika bis auf den Flur hören konnte.«

»Und worum ging es?«, wollte David wissen.

»Das weiß ich nicht, es war einfach nur laut.«

»Wollen wir mal los?«, fragte Horst, an Florian und Jenny gewandt. Sie nickten und verließen mit ihm das Zimmer. Jenny ging hinter dem Hausmeister und vor Florian und stellte fest, dass sie sich unwohl dabei fühlte, ihren Mitarbeiter im Rücken zu haben.

Sie erreichten die Treppe und stiegen wortlos hinab, liefen den Gang mit den Heizungsrohren entlang und erreichten schließlich eine Stahltür, hinter der ein gedämpftes Rauschen zu hören war, das zu einem Dröhnen wurde, als Horst die Tür öffnete. Er wandte sich zu ihnen um. »Ich brauche etwa fünf Minuten. Vielleicht wartet ihr lieber hier? Ist ziemlich laut da drin.«

»Ja, das machen wir«, entgegnete Jenny schnell. Das war die Gelegenheit, noch mal mit Florian zu reden.

Als die Tür hinter Horst ins Schloss fiel, zögerte sie nicht lange.

»Ich glaube dir, dass dein Messer gestohlen worden ist.« Sie sah Florian dabei fest in die Augen. »Und ich hoffe, du verstehst, dass ich es den anderen trotzdem sagen musste.«

»Nein, das verstehe ich nicht«, antwortete er eisig.

»Wenn du mir wirklich glauben würdest, hättest du geschwiegen. Es würde für die anderen nämlich keinen Unterschied machen, ob sie das nun wissen oder nicht. Es war einfach völlig unnötig, dass du mich in diese Situation gebracht hast.«

Jenny schüttelte vehement den Kopf. »Das stimmt nicht, Florian. Nicht ich habe dich in diese Situation gebracht, sondern du selbst hast das getan. Außerdem mussten die anderen es wissen, allein schon deshalb, weil alle darüber nachdenken müssen, wer dir dein Messer wann und wie gestohlen hat. Vielleicht bringt uns das auf den wahren Täter.«

»Nein, verdammt. Ich glaube, du hast es den anderen gesagt, weil das für dich eine willkommene Gelegenheit war, allen mal wieder zu zeigen, dass du die überkorrekte Chefin bist, die nicht die kleinste Pflichtverletzung ihrer Mitarbeiter duldet.«

Jenny war so überrascht, dass sie nach Worten suchte. »So siehst du mich?«

Florian stieß einen zischenden Laut aus. »Nun tu doch nicht so. In der Firma wissen alle, dass du dich hochgedient hast, indem du dem Fuchs jede kleine Verfehlung gesteckt hast. Denkst du vielleicht, das hätte keiner bemerkt?«

»Aber ich …«, stammelte Jenny vollkommen überrumpelt und ärgerte sich, als sie spürte, dass ihr Tränen über die Wangen liefen. »Ich dachte immer, wir kommen wirklich gut miteinander aus.« Sogar ihre Stimme klang weinerlich. »Habe ich mich so sehr getäuscht? Sehen Thomas und Anna das auch so?«

Florian setzte an, etwas zu sagen, schwieg aber, als er ihre

233

nassen Wangen sah, und senkte den Blick. Jenny drängte ihn nicht, sondern ließ ihm die Zeit, die er offensichtlich zum Nachdenken brauchte.

»Ich könnte jetzt ja sagen, denn sie können sich nicht mehr dazu äußern, aber … das wäre gelogen. Nein, sie mögen dich beide. *Haben* dich beide gemocht. Und ich … ach Scheiße, es tut mir leid. Ich weiß selbst, dass du hart gearbeitet hast, um dahin zu kommen, wo du bist. Ich war nur so sauer, dass du das mit dem Messer …« Er sah sie wieder an. »Tut mir leid.«

In diesem Moment wurde die Tür geöffnet, und Horst kam aus dem Heizungskeller. »Fertig«, sagte er und wischte sich die Hände an einem grauen Lappen ab. »Jetzt ist wieder für eine Weile Ruhe.«

Er sollte sich täuschen.

30

Sie hat nie zuvor darüber nachgedacht, wie sehr das Zeitgefühl von Sinneseindrücken abhängig ist. Warum auch? Wenn man sehen und hören kann, gibt es keinen Grund, sich über solche Dinge Gedanken zu machen.

Nun liegt sie hier und weiß nicht, ob es hell oder dunkel, Mittag, Abend oder Nacht ist. Nicht, dass das für sie noch von Bedeutung wäre, aber es ist ihr ja nichts mehr geblieben außer ihren Gedanken. Und bevor sie zulässt, dass ihr Verstand an der sich wieder und wieder stellenden Frage zerbricht, wie ihr Leben in Zukunft aussehen wird, denkt sie lieber über die Zeit nach. Oder die Schmerzen.

Sie sind entweder etwas erträglicher geworden, oder es tritt ein Gewöhnungseffekt ein, so, wie man nach einer Weile sogar den schlimmsten Gestank nicht mehr wahrnimmt, weil die Nase sich offenbar daran gewöhnt hat. Gewöhnt hat sie sich an diese glühenden Pfeile allerdings nicht, die ihr immer wieder durch den Kopf schießen. Sie sind mittlerweile eher boshafte Bekannte geworden, die regelmäßig vorbeischauen und die sie erträgt, weil sie sie ertragen muss. Nur hier und da wird sie von ihnen noch in die Dunkelheit gerissen.

Und da ist sie auch schon wieder, die Frage aller Fragen, auf die sich ihr Dasein letztendlich reduziert hat: Ist das nun ihr zukünftiges Leben? Dazuliegen, ohne zu wissen, wo sie ist, ob jemand bei ihr ist, ohne sich bemerkbar machen zu können? Eingeschlossen in einem verkrüppelten, nutzlosen Körper?

Aber schlimmer noch als alles andere ist die Gewissheit, dass sie selbst nichts dagegen tun kann. Dass sie nicht einmal imstande ist, dieses unwürdige Dahinvegetieren zu beenden.

Du könntest versuchen, deine Zunge zu verschlucken, *meldet sich die neue Stimme zum ersten Mal seit langem bei ihr, und obwohl es nur eine gedachte Stimme ist, hört sie die Verschlagenheit darin.*

Das ist wahrscheinlich gar nicht so schwierig, wie man denkt. Und es ist effektiv. Wenn die Zunge erst einmal im Hals steckt, kannst du sie nicht einmal mit deinen Fingern greifen und wieder herausziehen. Hat also doch was Gutes, eine gelähmte und blinde Taubstumme zu sein.

Oder du freust dich einfach, dass du jetzt deine Ruhe hast, und lässt es dir hier drinnen gutgehen und da draußen andere für dich sorgen. Manch einer würde dich beneiden.

Ist das vielleicht tatsächlich die Stimme des Wahnsinns, der sich in ihre Gedanken schleicht? Andererseits … hat sie nicht recht?

Nein. Sie muss weg. Von dieser Stimme und von diesen Gedanken.

Kommunikation! Das ist das Zauberwort. Sie würde jetzt so intensiv darüber nachgrübeln, wie sie sich den anderen mitteilen könnte, dass sie diese Stimme nicht mehr hören würde. Genau.

Aber was kann sie tun, nur mit ihrem Kopf?

Ein Schema! Sie braucht ein Schema, das die anderen erkennen würden, wenn sie es oft genug wiederholt. Vor Aufregung bewegt sie den Kopf ein kleines Stück, was eine Explosion in ihrem Nervensystem auslöst.

Sie darf sich diesen Schmerzen nicht ergeben. Ignorieren, einfach ignorieren. Wo ist sie gerade gewesen?

Gott, tut das weh.

Schema, genau. Sie braucht ein Schema, das die anderen erkennen. Sie hat mal einen Film gesehen, da haben sie den Morsecode benutzt. Sie könnte versuchen, mit dem Kopf Morsezeichen zu geben.

Das könntest du, wenn du den Morsecode kennen würdest, aber das tust weder du noch jemand von den anderen.

Das stimmt leider.

Eine erneute Welle aus Schmerzen rollt heran, heiß wie Lava. Sie muss sich ablenken, denkt an die Zeit, an den Film mit dem Morsecode, wie hieß er noch gleich? An Jenny, an Florian.

Sie denkt an ihren Job. Und verrückterweise ist es wieder die neue Stimme, die ihr den entscheidenden Hinweis gibt, wie es funktionieren könnte.

31

Als Jenny, Florian und Horst zurück ins Kaminzimmer kamen, hatten die anderen Gläser in den Händen. Links neben dem ersten Sessel stand der Tisch mit den Getränken aus dem provisorischen Speiseraum.

Alle sahen die drei so erwartungsvoll an, als *müssten* sie etwas Außergewöhnliches erlebt haben.

»Alles okay?«, fragte Nico, an Jenny gewandt, und warf dabei – beabsichtigt oder nicht – einen kurzen Blick auf Florian.

»Ja, alles gut, und die Heizung funktioniert auch weiterhin.«

Nico hob sein Glas, das etwa zwei Finger breit mit einer klaren Flüssigkeit gefüllt war. Das konnte Wasser sein, wahrscheinlicher aber war es Wodka. »Wir haben den Getränketisch aus dem Speiseraum herübergetragen und uns etwas zu trinken gegönnt. Ihr solltet euch auch was nehmen.«

»Ja, bedient euch«, stimmte David ihm zu. »Wir wollten gerade darauf anstoßen, dass wir noch leben und in der Lage sind, ein Glas in der Hand zu halten. Wir warten auf euch.«

Jenny war kein großer Fan von Alkohol, aber in dieser Situation tat er vielleicht wirklich gut. Sie ging zum Tisch

238

und stellte mit einem Seitenblick fest, dass Johannes sich wohl erneut für Whiskey entschieden hatte. Sie hoffte, es würde nicht wieder so ausarten wie beim letzten Mal.

Neben ihm saß nun Ellen; sie hatte ein Sektglas in der Hand. Jenny schenkte sich ebenfalls ein halbes Glas Sekt aus der angebrochenen Flasche ein. Der war zwar warm, ihr aber trotzdem lieber als etwas Hochprozentiges.

Florian bediente sich am Wodka, Horst verzichtete.

»Also dann …« David hob sein Glas, in dem ebenfalls Wodka zu sein schien, und setzte es an die Lippen.

Alle außer Horst taten es ihm gleich, und während Jenny feststellte, dass Sekt in Zimmertemperatur wirklich kein Genuss war, überlegte sie sich, wie bizarr diese Situation war. Da saßen sie in einem fast leeren Hotel mit einem steifgefrorenen Toten vor der Tür und einer auf schreckliche Weise verstümmelten Frau neben sich auf einer Matratze und prosteten sich zu, als seien sie auf einem Betriebsausflug … was zumindest Thomas, Florian, Anna und sie eigentlich ja auch waren.

Bevor sie sich weiter mit diesem Gedanken beschäftigen konnte, stießen Ellen und Sandra plötzlich gleichzeitig einen Schrei aus, bei dem Jenny so zusammenzuckte, dass sie den Sekt verschüttete. Sie riss den Kopf herum und sah, wie Johannes zeitlupenartig aus seinem Sessel nach vorn kippte und zu Boden fiel. Dabei drehte sich sein Körper ein Stück weit zur Seite, so dass ein Teil seines Gesichts Jenny zugewandt war. Es war dunkel verfärbt, die Augen auf groteske Weise aufgerissen. Das alles war bis auf den Aufschrei und das Poltern, mit dem Johannes auf dem Boden aufschlug, in gespenstischer Lautlosigkeit geschehen.

Jenny sprang auf und war mit wenigen Schritten bei Johannes, kurz bevor auch Nico ihn erreichte. Ihr letzter Erste-Hilfe-Kurs lag schon eine Ewigkeit zurück, aber das spielte keine Rolle. Ohne groß darüber nachzudenken, tastete sie nach seinem Puls am Handgelenk und … fühlte nichts. Sie versuchte es am Hals, doch auch hier war kein Pochen zu spüren. »Nichts«, stieß sie aus und drehte mit Nicos Hilfe Johannes auf den Rücken. »Vielleicht ein Herzinfarkt. Übernimm du die Massage, ich beatme ihn«, ordnete Jenny an, ohne sicher zu sein, dass das bei einem Herzinfarkt die richtige Maßnahme war. Sie packte den Kopf, bog ihn nach hinten und wollte gerade ihre Lippen auf Johannes' Nase pressen, als sie an der Schulter gepackt und unsanft zurückgerissen wurde. »Nicht!«, rief jemand. Als sie sich verwirrt umdrehte, blickte sie in das Gesicht von David, der vornübergebeugt hinter ihr stand, die Hand auf ihrer Schulter.

»Was soll das?«, fuhr sie ihn an und wollte sich mit einem Ruck aus seinem Griff befreien, doch er hielt sie eisern fest.

»Schau ihn dir an.« David zeigte auf Johannes' Gesicht, das noch dunkler geworden war und seltsam aufgedunsen wirkte.

»Das ist kein Herzinfarkt, sondern Gift, da möchte ich wetten. Offenbar ein sehr starkes und schnell wirkendes. Du solltest auf keinen Fall zu nah an ihn rangehen.«

»Aber …«, setzte Jenny an, die noch immer nicht richtig begriffen hatte, was gerade geschehen war.

»Scheiße«, stieß neben ihr Florian aus, während Ellen schluchzend etwas Unverständliches stammelte.

240

»Aber … wie ist das möglich?« Sandras Stimme klang dünn und brüchig. »Gerade war er doch noch …«

»Wie gesagt, ich tippe auf ein schnell wirkendes Gift.« David deutete auf das Glas, das ein Stück neben Johannes auf dem Boden in einem dunklen, nassen Fleck lag. »Vermutlich im Whiskey.«

»Das wird ja immer … irrer«, sagte Horst entsetzt. »Und jetzt? Irgendetwas muss man unternehmen. Ihr könnt ihn doch nicht einfach so abschreiben.«

Jenny war noch immer geschockt bei dem Gedanken daran, was passiert wäre, wenn David sie nicht davon abgehalten hätte, bei Johannes eine Mund-zu-Nase-Beatmung zu versuchen.

»Nein, nein, nein! Das akzeptiere ich nicht.« Nico tastete mit einer hektischen Bewegung nach Johannes' Puls, legte dann eine Hand flach auf seine Brust und die zweite darüber. Er richtete sich auf und begann, bei Johannes eine Herzmassage durchzuführen. Er zählte laut mit. »Eins, zwei, drei, vier …« Es folgte eine Pause von drei, vier Sekunden. »Eins, zwei, drei, vier … eins, zwei, drei, vier …«

Schweigend sahen die anderen ihm dabei zu, wie er Johannes' Brustkorb bearbeitete. Wieder und wieder. Mittlerweile keuchte Nico vor Anstrengung. »Eins, zwei, drei, vier …«

Schließlich legte Jenny erneut zwei Finger an Johannes' Hals, konzentrierte sich eine Weile und sah Nico dann kopfschüttelnd an.

»Es hat keinen Zweck. Er ist tot.«

In einer zeitlupenartigen Bewegung löste der Bergführer die Hände vom Brustkorb des Toten und ließ sich zurücksinken.

»Das kann doch nicht sein«, schluchzte Ellen. »Warum Johannes?«

»Und warum Thomas? Und warum Anna?«, fuhr Florian auf und legte sich die Hand auf die Stirn. »Begreifst du denn nicht, dass es diesem Geisteskranken offenbar vollkommen egal ist, wer sein nächstes Opfer wird? Der ist doch vollkommen irre.«

Er trat ein paar Schritte zurück und sah einen nach dem anderen an. »Es nützt überhaupt nichts, dass wir hier zusammenhocken, das hat dieser Wahnsinnige uns gerade gezeigt. Wir können tun und lassen, was wir wollen, er wird immer einen Weg finden, uns umzubringen, kapiert ihr das denn nicht?« Seine Stimme hatte einen fast hysterischen Klang angenommen.

»Das ist allerdings wahr«, stimmte David zu, ungewohnt zurückhaltend und leise. Auch ihm stand das Grauen ins Gesicht geschrieben.

»Wir … wir dürfen jetzt nichts über …« Sandras Stimme brach, sie verbarg das Gesicht in beiden Händen.

»Aber wer kann das Gift in den Whiskey getan haben?«, fragte Ellen und starrte auf ihren toten Kollegen.

»Jeder«, antwortete David. »Die Flaschen standen die ganze Zeit über offen im Speiseraum.«

Ellen schüttelte den Kopf. »Aber … wir waren doch fast immer zusammen. Nur Timo, Matthias und Annika sind nicht bei uns. Es muss einer von denen getan haben. Ganz bestimmt war es einer von denen.«

»Das ist totaler Blödsinn.« Florian ging nervös Richtung Tür und wieder zurück. Johannes' Tod hatte ihn offensichtlich vollkommen aus der Fassung gebracht. »Jeder von uns

242

und von den anderen hätte seit gestern irgendetwas in die Flasche schütten können.«

David ging zum Getränketisch, öffnete die Whiskeyflasche und roch vorsichtig daran. »Es sei denn, das Gift ist nicht in die Flasche, sondern in sein Glas geschüttet worden. Dann war es einer von uns.«

Alle sahen einander schockiert an, als müsste die Tat in einem der Gesichter abzulesen sein.

»Genauer gesagt, von euch«, ergänzte Florian mit dunkler Stimme und sah nacheinander Sandra, Nico, Ellen und David an. »Jenny, Horst und ich waren nämlich nicht hier, als ihr euch die Gläser geholt und eingeschenkt habt.«

»Es kann jeder gewesen sein, das hast du gerade selbst gesagt«, jammerte Ellen wie ein schlechtgelauntes Kind.

»Wenn ihm wirklich etwas ins Glas gekippt worden wäre«, dachte Jenny laut nach, »würde das bedeuten, dass der- oder diejenige geplant hatte, Johannes zu vergiften, denn warum sonst sollte jemand Gift mit sich herumtragen?«

David zuckte mit den Schultern. »Oder der- oder diejenige hat geplant, *irgendjemanden* zu vergiften, und das Glas von Johannes bot sich gerade an.«

»*Du* hattest doch Stress mit ihm wegen dieser Jobgeschichte, oder etwa nicht?«, wandte Florian sich an Sandra, die ihn fassungslos ansah. »Und du warst hier, als ihm das Gift ins Glas geschüttet wurde.«

»Ja, aber … mein Gott, denkst du, ich würde jemanden vergiften, weil er Angst hat, dass ich ihn aus seinem Job verdränge? Das kannst du doch nicht wirklich glauben.«

»Außerdem«, mischte David sich ein, »hätte dann doch

243

wohl eher Johannes ein Motiv gehabt, Sandra zu vergiften, oder irre ich mich?«

»Von uns war das keiner«, jammerte Ellen mit nass glänzenden Wangen. »Matthias, Annika oder Timo müssen das gewesen sein.« Sie wischte sich mit dem Handrücken über die Wangen. »Warum tut jemand so etwas überhaupt? Und warum Gift?«

»Falls es tatsächlich Gift war«, gab Horst zu bedenken und vermied es, den Toten anzusehen. »Ich glaube, niemand von uns kennt sich in medizinischen Dingen gut genug aus, um die Todesursache mit Sicherheit bestimmen zu können.«

»Mir reicht's jedenfalls«, verkündete Florian und ging mit schnellen Schritten zur Tür.

»Wo willst du hin?«, rief Jenny ihm nach, doch Sekunden später hatte er den Raum schon verlassen, ohne sich noch einmal umzudrehen.

»Mist«, rief sie und ließ den Blick von einem zum anderen wandern. »Wir dürfen jetzt nicht die Nerven verlieren. Wenn wir uns auseinandertreiben lassen, hat der Mörder noch leichteres Spiel.«

David stieß einen zischenden Laut aus. »Das hast du aber schön gesagt. Und das Rezept, wie wir das anstellen sollen, hast du sicher auch gleich parat, oder?«

»Nein, das habe ich nicht.«

»Das dachte ich mir. Ich werde das Gefühl nicht los, dass das, was jetzt passiert, genau so passieren sollte.«

»Was meinst du damit? Dass Florian gegangen ist?«

»Ja, das auch«, antwortete David nebulös. Falls er vorhatte, diese Bemerkung zu präzisieren, wurde er durch Flo-

244

rian daran gehindert, der in diesem Moment zurückkam. In seinem Gesicht stand Entschlossenheit, in der rechten Hand hielt er ein großes Messer.

»Was … hast du vor?«, fragte Sandra und konnte den Blick nicht von der langen, blitzenden Klinge abwenden.

»Ihr wollt zusammenbleiben? Okay, ich bin dabei. Aber ich werde mich in den hinteren Teil des Raums zurückziehen und rate euch, mir nicht zu nahe zu kommen.«

»Florian, das ist doch …«

»Halt den Mund«, schrie er Jenny an und hob dabei das Messer hoch, so dass die Spitze der Klinge in ihre Richtung zeigte. »Das gilt auch für dich. Hier hast du mir gar nichts zu sagen, klar?«

»Ist ja gut.« David machte eine beschwichtigende Geste. »Wir haben dich verstanden. Geh in deine Zimmerecke, sie gehört dir ganz allein. Aber verzichte bitte darauf, dein Revier zu markieren, okay? Das stinkt, und außerdem möchte niemand dein kümmerliches Ding sehen.«

Jenny verwünschte David dafür, dass er Florian noch zusätzlich provozierte, doch statt etwas zu erwidern, verengte Florian nur kurz die Augen zu Schlitzen, dann wandte er sich ab und begann damit, einen der schweren Sessel in den hinteren Bereich des Zimmers zu schieben. Als er das geschafft hatte, tat er das Gleiche mit einem zweiten. Alle sahen ihm dabei zu, wie er sich abmühte, bis er die beiden Sessel so zusammengeschoben hatte, dass sie ein halbwegs bequemes Lager bildeten.

»Ich habe das Gefühl, dass ich hier sterben werde«, sagte Ellen plötzlich auf eine derart nüchterne und emotionslose Art, dass es Jenny einen Schauer über den Rücken jagte.

245

Dabei starrte sie auf die schwache Glut im Kamin. »Ich glaube, dass die meisten von uns hier sterben werden. Und die anderen werden zu blinden, taubstummen Zombies gemacht. Einer nach dem anderen. Ich habe große Angst.«

Sie sah auf, und Jenny stellte mit einem erneuten Schaudern fest, dass jeglicher Glanz aus Ellens Augen verschwunden war.

Ellen erhob sich, machte einen Bogen um Johannes' Leiche und blieb erst kurz vor der Tür stehen, während sie weiterhin mit leerem Blick auf den Toten starrte. »Ich möchte nicht mehr bei euch sein. *Ihr* macht mir Angst.«

»Ellen, es ist keine gute Idee …«, setzte Sandra an, doch Ellen drehte sich einfach um und verließ den Raum.

»Das ist nicht gut«, sagte Nico und rieb sich mit der Hand über das Kinn. Mittlerweile war nichts mehr von seiner Jungenhaftigkeit übrig geblieben.

»Nein, aber auf erschreckende Art ist es logisch«, entgegnete David. »Wer immer hinter dieser perversen Orgie steckt, geht vor wie ein Löwe, der sich einer Herde nähert. Er versucht, die Herde auseinanderzutreiben, weil das einzelne Individuum schwächer ist als die Gruppe. Und wie es aussieht, hat er Erfolg damit.«

»Du glaubst auch, dass das der Grund war, Johannes umzubringen?«, fragte Jenny, die wieder einmal feststellte, dass ihre Gedanken sich mit denen von David deckten.

»Ich meine, das war der Grund, irgendjemanden umzubringen. Ich weiß nicht, ob es wirklich Gift war, und wenn, ob es sich in der Flasche oder nur in seinem Glas befand. Es ist geruchlos, und ich möchte es auch nicht ausprobieren. Aber ob es nun gezielt gegen Johannes ging oder ob es egal

246

war, wen es trifft, Fakt ist, dass keiner mehr dem anderen trauen kann.«

»Und was heißt das für dich?«, wollte Sandra wissen.

»Ich möchte trotzdem nicht allein sein. Ich glaube, das wäre für mich noch schlimmer, als hierzubleiben – trotz des Verdachts, dass einer von uns ein Mörder ist.«

David nickte. »Letztendlich ist Florians Idee gar nicht so übel, wie ich zuerst dachte. Wir sollten hier zusammenbleiben, uns aber gegenseitig im Auge behalten.«

»Und sollen wir uns deiner Meinung nach alle mit Messern bewaffnen, damit wir gegebenenfalls aufeinander einstechen können?«, entgegnete Jenny scharf.

David schien darüber nachzudenken, bevor er antwortete. »Ja.«

32

Sie ist plötzlich so aufgeregt, dass sie, alle Schmerzen ignorierend, den Kopf hin und her wirft und versucht, durch Stöhnen auf sich aufmerksam zu machen. Eine Hand auf ihre Stirn zu locken. Sie weiß nicht, ob sie trotz des Feuers in ihrem Hals tatsächlich aufstöhnt, röchelt, irgendein Geräusch von sich gibt. Dann wartet sie, ohne zu wissen, wie lange. Nichts geschieht. Ist sie vielleicht wieder allein? Hat man sie irgendwo abgelegt und kümmert sich gerade nicht um sie? Oder – welch ein unfassbar grauenvoller Gedanke – leben die anderen schon nicht mehr? Hat das Monster sie alle heimtückisch getötet oder verstümmelt und benutzt ihre Körper jetzt für irgendein abartiges Spiel?

Wer weiß, meldet sich die neue Stimme verschlagen, vielleicht bist du mit noch ein paar anderen als lebende Statue irgendwo in diesem Horrorhotel drapiert?

Sie weiß nicht, welche Vorstellung schlimmer ist: am Leben erhalten zu werden und die nächsten Jahre in diesem Zustand dahinzuvegetieren, oder dass alle anderen bis auf das Monster entweder tot oder im gleichen Zustand sind wie sie selbst. Oder dass sie innerhalb von ein paar Tagen verdursten wird.

Ein anderer Gedanke drängt sich in ihr Bewusstsein. Ein schlimmer, ekelhafter Gedanke. Sie liegt schon eine ganze Weile so da ohne Kontrolle über ihren Körper. Was, wenn sie in der Zwischenzeit …

Sie zieht die Luft tief ein und versucht, den Geruch zu identifizieren, der ihre Befürchtung bestätigt, doch da ist nichts. Noch nicht. Sie ist ein Mensch, und es gehört zum menschlichen Körper, dass er irgendwann …

Sie verdrängt den Gedanken, indem sie sich wieder auf das zu konzentrieren versucht, was sie gerade so aufgewühlt hat. Auf … auf … was war es? Panisch durchforscht sie ihre Erinnerung nach dem Grund für ihre Aufregung. Sie weiß, es war wichtig. Enorm wichtig. Verdammt, es ist doch erst ein paar Minuten her … oder sind es doch schon Stunden? Alles in ihr drängt danach, durch einen gellenden, befreienden Schrei herausgelassen zu werden. Doch nicht einmal das kann sie. Verzweifelt bewegt sie den Kopf hin und her und hin und her. Dabei schreit sie innerlich, während die Schmerzen mit gierigen Händen nach ihrem Bewusstsein greifen. Und inmitten dieser Orgie aus Qual und Pein ist die Erinnerung an das, was ihr zuvor durch den Kopf gegangen ist, plötzlich wieder da. Sie weiß, wie sie sich vielleicht verständigen kann. Zumindest mit Florian und Jenny.

Im gleichen Moment spürt sie eine Hand auf ihrer Wange, dann auf ihrer Stirn. Sie hält inne.

Sie ist nicht allein. Sie dankt Gott, an den sie nie geglaubt hat. Es könnte funktionieren.

33

Sandra und Jenny reagierten fast gleichzeitig, als ein unheimlich klingendes, heiseres Röcheln von der Matratze her zu hören war. Sandra sank schon im nächsten Moment neben Annas zuckendem Kopf auf die Knie. Gleich darauf war auch Jenny bei ihr.

Sandra legte der Schwerverletzten vorsichtig die Hand erst auf die Wange, dann auf die Stirn, woraufhin das Zucken aufhörte.

»Und?«, fragte Jenny. »Hat sie Fieber?«

Sandra schloss für einen Moment die Augen, um sich besser konzentrieren zu können. »Ich weiß nicht, ich glaube nicht. Höchstens ganz leicht erhöhte Temperatur. Aber …« Sie zog die Hand zurück und sah Jenny hilflos an. »Ich kann das nicht mehr einschätzen. Ich kann ja nicht einmal mehr sagen, ob ich selbst normale Temperatur habe. Tut mir leid. Versuch du es mal.«

Jenny nickte und legte Anna die Hand auf die Stirn, konzentrierte sich und sagte: »Nein, ich denke, sie hat kein Fieber.«

Im gleichen Moment neigte sich Annas Kopf wieder zur Seite, doch dieses Mal war es nicht der Beginn eines wilden Hin- und Herwerfens, sondern eine ruhige Bewegung. Nach links, nach rechts, dann lag sie still. Gerade, als Jenny ihr wieder die Hand auf die Stirn legen wollte, begann sie erneut, dieses Mal bewegte der Kopf sich auf und ab.

»Ich glaube, sie ist nicht bei Bewusstsein«, mutmaßte Sandra. »Es sieht so aus, als träume sie.«

»Wann habt ihr Anna zum letzten Mal von dem Schmerzmittel gegeben?«, erkundigte sich David.

Jenny überlegte kurz. »Das ist noch nicht lange her, vielleicht eine Stunde. Ich gebe ihr noch was.«

Das Fläschchen stand neben der Matratze. Anna machte keine Anstalten, sich zu wehren, als Jenny ihr die Lippen auseinanderzog, im Gegenteil, sie öffnete den Mund selbständig, als sie die Finger spürte. Sie schlief also nicht.

Als Jenny fertig war, sah sie zu Johannes' Leiche hinüber. Das Gesicht war mittlerweile derart dunkel verfärbt und aufgedunsen, dass der Reiseleiter nicht mehr zu erkennen war.

»Wir sollten Johannes hier rausschaffen«, sagte sie, nachdem sie sich erhoben hatte, und wunderte sich im gleichen Moment über die Abgebrühtheit, die die Geschehnisse der letzten Tage in ihnen allen erzeugt hatte. Als hätte sich eine dicke Hornhaut über ihre Empfindungen gelegt. Noch vor einer Woche hätte allein der Gedanke, mit einem Toten – mit einem Vergifteten – in einem Raum zu sein, bei ihr für Schweißausbrüche gesorgt.

»Wir können ihn neben Thomas legen. Wir haben von der Terrassentür aus weit genug gegraben«, schlug Nico mit stockender Stimme vor. Sein Gesicht war um einige Nuancen blasser geworden.

»Wie umsichtig wir doch waren«, sagte David mit einem kurzen, humorlosen Lachen. »Hoffen wir mal, dass wir das

Mausoleum nicht noch erweitern müssen.« Er stand auf und wandte sich zu Florian um. »Hilfst du uns?«

Florian ließ nicht erkennen, dass er die Frage gehört hatte. Wie hypnotisiert starrte er mit gläsernem Blick auf einen Punkt an der Wand neben dem Kamin.

»Florian?« Jenny machte einen Schritt auf ihn zu, einen weiteren. Noch immer waren seine Augen auf die Wand fixiert. »Florian, rede mit mir, bitte.«

Sie war noch höchstens drei Schritte von seiner Sesselburg entfernt, als er plötzlich hochschreckte und mit einer hektischen Bewegung neben sich griff. Im nächsten Moment hob er die Hand und richtete das Messer auf Jenny. »Bleib, wo du bist.« In seinen geröteten Augen lag ein Ausdruck wilder Entschlossenheit.

Jenny erstarrte. »Florian, du kannst doch nicht glauben, dass ich …«

»Ich weiß genau, was ihr vorhabt, ich traue keinem mehr. Glaubst du, ich bin blöd und merke nicht, dass ihr immer noch denkt, ich wäre das gewesen? Ich hab die Schnauze gestrichen voll von falschen Anschuldigungen. Das mache ich kein zweites Mal mehr mit. Du wolltest wissen, warum ich dir nie von dieser Scheiße erzählt habe? Das kann ich dir sagen: Hätte ich es gleich am Anfang erzählt, wäre ich nie eingestellt worden, und wenn ich später damit rausgerückt wäre, hättet ihr mich entlassen.«

»Das stimmt doch nicht.«

»Lüg mich nicht an!«, schrie er. »Weißt du, wie das war, nachdem diese … Irre mich erst angezeigt hat und danach versuchte, sich umzubringen? Obwohl alle Anschuldigungen gegen mich fallengelassen wurden und es noch nicht

252

einmal zum Prozess kam, haben es alle gewusst. Wie auch nicht, nachdem die Polizei mit einem Großaufgebot bei mir aufgetaucht ist und meine Wohnung auf den Kopf gestellt hat.

Ich habe meinen Job verloren, Frau Chefin. Man hat mir gesagt, dass man zwar von meiner Unschuld überzeugt ist, aber ich wisse ja, wie sensibel Kunden reagieren und so eine Scheiße.

Ich konnte keinen Fuß mehr vor die Tür setzen, ohne schief angesehen zu werden.«

Er machte eine Pause, in der Jenny etwas erwidern wollte, doch Florian stoppte sie, indem er die Hand hob. »Nein, du hältst jetzt den Mund.

Letztendlich musste ich wegziehen und mir einen neuen Job suchen, irgendwo, wo niemand von dieser ganzen Sache etwas wusste oder eine Ahnung hatte, dass ich derjenige war, den sich diese Geisteskranke ausgesucht hatte. Und ich weiß, dass ich diesen Job nicht bekommen hätte, wenn ich etwas davon erwähnt hätte. Ich habe gut gearbeitet, oder etwa nicht?«

Jenny war nicht sicher, ob er wirklich eine Antwort hören wollte, versuchte es aber dennoch und sagte mit möglichst ruhiger Stimme: »Ja, das hast du.«

»Ich habe mir ein neues Leben aufgebaut, nachdem diese irre Schlampe mein altes ruiniert hat. Und jetzt? Geht diese ganze Scheiße wieder von vorn los. Aber nicht mit mir. Ich werde hier gut auf mich aufpassen, bis irgendjemand nach uns sieht. Wenn die Polizei die Sache übernommen hat und Fingerabdrücke und Spuren sichert, werden die schon feststellen, dass ich nichts damit zu tun habe.«

Nach einer erneuten Pause, in der Jenny gar nicht erst den Versuch machte, etwas zu sagen, fügte er hinzu: »Und sie werden herausfinden, wer von euch oder denen da oben es war. Und jetzt lass mich in Ruhe.«

Erst nach einer Weile ließ er das Messer langsam sinken, lehnte sich gegen die Polsterung des Sessels und starrte wieder an die Wand.

Jenny wandte sich um und tauschte Blicke mit den anderen.

»Wo ist überhaupt das Messer?«, fragte David unvermittelt.

Jenny verstand nicht, was er meinte. »Welches Messer?«

»*Florians* Messer. Es hat auf dem Tisch im Speiseraum gelegen … wartet hier.«

Mit schnellen Schritten verließ er den Raum. Während sie auf ihn warteten, sprachen sie kein Wort. Man konnte den Gesichtern ansehen, dass es allen immer schwerer fiel, sich zusammenzureißen. Jenny fragte sich, wie lange es noch dauerte, bis auch die letzten Masken fielen und jeder nur noch an sich selbst und sein Überleben dachte. Verrückterweise kam ihr der Gedanke, dass sie für den Rest ihres Lebens keinen Schritt mehr ohne ihr Smartphone machen würde. Digital Detox – *Digitale Entgiftung* –, das klang wirklich gut, und als ihr Chef ihr eröffnet hatte, dass sie mit ihrem Team von *Triple-O-Journey* quasi als Testpersonen eingeladen wurden, hatte sie sich sehr darauf gefreut, eine Möglichkeit zu erhalten, ihre Mitarbeiter besser kennenzulernen. Das zumindest war ja eingetreten …

Als David endlich zurückkam, fragte sie sich, warum er

254

so lange für das kurze Stück bis zum Speiseraum gebraucht hatte.

Er blieb am Eingang stehen. »Es ist weg. Irgendjemand hat es mitgenommen. War es jemand von euch?«

Als niemand antwortete, sah er zu den zusammengestellten Sesseln hinüber. »Florian?«

»Fick dich«, kam es von Florian zurück.

»Nun sag schon, hast du dein Messer wieder an dich genommen?«

»Nein, habe ich nicht, verdammt. Ich wette, das war derjenige, der es mir geklaut hat. Vielleicht solltet ihr euch mal gegenseitig durchsuchen.«

»So viel also zu deiner Theorie mit den Spuren, die die Polizei auswerten kann.« Er wandte sich wieder an die anderen.

»Das ist aber noch nicht alles. Ich war in der Küche. Die Messerschublade ist vollkommen ausgeräumt. Es gibt dort und auch in den anderen Schubladen und Schränken nichts mehr, das man ernsthaft als Waffe einsetzen könnte.« Er deutete mit dem Kinn zum Getränketisch hinüber. »Wir könnten höchstens die Flaschenhälse abschlagen.«

Nico stieß einen derben Fluch aus, was Jenny ihm niemals zugetraut hätte. »Wer kann das denn gewesen sein?«

»Im Grunde wieder jeder, allerdings tippe ich auf einen von denen, die nicht hier sind.«

»Warum fragt niemand, was Herr David Großkotz eigentlich in der Küche wollte?«, ätzte Florian.

»Das kann ich dir sagen, Spatzenhirn. Als ich festgestellt habe, dass dein Messer verschwunden ist, dachte ich an das Messer, mit dem du hier aufgetaucht bist, und wollte nachsehen, ob die restlichen noch da sind, damit wir uns gegebenenfalls gegen dich verteidigen können. Oder dachtest du, du bist der Einzige hier mit der Fleischmesser-Tragelizenz?«

»Was machen wir jetzt?«, fragte Sandra besorgt. »Die da draußen sind auch bewaffnet, und wir sind vollkommen schutzlos. Hört dieser Albtraum denn nie auf?«

Darauf antwortete keiner, weil nicht ein Einziger von ihnen wusste, was er dazu sagen sollte.

»Also los«, beendete David die Diskussion, wofür Jenny ihm dankbar war. Er sah erst Nico, dann Horst an. »Wir sind drei Männer und zwei Frauen, das sollten wir schaffen. Johannes wiegt ja zum Glück weniger als …« Er brach den Satz ab und schüttelte den Kopf.

»Und wer bleibt bei Anna?«, fragte Jenny.

»Florian«, antwortete David.

»Aber …« Sie verkniff sich jedes weitere Wort, um nicht eine neue Diskussion auszulösen. Letztendlich glaubte sie nach wie vor nicht, dass Florian etwas mit den Geschehnissen zu tun hatte.

Sie brauchten insgesamt etwa zehn Minuten, bis sie die Trage geholt, aufgebaut und Johannes daraufgelegt hatten. Sein Gesicht sah aus wie in einem Horrorfilm. Dunkel, fast schwarzverfärbt, die Lippen hatten eine volles Lila angenommen und waren aufgedunsen, die noch immer geöffneten Augen tot und blicklos gegen die Decke gerichtet.

Bevor sie die Trage anhoben, legte Nico beherzt zwei Finger auf die verquollenen Lider und versuchte, sie zu schließen, doch sie ließen sich nicht bewegen. Daraufhin ging er zum Getränketisch, nahm eine der Servietten, die dort lagen, und bedeckte damit Johannes' Gesicht. Dann hoben sie die Trage an. David und Horst vorn, Jenny und Nico hinten. Sandra ging voraus und öffnete die Türen.

Als sie die Lobby betraten, blieben David und Horst so unvermittelt stehen, dass Jenny der Holzgriff fast aus den Händen geglitten wäre.

Etwa in der Mitte der Treppe, die in die oberen Etagen führte, saßen düster dreinblickend Annika und Matthias. In jeder Hand hielten sie ein Messer.

»Habt ihr alle Messer aus der Küche mitgenommen?«, fragte David laut.

Statt zu antworten, fragte Matthias: »Ist er tot?«

»Ja. Was ist jetzt mit den Messern?«

»Ich habe es euch gesagt«, erwiderte Matthias leise. »Ich habe euch gesagt, ihr seid verrückt, wenn ihr ihn nicht kaltstellt. Einer von euch hat ihn freigelassen. Nun habt ihr die Quittung.«

»Redest du von Timo?«, fragte Nico. »Jetzt wieder er? Zwischenzeitlich warst du doch sicher, dass Florian der Täter ist. Wie wäre es, wenn du dich mal entscheidest?«

»Ich habe von Anfang an gesagt, dass dieser Mistkerl es war.«

»Gehen wir weiter«, schlug David vor und setzte sich in Bewegung.

»Er wird nicht der Letzte sein!«, rief Matthias ihnen nach. »Ihr Wahnsinnigen!«

Jenny spürte, wie sich ihr leerer Magen zusammenkrampfte. Sie befürchtete, dass er zumindest damit recht hatte.

257

34

Als sie die Trage keuchend vor der Terrassentür absetzten, hinter der sich die Schneehöhle mit Thomas' Leiche befand, hätte Jenny fast aufgeschrien.

Der steifgefrorene Körper lag etwa zwei Meter hinter der Tür auf dem Boden. Durch die großen Glaseinsätze sah sie das mit einer dicken Schicht aus Eiskristallen überzogene Gesicht. Es wirkte auf surreale Weise unecht, gerade so, als wären es nicht die sterblichen Überreste ihres Mitarbeiters, die dort im Schnee lagen, sondern eine Wachsfigur, die zwar Ähnlichkeit mit Thomas hatte, bei der die Proportionen aber nicht sauber herausgearbeitet worden waren.

Wie eine nachgestellte Szene hinter Glas in einem Naturkundemuseum. Wären da nicht die vertrauten Züge gewesen.

»Alles okay?«, fragte Nico.

»Ja, ich habe mich nur ein wenig erschrocken.«

Er nickte.

»Bringen wir es hinter uns«, sagte David und öffnete die Tür. Ein eiskalter Hauch streifte Jenny und ließ sie frösteln.

»Okay. Nico und ich nehmen die Arme, Jenny und Horst die Beine. Auf geht's.«

Fünf Minuten später zog Horst die Tür hinter ihnen

258

wieder zu. Bevor sie den Raum verließen, warfen alle noch einen Blick auf die Schneehöhle, in der Johannes nun neben Thomas lag, die Serviette über dem Gesicht, wo sie bald festfrieren würde.

»Wir müssen einen Plan machen, wie es jetzt weitergehen soll«, sagte David, während sie zurück in Richtung Lobby gingen.

»Vor allem müssen wir uns überlegen, wie wir mit Matthias und Annika umgehen«, fügte Nico hinzu. »Wenn ich daran denke, wie sie da eben auf der Treppe gesessen haben … die beiden sind mir nicht geheuer.«

»Ich frage mich allerdings auch, was mit Ellen und Timo ist«, sagte Sandra und sah dabei Horst an, als erwarte sie sich von ihm eine Antwort.

»Ich weiß nicht, wo er ist«, erklärte Horst. »Aber wenn er in diesem Gebäude nicht gefunden werden möchte, werden wir ihn nicht finden.«

»Mir fällt die Drohung ein, die er gegenüber Matthias ausgesprochen hat«, sagte Jenny, an den Hausmeister gewandt. »Du kennst ihn doch. Denkst du, er hat das ernst gemeint?«

Horst zuckte mit den Schultern. »Das weiß ich nicht. Er ist manchmal ein Hitzkopf, und er war in diesem Moment so wütend darüber, dass er wieder zu Unrecht beschuldigt wurde, dass es ihm vorrangig wohl darum ging, Matthias Angst einzujagen.« Sein Gesicht wirkte dabei offen und ehrlich. »Allerdings habe ich ihn seit dieser Geschichte damals mit dem gestohlenen Schmuck nicht mehr so aufgebracht erlebt. Ich lege nach wie vor meine Hand für ihn ins Feuer, dass er das mit Thomas und Anna nicht war, aber

259

was Matthias betrifft … da würde ich keine Garantie übernehmen.«

»Ellen hat mitgeholfen, ihn einzusperren«, überlegte
Jenny laut. »Und jetzt ist sie irgendwo in dem Hotel allein.
Was, wenn die beiden aufeinandertreffen?«

»Wie gesagt – ich weiß es nicht. Aber ich kann mir
beim besten Willen nicht vorstellen, dass er ihr etwas tun
würde.«

Da war Jenny nicht so sicher. »Obwohl es wieder eine
Frau ist, die ihn zu Unrecht verdächtigt?«

Daraufhin schwieg Horst.

Sie erreichten die Lobby, und während sie diese durchquerten, blickten sie zur Treppe, doch Matthias und Annika
waren verschwunden. Als sie das Kaminzimmer betraten,
waren alle Sessel leer.

Jenny stöhnte auf, denn obwohl sie nicht glauben wollte,
dass Florian etwas mit alledem zu tun hatte, hatte sie Angst
davor gehabt, dass genau das eintreten könnte, was nun offenbar geschehen war. Florian war verschwunden.

»Verdammt!«, hörte sie hinter sich Nico ausstoßen. »Er
hat sich aus dem Staub gemacht.«

Mit einigen schnellen Schritten war Jenny bei Anna,
beugte sich zu ihr hinab und berührte ihren Kopf vorsichtig
mit der Hand. Als hätte sie nur darauf gewartet, bewegte
Anna den Kopf nach links, dann nach rechts.

»Alles okay mit ihr?«, fragte Nico.

»Ja. Sie reagiert auf Berührung.« Jenny richtete sich wieder auf.

»Er hat sich also aus dem Staub gemacht«, sagte David.
»Stellt sich die Frage: Warum?«

»Vielleicht ist er nur mal zur Toilette und kommt gleich zurück?«, mutmaßte Jenny, ohne selbst daran zu glauben.

Sandra ließ sich in einen der Sessel fallen und strich sich mit dem Handrücken über die Stirn. Ihr Gesicht war noch blasser als zuvor. »Wer auch immer hinter alledem steckt, hat eines erreicht: Wir driften auseinander. Wenn das so weitergeht … Bringen wir uns bald alle gegenseitig um?«

»Die wichtigste Frage ist doch jetzt: Hält es jemand von euch für möglich, dass einer von uns hier in diesem Raum für diese Taten verantwortlich ist?«

Sie sahen einander an, als könnten sie plötzlich in den Gesichtern der anderen lesen, ob einer von ihnen diese schrecklichen Dinge getan hatte.

»Ich nicht«, brach Jenny das Schweigen. »Ich weiß nicht, wer es war, aber ich traue es keinem von uns zu.«

Sandra nickte zaghaft. »Ich auch nicht.«

»Ich traue so etwas eigentlich überhaupt niemandem zu«, erklärte Nico. »Aber irgendwer muss es ja getan haben. Allerdings glaube auch ich nicht, das es jemand von uns war.«

David nickte und sah den Hausmeister an. »Horst?«

Der stieß einen zischenden Laut aus. »Ganz ehrlich? Ich weiß, dass es weder Timo noch ich waren. Das ist alles, was ich weiß.«

»Und das heißt?«, hakte David nach.

»Das heißt, dass ich keiner aus eurer Gruppe bin, ebenso wenig wie Timo. Ich kenne euch weniger gut, als ihr euch untereinander kennt. Wie soll ich da eine Meinung dazu haben, wem ich zutraue, Menschen auf solch schreckliche Weise zu verstümmeln und andere eiskalt umzubringen.

Ich möchte bei euch bleiben, wenn ihr nichts dagegen habt, aber ich werde jeden von euch im Auge behalten.«

»Das ist eine ehrliche Antwort«, sagte David.

Das sah Jenny auch so. »Und was ist mit dir?«

David sah ihr in die Augen. »Ich schließe mich Horst an. Auch, wenn ich es mir nicht vorstellen kann, aber jeder kommt in Frage.«

»Auch du?«

Sein Gesicht blieb ernst. »Aus eurer Sicht auch ich.«

Ein Röcheln von Anna lenkte Jennys Aufmerksamkeit wieder auf sie.

Als sie ihr über die Haare strich, bewegte sich Annas Kopf sofort wieder nach links und rechts, als wolle sie sich damit für die Berührung bedanken. Dann, nach einer Pause eine erneute Bewegung, dieses Mal auf und ab. Genau so wie beim letzten Mal. Nach einigen Sekunden wiederholte sich das Ganze. Erst links und rechts, dann auf und ab.

Warum tat sie das? Warum abwechselnd das Zeichen für *nein*, dann das für *ja*?

»Ich habe fast das Gefühl, sie versucht, uns etwas mitzuteilen«, vermutete Jenny, woraufhin David und Sandra zu ihr kamen und Annas Bewegungen verfolgten. Links, rechts.

»Soll das ein Nein sein?«

Links, rechts.

»Ich weiß es nicht, aber eher nicht. Was macht es für einen Sinn, erst *ja* und dann *nein* zu signalisieren?«

Jenny überlegte fieberhaft, was es sein konnte, das Anna ihnen mitteilen wollte. Und ob sie mit ihrer Vermutung überhaupt richtiglag oder ob es doch nur zufällige Bewegungen waren.

Auf und ab.

Jenny richtete sich auf und sah dabei, dass Nico sich in einen Sessel fallen ließ und sich Daumen und Mittelfinger auf die Augen presste. Er schien mit den Nerven am Ende zu sein.

Gerade, als sie sich wieder Anna zuwenden wollte, sagte eine Stimme hinter ihnen: »Hier läuft eine ziemliche Scheiße.«

Es war Timo. Er stand am Eingang des Zimmers und blickte sie düster an. Die Haare standen ihm wild vom Kopf ab, einer der Träger des Blaumanns hing schlaff über seine knochige Schulter.

»Timo!« Horst machte einen Schritt auf ihn zu, doch Timo hob die Hand.

»Bleib, wo du bist, Horst.«

»Was? Was soll das, bist du verrückt geworden?« Das Entsetzen stand deutlich in dem von Falten durchzogenen Gesicht.

»Ja, vielleicht. Aber viel verrückter ist es, dass ihr mich eingesperrt habt.«

»Aber das waren doch nicht wir.«

Timo deutete zu Nico. »Der da schon.«

»Niemand will dich wieder einsperren«, erklärte Nico. »Das war ein Fehler, das weiß ich, und ich habe gleich gesagt, dass mir nicht wohl …«

»Es ist mir scheißegal, was du gesagt hast. Du hast mitgemacht.«

»Timo«, versuchte es Horst erneut, »keiner glaubt, dass du das warst. Du kannst also hierbleiben.«

»Einen Teufel werde ich tun. Ich habe gesehen, dass ihr

den Reiseleiter rausgeschafft habt. Bringt euch nur weiter gegenseitig um, aber ohne mich.«

»Du bist also nur vorbeigekommen, um mal kurz Hallo zu sagen«, stellte David fest.

»Nein, Klugscheißer, ich bin gekommen, um euch zu sagen, dass der da oben die halbe Küche ausgeräumt hat und mit seiner Alten und Ellen hier drin war, während ihr Beerdigung gespielt habt. Rausgekommen sind sie allerdings zu viert.«

»Florian ist mit Matthias gegangen?« Jenny war völlig verwirrt. »Freiwillig?«

»Es hat nicht so ausgesehen, als ob ihn jemand zwingen musste.«

»Interessant«, sagte David. »Dann haben wir nun also zwei Lager. Matthias, Annika, Ellen und Florian auf der einen Seite, wir auf der anderen.«

»Das siehst du falsch, Klugscheißer«, entgegnete Timo. »Es sind drei Lager.«

Damit wandte er sich ab und war in der nächsten Sekunde verschwunden.

35

Sie verstehen es nicht.

Wann immer sie eine Berührung an ihrem Kopf spürt, unternimmt sie sofort einen Versuch, mit ihnen zu kommunizieren, aber … sie verstehen es einfach nicht. Dabei ist es doch recht einfach, und gerade Jenny und Florian müssten schnell begreifen, welches Schema hinter ihren Kopfbewegungen steckt. Die beiden sind ja nicht dumm.

Aber sie darf nicht aufhören, es zu versuchen, auf keinen Fall. Sie spürt, was es bedeutet, wenn sie aufgibt. Was dann in ihrem Kopf passieren wird.

Die Hoffnung, einen Weg gefunden zu haben, sich den anderen mitzuteilen, vielleicht sogar Antworten von ihnen zu erhalten, ist der Anker, der ihren Verstand die ganze Zeit über davor bewahrt hat abzudriften. An dem sie sich festhält, wann immer diese neue Stimme wispernd zu ihr spricht, wann immer sie spürt, dass dunkle Wolken ihren Geist einhüllen und endgültig ersticken wollen.

Der Anker, der verhindert, dass sie wahnsinnig wird.

Wie jetzt?, *tuschelt die neue Stimme.* Du wolltest doch nicht erreichbar sein, das hast du mit einer kaum zu toppenden Konsequenz geschafft, haha. Aber, hey, du kannst es für dich zum Guten wenden. Lass dich einfach fallen. Lass mich nur machen, danach ist es dir egal. Wahrscheinlich findest du es dann sogar toll, ganz für dich allein zu sein und dir kein dummes Geschwätz mehr anhören zu müssen. Nie wieder. Also … lass los, es ist ganz leicht. Hör auf, dich zu wehren …

Nein, mischt die andere, die bekannte Stimme in ihr sich ein und schafft es zum wiederholten Mal, das hypnotische Tuscheln zu verscheuchen. Wie oft noch?

Lass dich einfach fallen … *Es hört sich verlockend an. Jeder bisherige Versuch der Kommunikation, jedes einzelne Zeichen, das sie den anderen gegeben hat, war nicht nur begleitet von so höllischen Schmerzen, dass der Teufel sie persönlich geschickt haben muss, er kostet sie auch jedes Mal einen großen Teil der wenigen Kraft, die ihr noch verblieben ist. Wenn sie sich nicht mehr dagegenstemmt, wenn sie die Gedanken einfach fließen und die neue Stimme ungehemmt zu sich sprechen lässt, werden die Schmerzen erträglich bleiben, vielleicht bald sogar vollkommen abflauen. Oder sie werden ihr nichts mehr anhaben können, weil ihr Verstand – das, was dann daraus geworden ist – sie einfach ignoriert, als seien sie nicht existent.*

Keine Schmerzen. Ein Zustand, den sie sich gar nicht vorzustellen vermag.

Kein Zustand, *wispert die Stimme in einem hypnotischen Singsang, der sie in diesem Moment an die Schlange Ka erinnert.* Eine Verheißung. Wehr dich nicht länger. Dein gewohntes Leben ist vorbei. Die anderen werden nie verstehen, was du ihnen mitteilen möchtest. Es ist egal. Alles ist egal. Komm, ich zeige dir, wie bunt meine Welt ist. Alles ist dort möglich. Sie steckt in dir, du bist ihr schon ganz nah, lass dich einfach nur fallen.

266

Ja, sich einfach nur fallenlassen, das ist es, was sie möchte. Schlafen und träumen. In Träumen liegt man nicht als gehörloser, blinder Krüppel wie ein nutzloser, sabbernder Fleischberg herum. Da kann man laufen und sprechen, hören und sogar fliegen.

Ja, flieg mit mir. Ich zeige dir den Weg in …

NEIN!, *bäumt sich ihre alte innere Stimme erneut mit verzweifelter Kraft auf.* Verschwinde. Ich werde meinen Verstand nicht aufgeben, weil ich dafür sorgen muss, dass die anderen erfahren, wer das Monster ist, das mir das angetan hat. Ich will, dass es dafür büßen muss.

Sie lauscht in sich hinein. Das süße Flüstern ist verschwunden, aber wie oft wird sie es noch schaffen, ihren Verstand zu bewahren und gegen die Verlockung anzukämpfen, die diese neue Stimme ihr verheißt? Sich keine Sorgen mehr machen zu müssen, nicht mehr verzweifelt zu sein, vielleicht keine Schmerzen mehr zu spüren. Einfach nicht mehr zu wissen, wie es um sie steht und was das, was ab jetzt ihr kümmerliches Leben sein soll, für sie bereithält.

Haha, *macht die Stimme ganz leise, es klingt weit entfernt.*

Anna weint innerlich, und sie weiß, wer auch immer gerade in ihrer Nähe ist, wird nichts davon bemerken. So wird es ab jetzt immer sein. Und während sie – für die anderen unhörbar – schluchzt und wimmert, brennt ein Gedanke in ihr, dieser eine Wunsch, für den sie, ohne auch nur eine Sekunde zu zögern, sterben würde. Richtig sterben würde, *korrigiert sie sich, denn viel ist es sowieso nicht mehr, was dazu fehlt.*

Sie wünscht, sie könnte sich noch ein Mal bewegen, noch ein Mal sehen und hören und sprechen. Nur noch ein einziges Mal.

Dann würde sie das Monster vor den Augen der anderen tö-
ten. Nie hätte sie gedacht, dass ausgerechnet …

Nein, sie wird sich nicht fallenlassen. Noch nicht.

Etwas anderes versucht sich, in ihre Gedanken zu drängen.
Ein Bild. Es ist noch sehr verschwommen, wie von dichten Ne-
belschwaden umgeben, aber Anna spürt, dass es deutlicher wer-
den wird, wenn sie geduldig ist. Die ersten unscharfen Konturen
kann sie ausmachen, sie erinnern sie an den Umriss einer …
Tür. Und mit dieser Erkenntnis kommt auch das Wissen, um
welche Art von Bild es sich handelt. Es ist eine Erinnerung an
die Momente, bevor ihr all das Schreckliche widerfahren ist. An
den Raum, in dem sie war, den Weg dorthin. Diese Tür – wenn
es tatsächlich eine ist – könnte der Eingang in diesen Raum ge-
wesen sein. Wenn sie nur etwas mehr davon erkennen könnte.
Vielleicht, wenn sie sich noch mehr konzentriert … Was sind die
letzten Momente, an die sie sich erinnern kann? Sie hat in ihrem
Bett gelegen, hat die Decke mit beiden Füßen angehoben, so dass
das Ende nach innen eingeklappt ist, und die Beine dann schnell
wieder sinken lassen. Dadurch waren ihre Füße wie von einem
Schlafsack umhüllt. Dann hat sie das obere Ende bis zur Nase
hochgezogen und eng um sich herum an sich gedrückt, bis fast
jedes Fleckchen Haut bedeckt war. Das hatte sie als Kind schon
so gemacht, wenn sie in ihrem Bett gelegen und ängstlich in die
Dunkelheit ihres Zimmers gestarrt hatte. Die Decke war dann
ihr Kokon gewesen, der ihr ein Gefühl von Sicherheit vermittelte.

Irgendwann hatte sie es wohl geschafft einzuschlafen. Das
Nächste, an das sie sich erinnert, ist … es ist dieses Bild. Und
nun, wo sie es sich erneut vorstellt, wird es schon etwas deutlicher.
Ja, es ist tatsächlich eine Tür. Aber es ist keine normale Zimmer-
tür, nein, etwas ist anders, aber sie erkennt es einfach nicht. Die

nächste Erinnerung ist dafür wieder umso deutlicher. Es ist die Stimme, die sie so gut kennt. Sei still hat dieses Monster gesagt.

Nein, sie darf nicht aufgeben. Sie muss es schaffen, den anderen den Namen mitzuteilen.

Mit diesem Gedanken wird sie wieder ruhiger. Die neue Stimme ist verstummt. Und Anna wartet.

Auf die nächste Berührung, auf den nächsten Versuch. Irgendwann werden sie es verstehen.

Das hofft sie zumindest.

36

Sie saßen in den schweren Ledersesseln und starrten vor sich hin, während draußen die Dämmerung eingesetzt hatte. Das konnte Jenny durch die beiden Oberlichter sehen, die in die rückwärtige Wand eingelassen waren. Sie fragte sich, warum es in diesem schönen Raum keine großen Fenster gab, obwohl er im Erdgeschoss lag, und schüttelte gleich darauf innerlich den Kopf über sich selbst. Wie konnte sie sich in einer Situation wie dieser Gedanken über die Größe von Fenstern machen? Der Abend brach an, und bald würde es Nacht. Die dritte auf diesem Horrortrip. Was würde sie bringen? Würde sie wieder für einen von ihnen die letzte sein?

Jenny spürte, dass die Panik sie umkreiste wie eine hungrige Hyäne, und fragte sich, wie sie in dieser Situation auch nur ein Auge zumachen sollte.

Was, wenn tatsächlich einer von denen, die jetzt neben ihr saßen, dieser Wahnsinnige war?

Nein, daran durfte sie einfach nicht denken. Sie erhob sich und ging zum Kamin, um einige Holzscheite auf die kaum noch glimmenden Glutreste zu legen.

»Wir müssen heute Nacht Wache halten«, sagte sie.

»Denkst du, die da oben werden über uns herfallen?«, fragte David, und Jenny konnte nicht abschätzen, ob die

Frage ernst oder ironisch gemeint war. »Wir verbarrikadieren einfach die Tür.«

»Ich denke, es ist in jeder Hinsicht gut, wenn wir immer zu zweit wach bleiben«, wich Jenny aus.

»Hm … das wird aber schwierig. Wir sind zu fünft.«

»Nein, ihr werdet nur zu viert sein«, sagte Horst.

»Wie meinst du das?«, hakte Sandra besorgt nach. Der Hausmeister starrte auf seine Hände, als er antwortete: »Ihr versteht das vielleicht nicht, aber … ich kann nicht glauben, dass Timo sich wirklich von mir abgewendet hat. Nach all der Zeit. Wir waren in den letzten Jahren fast Tag und Nacht zusammen, und ich habe das Gefühl, ich war in dieser Zeit alles, was er hatte. Wenn er nun wirklich denkt … Ich muss ihm zeigen, dass ich von seiner Unschuld überzeugt bin, versteht ihr? Dass ich ihm vertraue. Ich muss ihn suchen.«

»Was ist, wenn du dich irrst?«, wollte Sandra wissen. »Was, wenn er doch derjenige ist, der Thomas, Anna und Johannes das angetan hat?«

»Ich weiß, dass ich mich nicht irre. Außerdem ist da noch etwas anderes. Ich möchte bei ihm sein, falls Matthias ihm über den Weg läuft. Ich weiß nicht, was Timo dann tun würde, aber es ist auf jeden Fall besser, wenn ich dabei bin, um ihn von Dummheiten abzuhalten.«

Sandra schüttelte den Kopf. »Ist das nicht ein Widerspruch in sich? Du bist überzeugt, dass er niemandem etwas getan hat, möchtest ihn aber davon abhalten, Matthias etwas anzutun?«

»So ist es, und es ist kein Widerspruch.«

»Wir machen es diesem Arschloch nur leichter«, stellte

David fest, »wenn die Gruppe immer weiter zerfällt. Das ist nicht gut.«

Horst nickte und erhob sich von seinem Sessel. »Ich weiß, aber … tut mir leid, ich muss jetzt los.«

Sie sahen ihm nach, als er bis zur Tür ging und sich dort noch einmal zu ihnen umdrehte. »Vielleicht komme ich zusammen mit Timo wieder zurück.«

»Ja, schau'n wir mal«, erwiderte David wenig begeistert.

Als Horst die Tür hinter sich geschlossen hatte, schürzte David die Lippen und sagte leise: »Da waren's nur noch vier.«

Sandra stieß ein helles, zynisches Lachen aus. »Und jetzt? Wollen wir wirklich heute Nacht abwechselnd zu zweit *Wache halten*, damit niemand hier reinkommt und die anderen beiden schön brav sind und sich nicht gegenseitig umbringen?«

Jenny spürte, dass auch bei der bisher so beherrschten Sandra die Nerven zum Äußersten angespannt waren.

Nico zuckte mit den Schultern. »Hast du eine bessere Idee?«

»Ja, die habe ich. Ich werde mich wie in der letzten Nacht in mein Zimmer einschließen und die Tür verbarrikadieren. Dann brauche ich niemanden zu bewachen und kann wenigstens sicher sein, mich nicht mit einem geisteskranken Mörder in einem Raum aufzuhalten. Falls jemand versucht, in mein Zimmer einzudringen, wird er einen ziemlichen Krach machen müssen, den alle im Haus hören können.«

Nicos Augen wurden groß. »Soll das heißen, du denkst wirklich, dass einer von uns …«

»Das soll heißen«, unterbrach Sandra ihn ungewohnt scharf, »dass wir alle nicht wissen, wer dieser Wahnsinnige ist, außer ihm selbst.«

»Und schon waren's nur noch drei.« David klatschte in die Hände. »Leute, ich finde, Sandra hat recht. Als wir noch acht oder neun gewesen sind, hätte es Sinn gemacht, zusammenzubleiben und zu zweit Wache zu halten, weil wir uns dann gegenseitig unter Kontrolle gehabt hätten. Wer immer der Irre ist, er hätte in dieser Situation kaum eine Chance gehabt, jemandem etwas anzutun. Jetzt aber … Wie sollen wir das anstellen, wenn Sandra auch geht? Zu zweit den einen bewachen, der schläft? Nehmen wir mal an, Nico wäre unser geistesgestörter Killer.« Bevor Nico aufbrausen konnte, hob David die Hand. »Das ist nur hypothetisch. Also, nehmen wir an, Nico wäre es. Glaubt ihr, ich könnte ruhig schlafen, während er mit Jenny *Wache hält*?« Er wandte sich an Jenny. »Du könntest nichts gegen ihn ausrichten, wenn er sich entschließen sollte, sein Spielchen fortzuführen. Und ganz ehrlich, möchtest du die Nacht allein mit Nico und mir verbringen? In dem Bewusstsein, dass einer von uns beiden derjenige sein könnte?«

»Wenn wir uns hier gegenseitig verdächtigen, kommen wir auch nicht weiter«, sagte Nico leise.

»Wenn wir es aber nicht tun, könnte das nicht nur ein leichtsinniger, sondern auch ein tödlicher Fehler sein.«

»Seht ihr, und deshalb halte ich es für besser, mich in meinem Zimmer zu verbarrikadieren.«

David nickte zustimmend und sah Nico und Jenny an. »Ich werde es genauso machen und rate euch, das auch zu tun.«

Jenny deutete auf das Matratzenlager. »Und was ist mit Anna?«

Alle sahen zu dem reglosen Körper.

»Ich kann bei ihr bleiben«, bot Nico an, doch Jenny schüttelte den Kopf. »Nein. Denken wir das doch mal konsequent zu Ende. Wenn wir schon davon ausgehen, dass jeder der Täter sein kann, dann könntest auch du es sein. Anna ist meine Mitarbeiterin, und ich trage die Verantwortung für sie. Ich werde niemanden mit ihr hier allein lassen. Also bleibe ich.«

»Dann bleiben wir beide.«

»Nein.«

Nico legte die Stirn in Falten. »Das heißt, du glaubst also auch …«

»Verdammt!«, rief Sandra dazwischen. »Könnt ihr jetzt endlich aufhören mit diesem Glaubst-du-etwa-dass-ich-Getue?« Ihre Stimme zitterte vor Aufregung. »Wir haben hinlänglich festgestellt, dass jeder der Mörder sein kann. Je-der!« Sie sah Nico eindringlich an. »Also, wenn Jenny dich nicht dabeihaben möchte, dann kann ich das gut verstehen. Und um es noch einmal ganz deutlich zu sagen: Ja, ich glaube auch, dass du es sein könntest. Ebenso gut wie jeder andere.«

Tränen liefen ihr über die Wangen und hinterließen zwei schmale, unregelmäßige Spuren, die im Licht der Deckenlampe glänzten.

»Sandra«, begann Jenny, doch sie winkte kopfschüttelnd ab und verbarg das Gesicht in den Händen.

»Es tut mir leid. Ich kann einfach nicht mehr.« Es klang dumpf.

David ging zu ihr, setzte sich auf die Armlehne ihres Sessels und legte ihr eine Hand auf die Schulter, was Jenny fasziniert beobachtete. »Hey, das ist okay. Da geht es dir so wie uns allen. Bei anderen macht es sich nur anders bemerkbar. Die buddeln gleich das Kriegsbeil aus. Dann lieber mal 'ne Runde weinen.«

Das waren gemessen daran, was David sonst von sich gab, geradezu hinreißend mitfühlende Worte.

Langsam ließ Sandra die Hände sinken und legte eine auf die Hand von David, die noch immer auf ihrer Schulter ruhte. »Danke, das ist lieb von dir.«

So saßen sie einige Sekunden, bis es Sandra offenbar bewusst wurde, dass Nico und Jenny sie anstarrten. Schnell zog sie ihre Hand zurück.

»Bevor wir uns trennen, könnten wir aber noch was zusammen essen, was haltet ihr davon? Ich weiß nicht, wie es euch geht, aber ich habe Hunger.«

Auch Jenny stellte fest, dass ihr Magen deutliche Signale aussandte. »Dann lasst uns mal gemeinsam in die Küche gehen und sehen, was wir finden.«

»Wenn wir noch was finden, nachdem Matthias sich offenbar in der Küche ausgetobt hat«, bemerkte Sandra, die sich augenscheinlich wieder beruhigt hatte.

»Die Firma hat genügend Vorräte hier raufschaffen lassen«, erklärte Nico. »Ich bezweifle, dass er die alle mitgenommen hat.«

»Und wenn dieser Irre die Lebensmittel vergiftet hat?«, gab Sandra zu bedenken. »Denkt an den Whiskey von Johannes.«

David zuckte mit den Schultern. »Tja, das Risiko werden

wir entweder eingehen müssen, oder wir verzichten darauf, etwas zu essen, bis wir gerettet werden.«

»Was noch eine Weile dauern kann«, sagte Nico. »Lasst uns einfach mal nachsehen. Es gibt verpackte Lebensmittel. Wir können uns ja darauf beschränken.«

»Ich bleibe hier bei Anna«, entschied Jenny und wandte sich dem Matratzenlager mit ihrer reglos daliegenden Mitarbeiterin zu. »Ihr könnt mir ja etwas mitbringen.«

»Denkst du nicht, sie könnte ein paar Minuten allein dort liegen? Sie bekommt doch gar nicht mit, ob jemand von uns ...«

»Nein!«, unterbrach Jenny Nico. »Ich lasse sie nicht allein.«

Annas Gesicht war blass, die Haut wirkte dünn wie Papier, das über die Wangenknochen gespannt worden war. Der Kopf war etwas zur Seite geneigt, so dass Jenny die eingetrocknete Blutspur sehen konnte, die vom Ohr aus schräg über den Hals verlief und unter der Mullbinde verschwand, mit der die Halswunde abgedeckt war.

Der Anblick trieb Jenny die Tränen in die Augen, und sie schaffte es nur unter großer Anstrengung, nicht zu weinen.

Sie wendete sich wieder zu Nico um. »Das ist genau der Punkt, warum ich die Nacht hier bei Anna verbringen werde. Du würdest sie allein hier liegen lassen und in Kauf nehmen, dass der Täter zurückkommt und sein Werk vollendet.«

»Aber ...«

»Das sehe ich anders«, kam David ihm zuvor. »Ich glaube, du tust Nico unrecht, weil er sicher das Gleiche denkt wie ich.«

»Und das wäre?« Jenny bemerkte selbst die Angriffslust in ihrer Stimme, aber es war ihr egal.

»Ich denke, dass er sein *Werk* schon vollendet hat.« Davids Blick richtete sich auf Annas unbewegliches Gesicht. »Ich denke, das ist genau das, was er wollte.«

Darauf entgegnete Jenny nichts mehr. Vielleicht – wahrscheinlich – hatte David recht.

Während sie sich neben der Matratze auf die Knie sinken ließ, hörte sie hinter sich Schritte, die sich entfernten.

Die anderen waren gegangen. Sie war mit Anna allein.

Vorsichtig legte sie ihre Hand auf Annas Stirn, ließ sie dort einige Sekunden liegen und begann dann, sanft über Annas Haare zu streicheln.

»Ich weiß, du kannst mich nicht hören, aber ich möchte dir trotzdem sagen, dass ich dich nicht allein lassen werde. Ich bleibe bei dir und passe auf dich auf. Es tut mir so schrecklich leid, was man dir angetan hat, und ich wünschte, ich könnte etwas tun, um dein Leid und deine Schmerzen zu lindern.«

Immer wieder hob sie die Hand, legte sie auf Annas Haaransatz und strich ihr dann sanft über den Kopf.

Gerade, als sie die Hand zurückziehen wollte, bewegte Anna den Kopf.

Links, rechts. Ein gurgelnder Laut drang aus Annas Mund, dann bewegte ihr Kopf sich erneut. Auf und ab … links, rechts … links, rechts …

37

Da ist sie wieder, die Hand. Jennys Hand?

Wie furchtbar es ist, sich diese Frage stellen zu müssen. Nicht zu wissen, wer es ist, der sie berührt. Es könnte ebenso gut das Monster sein, dieser abartige …

Nein, sie muss das jetzt verdrängen. Jemand ist bei ihr, und das ist jemand aus der Gruppe. Sie muss sich darauf konzentrieren, dass ihre Botschaft verstanden wird. Dass das Schema erkannt wird.

Nur wenn sie das schafft, hat sie eine – wenn auch verschwindend geringe – Chance, dass das Monster überwältigt wird, dass alle gerettet werden und sie in ein Krankenhaus kommt.

Da ist wieder dieses Bild. Es ist, als kämpfe es in ihrem Kopf darum, nach vorn gelassen zu werden. Diese seltsame Tür …

Jetzt streicht die Hand über ihre Haare.

Obwohl sie dafür keine Anhaltspunkte hat, lediglich ihr Gefühl, ist sie ganz sicher, dass es Jennys Hand ist, die sanft über ihren Kopf streichelt.

Sie muss es wieder versuchen. Sie hat wahnsinnige Angst vor dem, was dann passiert. Und dennoch … es muss sein. Jetzt.

Als sie den Kopf bewegt, schießen die Schmerzen, gleichzeitig von den Ohren und vom Hals ausgehend, durch den kleinen Teil ihres Körpers, in dem sie noch etwas spüren kann, und vereinen sich zu einer Explosion hinter ihrer Stirn, die sie fast in die Dun-

278

kelheit reißt und es ihr unmöglich macht, sich zu konzentrieren. Was ... was wollte sie? Warum hat sie den Kopf bewegt, obwohl sie genau weiß, was das für Folgen hat? Diese unerträglichen Schmerzen ...

Was ist es nur, das diese Tür so seltsam macht? Warum, zum Teufel, weiß sie, dass an der Tür etwas nicht stimmt, aber nicht was? Warum taucht dieses Bild immer wieder auf, obwohl sie nichts damit anfangen kann, weil ihr die letzte, entscheidende Information fehlt? Andererseits – was spielt es für eine Rolle, ob sie diese gottverdammte Tür in allen Einzelheiten sieht oder nicht. Solange niemand ihre Zeichen versteht, könnte sie jedes kleinste Detail genau vor sich sehen, und es würde nichts nutzen.

Sie wird sich erst wieder der Hand bewusst, als diese aufhört, sie zu streicheln. Die Hand ... Jennys Hand ... die Botschaft.

Unter Aufbietung aller Willenskraft beißt sie die Zähne fest zusammen und bewegt den Kopf erneut, und dieses Mal gelingt es ihr, die Schmerzen zu ertragen.

Wo war sie? Welchen Teil des Codes hat sie bereits mit ihren Bewegungen dargestellt? Nur den ersten, glaubt sie. Also macht sie dort weiter. Kinn hoch, Kinn runter, links, rechts, wieder hoch und runter ...

Die Hand wird zurückgezogen. NEIN!, möchte sie schreien. Bleib! Versteh bitte, bitte, was ich dir mitteilen möchte. Erinnere dich. Du musst es doch erkennen. Bitte ... bleib ...

Aber die Hand ist weg. Bleibt weg.

Anna fällt innerlich in sich zusammen. All die Schmerzen. Vergebens. Sie verstehen es nicht.

Alles hoffnungslos.

279

Was war noch ihr brennendster Wunsch gewesen? Sie weiß es nicht mehr. Aber sie weiß, was sie sich jetzt wünscht.

Sie möchte keine Schmerzen mehr ertragen, nicht mehr leiden müssen.

Sie möchte sterben.

38

Jenny erhob sich und ging zu einem Sessel, der direkt vor dem Kamin stand. Sie ließ sich hineinfallen, rutschte in eine bequeme Position und blickte auf die lodernden Flammen. Ihr Innerstes fühlte sich an wie ein Kellergewölbe, in dem sich jeden Moment etwas Furchtbares abspielen konnte. Ein schwarzes Loch, das ihr alle Energie raubte.

Sie befand sich in einer Situation von solch surrealer Fremdheit, dass irgendwo in einer Ecke ihres Verstandes noch immer ein Teil von ihr darauf hoffte, endlich aufzuwachen und erleichtert festzustellen, dass dieser ganze Wahnsinn sich als das herausstellte, was es eigentlich sein müsste. Ein wirklich böser Traum.

Aber sie wusste, das alles war real.

Sie sann über Timo nach, über seinen kurzen Auftritt und darüber, dass niemand daran gedacht hatte, ihn zu fragen, wer ihn aus dem Kühlraum befreit hatte. War es am Ende sogar Matthias selbst gewesen? Aber warum sollte er das tun?

Und warum hatte Timo ihnen erzählt, dass Matthias bei Florian war und der sich ihm angeschlossen hatte? Welchen Nutzen hatte er davon?

Und schließlich die Frage aller Fragen: Wem traute sie zu, diese furchtbaren Dinge getan zu haben? Wer war derjenige, der Anna verstümmelt und Thomas und Johannes getötet hatte? War es überhaupt derselbe Täter? Immerhin war Johannes wahrscheinlich vergiftet worden, während die beiden …

Bevor sie sich die Frage beantworten konnte, kamen die anderen zurück. Nico trug eine rote Kunststoffbox vor sich her, die gefüllt war mit allerlei Konserven und Verpackungen.

»Das müsste für die nächsten zwei Tage reichen«, verkündete er und stellte die Box neben dem Getränkewagen auf dem Boden ab. »Alles Lebensmittel, die wir kalt essen können.«

Sein Blick fiel auf die Alkoholflaschen. »Ich denke, davon lassen wir besser die Finger. Wer weiß, was noch alles vergiftet ist.«

»Nun, zumindest der Wodka scheint okay zu sein«, stellte David fest und griff nach einer der Flaschen. »Andernfalls würden wir beide jetzt schon neben Johannes da draußen im Schnee liegen.«

Nico musterte die klare Flüssigkeit mit einem kritischen Blick. »Er war okay, als wir davon getrunken haben. Das war, bevor wir diesen Raum verließen. Wer weiß, ob er jetzt immer noch in Ordnung ist?«

»Was soll das heißen?«, fuhr Jenny ihn an. »Unterstellst du mir, *ich* hätte die Zeit genutzt, die ihr in der Küche wart, um *Gift* in den Wodka zu schütten?«

Nico schüttelte den Kopf. »Nein, ich …«

»Was, nein du?« Jenny war es egal, dass sie laut geworden war. Diese Unterstellung war eine solche Unverschämtheit, dass sie sich dagegen wehren musste. »Ich war doch die Einzige, die das hätte tun können, nicht wahr? Außer mir war ja niemand mit den Flaschen allein. Also kann doch wohl nur *ich* ...«

»Nun zieh dir mal die Spritze aus dem Arm«, sagte David. »Schon vergessen, dass wir alle vorher den Raum verlassen haben, um Johannes nach draußen zu bringen? Auch du!«

Das stimmte. Fast. »Alle außer Florian«, sagte Jenny, nun wieder deutlich leiser.

David nickte. »Genau. Also käme er ebenso in Frage. Ganz davon abgesehen, dass zwischendurch jeder von uns in einem unbeobachteten Moment die Gelegenheit gehabt hätte, etwas in die Flaschen zu kippen. Es gibt also keinen Grund für dich, so auszuflippen. Nico hat dir nichts unterstellt, sondern lediglich eine logische Überlegung geäußert.«

Er betrachtete die Flasche, die er noch immer in der Hand hielt, und stellte sie dann auf den Tisch zurück. »Ich habe jedenfalls keinen Bedarf mehr nach einem Drink aus einer dieser Pullen.«

Nico setzte sich und vermied es, Jenny anzuschauen. Sie horchte in sich hinein, suchte nach einem Gefühl der Scham, weil sie ihn angegriffen hatte, fand aber lediglich Reste des Zorns über seine unverhohlene Anschuldigung.

»Hier«, sagte David und reichte Jenny eine Papierserviette, in der zwei feucht glänzende Würstchen lagen. »Frisch aus dem Glas. Nicht gerade ein opulentes Mahl und wahrscheinlich auch kein kulinarischer Genuss, aber das Glas war noch vakuumverschlossen, und man kann sie kalt essen.«

Jenny nahm ihm Serviette und Würste aus der Hand und nickte ihm dankbar zu, woraufhin David zu der Kiste zurückkehrte und Sekunden später mit dem gleichen Angebot neben Sandra stand.

Die zögerte jedoch. »Und wer sagt mir, dass du jetzt nicht irgendetwas da reingetan hast?«

David zuckte ungerührt mit der Schulter. »Niemand.«

Eine Weile, in der Sandra abzuschätzen schien, ob sie ihm trauen konnte oder nicht, sahen sie sich in die Augen, dann siegte wohl der Hunger, denn auch sie nahm die Serviette mit den Würstchen an.

Bevor David erneut zu der roten Box zurückkehren konnte, stand Nico aus seinem Sessel auf, ging zu der Kiste und zog selbst zwei Würste aus dem Glas, in dem noch weitere schwammen.

David beobachtete Nico kommentarlos dabei, wie er an Ort und Stelle die erste Wurst mit zwei Bissen verschlang, bevor er zu seinem Platz zurückkehrte.

Mittlerweile drückte sich die Dunkelheit gegen die Oberlichter des Raums. Ob es noch immer schneite, war nicht mehr zu erkennen.

»Sag mal, Sandra«, sagte David, ebenfalls eine Wurst in der Hand, »du möchtest doch in deinem Zimmer übernachten. Schon mal daran gedacht, dass du dich damit in unmittelbarer Nachbarschaft von Sheriff Matthias und seiner *Gang* befindest?«

»Ja, das habe ich. Deshalb wäre ich euch auch dankbar, wenn ihr mich nachher bis zu meinem Zimmer begleitet.«

»Hm … Du möchtest also nicht mit uns zusammenbleiben, weil du befürchtest, einer von uns könnte der Irre sein.

284

Andererseits möchtest du aber, dass der potentielle Irre dich zu deinem Zimmer begleitet, um dich vor den anderen potentiellen Irren zu beschützen, richtig?«, erwiderte Nico.

»Nein, so wie du es sagst, ist es sicher nicht richtig«, entgegnete Sandra. »Ich möchte einfach verhindern, mit *nur einem* aus der Gruppe zusammen zu sein, so wie das jeder von uns verhindern sollte. Eben weil *jeder* der Täter sein kann. Wenn wir jetzt also damit aufhören könnten, uns gegenseitig Dinge in den Mund zu legen, die nicht so gemeint und auch nicht so gesagt wurden, wäre das sicher hilfreich, findest du nicht?«

Langsam verlieren wir alle die Nerven, stellte Jenny fest. Aber war das ein Wunder?

Sie steckte sich das letzte Stück Wurst in den Mund, stand auf und begann, im Zimmer auf und ab zu gehen, wobei ihr Blick wieder auf die Oberlichter fiel.

»Was denkst du, Nico, wie lange wird es wohl dauern, bis jemand auf die Idee kommt, nach uns zu suchen, wenn es endlich aufgehört hat zu schneien?«

Nico zuckte mit den Schultern. »Keine Ahnung.« Er klang noch immer etwas beleidigt, was so gar nicht zu dem Bild passte, das Jenny sich in den letzten beiden Tagen von ihm gemacht hatte.

»Kann sein, dass die Bergwacht schon versucht hat, uns über Funk zu kontaktieren, um nachzufragen, ob alles in Ordnung ist. Wenn sie keine Antwort erhalten, werden sie sicher aufbrechen, sobald es die Wetterlage zulässt.«

»Und wann wird das sein?«

Nun sah er sie direkt an. »Woher soll ich das wissen?«

»Ich dachte, ihr Bergführer habt Erfahrungswerte.«

Nico stieß ein humorloses Lachen aus. »Erfahrungswerte … Meine Erfahrungswerte sagen, dass es das, was wir
hier gerade erleben, überhaupt nicht geben dürfte. Starke
Schneefälle, okay, aber alles andere?«

David schürzte die Lippen. »Wir stellen also fest, es war
eine Schnapsidee, die Handys nicht mitzunehmen. Darauf
würde ich mich kein zweites Mal mehr einlassen. *Digital
Detox*, okay. Kein Internet, kein Telefon, kein nix, alles gut.
Aber es hätte auch ausgereicht, die Handys auszuschalten
und zu vereinbaren, dass sie nicht genutzt werden. So viel
Vertrauen sollte sein. Ich bin schließlich ein erwachsener
Mensch, der das alles freiwillig mitmacht.«

»Klar«, entgegnete Nico, »wie viel Vertrauen man haben
kann, hat ja die Tatsache gezeigt, dass Thomas sein Handy
hochgeschmuggelt hat. Und?« Provozierend sah er David
an. »Was hat es ihm genutzt? Nichts. Weil es hier oben
kilometerweit kein Netz gibt. Sogar wenn jeder von uns ein
Telefon dabeihätte, würde das nichts an der Situation ändern.«

David winkte ab. »Wie auch immer, ich weiß eines sicher: Wenn wir hier rauskommen, mache ich keinen Schritt
mehr ohne mein Smartphone.«

Ein polterndes Geräusch aus Richtung des Eingangs zog
ihre Aufmerksamkeit auf sich, in der nächsten Sekunde
stand Horst in der Tür.

»Was ist passiert?«, fragte Jenny

»Ich … ich habe mit Timo geredet.«

»Wo ist er?«, wollte Nico wissen.

»Ich weiß nicht, wo er sich versteckt. Irgendwo im Untergeschoss des hinteren, leeren Trakts. Er hat mich wohl

gehört, als ich nach ihm suchte, und stand auf einem der Flure plötzlich vor mir. Er …« Horst rieb sich über die Augen und schüttelte dann den Kopf. »Er hatte ein Küchenmesser in der Hand. Ich komme nicht mehr an ihn ran. Er hat gesagt, ich solle verschwinden, sonst könne er für nichts garantieren. Er hat mich mit dem Messer bedroht. Mich!«

»Das klingt übel«, stellte David fest. »Was meinte er damit, er könne für nichts garantieren?«

Horst ging auf den Sessel zu, der ihm am nächsten stand, und ließ sich hineinfallen. »Das weiß ich nicht genau, aber ich habe in seinen Augen etwas gesehen, das ich nicht an ihm kenne. Eine Art … wilde Entschlossenheit. Ich glaube, dieser Vollidiot da oben hat mit seinem Geschwätz darüber, dass Timo dieser Wahnsinnige sei, und damit, dass er ihn eingesperrt hat, derart in alten Wunden herumgebohrt, dass Timo nicht mehr Herr seiner Sinne ist.«

»Und was denkst du jetzt?«, hakte Nico nach. »Glaubst du mittlerweile auch, er könnte derjenige sein?«

Horst sah David eine Weile an, ehe er leise antwortete: »Nein, das glaube ich immer noch nicht.« Jenny fand, dass es nur mäßig überzeugend klang. »Aber ich habe ihn so noch nicht erlebt, und ich weiß nicht, was passiert, wenn er auf Matthias trifft.«

»Du siehst ziemlich fertig aus«, bemerkte Sandra und deutete auf die Sessel, die Florian zusammengeschoben hatte und die noch immer im hinteren Bereich des Raums standen. »Was hältst du davon, wenn du dich mal ein bisschen hinlegst?«

Der Hausmeister schüttelte den Kopf. »Nein, mir geht es gut.« Doch Sandra stand auf, griff das Kissen, das auf ihrem Sessel gelegen hatte, und ging damit zu Florians Lager. »Nun komm, das wird dir guttun, du wirst …« Sie verstummte abrupt und starrte auf die Sitzfläche von einem der Sessel.

»Was ist?«, fragte Jenny beunruhigt.

David war mit ein paar Schritten neben ihr, richtete seinen Blick auf die gleiche Stelle und sagte: »Hoppla!«

»Was ist denn? Nun sag schon.« Ohne zu wissen, warum, widerstrebte es Jenny, aufzustehen und selbst nachzusehen.

»Da in der Ritze des Sessels … steckt ein Messer«, erklärte Sandra, ohne den Blick abzuwenden. »Ich glaube, es ist das von Florian.«

»Dann hat er es sich wohl zurückgeholt und hier vergessen, als er Matthias gefolgt ist«, mutmaßte David. »Auffällig ist aber, dass keine Blutspuren darauf sind.«

»Was?« Nico stand auf. »Bist du sicher?«

»Bring eine Serviette mit«, forderte David ihn auf und deutete zu der Lebensmittelbox. Nico ging zu der Kiste und gab ihm eine der Papierservietten, mit der David vorsichtig das Messer aufnahm und es von allen Seiten betrachtete.

»Absolut clean. Ich würde mal sagen, jemand hat es sorgfältig abgewischt oder abgewaschen.« Sein Blick traf Jenny. »So viel zum Thema: Die Polizei wird die Spuren auf dem Messer auswerten.«

»Aber …«, setzte Jenny an, ohne zu wissen, was sie sagen sollte. Die Situation überforderte sie mittlerweile, so ungern sie sich das auch eingestand.

»Ich weiß ja nicht, wie es euch geht«, sagte Horst, »aber für mich gibt es nicht viele Möglichkeiten. Am logischsten erscheint mir, dass Florian es abgewischt hat, weil er wusste, dass keine anderen Abdrücke außer seinen eigenen darauf zu finden waren. Damit wäre klar, dass nur er das Messer in der Hand gehabt hatte.«

»Oder Matthias hatte es an sich genommen, saubergemacht und es unbemerkt abgelegt, als er hier war und Florian mit ihm gegangen ist«, ergänzte David.

»Na, ich weiß ja nicht ...« Nico wiegte zweifelnd den Kopf hin und her. »Warum sollte er das tun?«

»Tja, warum sollte er das tun?«, wiederholte David.

»Zumindest würde das erklären, warum Florian das Messer nicht mitgenommen hat«, griff Jenny den Gedanken auf und war froh, ein logisches Argument gefunden zu haben, das Florian entlastete.

Sandra nickte. »Das stimmt. Florian hat es nicht selbst hier liegen lassen, weil er gar nichts davon wusste. Das wäre ja auch vollkommener Quatsch. Er soll sein Messer heimlich wieder an sich genommen und es abgewischt haben, um es dann, wenn er von hier verschwindet, im Sessel zu vergessen? Für wie wahrscheinlich haltet ihr das?«

»Es gibt da noch etwas anderes, das dafür sprechen könnte, dass Matthias hinter der Sache steckt«, warf David ein. »Nachdem er mitbekommen hatte, dass es sich um Florians Messer handelt, war er ja ziemlich schnell davon überzeugt, dass doch nicht Timo, sondern Florian der Wahnsinnige sein muss.«

Nico zuckte mit den Schultern. »Ja, und? Als wir Johannes rausgebracht haben, hatte er wieder Timo im Visier. Der hat sie doch nicht alle, das liegt ja wohl auf der Hand.«

»Davon abgesehen, dass ich dir bei Letzterem völlig zustimme … er hat da draußen in der Lobby tatsächlich wieder Timo beschuldigt, und zwar so laut, dass Florian es hier drinnen gehört haben muss. Was, wenn das nur eine Finte war, um Florians Vertrauen zu gewinnen und eine Gelegenheit zu bekommen, ihm das Messer unterzujubeln?«

Der Gedanke jagte Jenny kalten Schweiß auf die Stirn. »Wenn das stimmen sollte«, sagte sie leise, »dann ist Florian bei Matthias in großer Gefahr.«

39

»Und was machen wir jetzt?«, fragte Sandra, ohne den Blick von der Klinge abzuwenden.

David zuckte mit den Schultern, legte das Messer auf einem der kleinen Beistelltische ab und setzte sich in den Sessel daneben. »Ich fürchte, da können wir recht wenig tun. So oder so – es war Florians Entscheidung, mit Matthias zu verschwinden und Anna allein hier liegen zu lassen, als wir nicht da waren.«

»Die Frage ist, ob er das wirklich freiwillig getan hat«, überlegte Sandra laut.

»Timo hat doch gesehen, dass Florian freiwillig mitgegangen ist«, bemerkte Nico, woraufhin Sandra ein zischendes Geräusch ausstieß.

»Das behauptet Timo!«

»Und ich glaube ihm das auch«, mischte Horst sich ein. »Warum sollte er uns anlügen?«

Sandra hob beide Hände. »Ich beschuldige ihn ja nicht. Ich weiß, dass du zu ihm hältst, aber er *könnte* es getan haben, weil er den Verdacht auf Florian lenken möchte.«

Damit wandte sie sich Anna zu, bückte sich und legte ihr die Hand erst auf die Wange, dann auf die Stirn. Nach einigen Sekunden erhob sie sich wieder. »Sie hat immer noch kein Fieber, das ist gut.«

»Ja«, stieß David düster aus, »der Irre hat an Thomas gelernt und seine Methode verbessert. Sieht so aus, als würde sie überleben. Die Frage ist, ob man ihr das in ihrer Situation wirklich wünschen soll …«

»Was redest du denn da?« Jenny sah ihn fassungslos an. »Alles ist besser als zu sterben.«

David hob die Brauen. »Sicher?«

»Ja, ganz sicher.« Im gleichen Moment fragte sie sich jedoch selbst, ob sie das glaubte. Würde *sie* ein solches Leben ertragen können, ohne den Verstand zu verlieren?

»Sicher, dass du heute Nacht hier bei ihr bleiben möchtest?«, fragte Sandra.

»Ja«, entgegnete Jenny bestimmt, »ich möchte niemand anderen hier mit ihr allein lassen.« Dabei sah sie David vorwurfsvoll an.

»Ich könnte mit dir zusammen bei ihr bleiben«, schlug Horst vor, doch Jenny schüttelte den Kopf.

»Versteh mich nicht falsch, aber ich möchte lieber allein sein.« Auch wenn sie Horst instinktiv vertraute – sicher sein konnte sie nicht. Die Vehemenz, mit der er seinen Kumpel Timo verteidigte … Hatte nicht jemand ganz richtig bemerkt, dass Thomas zu schwer gewesen war, um lediglich von *einem* Täter getragen worden zu sein?

Nein! Sie verdrängte diesen Gedanken und wandte sich wieder Sandra zu. »Die einzige Alternative wäre, dass wir sie nach oben in mein Bett schaffen und morgen früh dann wieder hier runter. Aber das ist zu umständlich und würde Anna sicher Schmerzen bereiten. Nein, ich bleibe mit ihr hier.« Ihr Blick fiel auf Florians Messer. »Wenn ihr mir das dalassen würdet …«

292

»Das Messer kannst du von mir aus behalten«, entschied David. »Was allerdings den morgigen Tag betrifft … Warten wir doch erst einmal ab, was die Nacht bringt.«

»Du verstehst es echt, einem Mut zu machen«, sagte Sandra kopfschüttelnd.

»Ich greife lediglich auf die Erfahrungen der letzten beiden Nächte zurück, beziehungsweise auf die Folgen, die wir ja immer erst morgens bemerkt haben.«

»Mit dem Unterschied, dass wir jetzt wissen, worauf wir achten müssen«, entgegnete Nico. »Wir können uns darauf einstellen und Vorkehrungen treffen.«

»Das dachten wir in der letzten Nacht auch, nachdem das mit Thomas passiert war.«

»Vielleicht wird man ja schon morgen nach uns sehen?«, sagte Sandra hoffnungsvoll. »Dann hätte dieser Spuk ein Ende.«

»Ja, wer weiß.« An Davids Tonfall war deutlich erkennbar, was er darüber dachte. Jenny kam jedoch nicht mehr dazu, weiter darüber nachzusinnen, weil plötzlich ein Schrei durch das Hotel hallte, gefolgt von lautem Poltern. Es kam von irgendwo aus der Nähe. Wahrscheinlich aus der Lobby.

Während Jenny erschrocken zur Tür starrte, riss Sandra panisch die Augen auf.

»Was, zum Teufel …«, stieß David aus und sprang auf. Auch Nico erhob sich. »Wer war das?«

»Woher soll ich das wissen?«, zischte David ihm zu.

Alle starrten auf den Eingang, lauschten angespannt auf weitere Geräusche, doch es war nichts mehr zu hören.

»Wir müssen nachsehen«, sagte Jenny nach einer Weile. Sandra wandte sich ihr zu, ihrem Gesicht war der Schreck noch immer anzusehen. »Mir ist nicht wohl bei dem Gedanken.«

»Mir auch nicht, aber wenn jemand verletzt wurde und Hilfe braucht …«

»Was, wenn es eine Falle ist?«, gab Nico zu bedenken.

David schüttelte den Kopf. »Von wem denn? Matthias? Timo? Oder vielleicht Ellen? Jenny hat recht, wir müssen nachsehen. Immerhin sind wir zu fünft.«

Er wandte sich erst Nico, dann Horst zu. »Also los. Wir drei schauen mal nach. Jenny, Sandra, ihr bleibt hier bei Anna.«

»Dann verschließen wir aber die Tür«, entgegnete Sandra, woraufhin David sie überrascht ansah.

»Nico hat recht. Was, wenn das eine Falle ist? Um uns zu trennen, zum Beispiel?«

»Ja, ja«, herrschte Nico sie an, obwohl sie ihm gerade zur Seite gesprungen war. Er rang sichtlich darum, die Nerven zu behalten. »Schließt die verdammte Tür ab. Können wir das jetzt hinter uns bringen und nachsehen?«

David nickte, ging zu dem Beistelltisch und griff nach Florians Messer. »Die Fingerabdrücke …«, setzte Horst an, doch David winkte ab. »Sind eh abgewischt.«

Er ging zur Tür und öffnete sie, ohne zu zögern, blieb dann ein paar Atemzüge lang abwartend stehen und ließ seinen Blick über den Teil der Lobby wandern, den er überblicken konnte. Jenny, die an ihm vorbeisah, fiel auf, dass der Eingangsbereich des Hotels nur spärlich beleuchtet war.

»Niemand zu sehen«, sagte David leise und ohne sich umzudrehen. »Schauen wir mal nach.«

Bevor er jedoch den ersten Schritt machen konnte, tauchte ein Schatten vor ihm auf und wurde zu einem Körper, der gegen ihn prallte und ihn von den Beinen gerissen hätte, wenn Nico und Horst nicht hinter ihm gestanden und ihn gestützt hätten. Jenny hörte sich selbst fast zeitgleich mit Sandra einen Schrei ausstoßen, doch schon im nächsten Moment sortierte ihr Verstand das Durcheinander vor ihr.

Der Schatten, der plötzlich aufgetaucht und gegen David geprallt war, war Florian, der noch immer in Davids Armen hing und eine stark blutende Wunde auf der Stirn aufwies.

»Um Gottes willen!«, stieß sie aus und wollte zu ihm, doch Horst hielt sie auf. »Alle zurück und Tür zu«, befahl er mit ungewohnt scharfer Stimme, um sich gleich darauf an David und Florian vorbeizuschieben und die Tür selbst zuzuziehen. Erst nachdem er mit einer schnellen Bewegung den Schlüssel umgedreht hatte, wurde er wieder ruhiger.

David und Nico zerrten unterdessen Florian zu den noch immer zusammengestellten Sesseln und halfen ihm, sich draufzulegen.

»Was, zum Henker, ist da draußen passiert?« David betrachtete die stark blutende Wunde auf Florians Stirn. »Bringt mir mal Servietten.«

»Matthias«, keuchte Florian, »er hat mich getäuscht. Er und Annika sind überzeugt davon, dass ich das mit Thomas und Anna war. Diese bescheuerten …«

Jenny beugte sich neben David ein Stück nach vorn, um mit einer der Servietten die Wunde abzutupfen, damit man sehen konnte, wie lang und wie tief sie war. Obwohl sie da-

bei ganz vorsichtig zu Werke ging, verzog Florian schmerzhaft das Gesicht und stöhnte auf.

»Und woher stammt die Wunde? Was war das für ein
Poltern?«

»Matthias wollte mich fesseln, während Annika mich mit
einem Messer bedroht hat, aber ich konnte mich losreißen
und bin aus dem Zimmer gerannt. Kurz vor der Treppe
hat Matthias mich am Arm erwischt. Dieses Arschloch hat
wirklich mit dem Messer auf mich eingestochen. Ich bin
gestolpert und dann die Treppe hinuntergefallen.«

Jenny entdeckte, dass Florian auch aus einer Wunde
am Unterarm blutete, die allerdings nicht sehr tief zu sein
schien.

»Mein Gott!« Sandra schüttelte ungläubig den Kopf.
»Das Ganze nimmt mittlerweile Formen an, dass man sich
fragen muss, wer von uns eigentlich noch halbwegs normal
ist.«

»Wir befinden uns ja auch in einer irren Situation«,
sagte Nico. »Da braucht man sich nicht zu wundern, wenn
der eine oder andere durchdreht.«

»Willst du diesen bescheuerten Wichser etwa verteidigen?«, fuhr Florian ihn an. »Weil die Situation so irre ist?
Hast du sie nicht mehr alle? Dann geh doch hoch zu ihm
und lass dir von ihm mal ein Fleischermesser an den Hals
halten, während er dich befragt wie ein Kripo-Bulle. Die
sind vollkommen durchgedreht. Beide.«

Jenny hatte es geschafft, die Stirnwunde so weit zu säu-
bern, um erkennen zu können, dass sie kurz über der linken
Augenbraue begann und etwa fünf Zentimeter lang schräg
bis zum Haaransatz reichte. Sie klaffte so weit auseinander,

296

dass Jenny für einen Moment glaubte, das Stirnbein zu sehen, bevor sich wieder Blut darin sammelte. Diese Wunde musste irgendwie verschlossen werden.

»Was ist mit Ellen?«, wollte Sandra wissen und tupfte derweil die Verletzung an Florians Unterarm ab.

Florian atmete ein paarmal tief durch, bevor er antwortete: »Die hat sich schon aus dem Staub gemacht, kurz nachdem ich mit ihnen gegangen bin. Sie hat wohl auch bemerkt, dass die beiden vollkommen durchgeknallt sind. Plötzlich war sie weg. Ich weiß nicht, wohin.«

»Allmählich sind wir alle versprengt«, stellte Horst mit ruhiger Stimme fest.

Jenny überlegte kurz, eine der Servietten mit Alkohol zu tränken, um die Wunde damit zu desinfizieren, dachte dann aber an das Gift in Johannes' Whiskey und ließ es bleiben.

»Warum bist du überhaupt mit denen mitgegangen?«

»Weil sie mir sagten, sie hätten euch belauscht, als ihr Johannes weggetragen habt, und gehört, dass ihr vorhattet, mich in den Kühlraum einzusperren.«

Jenny schüttelte den Kopf und tupfte ihm erneut das Blut von der Stirn.

»Und? Hattet ihr das vor?«, wollte Florian wissen.

»Natürlich nicht. Und das hast du wirklich geglaubt?«

Florian sah sie an. »Ja. Mittlerweile traue ich hier jedem alles zu.«

»Und da wunderst du dich, wenn man auch dich verdächtigt?« David wandte sich ab, redete aber weiter: »Weißt du übrigens, wo dein Messer ist?«

»Nein, das wollte dieses Arschloch da oben auch schon von mir wissen. Er hat mir ein Fleischermesser an den Hals gehalten und gedroht zuzustechen, wenn ich ihm nicht sage, wo mein Messer ist oder wer es hat.«

»Hm«, meinte David, »das ist seltsam.«

»Warum?«

»Weil wir dachten, er hat es auf deinen Platz gelegt, um den Verdacht gegen dich zu erhärten«, erklärte Jenny.

Florian sah sie verständnislos an. »Wie, auf meinen Platz? Und was heißt überhaupt *Verdacht zu erhärten*?«

»Hier!« David zeigte Florian das Messer. »Es lag da, wo du jetzt sitzt und auch schon gesessen hast, als Matthias hier auftauchte. Und *Verdacht erhärten*, das heißt, verdächtiger zu sein, als alle anderen sowieso schon sind, wie du selbst so treffend bemerkt hast.«

»Und warum fragst du mich dann, ob ich weiß, wo das Messer ist?«, blaffte Florian ihn an.

»Weil ich wissen wollte, wie du reagierst.«

»Und? Weißt du jetzt mehr?«

David schürzte die Lippen. »Ich denke schon. Wobei mir das, was ich denke, nicht unbedingt gefällt.«

»Und was denkst du, du Superhirn?«, schaltete Nico sich in das Gespräch ein.

»Vorausgesetzt, der heimgekehrte Sohn hier sagt die Wahrheit, denke ich, dass es unwahrscheinlich ist, dass Matthias das Messer abgewischt und dort platziert hat. Denn wenn er das getan hätte, wäre es vollkommener Blödsinn gewesen, Florian unter Androhung von Gewalt danach zu fragen. Er war eh bei ihm, er hätte also niemanden täuschen müssen. Damit fällt automatisch auch Annika aus.

Wenn wir weiterhin davon ausgehen, dass es wahr ist, dass besagter Heimkehrer Florian es nicht selbst …«

»Hey! Ich bin anwesend, falls du es noch nicht bemerkt hast«, unterbrach Florian ihn, woraufhin David ihn abschätzend ansah. »Ja, für den Moment. Wer weiß, was dir in ein paar Minuten einfällt. Wenn ich das also zu Ende bringen darf: Wenn wir davon ausgehen, dass *du* das Messer nicht selbst dort platziert hast, fallen also Matthias, Annika und du weg. Wenn wir weiterhin annehmen, dass es zumindest unwahrscheinlich ist, dass Ellen oder Timo es geschafft haben, in der kurzen Zeit, in der weder wir noch Matthias und Florian im Raum waren, unbeobachtet hier reinzukommen und das Messer abzulegen … tja, dann bleibt nur noch eine Schlussfolgerung, und die gefällt mir eben ganz und gar nicht.«

Er blickte von einem zum anderen, ehe er fortfuhr: »Denn dann war es einer von uns.«

40

»Nein!« Sandra ließ Florians Arm los, richtete sich auf, trat ein paar Schritte zur Seite und verschränkte die Arme vor der Brust. »Das kann nicht … das …« Sie wandte ihnen den Rücken zu und senkte den Kopf, ihre Schultern zuckten.

Niemand sprach ein Wort, solange sie leise schluchzte. Nach wenigen Sekunden zog sie geräuschvoll die Nase hoch, wischte sich mit beiden Händen über die Augen und die Wangen und drehte sich wieder zu ihnen um. »Entschuldigt bitte, aber ich … ich habe einfach Angst vor der kommenden Nacht.«

»Du brauchst dich für nichts zu entschuldigen«, sagte Jenny. »Unser aller Nerven liegen blank, und du hast dich bisher verdammt tapfer gehalten. Und falls es dir hilft: Ich habe auch Angst vor dieser Nacht. Wahnsinnige Angst.«

»Die haben wir wohl alle«, stimmte David zu. »Aber ich denke dennoch, der Entschluss, dass sich heute Nacht jeder für sich verbarrikadiert, ist richtig.«

»Wir brauchen irgendetwas, womit wir Florians Stirnwunde zusammenklammern, sonst hört es nicht auf zu bluten.«

»Ich habe einen Tacker unten im Büro. Damit …«

»Hast du sie noch alle?« Florian sah Horst ungläubig an. »Was bin ich, ein Stück Pappe oder was?«

»Ich hatte mal eine Platzwunde am Hinterkopf«, erklärte Horst ruhig. »Die ist auch getackert worden. Das Gerät sah nicht viel anders aus als das Teil, das ich unten habe.«

»Aber es war steril. Und außerdem ist deine Platzwunde von einem Arzt getackert worden und nicht von einem gottverdammten Hausmeister.«

Horst nickte. »Ich habe es nur gut gemeint.«

»Ich habe Nähzeug dabei«, erklärte Sandra. »Ein kleines Mäppchen mit den wichtigsten Utensilien. Damit könnte man ...«

»Du möchtest mit einer *normalen* Nadel an mir herumnähen wie am Riss in einer Jeans?« Florian tippte sich mit dem Zeigefinger an die unverletzte Seite der Stirn. »Spinnst du?«

»Wenn man die Nadel heiß macht, ist sie quasi desinfiziert«, erklärte Jenny. »Jedenfalls ist alles besser, als nichts zu tun. So können wir die Wunde nicht lassen, die wird nicht aufhören zu bluten. Du kannst natürlich weiter jeden, der einen Vorschlag macht, um dir zu helfen, fragen, ob er spinnt. Wie du möchtest.«

Florian sah sie an, als versuche er, in ihren Augen ein Indiz dafür zu finden, dass es doch noch eine andere Möglichkeit gab, die sie ihm aber verschwieg. Schließlich nickte er. »Also gut. Dann also Sandras Nähzeug.«

»Da gibt es nur zwei kleine Probleme«, sagte Sandra. »Das Nähzeug ist oben in meinem Zimmer.«

»Und das zweite?«

»Ich denke zwar nicht, dass es passiert, aber es ist trotzdem möglich, dass sich die Wunde infiziert.«

»Und was heißt das?«

301

»Entzündung«, erklärte David. »Die Wunde an Thomas' Zunge hat sich auch infiziert.«

Jenny hatte das unbestimmte Gefühl, dass es David eine gewisse Genugtuung bereitete zu sehen, wie Florian schlagartig blass wurde.

»Und daran ist er krepiert«, stieß Florian aus. »Vergesst es. Keine Nähnadel und kein Stopfgarn an meiner Stirn.«

»Du verstehst das nicht«, erklärte Jenny und dachte wieder an die Alkoholflaschen, während sie erneut Florians Stirn abtupfte. »Es geht nicht um die Nadel. Es geht darum, dass schon bei dem Sturz auf der Treppe etwas in die Wunde gelangt sein kann, das dazu führt, dass sie sich entzündet. Das bedeutet dann Fieber.«

»Wie bei Thomas«, fügte David hinzu.

»Scheiße. Und jetzt?«

Sandra zuckte mit den Schultern. »Auf jeden Fall erst einmal nähen.«

»Und wir haben nichts, was man benutzen kann, damit es sich nicht entzündet?«

»Alkohol wäre eine Möglichkeit«, erklärte Jenny mit einem Blick zu den Flaschen. »Aber wir wissen nicht, ob von dem Gift, das Johannes umgebracht hat, nicht auch etwas in die anderen Flaschen getan worden ist.«

Auch Florians Blick richtete sich auf den Getränketisch, bevor er Jenny wieder ansah, die gerade mehrere Servietten zusammenklappte und vorsichtig auf die Stirnwunde drückte. Dann nahm sie Florians Hand und legte sie darauf. »Fest andrücken.«

Er tat, was sie sagte, verzog dabei aber das Gesicht. »Scheiße, tut das weh … Als es Johannes erwischt hat, haben doch alle etwas getrunken. Das Gift war aber nur im Whiskey.«

»Darüber haben wir gerade gesprochen«, erklärte Nico. »Wer garantiert uns, dass in der Zwischenzeit nicht auch die anderen Getränke vergiftet wurden?«

»Ja klar, und wer garantiert mir, dass mich nicht gleich der Schlag trifft? Dieses Risiko gehe ich jedenfalls lieber ein als das einer Infektion. Wenn ich an Thomas denke … Tut ihr jetzt bitte was?«

»Ich weiß nicht …«, setzte Jenny an, doch Florian unterbrach sie mit einer harschen Handbewegung. »Ich weiß es aber.«

Sandra sah Jenny fragend an, als erwarte sie von ihr eine Entscheidung, was jetzt zu tun sei. Als Jenny schließlich nickte, ließ sie von Florians Arm ab, erhob sich und sah die Männer nacheinander an. »Wer begleitet mich, um das Nähzeug zu holen? Bei der Gelegenheit können wir auch das Verbandszeug aus Thomas' Zimmer mitnehmen.«

»Ich komme mit«, sagte Horst, und auch David nickte. »Ich auch.«

Bevor sie das Kaminzimmer verließen, nahm David Florians Messer an sich und zuckte mit den Schultern, als er die Blicke der anderen bemerkte. »Man weiß ja nie.«

Kurz darauf betraten die drei die Lobby und schlossen die Tür des Kaminzimmers hinter sich.

Jenny wandte sich Florian zu und deutete auf seine Stirn. »Nimm das mal wieder weg, es ist durchgeblutet.«

Nachdem sie den letzten kleinen Packen Servietten gefaltet und auf die Wunde gedrückt hatte, sah Jenny zu Anna hinüber, die nach wie vor reglos auf der Matratze lag.

»Ob sie bei Bewusstsein ist?«, fragte Nico, der ihrem Blick gefolgt war.

»Ich weiß es nicht.« Nach einem letzten prüfenden Blick auf Florians Wunde ging sie zu Anna und setzte sich auf den Rand der Matratze. Annas Stirn war nach wie vor kühl. Bevor Jenny die Hand wieder zurückzog, begann Anna erneut mit den Kopfbewegungen, die abwechselnd Nein und Ja signalisierten. »Ich verstehe dich nicht, Anna«, sagte sie, obwohl sie wusste, dass ihre Mitarbeiterin sie nicht hören konnte. »Nein, ja, nein, ja … Wenn ich doch nur wüsste, was das zu bedeuten hat.«

»Ich schätze, sie möchte auf irgendeine Art Kontakt mit dir aufnehmen«, mutmaßte Florian.

»Ja, das denke ich auch, aber was soll dieses abwechselnde Nein und Ja bedeuten? Wenn sie mich wenigstens hören könnte, dann könnte ich ihr Fragen stellen, die sie mit Nein oder Ja beantwortet, aber so …«

Trotzdem musste sie es noch einmal versuchen. Sie zog ihre Hand weg und wartete ein paar Sekunden, bis Annas Kopfbewegungen aufhörten. Dann beugte sie sich so weit hinunter, dass ihr Mund nur noch Zentimeter von Annas Ohr entfernt war. Sie sah die eingetrocknete Blutspur, die im Inneren von Annas Ohr begann, sich über den Hals zog und unter dem blutverkrusteten Rand des Shirts verschwand.

»Anna?«, sagte sie und wartete auf eine Reaktion. Als die nicht kam, versuchte sie es erneut, dieses Mal lauter. »Anna, kannst du mich hören?«

Nichts. Wie es zu erwarten gewesen war.

»Das bringt doch nichts«, sagte Florian. »Sie ist taub, genau wie Thomas es war.«

»Aber wie soll ich denn mit ihr kommunizieren, wenn sie mich weder sehen noch hören kann? Wie soll das denn funktionieren?«

»Vielleicht ähnlich, wie sie es macht«, schlug Nico vor. »Indem du irgendwie auf ihrem Gesicht *ja* und *nein* signalisierst.«

»Toll! Und dann? Was dann?« Klang ihre Stimme hysterisch?

»Sollen wir uns gegenseitig immer wieder *ja* und *nein* signalisieren? Was soll das denn bringen?«

»Ich weiß es doch auch nicht, verflucht nochmal«, giftete Nico. »Deswegen brauchst du mich nicht gleich anzufahren. Ich wollte nur helfen.«

»Könnt ihr mal aufhören?«, forderte Florian sie auf. »Es bringt nichts, sich gegenseitig anzumachen. Das tun die da oben auch die ganze Zeit. Ich schätze mal, die werden sich im Laufe der Nacht gegenseitig die Köpfe einschlagen.«

»Eine Sorge weniger«, brummelte Nico beleidigt.

Als im nächsten Moment die Tür geöffnet wurde, fuhr Jenny erschrocken zusammen, entspannte sich aber gleich wieder. Sandra, Horst und David waren zurück.

»Ich habe das Nähzeug«, erklärte Sandra und hob das braune Mäppchen hoch.

David ließ sich in einen Sessel fallen und stieß die Luft aus, als hätte er eine große Anstrengung hinter sich. »Mit dem Verbandszeug hatten wir allerdings weniger Glück. Das lag nicht mehr in Thomas' Zimmer. Jemand muss es weggenommen haben.«

»Matthias«, vermutete Nico und wandte sich an Florian. »Hast du es bei denen gesehen?«

305

»Wohl kaum, sonst hätte ich etwas gesagt, als Sandra vorschlug, das Zeug aus Thomas' Zimmer zu holen.«

»Es kann auch sein, dass Timo es hat«, gab Jenny zu bedenken. »Oder Ellen.«

»Wie auch immer, es ist nicht mehr da.« Sandra hielt das Mäppchen erneut demonstrativ in die Höhe. »Und? Wer näht?«

»Ich dachte, du machst das?«, sagte Jenny verwundert.

»Ich mache es, wenn das für Florian okay ist und sich sonst niemand meldet, der vielleicht mehr Erfahrung mit so was hat.«

»Erfahrung mit so was …«, wiederholte Florian, löste die durchgebluteten Servietten von seiner Stirn und betrachtete sie. »Wir sollten bald anfangen. Das waren die letzten Servietten. Kann mir mal jemand eine Wodkaflasche geben? Ich brauche ein paar große Schlucke, bevor es losgeht.«

»Du willst davon trinken?«, fragte Jenny. »Bist du sicher? Ich würde das nicht tun.«

»Ich schon. Da ist kein Gift drin, sonst würde kaum noch jemand von uns leben. Also?«

Sie sahen einander unsicher an, niemand rührte sich, bis schließlich Horst zum Tisch ging, eine volle Wodkaflasche ergriff und sie Florian brachte. »Hier. Die ist noch ungeöffnet.«

»Danke.« Ohne Zögern nahm Florian ihm die Flasche aus der Hand, schraubte sie auf und setzte sie an die Lippen.

Jenny beobachtete ihn mit einer Mischung aus Faszination und Entsetzen.

306

Als er die Flasche wieder absetzte, fehlten mindestens drei Fingerbreit des Inhalts. Den Verschluss behielt er in der anderen Hand.

Alle im Raum starrten ihn an, als rechneten sie damit, dass er gleich zuckend nach vorn kippte, doch nichts dergleichen geschah.

»Was ist?«, fragte er. »Glaubt ihr immer noch, da wäre Gift drin? Ich muss euch leider enttäuschen, wie ihr seht.« Dann setzte er die Flasche erneut an und trank.

»Seltsam, dass er so sicher war, oder?«, flüsterte David dicht an Jennys Ohr. Bevor sie darauf reagieren konnte, stellte Florian die fast zur Hälfte geleerte Flasche auf dem Boden ab und sah Sandra an. »Also los.«

41

Sie muss einsehen, dass es keinen Zweck hat. Die anderen werden nicht verstehen, was sie ihnen mitteilen will. Sie kommen nicht darauf, dass es diesen einfachen Weg gibt, miteinander zu kommunizieren, obwohl sie praktisch täglich damit zu tun haben.

Endlich erkennst du es, *wispert die neue Stimme in ihrem Inneren.* Außerdem ist es wahrscheinlich sowieso das Monster, das dir immer wieder die Hand auf die Stirn legt. Dieser Mistkerl. Denk doch mal nach. Erst Thomas, dann du. Konntest du etwas dagegen tun, dass er dich in seine Gewalt bringt? Nein. Weißt du überhaupt, wie das geschehen ist? Nein.

Die seltsame Tür …

Denkst du, die anderen wären schlauer als du? Noch ein Nein. Was ist die logische Schlussfolgerung? Wahrscheinlich liegen einige der anderen mittlerweile genauso als Fleischberge irgendwo herum wie du, und der Rest ist so tot wie Thomas.

Wenn es so ist – sind sie dann alle hinter dieser Tür verstümmelt oder getötet worden?

Das stimmt nicht, *meldet sich die altbekannte Stimme.* Das Monster ist wahrscheinlich allein, es kann unmöglich alle anderen überwältigt haben. Du musst es weiter versuchen. Du musst denen mitteilen, wer dir das angetan hat, und sie warnen. Und verhindern, dass dir noch mehr Leid zugefügt wird. Und wenn du dich dann noch daran erinnern kannst, was so anders an dieser verfluchten Tür ist, die du immer wieder undeutlich siehst, so als hättest du zwei Flaschen Schnaps getrunken, kannst du ihnen vielleicht sogar sagen, wo sie suchen müssen.

Noch während sie spürt, dass sich wieder ein wenig Lebenswillen in ihr regt, hört sie erneut das hämische Wispern.

Noch mehr Leid? Was, zur Hölle, kann dieser Wahnsinnige dir denn noch antun? Die Beine brechen? Haha. Na und? Du würdest es nicht einmal mitbekommen, weil du es weder sehen noch hören, noch spüren könntest. Dir eine Hand abschneiden? Einen Arm? Na und? Wen juckt's? Dich sicher nicht mehr. Haha. Also sag mir – welche Art von Leid kann man dir noch zufügen?

Anna hört der Stimme zu und ist sich in einer Ecke ihres Verstandes bewusst, dass sie dem Wahnsinn entspringt, der gerade wieder seine gierigen Klauen nach ihr ausstreckt. Er umkreist sie nach wie vor, jederzeit zum finalen Sprung bereit, mit der er jeden letzten vernünftigen Gedanken in ihr für immer tötet. Und dennoch …

Der Wahnsinn, na und? Überleg doch mal, was für dich der Wahnsinn bedeutet. Denk nach, du Rest von Anna. Wahnsinn bedeutet, keine Angst mehr zu haben, sich keine Gedanken mehr machen zu müssen, darauf zu scheißen, was um dich herum passiert und wer was tut. Du wirst es sowieso niemals schaffen, dich mit ihnen zu verständigen, weil sie es nicht kapieren. Nein, Rest von Anna, der Wahnsinn ist für dich nichts Schlechtes. Er bedeutet für dich, diesem dunklen, geräuschlosen Irrenhaus entfliehen zu können, zu dem du geworden bist. Wahnsinn bedeutet, wieder glücklich zu sein. Denk drüber nach, Rest von Anna.

Sie denkt darüber nach, und während sie das tut, versucht die alte Stimme, wieder zu ihr durchzudringen, aber die Verlockungen der neuen sind groß. Und Anna weiß, dass sie recht hat, diese flüsternde, wispernde, säuselnde Stimme. Die anderen werden sie nicht verstehen.

Diese Tür …

Scheiß auf die Tür.

Nein, sie wird keinen Versuch mehr unternehmen. Sie wird sich fallenlassen.

Recht so, *flüstert die neue Stimme in ihr.*

42

Nachdem Sandra den schwarzen Faden durch das Öhr gefädelt hatte, legte sie die Nadel zur Seite, warf einen Blick auf die Wodkaflasche und ging dann zum Getränketisch, wo sie nacheinander einige der Flaschen anhob und einen Blick auf das Etikett warf. Mit einer Flasche braunen Rums in der Hand kehrte sie schließlich zu Florian zurück. »Hat jemand ein Feuerzeug?«

Horst ging zum Kamin, nahm das längliche Feuerzeug, das auf dem Sims lag, und brachte es ihr, während die anderen das Geschehen stumm beobachteten. »Warum hast du nicht die Flasche genommen, aus der er getrunken hat? Da scheint ja zumindest kein Gift drin zu sein.«

»Das Zeug hat nur 37,5 Prozent Alkohol«, entgegnete Sandra sachlich. »Brennt nicht.« Damit legte sie das Feuerzeug zur Seite, griff mit der einen Hand nach der durchgebluteten Serviette und mit der anderen nach der Rumflasche. Die Servietten faltete sie zusammen und drückte sie unterhalb der Verletzung gegen Florians Stirn, bevor sie etwas von dem hochprozentigen Alkohol über die Wunde goss. Florian schrie auf, kniff die Augen zusammen und stieß einen derben Fluch aus. Davon unbeeindruckt, kippte Sandra die Flasche nach vorn, so dass sie die Nadel in die braune Flüssigkeit tauchen konnte.

Anschließend hielt sie die Flamme des Feuerzeugs darunter. Die blaue Flamme brannte einige Sekunden, dann erlosch sie wieder. Nachdem sie auch einen Schuss Rum über ihre Hände gegossen hatte, drückte sie, ohne zu zögern, die Ränder der Platzwunde zusammen und setzte die Nadel an. Florian stöhnte auf.

Sandra nähte die Stirnwunde mit acht Stichen, als hätte sie so etwas schon hundertfach gemacht. Was Jenny dabei am meisten beeindruckte, war die absolute Ruhe und Entschlossenheit, mit der sie das tat. Sie selbst hätte vor jedem einzelnen Stich gezögert und darüber nachgedacht, wie schmerzhaft das für Florian sein musste, da war sie sicher.

Als Sandra den Faden nach dem letzten Stich verknotete und sich vorbeugte, um ihn durchzubeißen, war es David, der die angespannte Stille beendete.

»Du machst das, als hättest du Übung darin. Wo hast du das gelernt?«

Sandra legte die Nadel zur Seite und sah ihn mit einem bitteren Grinsen an. »Wenn du auf einem Bauernhof weitab vom Schuss mit drei jüngeren Brüdern und ohne Mutter aufwächst, lernst du solche Dinge, glaube mir.«

Jenny verkniff sich die Frage, was mit ihrer Mutter geschehen war.

»Scheiße, bin ich froh, kein Bruder von dir zu sein«, sagte Florian mit rauer Stimme und hörbar lallend.

»Bitte, gern geschehen«, antwortete Sandra und erhob sich.

»Ja, hast ja recht. Danke.« Er schloss für einen kurzen Moment die Augen. »Und was machen wir jetzt mit Matthias?«

David sah ihn fragend an. »Was sollen wir denn machen?«

»Na ja, immerhin hat er Florian mit einem Messer angegriffen und verletzt«, erwiderte Nico für Florian. »Da können wir doch nicht so tun, als sei nichts geschehen.«

»Es wird uns nichts übrigbleiben, als auf Hilfe zu warten«, sagte Jenny. »Alles andere hat keinen Sinn.«

Florian stieß ein hysterisch klingendes Kichern aus. »Schon witzig. Da sperren wir den armen Timo auf einen vagen Verdacht hin ein, nur weil er in der Nähe meines Messers gewesen ist, und dieses Arschloch da oben sticht mit einem Fleischermesser auf mich ein und versucht, mich umzubringen, und ihr seid der Meinung, etwas gegen ihn zu unternehmen führe zu nichts. Eine feine Bande seid ihr.«

»Florian«, sagte Jenny, direkt an ihn gewandt, »ich verstehe ja, dass du sauer auf ihn bist, aber was sollen wir denn tun?«

»Du verstehst, dass ich sauer bin?«, wiederholte er lautstark lallend. »Ich bin nicht sauer, ich bin scheißwütend!« Es klang wie *scheiisssütend*.

»Du möchtest wissen, was wir tun können? Wir können alle zusammen da hochgehen, ihn aus seinem Scheißzimmer rausholen und in genau die Kühlkammer stecken, in die er Timo gesperrt hat. Und seine dämliche Alte gleich mit. Dazu haben wir als Bürger sogar das Recht, weil er versucht hat, mich zu ermorden. Und wenn er sich wehrt, kriegt er eins aufs Maul. Das können wir tun.«

»Nun beruhige dich mal«, sagte David. »Es bringt …«

»Halt die Fresse, Großkotz«, schrie Florian ihn an. »Dein Geseiere geht mir schon die ganze Zeit auf die Nerven. Was würdest du sagen, wenn er versucht hätte, dich abzustechen wie ein Schwein? Na?«

»Florian«, versuchte Jenny es erneut, »der Wodka, den du getrunken hast, lässt dich nicht mehr klar denken. Das ist völlig okay. Aber jetzt leg dich hin und schlafe ein wenig.«

»Leck mich, Frau Chefin.« Er sah zu Sandra hinüber. »Was, wenn dieses Arschloch aus seinem Zimmer gesprungen kommt und dir sein Messer in den Bauch rammt, wenn du in dein Zimmer willst? So schnell kann niemand reagieren.«

Sandra sah ihn mit großen Augen an. Als Florian begriff, dass sie ihm nicht antworten würde, ließ er seinen unsteten Blick von einem zum anderen wandern.

»Also, ich gehe jetzt da hoch und werde dafür sorgen, dass er nicht doch noch jemanden umbringt. Der Kerl hat vollkommen den Verstand verloren, und keiner von euch sollte ein Auge zumachen, solange er frei herumläuft.«

Er stemmte sich umständlich aus den Sesseln hoch. Nach drei Versuchen hatte er es geschafft und hielt sich an einer Rückenlehne fest. »Also – wer kommt mit?«

»Ich!«, sagte Nico und erhob sich. »Vielleicht ist Matthias ja sogar derjenige, der … ihr wisst schon.«

»Ich auch.« Horst. »Er ist schuld daran, das Timo sich jetzt irgendwo im Hotel versteckt und wer weiß was ausheckt. Wenn er mitbekommt, dass Matthias eingesperrt ist, wird er sich vielleicht beruhigen und zu uns kommen.«

»Das ist ein Wort«, lallte Florian und richtete den Blick auf David. »Sonst noch wer?«

»Tut mir leid«, entgegnete David. »Ich mag Sheriff Matthias auch nicht besonders, aber ich sehe keinen Sinn darin

314

zu riskieren, dass noch jemand verletzt wird. Wenn Hilfe hier ankommt, wird sofort die Polizei verständigt, die kümmern sich um ihn. Du solltest darauf hören, was deine Chefin dir geraten hat, und deinen Rausch ausschlafen.«

»Wenn Hilfe hier ankommt … Du bist nicht nur ein Angeber, du bist auch noch feige. Du kotzt mich an, weißt du das?«

Gelassen hob David die Schultern, obwohl Jenny glaubte, in seinem Gesicht ein Zucken gesehen zu haben. »Damit wirst du leben müssen.«

Florian wandte sich ab. »Also los, holen wir das Arschloch aus seinem Bau. Vielleicht sollten wir ihm seine Messer lassen und Herrn Großkotz mit ihm zusammen einsperren, wird sicher 'ne tolle Party.«

Davids Reaktion kam so plötzlich, dass Florian nicht den Hauch einer Chance hatte, darauf zu reagieren. Wie ein Schatten flog er auf ihn zu, und schon im nächsten Moment umschlossen die Finger seiner rechten Hand Florians Kehlkopf wie einen kleinen Ball, so fest, dass dieser nicht mehr als ein Wimmern von sich geben konnte. Davids Gesicht war nur noch Zentimeter von Florians entfernt.

»David!«, stieß Jenny entsetzt aus. »Er ist verletzt!«

»Ich habe jetzt genug von deinem Gelalle«, sagte David leise, ohne sich um Jenny zu kümmern. Es klang nicht nach seiner normalen Stimme. Es klang gefährlich. »Tu, was du nicht lassen kannst, aber halt dabei dein Maul und lass mich aus dem Spiel. Hast du das verstanden?«

Florian röchelte, also drückte David die Finger noch etwas fester zusammen. »Ob du das verstanden hast, möchte ich wissen.«

Als Florian kaum erkennbar nickte, trat David einen Schritt zurück und ließ den Kehlkopf los. Seine Augen waren weiterhin auf Florian gerichtet, während alle wie erstarrt dastanden.

Die Stelle an Florians Hals hatte sich dunkelrot verfärbt.

»Verdammt, wie hast du das …«, setzte Nico schließlich an, doch David hob eine Hand und brachte ihn damit zum Schweigen.

»Keine Fragen, okay? Ich hatte eine gute Ausbildung.«

Florian rieb sich hustend über den Kehlkopf und warf David einen hasserfüllten Blick zu, bevor er sich abwandte.

»Vielleicht solltet ihr das wirklich sein lassen«, sagte Sandra zu Nico, doch bevor der reagieren konnte, erklärte Florian mit heiser klingender Stimme: »Ich gehe. Und zwar jetzt.« Dann wandte er sich wieder David zu und streckte die Hand aus. »Mein Messer.«

So standen sie sich eine Weile gegenüber, die Blicke fest ineinander verhakt. Jennys Gedanken rasten – die Szene, die sich gerade vor ihren Augen abgespielt hatte, die Schnelligkeit, mit der David Florian angegriffen hatte, und der zielsichere Griff an dessen Kehlkopf bereiteten ihr mehr als nur ein mulmiges Gefühl.

»Es gehört mir, und ich brauche es, um mich verteidigen zu können«, sagte Florian. »Also?«

Schließlich griff David nach hinten. Offenbar hatte das Messer in seinem Gürtel gesteckt. Florian nahm es wortlos an sich und wandte sich an Horst und Nico. »Kommt ihr?«

»Du hast jetzt ein Messer«, gab Nico zu bedenken. »Matthias hat sogar ein ganzes Sortiment davon. Was tun

316

Horst und ich, falls er uns wirklich angreift? Wir sind unbewaffnet.«

»Dann sucht euch eben irgendwas.«

»Und was tun wir, wenn er seine Zimmertür verbarrikadiert hat?«, wollte Horst wissen.

»Dann brechen wir sie auf, verdammt!«, entgegnete Florian so laut, dass er sich gleich darauf in einem Hustenanfall zusammenkrümmte. Als er sich schließlich wieder aufrichtete, lief ein rotes Rinnsal aus der genähten Stirnwunde und über seine Nase zum Mundwinkel.

Sandra deutete darauf. »Deine Wunde blutet wieder. Du solltest es wirklich sein lassen.«

»Ich …«, setzte Florian wütend an, wurde aber von Horst unterbrochen.

»Ich habe es mir anders überlegt. Ich gehe nicht mit.«

»Was soll das denn jetzt?«

»David hat recht. Die Gefahr, dass jemand von uns verletzt wird, ist einfach zu groß. Nico hat es schon gesagt – wir beide sind die Einzigen, die unbewaffnet sind.«

»Mein Gott, nun mach dir doch nicht ins Hemd. Der wird es nicht wagen, uns anzugreifen. Wir sind zu dritt.«

»Warum gibst du ihm dann nicht dein Messer?«, schlug David vor.

»Weil es eben *mein* Messer ist, wie du gerade richtig festgestellt hast.«

»Ich bleibe auch hier«, sagte Nico. »Und das solltest du auch tun.«

»Ihr …« Florian machte eine verächtliche Geste. »Ach, vergesst es. Ihr werdet schon sehen, wozu das führt. Wird sicher eine interessante Nacht.«

317

Er ging zurück zu seinen zusammengestellten Sesseln und ließ sich vorsichtig hineinsinken, bevor er begann, über seinen Hals zu streichen.

»Ich bleibe heute Nacht hier bei Jenny und Anna«, sagte Florian so bestimmt, als sei es eine feststehende Tatsache, die schon mit Jenny abgesprochen war.

»Nein! Ich bleibe mit Anna allein hier.«

Er sah sie an. »Was? Aber du warst doch der Meinung, dass ich jederzeit Fieber bekommen kann. Was, wenn ich dann oben …«

»Wenn du möchtest, kannst du mit mir kommen«, bot Sandra an, woraufhin sie verständnislose Blicke erntete.

»Gerne«, sagte Florian bitter. »Offensichtlich bist du die Einzige hier, die mir nicht zutraut, dass ich aus Spaß anderen die Zunge rausschneide.«

»Jeder kann es sein«, verteidigte sich Jenny. »Deshalb werde ich niemanden die Nacht hier mit Anna und mir verbringen lassen.«

»Nicht einmal David?«, fragte Florian provokativ, woraufhin sie den Kopf schüttelte.

Den am allerwenigsten, dachte sie.

43

»Ich bin ziemlich am Ende«, sagte Sandra nach einer Weile, in der jeder seinen Gedanken nachgehangen hatte, und wandte sich an David. »Würdet ihr mich bitte nach oben begleiten?«

Mit einem Blick auf Florian korrigierte sie sich. »Ich meinte, *uns.*«

»Horst, kommst du mit?«, fragte David. »Mir ist wohler, wenn wir zu zweit sind.«

Horst nickte, und zu Jennys Erleichterung beschwerte Florian sich nicht darüber, dass David ihn nicht mitgezählt hatte, sondern erhob sich ächzend aus seiner halbliegenden Position. Von der Stirnwunde aus zog sich noch immer ein schmales, unregelmäßiges Band aus getrocknetem Blut über sein Gesicht. Das Areal um die Wunde selbst war dick angeschwollen.

»Wo schläfst du überhaupt heute Nacht?«, wollte David von dem Hausmeister wissen. »Auch in einem der Zimmer oben? Du hast doch alle Schlüssel.«

Horst schüttelte den Kopf. »Nehmt es nicht persönlich, aber das behalte ich lieber für mich.« Sandra und Nico sahen ihn überrascht an, verkniffen sich aber einen Kommentar.

»Okay.« David erhob sich. »Wenn also keiner wissen

319

soll, wo du die Nacht verbringst, dann macht es dir sicher nichts aus, wenn ich auch gleich oben in meinem Zimmer bleibe und du allein gehst. Wohin auch immer.«

»Nein, das macht mir nichts.«

Auch Nico stand auf. »Wenn das so ist, komme ich auch mit und bleibe in meinem Zimmer.«

Sandra ging noch einmal neben Anna in die Hocke, legte ihr für einen Moment eine Hand auf die Wange und erhob sich wieder. »Ich denke, sie wird heute Nacht kein Fieber bekommen. Sie kommt sicher durch.« Sie sah Jenny an. »Du solltest auch ein bisschen schlafen. Morgen sieht die Welt dann schon anders aus.«

Fragt sich nur, auf welche Art anders, dachte Jenny, nickte ihr aber mit dem Versuch eines Lächelns zu.

»Ach, noch eine Info für alle«, sagte David, der schon vor dem Eingang stand und sich ihnen wieder zuwandte. »Sobald ich in meinem Zimmer bin und die Tür hinter mir abgeschlossen habe, dann bleibt sie das bis morgen früh. Es braucht also niemand zu klopfen, egal aus welchem Grund, ich werde auf keinen Fall öffnen. Dieser Wahnsinnige muss es ja in der letzten Nacht irgendwie geschafft haben, dass Anna ihm die Tür geöffnet hat. Wer weiß, was er ihr erzählt hat. Bei mir wird das nicht funktionieren. Also, was immer heute Nacht auch passiert – ihr werdet ohne mich auskommen müssen.«

»Das sieht dir ähnlich«, sagte Florian bitter. »Ein Egoist durch und durch.«

»Nenn es, wie du willst. Ich habe jedenfalls vor, morgen früh noch zu sehen und zu hören, wo ich bin.«

»Ich kann das gut verstehen«, pflichtete Nico David bei.

»Wenn das jeder so macht, hat der Kerl keine Chance. Für mich gilt jedenfalls das Gleiche. Meine Zimmertür bleibt ebenfalls zu, egal was kommt.«

»Na, dann können wir nur hoffen, dass niemand von uns heute Nacht wirklich Hilfe braucht«, bemerkte Jenny mit Blick auf Anna.

David hob beide Hände und nickte. »Ich verstehe deine Bedenken, Jenny, aber ich hoffe, du verstehst auch mich.«

»Ja, das tue ich«, antwortete sie. »Trotzdem ist es ein ziemlich mieses Gefühl, in diesem riesigen Gebäude, in dem ein Irrer herumläuft und Menschen verstümmelt, vollkommen auf sich allein gestellt zu sein, obwohl wir eine Gruppe sind und uns als solche gegen einen Einzelnen gut zur Wehr setzen könnten. Sofern wir zusammenhalten würden.«

»Was wir allerdings von Anfang an nicht wirklich getan haben, wenn du dich erinnerst«, entgegnete David.

»Ja, ich weiß. Trotzdem …«

Florian wandte sich ihr zu. »Trotzdem ist es leider so, dass hier jemand vollkommen unzurechnungsfähig ist.«

Er lallte noch immer, aber die Aggressivität war aus seiner Stimme verschwunden. Leicht schwankend ging er auf Jenny zu, blieb zwei Meter vor ihr stehen und sah sie mit glasigem Blick an. »Tut mir leid, dass ich mich so ätzend verhalten habe, aber … gerade als ich dachte, den ganzen Mist von damals hinter mir gelassen zu haben, wurde ich hier schon wieder zu Unrecht verdächtigt und jetzt auch noch mit einem Messer angegriffen. Das hat mich echt fertiggemacht. Ich hoffe, du kannst das wenigstens ein bisschen verstehen.«

Jenny antwortete nicht darauf, weil sie nicht wusste, was sie sagen sollte. Konnte sie Florians Verhalten nachvollziehen? Vielleicht. »Wir alle stehen unter großem psychischen Druck«, sagte sie stattdessen. »Damit geht eben jeder anders um.«

»Das hast du schön gesagt«, bemerkte David. »Wenn dann jetzt alle zwischenmenschlichen Belange so weit geklärt sind, könnten wir uns auf den Weg nach oben machen. Ich gestehe, dass ich mich darauf freue, mal für ein paar Stunden allein zu sein.«

»Hoffentlich bleibst du es auch«, sagte Florian.

»Das habe ich fest vor.« Nach einem Blick auf Anna sah David zu Jenny. »Hier bei dir und Anna würde ich ja bleiben, ich bin sicher …«

»Du hast eben gesagt, du hoffst, dass ich verstehe, wenn du heute Nacht auf keinen Fall die Tür öffnest«, fiel Jenny ihm ins Wort. »Ebenso hoffe ich, dass du verstehst, dass du auf keinen Fall hierbleiben kannst.«

Er schürzte die Lippen. »Nun ja, wirklich rauswerfen könntest du mich nicht, wenn ich beschließen würde hierzubleiben.«

»Sie vielleicht nicht, aber wir«, stellte Horst sachlich fest. »Jenny wird sich in der Nacht um Anna kümmern. Und zwar allein, wie sie es wünscht.«

Jenny dachte daran, dass David Florian mühelos innerhalb weniger Sekunden kampfunfähig gemacht hatte, und war sich nicht so sicher, dass Horst und Nico wirklich etwas gegen ihn ausrichten könnten, wenn er es darauf anlegte. Was er aber zum Glück nicht tat.

»Das war auch nur eine hypothetische Überlegung, Herr

Hausmeister. Ich sagte doch gerade schon, dass ich mich darauf freue, ein paar Stunden allein zu sein. Und zwar so schnell wie möglich.« Sein Blick richtete sich erst auf Sandra und dann auf Florian. »Können wir also endlich?«

Florian murmelte etwas Unverständliches, setzte sich dann aber, gefolgt von Sandra, in Bewegung. »Bis morgen!«

Jenny sah ihnen nach, bis Nico als Letzter den Raum verlassen hatte, dann ging sie zur Tür und drehte den Schlüssel zweimal im Schloss um. »Okay«, sagte sie in Richtung des Matratzenlagers, als ob Anna sie hören könnte, »dann verbarrikadieren wir mal die Tür. Keine Angst, ich sorge schon dafür, dass niemand hier hereinkommt.«

Während sie den ersten Sessel in Richtung Tür schob, dachte sie über David nach. Er war ein extrem undurchschaubarer Mensch, dessen Charakter sie noch immer nicht einschätzen konnte. *Ich hatte eine gute Ausbildung*, hatte er gesagt, und dass man ihm keine Fragen stellen sollte. Und dann seine Ansage gerade, dass er auf keinen Fall seine Zimmertür öffnen würde, auch dann nicht, wenn es sich um einen Notfall handele.

»Wenn du der Böse wärst, David Weiss«, sagte sie, während sie den nächsten Sessel zur Tür schob, »dann hättest du mit dieser Ankündigung dafür gesorgt, dass du heute Nacht ungestört auf die Jagd gehen könntest. Niemand käme jetzt noch auf die Idee, an deine Tür zu klopfen.«

Der Sessel stieß an den ersten, der direkt vor dem Eingang stand. Jenny bückte sich, griff unter die Unterkante und hob das Vorderteil des schweren Sitzmöbels so weit an, dass sie die Rückenlehne auf die Armlehnen des anderen schieben konnte. Die beiden zusammen würde so schnell niemand mit der Tür zurückschieben können.

»Was meinst du, Anna?«, sagte sie keuchend und ging zu dem nächsten Sessel. »Das wäre doch ein äußerst kluger Schachzug von ihm, oder?«

Ihr wurde bewusst, dass sie Selbstgespräche führte. Anna konnte sie nicht hören. Aber irgendetwas musste Jenny tun, um ihre Angst vor den bevorstehenden Stunden zu überspielen.

Und wie groß ihre Angst wirklich war, wurde ihr erst jetzt bewusst, da sie allein war.

44

Sie spürt, dass sich etwas in ihrer Umgebung verändert. Sie kann es nicht sehen und nicht hören und fühlt dennoch, dass etwas anders ist. Für einen kurzen Moment denkt sie daran, ob man sie vielleicht allein gelassen hat, doch die neue Stimme meldet sich zu Wort.

Du spürst, dass sich etwas verändert hat? Bist du dir deiner kruden Gedanken eigentlich bewusst? Du siehst nichts, du hörst nichts, und du spürst auch nichts. Dunkelstill, klar? Sinntot. Und selbst wenn – was macht es für einen Unterschied für dich, du kläglicher Rest von Anna?

Es macht einen Unterschied für sie, das weiß sie. Sie möchte nicht allein sein, auch wenn es vielleicht keine direkten Auswirkungen auf sie hat. Außer, dass es sich einfach anders anfühlt, wenn jemand da ist, der einen, wenn nötig, beschützen könnte.

Beschützen? Wer soll dich …

Die neue Stimme verstummt in dem Moment, in dem sich eine Hand auf Annas Stirn legt. Jennys Hand, da ist sie sicher.

Und obwohl sie sich vorgenommen hat, es nicht noch einmal zu versuchen, weil sie weiß, dass es zwecklos ist, beginnt sie wieder damit, den Kopf nach dem Schema zu bewegen. Ein Mal noch.

Links, rechts, Pause … auf, ab, Pause … links, rechts, Pause … links, rechts, Pause … links, rechts, Pause … auf, ab, Pause … auf, ab, Pause … links und rechts.

Dann wartet sie. Die Hand liegt noch immer auf ihrer Stirn. Ein winziger Funke Hoffnung keimt in ihr auf. Hat Jenny es verstanden?

Anna wartet noch einen Moment, doch es kommt keine Reaktion. Trotzdem versucht sie den nächsten Teil.

Links, rechts, Pause ... Nach einer Weile ist sie auch mit diesem Teil fertig. Jetzt! Wenn die Hand auf ihrer Stirn Jenny gehört und sie das System verstanden hat, dann muss *jetzt eine Reaktion kommen. Die Sekunden vergehen. Fünf, zehn? Plötzlich wird die Hand zurückgezogen. Anna möchte aufschreien vor verzweifelter Aufregung. Jetzt! Bitte, jetzt!*

Doch es geschieht ... nichts.

45

Nachdem Jenny noch zwei weitere Sessel vor den Eingang geschoben und mit ihren letzten Kraftreserven übereinandergestapelt hatte, ließ sie sich dort, wo sie gerade stand, zu Boden gleiten und sackte in sich zusammen. Für einen Moment schloss sie die Augen und konzentrierte sich auf ihren Atem, bis der sich wieder halbwegs normalisiert hatte. Dann stemmte sie sich ächzend hoch und ging zu Annas Matratze, wo sie sich erneut auf den Boden setzte.

»Du Arme«, sagte sie leise, »es tut mir so leid, dass wir nicht verhindern konnten, was mit dir passiert ist. Dass wir nicht schon nach der Sache mit Thomas etwas getan haben. Dass *ich* nichts getan habe.« Das sagte sie, obwohl sie wusste, dass es nichts gab, was sie hätte tun können. Was so nicht stimmte. Es hätte in der vorherigen Nacht eine Möglichkeit gegeben, und es würde in dieser Nacht wieder eine Möglichkeit geben. Sie hätten nur alle zusammenbleiben müssen. Aber dazu hätten sie auch zusammenhalten müssen. Alle.

Wunschdenken, wie sie feststellen musste. Jeder war auf sich allein gestellt.

Wie viele Führungskräfteseminare hatte sie mitgemacht? Sie konnte sie schon gar nicht mehr zählen. Gewaltfreie Kommunikation, Präsentationstechniken, Zeitmanagement, Teambildung … Keines dieser Seminare hatte berücksichtigt, was mit einem Team oder einer Gruppe geschah, wenn es ernst wurde. *Richtig* ernst. Wenn die Angst dafür sorgte, dass die Masken fielen und jeder nur noch sich selbst der Nächste war. Jenny schob den Gedanken beiseite und streichelte Anna über die Stirn. Es dauerte nicht lange, da begann Anna wieder mit diesen Kopfbewegungen, die irgendetwas bedeuten mussten. Jenny ließ ihre Hand liegen und sprach leise mit, was Annas Kopf ihr signalisierte.

»Nein … ja … nein … nein … nein … ja … ja … nein.« Es war unregelmäßig. Sie hatte sich getäuscht, als sie dachte, Anna würde einfach nur abwechselnd nein und ja andeuten. Das lag daran, dass sie nie lang genug darauf geachtet hatte, um es zu bemerken. Aber was … Die Bewegungen begannen erneut.

Nein … ja … nein … nein … nein … nein …

Was, zum Teufel, sollte das? Warum so oft nein? Was war es, das Anna so sehr verneinte? Und wie sollte sie, verdammt nochmal, ahnen, was es sein konnte?

Sie spürte, wie plötzlich die Wut sie packte, weil Anna wohl glaubte, sie könne hellsehen und mal eben ahnen, was diese dämlichen Kopfbewegungen bedeuteten. Mit einem Ruck zog sie ihre Hand zurück und stand auf. Als ob die Situation nicht schon schwer genug war. Musste sie sich jetzt noch mit unlösbaren Rätseln beschäftigen?

Jenny ging im Zimmer auf und ab und rieb dabei unablässig die Handflächen gegeneinander. Als sie es bemerkte, steckte sie die Hände in die Taschen ihrer Jeans.

Sie blickte immer wieder zu Anna, auf ihre verätzten Augen, riss sich los, um sich gleich wieder darauf zu richten.

Jenny spürte, wie die Wut, die gerade so unvermittelt in ihr hochgeschossen war, verebbte. Sie verstand nicht, was mit ihr los gewesen war. Was immer Anna ihr mitteilen wollte – sie war blind und taub und konnte nicht sprechen. Diese Kopfbewegungen waren ihre einzige Möglichkeit der Kommunikation. Und was tat sie? Reagierte wütend, weil sie nicht sofort kapierte, was Anna ihr sagen wollte. Sie ließ sich in Florians zusammengeschobene Sessel fallen und legte die Beine hoch. Sie würde es nachher noch mal versuchen. Aber erst musste sie sich ein wenig ausruhen. Sie fühlte sich so unendlich kraftlos und müde.

Jenny rollte sich auf der Sitzfläche der beiden Sessel zusammen und schloss die Augen. Und noch während sie darüber nachdachte, dass sie vermutlich keinen Schlaf finden würde, weil sich das Gedankenkarussell weiterdrehte, schlief sie ein.

Von einer inneren Unruhe geweckt, brauchte sie nur einen kurzen Moment, um sich zu orientieren und zu erinnern, wo sie war.

Sie richtete sich auf und warf einen Blick zur Seite, wo Anna in unveränderter Position auf der Matratze lag.

Natürlich, wie sollte Anna ihre Position auch verändert haben, dachte sie und schaute auf die Uhr an ihrem Handgelenk.

Ein Uhr zehn. Sie hatte also rund vier Stunden geschlafen. Warum nicht länger? Sie war noch immer todmüde und fühlte sich wie gerädert. Erneut betrachtete sie Anna. Es waren die Kopfbewegungen, die ihr keine Ruhe ließen. Die Ausdauer, mit der Anna es wieder und wieder versucht hatte, obwohl sie sicher starke Schmerzen hatte, deuteten darauf hin, dass es etwas Wichtiges sein musste. Hätte sie sich nicht schon viel früher damit befassen müssen?

Jenny stand auf und verharrte eine Weile neben dem Sessel, den Blick auf Anna gerichtet, während ihre Gedanken fieberhaft nach der Lösung dieses Rätsels suchten.

Anna war praktisch veranlagt. Sie hatte eine ausgeprägte Fähigkeit zu abstrahieren, was als Informationstechnikerin – und auch sehr gute Programmiererin – eine wichtige Eigenschaft war, um komplexe Problemstellungen in Programmablaufpläne einarbeiten zu können.

Wenn Anna nun also einen Weg suchte, im Rahmen ihrer mittlerweile sehr begrenzten Möglichkeiten zu kommunizieren, worauf würde sie wohl zurückgreifen? Ja, nein, ja, nein? Was sollte das?

Welche Möglichkeit der nonverbalen Kommunikation gab es, bei der sie davon ausgehen konnte, dass Jenny sie verstand? Sie arbeiteten lange genug zusammen, dass …

Ja, nein, ja, nein …

Wie oft hatte Anna den Kopf bewegt, bevor sie eine Pause gemacht hatte? Jenny versuchte krampfhaft, sich zu erinnern. Anna hatte abwechselnd zweimal ja und zweimal nein angedeutet, das wusste sie noch, dann hatte sie die Reihe unterbrochen. Aber was war dann gekommen? Sie konzentrierte sich, doch sosehr sie sich auch anstrengte, es fiel ihr nicht mehr ein.

Aber hatte Anna nicht jedes Mal von neuem begonnen, wenn sie die Berührung einer Hand spürte? Sie musste es versuchen.

Jenny kniete sich neben die Matratze, legte Anna die Hand auf die Stirn und wartete, dass die Bewegungen begannen. Sekunden, eine Minute?

Doch es passierte nichts.

46

Sie spürt die Hand – es ist sicher wieder die von Jenny –, aber sie hat keine Kraft mehr. Jenny wird sowieso nicht verstehen, was sie ihr mitteilen will. Den Namen.

Was spielt es für eine Rolle? Sie möchte nicht mehr darüber nachdenken, ist müde. Nicht schlafmüde, sondern lebensmüde. Sie hat resigniert. Vor der Situation, vor ihrem Schicksal, vor der neuen Stimme.

Sie lässt sich fallen und versucht, einfach nichts mehr zu denken.

Dann ist da wieder dieses Bild. Das gleiche, das sie schon ein paarmal vor sich gesehen hat. Diese Tür. Die spezielle Tür. Es ist keine Zimmertür, dazu ist sie zu schmal. Und sie ist aus grauem Blech. Nein, sie sind *aus grauem Blech, denn es sind zwei. Zwei. Blech. Plötzlich wird sie unruhig. Sie hat die Türen gerade ganz deutlich gesehen, und mit einem Mal weiß sie auch, wozu sie gehören. Das ist verrückt, aber … nein, sie ist ganz sicher, dass sie diese Blechtüren gesehen hat, bevor sie wieder weggetreten war. Ihre Lebensgeister erwachen noch einmal, während die alte Stimme in ihr sich meldet und ihr sagt, ihr* befiehlt, *es noch einmal zu versuchen. Diese Information kann für die anderen wichtig sein. Lebenswichtig. Außerdem können sie mit dieser Information vielleicht das Monster zur Strecke bringen, bevor es noch mehr Unheil anrichtet.*

332

Anna spürt, dass ihre Kraftreserven fast aufgebraucht sind. Nicht nur für den Moment, sondern endgültig.

Es wird mit ziemlicher Sicherheit ihr letzter Versuch sein, aber den muss sie noch unternehmen. Dann ist alles egal. Dann kann sie sterben.

Dann möchte sie sterben.

47

Jenny wollte gerade entmutigt die Hand zurückziehen, als plötzlich doch noch Bewegung in Annas Kopf kam. Langsam und gleichmäßig.

Sie konzentrierte sich, zählte mit.

Nein … ja … nein … nein … nein … ja … ja … nein.

Pause.

Acht. Es waren acht Bewegungen, die Anna gemacht hatte. Jenny konnte es noch nicht benennen, aber sie spürte, dass sie die Lösung gleich wusste. Sie war zum Greifen nahe. Achtmal nein, ja …

Ohne darüber nachzudenken, nahm sie die Hand von Annas Kopf. Nein und ja. Sie presste sich die Hand auf den Mund. »Aus und an«, flüsterte sie. »Null und eins … o mein Gott …«

Das war binärer Code, mit dem jeder Programmierer etwas anfangen konnte, und es war geradezu genial. Jeder Buchstabe, jede Zahl und jedes Sonderzeichen kann mit einem achtstelligen Code aus Nullen und Einsen, sogenannten Bits, dargestellt werden. Acht Bits ergeben ein Byte und somit ein für einen Computer darstellbares Zeichen. Die Einsen und Nullen bedeuten dabei für die Maschine nichts anderes als *Strom fließt* und *Strom fließt nicht*.

Und Anna nutzte dieses System mit Ja und Nein, um mit

334

ihr zu kommunizieren, weil sie wusste, dass Jenny genau wie sie die gängigsten Zeichen im sogenannten ASCII-Code kannte.

Jenny war so aufgeregt, dass ihre Hand zitterte, als sie sie erneut auf Annas Stirn legte. Doch sie ließ sie nur kurz liegen, zog sie zurück und berührte die glatte Haut nur noch mit dem ausgestreckten Zeigefinger.

Dann strich sie mit einem leichten Druck der Fingerkuppe gegen Annas Stirn von links nach rechts als Zeichen für ein Kopfschütteln, eine Null, und machte eine kurze Pause.

Anschließend bewegte sie den Finger von oben nach unten. Ein Nicken oder eine Eins. Und weiter. Null, null, eins, null, eins, null.

Damit hatte sie Anna den Buchstaben »J« binär dargestellt. Gerade als sie ansetzen wollte, das »A« nachzuschieben, nickte Anna so wild, dass es ihr höllische Schmerzen bereiten musste. Und Jenny wusste, dass *dieses* Nicken keine Darstellung eines Zeichens war, sondern die Aufregung darüber, dass sie endlich verstanden wurde. Dass sie sich endlich *unterhalten* konnten.

Also legte Jenny ihre Hand wieder auf Annas Stirn, als Zeichen, dass sie ihr nun *zuhörte*, und wartete.

Und Anna begann. Nach vier Buchstaben ahnte Jenny, was als Nächstes kommen würde, dann war sie sicher.

Es war ein Name, den Anna ihr mitteilte, und Jenny zweifelte keine Sekunde daran, *wessen* Name sie gerade von Anna erfahren hatte. Diese Gewissheit bestätigte ihre größten Ängste und Befürchtungen und raubte ihr fast die Sinne. Sie schaffte es gerade noch, hektisch aufzuspringen und ein paar Schritte zur Seite zu machen, dann übergab sie sich würgend auf den Boden des Kaminzimmers.

Nachdem ihr Magen den größten Teil seines Inhalts herausgepresst hatte, richtete sich Jenny wieder auf und ging schwankend zu Anna zurück.

Die Leere, die sie plötzlich in sich spürte, rührte nur zum Teil daher, dass sich nichts mehr in ihrem Magen befand. Es war die Art von Leere, die entsteht, wenn man etwas erfahren hat, das man nie für möglich gehalten hätte.

Neben Anna ließ Jenny sich erneut auf die Knie sinken, atmete tief durch und setzte dann den ausgestreckten Zeigefinger auf Annas Stirn an.

TÄTER?, schrieb sie mit Links-Rechts- und Auf-Ab-Kombinationen.

JA, antwortete Anna und zerstörte damit das letzte Fünkchen Hoffnung in Jenny, dass einfach nicht sein konnte, was nicht sein durfte.

Nach einer kurzen Pause begann Anna wieder mit ihren Bewegungen. Jenny konzentrierte sich und flüsterte leise, was sie erkannte. Bit für Bit, Buchstaben für Buchstaben.

B-L-E-C-H-T-U-E-R.

Blechtür? Sie überlegte fieberhaft, was dieses Wort ihr sagen sollte, und spürte, dass es etwas in ihr zum Klingen brachte. Nur was?

Erneut legte sie ihren Finger auf Annas Stirn und machte die acht Bits für ein Fragezeichen.

Annas Kopf bewegte sich nur zögerlich wieder, und es hatte den Anschein, als müsse sie alle Kraftreserven mobilisieren.

Sie wiederholte noch die ersten Buchstaben und kam da-

336

bei bis B-L-E-C, dann brach sie ab und lag still. Mit klopfendem Herzen legte Jenny ihr zwei Finger auf die Schlagader und stieß erleichtert die Luft aus, als sie Annas Puls fühlte. Er war schwach, aber noch zu spüren.

Jenny machte keinen weiteren Versuch, mehr über diese Blechtür zu erfahren, darüber konnte sie sich später noch Gedanken machen. Nun musste sie etwas unternehmen.

Sie griff nach der noch halbgefüllten Wasserflasche neben der Matratze und flößte Anna etwas davon ein, bis diese sich weigerte zu schlucken. Dann beugte sie sich nach vorn und legte ihr beide Hände auf die Wangen, drückte sie kurz und stand dann auf.

Nach einem letzten Blick in das blasse Gesicht wandte sie sich ab, ging zu dem verbarrikadierten Eingang und begann, den oberen Sessel herunterzuziehen.

Sie musste den anderen mitteilen, was sie wusste, und zwar so, dass der Wahnsinnige es nicht mitbekam. Sie hatte noch keine Ahnung, wie sie das anstellen wollte, und sie hatte unsagbare Angst davor, aber sie musste es versuchen.

Während sie darüber nachdachte, räumte sie keuchend Sessel für Sessel zur Seite. Dann war der Eingang frei.

Eine Weile stand sie vor der Tür und starrte auf den im Schloss steckenden Schlüssel, doch schließlich gab sie sich einen Ruck und drehte ihn um. Sie durfte nicht zögern, sonst würde ein weiteres Leben zerstört werden. Sie hoffte, dass es nicht schon zu spät war.

Mit zitternden Händen nahm sie den Schlüssel an sich, öffnete die Tür und verließ das Kaminzimmer.

Die Beleuchtung der zukünftigen Rezeption war eingeschaltet und tauchte die Lobby in ein unwirkliches Licht.

Jenny sah sich um. Niemand zu sehen, nichts zu hören. Sie schloss die Tür ab und steckte den Schlüssel in die Hosentasche. Dann ging sie los.

Sie durchquerte die Lobby, erreichte die Treppe, hielt kurz inne. Noch immer war kein Geräusch zu hören. Sie setzte den Fuß auf die unterste Stufe, blickte nach oben und machte sich auf den Weg in die erste Etage. Am oberen Treppenabsatz angekommen, blieb sie erneut stehen. Die Flurbeleuchtung war ausgeschaltet, nur die wenigen, schwachen Lampen der Nachtbeleuchtung spendeten ein schummriges Licht. Vorsichtig ging sie weiter und achtete dabei darauf, keine Geräusche zu verursachen, was dank des dicken Teppichs kein Problem war.

Vor Johannes' Zimmer hielt sie wieder inne und betrachtete die danebenliegenden Türen. Als Nächstes kam das Zimmer von Annika und Matthias, dann ihr eigenes und das von Ellen. David bewohnte das danebenliegende, dann folgte das von Sandra.

Jenny musste sich zwingen weiterzugehen. Es war, als würden ihre Muskeln sich dagegen wehren, doch es nutzte nichts.

Hinter keiner der Türen war ein Geräusch zu hören. Vielleicht schliefen trotz der furchtbaren Situation tatsächlich alle. Irgendwann forderte der Körper seinen Tribut, egal in welchem wahr gewordenen Albtraum man sich befand. Schließlich erreichte sie die Tür zu Sandras Zimmer. Ihr Herz hämmerte so heftig gegen die Rippen, dass Jenny das Gefühl hatte, jeder in diesem verfluchten Hotel müsse es hören. Sie stutzte. Die Tür war nur angelehnt.

Sie hob die Hand, zögerte noch einmal kurz und klopfte

schließlich vorsichtig an. Dann wartete sie, obwohl alles in ihr danach schrie, sich umzudrehen und wegzulaufen, so schnell ihre Beine sie trugen. Hinunter ins Erdgeschoss, zurück ins Kaminzimmer, um sich dort wieder zu verbarrikadieren.

Aus dem Raum war kein Geräusch zu hören. Keine Stimme, keine Schritte, nichts. Also drückte sie die Tür vorsichtig auf, während sie zaghaft durch den Spalt sagte: »Sandra?«

Nichts.

Als der Spalt groß genug war, nahm Jenny all ihren Mut zusammen, machte einen Schritt ins Zimmer und sah sich schnell um.

Es war leer.

48

Ohne lange zu überlegen, wandte Jenny sich um und ging zu Davids Zimmer. Ihr Puls raste, gleichzeitig hatte sie das Gefühl, ein Eisenring presse ihre Brust zusammen. Wo konnten Sandra und Florian sein? Sie *musste* sie finden, bevor es zu spät war.

Blechtür hatte Anna ihr mitgeteilt. Zweimal. Diese Blechtür musste der Schlüssel sein. Und Jenny wusste, dass sie schon eine Tür gesehen hatte, auf die diese Beschreibung passte. Aber wo?

Nachdem sie an Davids Zimmertür geklopft hatte und keine Reaktion erfolgte, versuchte sie es erneut und rief dabei verhalten seinen Namen. Sie musste versuchen, zumindest halbwegs leise zu sein. Der Wahnsinnige durfte noch nicht wissen, dass sie wusste, wer er war. Andererseits war sie ziemlich sicher, dass er sich nicht mehr auf der ersten Etage befand.

In Davids Zimmer regte sich immer noch nichts, also klopfte sie etwas fester, doch auch das blieb erfolglos. »Bitte«, flüsterte sie leise, »bitte öffne.« Und etwas lauter sagte sie: »David, ich brauche deine Hilfe. Bitte, sag doch wenigstens irgendwas.« Aber hinter der Tür blieb es totenstill.

Nach einem weiteren, verzweifelten Versuch gab sie auf

340

und wandte sich ab. Nico! Sie musste es an Nicos Tür versuchen.

Doch auch der Bergführer reagierte weder auf mehrfaches Klopfen noch auf ihre verzweifelten Rufe.

Tränen liefen ihr über die Wangen, als sie den Kopf sinken ließ und mit geschlossenen Augen die Stirn gegen das Holz der Tür presste.

Wie war es möglich, dass weder David noch Nico reagierten? Nicht einmal durch die Aufforderung an sie zu verschwinden. Es war, als seien auch die Zimmer hinter diesen Türen leer.

Sie öffnete die Augen und hob den Kopf. Was, wenn David und Nico tatsächlich nicht in ihren Zimmern waren, genau wie Sandra und Florian? Aber wo sollten sie sein? Und vor allem, warum sollten sie die Räume verlassen, wo doch beide ausdrücklich betont hatten, dass sie sich dort verbarrikadieren und auf keinen Fall die Tür öffnen würden?

Gerade deswegen? War das alles ein Täuschungsmanöver gewesen? Aber gegen wen? Das hätte sich gegen sie gerichtet. Warum sollten sowohl David als auch Nico versuchen, sie zu täuschen? Die beiden konnten doch nicht ernsthaft glauben, dass sie, Jenny, etwas mit diesen grauenvollen Dingen zu tun hatte. Dass sie sich vor ihr schützen mussten.

Nein, es musste einen anderen Grund geben, warum keiner der beiden reagierte, da war sie sicher. Wie auch immer – sie durfte jetzt nicht aufgeben. Sie *musste* irgendetwas unternehmen, mindestens ein Leben konnte davon abhängen.

Sie blickte zu der Tür hinüber, hinter der das Zimmer

von Matthias und Annika lag. Einen Moment lang haderte sie mit sich, doch dann gab sie sich einen Ruck und versuchte es dort. Das Ergebnis war allerdings das gleiche.

Als auch nach dem zweiten, vorsichtigen Klopfen kein Geräusch aus dem Inneren zu hören war, wandte Jenny sich verzweifelt ab.

Es schien, als sei sie plötzlich vollkommen allein in diesem Hotel. Was, wenn alle anderen außer diesem Irren tatsächlich … Der Gedanke ließ sie erschauern. Sie spürte, wie eine dumpfe, nie gekannte Panik sie umkreiste, bereit, sie jeden Moment anzufallen, in einen Abgrund zu reißen und vollkommen handlungsunfähig zu machen.

So etwas durfte sie nicht denken. Was auch immer der Grund war, dass die anderen nicht reagierten – er konnte unmöglich alle umgebracht haben.

Am wichtigsten war jetzt die Frage, wo Sandra und Florian steckten.

Blechtür … Wo hatte sie, verdammt nochmal, eine Blechtür gesehen? Und wann? Wann hatte sie sich irgendwo außerhalb der Lobby, ihres Zimmers oder des Kaminzimmers aufgehalten? Bei der Suche nach Thomas und bei der nach Anna. Dabei hatte sie sich die unrenovierten Bereiche im Erdgeschoss angesehen. Den großen Raum mit der Plastikplane, in dem Timo sie erschreckt hatte …

In Gedanken ging sie die Wege noch mal durch. Da gab es nirgendwo eine Blechtür.

Bei der Suche nach Anna war sie im Untergeschoss gewesen. Mit Florian. Der Gang … Rohre … der Raum, in dem sie beim zweiten Anlauf Anna gefunden hatten. Als sie zum ersten Mal dort vorbeigekommen war, hatte sie geglaubt, ein Geräusch zu hören. Da war ein Geruch … ölig, faulig. Verrostete Dosen auf Blechregalen …

Der Schrank! Er hatte zwei Blechtüren.

»O Gott …«, stieß Jenny leise aus und lief los.

Bei dem Gedanken, allein in den Keller gehen zu müssen, zog sich ihr Magen vor Angst zusammen. Ihr wurde schlagartig so übel, das sie schon befürchtete, sich erneut übergeben zu müssen.

Sie erreichte die Treppe, stieg hinab, durchquerte die Lobby. Dann kam sie zu der Tür, hinter der sich die Treppe ins Untergeschoss befand. Sie öffnete sie, verharrte und lauschte angestrengt in die Dunkelheit, bevor sie nach dem Lichtschalter tastete und die Neonröhren aufflammen ließ.

Nachdem sie erneut einige Sekunden konzentriert gelauscht hatte, setzte sie den Fuß auf die erste Stufe.

Tu es nicht!, beschwor die innere Stimme der Vernunft sie, und Jenny wusste, dass sie bisher gut daran getan hatte, auf sie zu hören. *Du weißt, wie bescheuert du es in Filmen findest, wenn Frauen nachts allein in dunklen Wäldern oder Kellern herumlaufen, obwohl sie* wissen, *dass ein Mörder sich dort herumtreibt.*

Dann dachte sie an Sandra und Florian, an Anna und Thomas, und brachte die Stimme zum Verstummen.

Am Fuß der Treppe angekommen, betrachtete sie den Korridor mit den unter der Decke verlaufenden Heizungsrohren, der sich vor ihr erstreckte.

Rohe Betonwände zu beiden Seiten, die alle paar Meter von kleinen Gängen und Türen unterbrochen wurden. Und in einer Entfernung von vielleicht fünfzehn Metern der Blechschrank.

Während sie langsam und vorsichtig auf ihn zuging, überlegte sie, was sie glaubte, darin zu finden. Der Schrank war voller Regale gewesen, auf denen irgendwelche Dosen und Gefäße vor sich hin schimmelten. Was sollte sie dort schon finden?

Noch fünf Meter.

Vielleicht einen Hinweis? Aber worauf? Sie wusste, wer der Wahnsinnige war, der Anna verstümmelt und Thomas und Johannes getötet hatte.

Noch zwei Meter. Dann stand sie vor dem Schrank. Sie hörte das Blut in ihren Ohren rauschen. Als sie die Hand hob, zitterte die so stark, dass Jenny befürchtete, sie würde stakkatoartig gegen das Blech der Tür schlagen, wenn sie versuchte, diese zu öffnen.

Sie atmete noch einmal tief durch, packte zu und zog die Tür mit einem Ruck auf.

Für einen Moment stand sie wie erstarrt, dann schlug sie eine Hand vor den Mund, gerade noch rechtzeitig, um den Schrei zu unterdrücken.

49

Der Anblick war der gleiche wie beim letzten Mal, als sie die Türen geöffnet hatten. Mehrere Regale, auf denen Dosen, Blechschalen und Schüsseln mit verschimmeltem Inhalt standen. Der Grund für Jennys Entsetzen war jedoch ein anderer.

Nicht das, was sie sah, raubte ihr fast den Verstand, sondern das, was sie hörte. Gedämpft durch die Rückwand drangen die Worte in grauenvollem Singsang zu ihr.

»Ich werde dich hooooolen … Du wirst jetzt steeeeerben …«

Jenny schwankte, tastete nach Halt und fand ihn an einem der Blechregale. Dort konnte sie sich jedoch nur für eine Sekunde abstützen, dann gab der Regalboden mitsamt der Rückwand auf einer Seite nach, so dass sie fast vornüber gekippt wäre. Es gelang ihr nur knapp, sich zu fangen und aufzurichten. Sie erstarrte vor der Szene, die sich ihr bot.

Die Rückwand des Schranks mitsamt den daran befestigten Regalen und den daraufstehenden Dosen und Gefäßen war wie eine weitere Tür nach innen aufgeschwungen und gab den Blick in den dahinterliegenden Raum frei.

Er hatte etwa die Größe der Gästezimmer in der ersten Etage. An der gegenüberliegenden Wand stand der Wäschewagen, in dem sie Anna gefunden hatten, neben einem Tisch, auf dem allerlei Werkzeuge lagen. Jenny wusste sofort, wozu diese Werkzeuge benutzt worden waren. Scheren, Zangen, lange Nadeln … daneben eine Plastikflasche mit einem schlauchförmigen Ausgießer, zur Hälfte mit einer klaren Flüssigkeit gefüllt.

All das erkannte sie im Bruchteil einer Sekunde, bevor ihr Blick sich auf die Mitte des Raums richtete, wo Florian auf einem Stuhl saß. Seine Hände waren hinter der Rückenlehne gefesselt, der Kopf hing seltsam schräg, das Kinn ruhte auf seiner Brust. Wie es aussah, war er nicht bei Bewusstsein.

Daneben auf dem Boden saß Sandra, den Rücken gegen die Wand gelehnt, und starrte Jenny an wie einen Geist.

»Jenny! Gott sei Dank! Ich dachte, ich sterbe hier unten.« Sie stemmte sich vom Boden hoch, kam auf die vollkommen perplexe Jenny zu und schloss sie in die Arme.

»Was …«, stammelte Jenny fassungslos und konnte dabei den Blick nicht von Florian abwenden.

»Wie hast du … ich meine … *Er* ist dieser Wahnsinnige. Er hat das mit Thomas und Anna gemacht und Johannes vergiftet. Anna hat es mir gesagt. Aber …«

»Ich werde dich hooooolen … Du wirst jetzt steeeeerben …«, unterbrach die furchtbare Stimme sie, die aus einem Lautsprecher hinter ihr zu kommen schien.

»Dieser Psychopath hat mich hier runtergelockt. Er wollte …« Sandra begann zu schluchzen. »Er wollte mir auch …«

Sie verbarg ihr Gesicht an Jennys Schulter, ihr Körper zuckte. Jenny legte eine Hand auf Sandras Hinterkopf und ließ ihr einen Moment Zeit, bevor sie sie an den Schultern packte und sanft ein wenig von sich wegschob. Dann warf

sie erneut einen Blick auf Florian. »Wie hast du das geschafft? Und warum bist du nicht weggelaufen, als er …?«

»Ich weiß es selbst nicht. Er drehte mir kurz den Rücken zu.« Sie deutete auf eine schwere Rohrzange auf dem
Tisch. »Da habe ich nach diesem Ding gegriffen und ihn
damit niedergeschlagen.«

»Du hast unglaubliches Glück gehabt«, sagte Jenny und
musste dabei immer wieder Florian ansehen. Sie konnte
noch immer nicht begreifen, zu welch unmenschlichen
Dingen er fähig war. Erneut riss sie den Blick von ihm los
und betrachtete die Rohrzange aus massivem Eisen.

»Wie schwer hast du ihn verletzt, ich meine … er ist
doch nicht …?«

»Ich weiß es nicht«, antwortete Sandra mit dünner
Stimme. »Ich habe mich nicht getraut, nachzusehen oder
ihn noch mal anzufassen. Vielleicht kannst du ja …«

Jenny nickte und ging widerwillig auf Florian zu. Bei ihm
angekommen, streckte sie die Hand aus und tastete nach
seinem Puls. Er war spürbar.

»Jedenfalls lebt er«, sagte sie und beugte sich nach vorn,
um sich die Wunde anzusehen, die das schwere Werkzeug
hinterlassen haben musste, doch sein Kopf war völlig in
Ordnung. »Wo hast du ihn mit der Zange erwischt? Ich
kann keine Verletzung sehen.«

»Das wundert mich nicht«, entgegnete Sandra dicht hinter ihr mit seltsamer Stimme. Als Jenny sich zu ihr umdrehen wollte, spürte sie einen schmerzhaften Stich im Hals.
Sie schaffte es noch, sich so weit zur Seite zu drehen, dass
sie Sandras Gesicht übergroß vor sich auftauchen sah, dann
wurde es dunkel.

50

Sie öffnete die Augen und blickte in ein verschwommenes Durcheinander. Undefinierbar, konturlos.

Da waren Schmerzen. Sie hatte fürchterliche Kopfschmerzen. Dann kam die Erinnerung Stück für Stück zurück. Sie riss die Augen auf, so dass das Durcheinander sich auflöste und den Blick auf ein klares Bild freigab, das allerdings seltsam verdreht war.

Sie lag auf dem Boden. In dem Raum hinter dem Schrank.

Als sie versuchte, sich aufzurichten, stellte sie fest, dass ihre Hände hinter dem Rücken gefesselt waren. Auch die Fußgelenke waren mit einem Seil zusammengebunden.

»Da bist du ja«, hörte sie Sandra sagen. Sandra. Sie hatte sie … aber …

»Was hast du getan?« Jennys Stimme klang wie die einer Fremden. Rau und schwer verständlich. Sie schaffte es, sich ächzend in eine sitzende Position zu bringen, was nicht einfach war, denn das Seil, das ihre Hände hinter dem Rücken zusammenhielt, war offenbar irgendwo festgemacht wie bei einem Kettenhund, so dass sie sich kaum bewegen konnte. Sie sah zu Sandra hoch, vollkommen verwirrt, und fand keine Erklärung für das, was passiert war. Sie war doch nur in diesem beschissenen Raum, weil sie versucht hatte,

Sandra vor Florian zu beschützen. Sie war zu spät gekommen, aber es war doch nichts passiert. Im Gegenteil. Florian war außer Gefecht gesetzt. Sandra hatte es geschafft. Jenny verstand das alles einfach nicht.

»Warum?«

Sandra stieß ein irres Lachen aus. »Warum? Hast du es noch immer nicht verstanden, kleine, dumme Jenny? Dann lass mich dir auf die Sprünge helfen.«

Sandra machte zwei Schritte zur Seite und ließ sich wieder an der gleichen Stelle zu Boden gleiten, an der sie gesessen hatte, als Jenny den Raum entdeckte.

»Ich war es, kleine, dumme Jenny, nicht Florian.

Thomas, Anna, Johannes … das war ich. Es war so einfach. Aber falls du jetzt denkst, Florian wäre unschuldig an alledem, dann liegst du schon wieder falsch.« Sie lachte erneut hysterisch, bevor sich in der nächsten Sekunde ein mitleidloser, unheimlicher Ausdruck auf ihr Gesicht legte.

»Sandra, ich …«, setzte Jenny an, doch Sandra fiel ihr ins Wort.

»Nein! Und du brauchst mich auch nicht mehr Sandra zu nennen. Mein Name ist Katrin. Ich musste mich anders nennen und einige Veränderungen an meinem Äußeren vornehmen, damit er mich nicht erkennt. Immerhin waren wir mal ein Paar, auch wenn es schon eine Weile her ist.« Sie sah zu Florian hinüber und betrachtete ihn einige Sekunden, bevor sie sich wieder Jenny zuwandte.

»Er hat damals dafür gesorgt, dass ich fast den Verstand verloren habe vor Angst. Er hat mein Telefon manipuliert und andere Geräte, er …« Sie winkte ab. »Ach, das geht dich nichts an.«

349

»Doch, erzähl es mir«, bat Jenny und hoffte, dadurch Zeit zu gewinnen und vielleicht einen Zugang zu Sandra / Katrin zu bekommen, die offensichtlich vollkommen den Verstand verloren hatte.

»Nein!«, antwortete die, stützte die Unterarme auf die Knie und verbarg das Gesicht in den Händen. »Und jetzt sei ruhig, ich muss nachdenken.«

»Sandra – Katrin, bitte«, flehte Jenny, doch sie reagierte nicht.

51

Sie hat das Gesicht in die Armbeuge gedrückt und ignoriert die Rufe der kleinen, dummen Jenny. Ihre Gedanken gehen auf die Reise, und es ist, als erlebe sie jede Sekunde noch einmal … der Gerichtssaal, das Urteil …

… Sie starrt den Richter an und kann nicht glauben, was er gerade gesagt hat. Sie habe schizophrene Wahnvorstellungen, habe der Gutachter festgestellt. Die Stimmen aus ihrem Telefon und dem Smart Speaker habe es nie gegeben, die habe sie sich nur eingebildet. Und sie sei auch nie mit Florian zusammen gewesen. Das wäre beweisbar. Alles nur Einbildung. *Sie* habe *ihn* gestalkt.

Aber sie versteht sehr wohl, was da läuft. Man erklärt sie für verrückt. Das ist ein Komplott gegen sie. Irgendjemand will sie aus dem Weg räumen, um an ihr Vermögen zu kommen. Das ist die Wahrheit.

»Waren Sie vielleicht dabei?«, schreit sie dem Richter entgegen. »Sie sind genauso ein Verbrecher wie alle anderen hier. Sie alle wollen …«

»Ruhe«, ruft der Richter laut und schaut sie strafend an. Aber das zieht bei ihr nicht.

»Sie stecken alle unter einer Decke, das ist mir jetzt klar. Aber ich bin nicht verrückt. Ich weiß, was ich gehört habe.

Und ich weiß, dass ich mit ihm zusammen war. Das hat er alles inszeniert. Aber damit kommt er nicht davon, auch wenn ihr ihn laufen lasst, weil ihr gemeinsame Sache mit ihm macht. Er kommt nicht davon.«

Sie wird unsanft gepackt und weggezerrt. Dann wird es dunkel.

Als sie wieder zu sich kommt, ist da dieser Raum ohne Möbel. Sie liegt auf dem Rücken, auf einer harten Unterlage. Ihre Hände sind neben ihrem Körper mit Riemen festgeschnallt, die Beine ebenso. Irgendwann kommt eine Frau zu ihr. Sie trägt weiße Kleidung und steckt ihr Tabletten in den Mund. Alles verschwimmt, dann wieder Dunkelheit.

Sie weiß nicht, wie viel Zeit vergangen ist. Sie sitzt in einem Stuhl vor einem Fenster und schaut an das Glas. Sie weiß nicht, was sich hinter diesem Glas befindet. Ihr Blick verliert sich irgendwo auf dem Weg zum Fenster im Nichts, als habe er sich verlaufen und finde den Weg nicht mehr zurück.

Da sind Stimmen in ihrem Kopf. Viele Stimmen, und alle reden durcheinander. Sie möchte, dass sie aufhören, aber das tun sie nicht, im Gegenteil, es werden immer mehr, und jede versucht, die anderen zu übertönen. Was soll sie nur machen? Sie ist nicht in der Lage, sich zu bewegen, und weiß nicht, warum. Sie kann nichts erkennen, obwohl sie die Augen geöffnet hat. Das haben die mit ihr gemacht. Sie wollen ihren Verstand völlig zerstören, bis sie nur noch ein Zombie ist. Das muss sie verhindern. Irgendwie.

Und Katrin beginnt, sich Stück für Stück in sich selbst

zurückzuziehen und schaltet ihren Verstand auf *offline*. Ein Zustand, in dem er nichts von den Dingen mitbekommt, die um sie herum geschehen. Sie kann nichts mehr sehen und nichts mehr hören, sich nicht mehr bewegen und nichts mehr fühlen. Sie ist der einsamste Mensch auf der ganzen Welt, aber sie weiß, dass es sein muss. Sie versinkt in einen Zustand des gnädigen Vergessens.

Irgendwann sind ihre Gedanken wieder da. Sie wird sich bewusst, wie einsam sie ist, wie isoliert. Und mit dem Bewusstsein hält sie die Einsamkeit nicht mehr aus. Sie beschließt zurückzukehren. Aber ihr Verstand spielt nicht mit. Schlimmer noch, es ist nicht mehr ihr eigener Verstand, das spürt sie. Sie ist sich selbst eine Fremde geworden.

Sosehr sie sich auch bemüht, sie schafft es nicht mehr, *nach vorn* zu kommen und die Kontrolle über ihren Körper und ihre Sinne wiederzuerlangen.

Aus dem Schutzraum in ihrem Inneren wird ein schreckliches Verlies. Dunkel und erdrückend still.

Sie kann denken, sie ist sich ihrer Situation bewusst, aber obwohl sie diesen Zustand willentlich herbeigeführt hat, kann sie nun nichts mehr daran ändern, weil dieser andere, fremde Verstand in ihrem Kopf es nicht zulässt. Sie ist in sich selbst gefangen.

Sie verliert das Gefühl für Zeit und Raum, und mit jedem Gedanken, den sie bewusst formuliert, schwört sie, dass derjenige, der Schuld an alledem hat, irgendwann zu spüren bekommen wird, was er ihr angetan hat.

Als sie sich wieder ganz im Griff hat, sich »normal« verhalten kann, ist fast ein Jahr vergangen.

Sie ist gereift in dieser Zeit, hat gelernt, mit den fremden Gedanken in einer zweckgerichteten Symbiose zu leben und je nach Situation nach ihnen oder nach ihrem eigenen Willen zu handeln. Die vielen Medikamente, die sie zur Stabilisierung ihres Zustands einnimmt, helfen zusätzlich.

Und sie hat ein Ziel.

Es ist für ihre Anwälte ein Leichtes, sie aus der geschlossenen Psychiatrie in die offene verlegen zu lassen, jetzt, wo sie sich wieder normal unterhalten kann.

Einen Monat später ist sie zu Hause.

Nach einem knappen halben Jahr liest sie einen Artikel über eine neue Art zu entspannen in Zeiten der absoluten Erreichbarkeit und des permanenten Nachrichtenaustauschs. *Digital Detox.* Trips ins Nirgendwo, ohne Verbindung zur Außenwelt.

Im Internet stößt sie auf *Triple-O-Journey.* Erst möchte der Inhaber nicht verkaufen, doch ihr Anwalt macht ihm ein so unverschämt gutes Angebot, dass er nicht widerstehen kann. Ihr ist es egal. Geld interessiert sie nicht. Sie möchte nur eines: Rache.

Sie bleibt als Eigentümerin anonym und lässt durchsickern, *Triple-O-Journey* sei von einer Gruppe Investoren übernommen worden. Nebenbei erforscht sie Möglichkeiten und Techniken, einen Menschen in genau den Zustand zu versetzen, in dem sie monatelang vor sich hin vegetierte. Eingeschlossen im eigenen Körper, blind, taub, gefühllos und stumm. Absolute Einsamkeit. Sie übt an Hunden und Katzen, während sie weiter an ihrem Plan feilt. Dann liest sie auf einem Online-Reiseportal von dem ehemaligen Bergsteigerhotel am Watzmann.

Die Eigentümer können die horrende Summe, die sie über ihren Anwalt dafür bieten lässt, die Baustelle fünf Tage lang für ihr Experiment nutzen zu dürfen, gut für die teuren Renovierungsarbeiten gebrauchen.

Es ist so weit.

Sie weiß natürlich, wo Florian arbeitet, und lässt dem Inhaber der Firma das Angebot unterbreiten, dass einige seiner Leute fast kostenlos an einem *Digital-Detox-Trip* teilnehmen können. Als Testgruppe. Damit es nicht zu auffällig wird, nimmt sie auch ein paar Leute mit, die nicht zu der Firma gehören.

Als sie sich als neue Mitarbeiterin bei Johannes vorstellt und mit ihm gemeinsam zu dem Hotel reist, war sie schon ein paarmal allein dort, während die Hausmeister ihren Urlaub machten und sich nur eine Vertretung im Hotel aufhielt, die sie nie wiedersehen würde. Sie kennt sich bestens aus, hat Schlüssel zu allen Zimmern der ersten Etage und die alten Pläne studiert. Dabei ist sie auf den Raum gestoßen, der dem alten Besitzer offensichtlich als Vorratsraum für schwarz eingekaufte Waren gedient hatte.

Alles ist perfekt.

In der ersten Nacht mit der Gruppe klopft sie an Thomas' Tür und bittet ihn, ihr zu helfen, im Keller eine Überraschung für die anderen vorzubereiten. Der Dicke, naiv, wie er ist, folgt ihr und glotzt sie verwundert an, als sie ihm das Betäubungsmittel in den Hals jagt und er rückwärts auf

355

den Boden des Wäschewagens kippt, dessen Verkleidung sie vorher entfernt hat.

Er soll ihre Generalprobe sein, die letzte Übung, bevor sie sich Florian widmet. An Thomas lernt sie, dass es ein Fehler ist, die Zunge abzuschneiden und die Augen zu verbrennen. Infektion, Fieber, aus. Das darf nicht geschehen. Sie möchte, dass Florian noch sehr lange lebt und den Zustand auskosten kann, in den sie ihn versetzen wird.

Sie empfindet es als einen geradezu unglaublichen Glücksfall, dass es nicht mehr zu schneien aufhört. Nachdem sie das Funkgerät zerstört hat, bleibt ihr genügend Zeit für eine weitere Übung. Annas Kehlkopf zu verletzen und die Augen mit Säure zu zerstören erweist sich als der richtige Weg. Dass sie dafür gesorgt hat, dass sowohl Thomas als auch Anna gefunden werden, ebenfalls. Die Gruppe streitet sich und driftet auseinander. An Florian heranzukommen, nachdem sie mit seinem Messer dafür gesorgt hat, dass erst Timo und dann er verdächtigt werden, ist ein Leichtes.

Auch Florian tappt ihr nach wie ein Schaf, als sie behauptet, sich an etwas im Keller zu erinnern, das vielleicht den wahren Täter entlarven kann. Unglaublich, wie naiv Männer sind, wenn sie denken, nur ihre Geschlechtsgenossen könnten Experimente derart durchführen, wie sie es getan hat.

Und dann stolpert die kleine, dumme Jenny in den versteckten Raum.

356

52

Jenny sah aus den Augenwinkeln, wie Katrin den Kopf hob. Sie wusste nicht, wie lange die Wahnsinnige so dagesessen hatte, aber es musste mindestens eine Viertelstunde gewesen sein. Florian rührte sich noch immer nicht.

Mittlerweile hatte sie Zeit gehabt, sich mit der Situation auseinanderzusetzen. Es gab vieles, das sie nicht verstand.

»Wie hast du das mit Anna gemacht?«

Katrin kniff die Augen zusammen. »Was?«

»Anna hat mir mitgeteilt, dass Florian der Wahnsinnige ist. Wie hast du das gemacht?«

Katrins Mundwinkel verzogen sich zu einem fiesen Grinsen. »Das war doch wirklich nicht schwer. Ich habe am ersten Abend ein längeres Gespräch mit Florian geführt, das ich aufgezeichnet habe. Ich habe dafür gesorgt, dass er die entsprechenden Wörter gesagt hat und sie dann mit einer Software zurechtgeschnitten. Das habe ich Anna vorgespielt. Zur Sicherheit, weil ich nicht wusste, ob mein kleiner Eingriff an ihrem Kehlkopf auch wirklich erfolgreich sein wird. Die letzten Worte, die Anna in ihrem Leben hörte, waren mit Florians Stimme gesprochen.«

»Software? Du hast ein Smartphone dabei.«

Sie stieß ein Lachen aus. »Viel besser. Ein Notebook, das ich schon vorher hierhergeschafft habe. Und Iridium.«

»Iridium? Das ist doch ein Satellit. Du hast ein Satellitentelefon!«

»Genug jetzt!« Katrin erhob sich, ging zum Tisch und wandte Jenny den Rücken zu. Als sie sich wieder umdrehte, hatte sie eine zur Hälfte gefüllte Spritze in der Hand. »Ich hoffe, es stört dich nicht, dass die Nadel schon in Florians Hals gesteckt hat«, sagte sie und kam auf Jenny zu.

»Aber Johannes?«, versuchte Jenny, Zeit zu schinden. »Warum er?« Katrin blieb vor ihr stehen. »Also gut. Er hat nicht damit aufgehört, dass etwas mit mir nicht stimme, und mir damit gedroht, euch zu sagen, dass ich eine Lügnerin bin und es einen anderen Grund für meine Anwesenheit geben muss. Da dachte ich, es ist besser, wenn er nichts mehr sagt.« Sie hob die Spritze an.

»Sand… Katrin, nein, warte, das musst du nicht tun. Überleg doch mal, du kommst hier allein nicht weg. Wie willst du den anderen das alles erklären?«

»Gar nicht. Es ist mir egal, was anschließend passiert. Wenn ich das hier erledigt habe, können die mit mir machen, was sie wollen. Nachdem sie aus ihrem Tiefschlaf wieder erwacht sind.«

Ihr Mund verzog sich. »Was schaust du so ungläubig? Perfekte Planung ist alles. Hast du die durchgehende Verkleidung unter den Fensterbänken in deinem Zimmer gesehen? Dahinter verlaufen Heizungsrohre. Und mittlerweile auch dünne Schläuche, die in meinem Zimmer enden. Ein bisschen Betäubungsgas aus einer Druckluftflasche hat dafür gesorgt, dass all die lieben Gäste in ihren Zimmern gut schlafen. Aber genug jetzt. Ich werde meine Methode an dir noch einmal perfektionieren, bevor ich mich um Florian kümmere. Dann habe ich alles erreicht. Keine Angst, es ist nur ein kleiner Piks, danach tut dir höchstens noch am Kopf ...«

Die folgenden Sekunden erlebte Jenny wie eine Kinobesucherin, die sich einen Thriller anschaut, in dem sich die Ereignisse plötzlich überschlagen.

Etwas flog auf sie zu und an ihr vorbei gegen Katrin, rammte sich schmerzhaft in ihre Seite und stieß sie um. Jenny traf hart mit der Schulter auf dem Boden auf, hörte Schreie, lautes Poltern, dann wieder einen Schrei. Florian kippte mitsamt dem Stuhl einen Meter neben ihr um. Dann war plötzlich nur noch ein lautes Keuchen zu hören. Jenny versuchte, sich zu bewegen, wurde aber am Oberarm gepackt und ein Stück hochgezogen.

»Komm, ich helfe dir«, sagte ein Mann, den sie trotz ihrer leichten Benommenheit sofort erkannte. Timo.

Als Jenny sich so weit aufgerichtet hatte, dass sie sitzen konnte, sah sie Katrin reglos auf dem Boden liegen.

»Danke«, sagte sie, »das war knapp.«

»So knapp auch wieder nicht«, stellte Timo fest, während er nach Florian sah. »Die Schranktüren standen offen, als ich hier vorbeikam, um in mein Versteck zu gehen. Als ich dann gesehen und gehört habe, was sich hier drin abspielt, habe ich noch ein paar Minuten vor der Tür gestanden.«

»Was? Und warum bist du nicht früher reingekommen?«

Er zuckte mit den Schultern. »Ich wollte den richtigen Moment abpassen.«

Jenny betrachtete die reglos daliegende Katrin. »Ich würde sagen, das ist dir gelungen.«

Er nickte. »Ich schlage vor, wir kümmern uns noch um sie und gehen dann zu den anderen. Und wenn die Schlampe nicht gelogen hat, rufen wir anschließend mit ihrem Satellitentelefon die Bergrettung und die Polizei.«

53

Noch während sie Katrin an den Stuhl fesselten, auf dem zuvor Florian gesessen hatte, kam sie wieder zu sich. Sie brauchte nur Sekunden, um zu verstehen, was passiert war. Doch statt, wie Jenny es erwartet hatte, zu zetern, zu drohen und zu schreien, sagte sie kein Wort.

Jennys Blick richtete sich auf Florian. Er war noch benommen, aber bis auf seine Wunden am Arm und an der Stirn weitestgehend unverletzt.

Als sie einen Schritt zurücktrat und in Katrins Augen sah, erschrak sie über die stumpfe Leblosigkeit darin.

»Katrin?«, sagte sie, doch Katrin reagierte nicht. Und das würde sie auch nie wieder tun. Katrin hatte ihren Verstand auf *offline* geschaltet. Für immer.

EPILOG

Sie saßen auf dem Boden der Lobby, an die zukünftige Rezeption gelehnt, und blickten auf das große Glaselement, wo, von der Außenbeleuchtung erhellt, nur noch vereinzelte Flocken am oberen, freien Teil des Glases vorbeischwebten. Die Hubschrauber der Bergrettung und der Polizei würden starten, sobald es hell genug war.

»Mir brummt der Schädel«, knurrte David.

Nico legte sich die Hand auf den Kopf. »Frag mal, wie es mir geht.«

David stieß ein kurzes Lachen aus. »Dieses Scheißgas hat Nachwirkungen wie schlechter Schnaps.«

Sein Blick richtete sich auf Matthias und Annika, die, an die gegenüberliegende Wand gelehnt, mit versteinerten Mienen auf dem Boden saßen. »Schätze mal, die beiden werden einige Probleme bekommen.«

»Geschieht ihnen recht.« Florian legte Jenny eine Hand auf den Unterarm. »Wenn du nicht gewesen wärst …«

Er tat das schon zum wiederholten Mal, nachdem sie Katrin im Kaminzimmer auf einen Sessel gefesselt und Anna auf ihrer Matratze in die Lobby gebracht hatten, wo sie sich seitdem alle aufhielten. Und zum wiederholten Mal nickte Jenny und sagte: »Schon gut. Wenn Timo nicht gewesen wäre …«

Sie sahen zu Timo hinüber, der sich gemeinsam mit Horst und Ellen in der Mitte des Raums auf den Boden gesetzt hatte.

Horst hatte behauptet, es sei Zufall gewesen, dass er Ellen auf dem Weg zu dem Raum im unrenovierten Flügel, in dem er die Nacht verbringen wollte, getroffen hatte. Und dass sie es beide für besser gehalten hätten, sich gemeinsam irgendwo vor dem Irren in Sicherheit zu bringen. Aber so, wie er Ellen ansah, zweifelte Jenny ein wenig daran, dass es wirklich reiner Zufall gewesen war.

Ihre Gedanken schweiften zu Anna. Was würde aus ihr werden? Jenny konnte nur hoffen, dass es Hilfe für sie geben würde. Und sie nahm sich fest vor, das für Anna zu tun, was sie konnte.

»David, eines interessiert mich noch«, sagte Florian jetzt neben ihr.

»Und?«

»Was war das für eine Ausbildung, die du hattest?«

»Bundeswehr«, sagte er, »acht Jahre KSK.«

»Kommando Spezialkräfte?« Florian sah ihn verblüfft an. »Das ist doch diese Spezialeinheit. Alles Kampfmaschinen.«

»Ist lange her.«

Florians Hand legte sich auf seinen Kehlkopf. »Davon habe ich nichts bemerkt. Das tut jetzt noch weh.«

»Immerhin habe ich dich nicht ernsthaft verletzt. Ich bin eben ein guter Mensch.«

»Großkotz«, sagte Florian.

»Spatzenhirn«, entgegnete David.

Dann lächelten sie. Für zwei, drei Sekunden.

BREAKING NEWS!

Wenn Sie über neue Bücher von Arno Strobel
informiert werden wollen, senden Sie eine E-Mail mit
Ihrem Namen an *info@arnostrobel.de*.

Dann werden Sie umgehend informiert, sobald es
Neuigkeiten gibt!